François Maspero a débuté comme libraire à l'âge de vingt-deux ans. Il a travaillé dans une maison d'édition jusqu'en 1982, puis à Radio-France jusqu'en 1990 en y réalisant entre autres la série « Cet hiver en Chine ». Il a écrit des reportages (en particulier pour *Le Monde*) sur les Balkans, la Bosnie, Cuba, les Caraïbes, l'Algérie, Israël et la Palestine. Il a publié son premier livre sous son nom en 1984. Il a aussi traduit notamment : de l'anglais (John Reed, Joseph Conrad), de l'espagnol (Álvaro Mutis, César Vallejo) et de l'italien (Francesco Biamonti).

Né à Paris en 1963, Klavdij Sluban, lauréat du prix Niepce (2000), de l'European Publishers Award for Photography (2009), poursuit une œuvre personnelle rigoureuse et cohérente. Depuis 1995, quand il ne mène pas des voyages au long cours (Transsibérien, îles Kerguelen...), il anime des ateliers photographiques auprès de jeunes détenus. De Fleury-Mérogis aux camps disciplinaires des pays de l'Est et depuis 2007 en Amérique centrale, Klavdij Sluban déploie au travers de ses images la problématique des espaces clos et des horizons contraints.

Son site : www.sluban.com

François Maspero

Photographies de Klavdij Sluban

BALKANS-TRANSIT

Éditions du Seuil

TEXTE INTÉGRAL

ISBN 978-2-7578-3700-9
(ISBN 2-02-024758-5, 1re publication)

POINTS AVENTURE
un esprit de liberté

UNE COLLECTION DIRIGÉE PAR PATRICE FRANCESCHI

Il y a 2 500 ans, Pindare disait : « N'aspire pas à l'existence éternelle mais épuise le champ du possible. » Cette exhortation à un dépassement de la vie était aussi un appel à la liberté et aux liens qui l'unissent à l'esprit d'aventure.
Vingt-cinq siècles plus tard, l'énergie vitale de Pindare ne serait-elle pas un remède au désenchantement de nos sociétés de plus en plus formatées et encadrées ? Et l'esprit d'aventure l'un des derniers espaces de liberté où il serait encore possible de respirer à son aise, d'agir et de penser par soi-même ?
C'est sans doute ce que nous disent les livres qui, associant aventure et littérature, tentent de transformer l'expérience en conscience.

Patrice F.

I

DEUX PERSONNAGES EN QUÊTE DE BALKANS

D'autres lieux encore seraient possibles
et dans des circonstances très diverses.
Mais pour finir c'est toujours en nous-même
que se produit la rencontre
et rien ne sert de la préparer ni de l'attendre.

ALVARO MUTIS
Les Éléments du désastre.

N'allez pas à l'étranger,
c'est un endroit horrible.

LORD CADOGAN

Région du Kosovo, 1992.

1

Portrait de l'auteur en Européen

L'Europe existe, je l'ai rencontrée. Quand, pour la première fois ? Peut-être à six ou sept ans. J'avais un puzzle dont chaque pièce était un pays. La France était rose et trapue. L'Allemagne jaune, avec une petite pièce à part pour la Prusse orientale, qui compliquait le jeu. La Pologne, rose comme la France, dressait une drôle de cheminée sur sa gauche. Bien sûr, je savais – et je pouvais le constater physiquement en passant le doigt sur les contours – que la Grande- Bretagne verte était une vieille dame assise sur un cochon et l'Italie orange une botte donnant un coup de pied à la Sicile. Facile de les reconnaître et de les placer. Plus difficile pour la Hongrie, petite masse rouge sombre informe que je confondais avec l'Autriche d'un rouge à peine différent, ou les pays Baltes dont l'ordre et les couleurs étaient toujours incertains. Je n'arrive pas à me souvenir si l'Union soviétique faisait partie de cette Europe-là. Il me semble que non. En tout cas, je ne vois pas sa couleur. L'Europe a toujours eu tendance à s'amputer elle-même de ce qui la gêne.

J'avais dix ans quand la France se couvrit d'affiches vantant l'Ordre nouveau de la nouvelle Europe. Celles-là, dans mon souvenir, sont brunes. Couleur de l'uniforme de l'aryen blond au menton carré qui y souriait ? Jaunes étaient, à cette époque, les étoiles que portaient sur la poitrine certains de mes camarades de classe. Cette

Europe-là me laissa de rudes cicatrices. Mes parents, mon frère aîné luttaient contre elle. Sur la carte placardée au mur, des épingles à têtes multicolores reliées par un fil de laine brouillèrent l'image du continent en superposant aux frontières un réseau de fronts, d'offensives, de contre-offensives, de débarquements, de poches et de têtes de pont.

En 1944, mon frère fut tué les armes à la main par des Européens couleur feldgrau. Mon père agonisa à Buchenwald avant de partir dans la fumée noire du four crématoire quinze jours avant la libération du camp. Ma mère revint de Ravensbrück. Ses cheveux commençaient à peine à repousser, gris. L'Europe avait pris pour moi la couleur et l'odeur de la mort.

Adolescent, j'ai voulu secouer cette couleur et cette odeur qui me collaient à la peau. Dès quatorze ans, j'ai parcouru l'Europe à pied, en bicyclette, en auto-stop, en train. L'Italie et la Hollande, l'Angleterre et l'Irlande. Et l'Allemagne d'abord, parce que la Croix-Rouge française y avait, en Forêt-Noire, des chalets pour orphelins de guerre. Mais pas seulement pour ça.

Plus tard, je suis allé suivre les cours d'été de l'université de Heidelberg. Après tout, à ma minuscule échelle, j'ai fait ce que j'ai pu pour participer à la réconciliation européenne.

La diversité des langues me plaisait. J'apprenais par cœur des passages de *La Divine Comédie*, et l'*All' Italia* de Leopardi : *« O patria mia, vedo le mura et gli archi… ma la gloria non vedo. »* Je parlais allemand. Mal, comme on le parle quand on l'apprend au lycée. J'aimais Heine et Hölderlin. Je traversais des villes dont seules subsistaient les flèches noircies des cathédrales éventrées, au milieu de tas de pierres que quadrillait le tracé des rues. Ce n'était pas différent des villes du Nord de la France, de Boulogne-sur-Mer, berceau de mes grands-

Région du Kosovo, 1992.

parents maternels, écrasé sous les bombes. On vantait la rapidité de la reconstruction de Varsovie, renaissance d'un peuple que les chevaliers de l'Europe nouvelle avaient voulu rayer de la carte. À Francfort, dans les ruines du quartier où avait dû se trouver la maison de Goethe, je me souviens d'avoir cueilli de grosses mûres juteuses sous le soleil d'été. Avec un camarade de voyage, nous avions un jeu : c'était à qui de nous repérerait le premier, dans ce décor uniforme, le détail qui nous indiquerait dans quel pays nous étions. Cela prenait parfois du temps. Plus tard, j'ai connu une Vienne en noir et blanc où circulait la patrouille internationale des forces d'occupation alliées : cette année-là, on tournait *Le Troisième Homme*.

Dans les veillées des auberges de jeunesse nous refaisions l'Europe. Les chants et les guitares y aidaient. Il y avait parfois de brusques retours de flamme : un geste méprisant d'un Allemand, une réflexion acerbe d'un Italien, une plaisanterie grossière d'un Français. C'était facile de dire : « Plus jamais ça ! », mais ce n'était pas si simple. Pourtant, nous étions tous d'accord : « ça », c'était le fait de nos pères et ne serait pas le nôtre.

Il fallait des heures d'attente et de contrôles tatillons pour franchir des frontières distantes parfois de quelques kilomètres : qui passait en vélo de la France au Luxembourg devait se résigner à remettre au lendemain le passage du Luxembourg à l'Allemagne. Je pratiquais l'errance et les rencontres de hasard. Touriste, peut-être, même si je récusais instinctivement le mot, mais alors dans la solitude du touriste de fond. Mon modèle était Gérard de Nerval. Aujourd'hui encore, je ne sais jamais bien quoi répondre aux questionnaires d'entrée dans un pays. Objet du voyage. Tourisme ? Affaires ? Famille ? Autre (précisez) ? Qu'aurait-il répondu, le doux Gérard, à ces questions-là ? Un jour, revenant d'Irlande au pays de

Galles, un officier d'immigration me refusa l'accès du sol britannique parce que je ne pouvais lui présenter qu'une livre sterling et dix-sept shillings. Une autre fois je me fis arrêter à Rome, en descendant du train de Naples, par les carabiniers qui guettaient le passage des Italiens du Mezzogiorno dépourvus de contrat de travail. On m'avait enseigné le droit à la libre circulation des biens et des personnes. J'appris que ce droit et cette liberté ne concernent que les personnes qui ont des biens.

Les monuments aux morts – une plaque au lycée Louis-le-Grand, une autre dans l'église de Milon-la-Chapelle – disaient que mon père et mon frère étaient morts pour la France. Je savais, moi, que, pour eux, la France et la liberté c'était la même chose. Morts pour la liberté. Pas seulement celle de la France, mais de l'Europe et du monde. Un peu grandiloquent ? Un peu simple, aussi ? Ça ne l'était pas, à l'époque. C'était seulement nécessaire.

Rien à faire : l'Europe était étroite, on y respirait mal. « Le cœur serré comme les maisons d'Europe », a écrit le poète québécois Gaston Miron.

Élargir l'horizon ? Quelque vingt-cinq années de ma vie, libraire puis éditeur, j'ai essayé de le faire. Je ne croyais pas les livres un moyen supérieur aux autres. Mais enfin c'était un moyen. Et les livres, c'était ce que je savais le mieux faire. Ceux d'autrui, s'entend. Les fabriquer, les donner à lire. Donner à voir l'au-delà des frontières, celles de la géographie et celles de l'esprit. Ouvrir au vent du large, disais-je alors – et pas seulement sur l'air du temps.

À l'époque, découvrir le monde, si l'on ne voulait pas se limiter au paysages de Connaissance du Monde, cela devenait tout de suite politique. Les livres que je publiai furent donc, pour une grande part, politiques, sans que je l'aie vraiment programmé au départ. À plus forte raison quand les auteurs que j'éditais parlaient des raisons de leur lutte pour mettre fin à la domination de la France et de l'Europe, de la même manière que la France et l'Europe avaient secoué d'autres jougs en d'autres temps.

J'ai cru, je crois encore à la valeur de textes que j'ai publiés, non parce que j'ai adhéré à tous leurs propos – cela ferait une étrange salade, tant ils étaient contradictoires –, mais parce que je suis convaincu qu'il est toujours bon de voir le monde, ses habitants et leur histoire sous une face différente. Que pour devenir citoyen du monde, il faut apprendre à découvrir son propre monde à l'envers. Je ne niais ni la France ni l'Europe : je les rêvais ouvertes et libérées de leurs préjugés et de la conviction de leur supériorité. Je faisais miennes les dernières lignes du dernier livre de Frantz Fanon, *Les Damnés de la terre*, qui s'adressent à l'Europe : « Nous n'avons plus à la craindre, cessons de l'envier… Nous voulons marcher tout le temps, la nuit et le jour, en compagnie de l'homme, de tous les hommes. Il s'agit de ne pas étirer la caravane, car alors chaque rang perçoit à peine celui qui le précède et les hommes ne se reconnaissent plus, se rencontrent de moins en moins, se parlent de moins en moins. »

En 1978, avec quelques camarades, nous avons décidé de publier une revue qui donnerait la parole aux exclus de « l'autre Europe », de même que j'avais voulu la donner à ceux de l'autre monde. C'est ainsi que je dirigeai pendant six ans *L'Alternative* (sous-titrée « Pour les droits et les libertés en Europe de l'Est ») et je pense que nous fîmes du bon travail, avec succès et difficultés – pour moi, en tout cas, le plus convenable que j'aie jamais fait. La construction de l'Europe était à l'ordre du jour, et tout se passait comme si plus de la moitié du continent n'en faisait pas partie. L'Europe, c'était celle qui était du bon côté du rideau de fer. Et celui-ci semblait immuable : en Russie, l'empire brejnévien prolongeait celui de Staline, la répression contre les dissidents faisait taire leurs voix une à une. Nous voulions recueillir et sauver du silence ce qu'elles disaient. Nous l'avons fait. Nous avons fait écho aux voix des signataires de la Charte 77 à Prague, à celles qui annonçaient l'explosion de Solidarité en Pologne, qui osaient affronter Ceausescu en Roumanie. Nous voulions montrer que ceux qui luttaient là pour s'exprimer représentaient l'autre terme d'une alternative, celle entre la barbarie et la démocratie. Parce que pour nous, contrairement à ceux qui prédisaient que le système soviétique était figé pour des décennies, oui, il y avait une alternative, et ces voix-là représentaient l'espoir, un espoir concret. L'Europe, la petite, celle de l'Ouest, ne pourrait se construire qu'en en tenant compte. Accepter qu'on les étouffe, c'était laisser entrer de nouveau la mort au cœur du continent.

L'« alternative », c'était aussi celle qui permettait de concevoir une Europe différente. Nous l'affirmions dans la déclaration des fondateurs, dont nous disions qu'ils ne se reconnaissaient pour la plupart « ni dans le "système" capitaliste, ni dans le "système" qui n'a de socialiste que le nom ».

Vint la Perestroïka, puis la chute du Mur. Les premiers temps d'euphorie passés, leur succédèrent ceux des doutes : après tant d'espoirs, la démocratie allait-elle véritablement remplacer la barbarie ? L'ouverture à l'économie de marché allait-elle y suffire à elle seule ? Il fallait aller y voir de plus près.

*

Je venais, avec mon amie photographe Anaïk Frantz, d'achever un long voyage, très proche après d'autres plus lointains, et nous en avions fait un livre, *Les Passagers du Roissy-Express*. Une traversée, en suivant la ligne du RER, de la plaine de France à la vallée de Chevreuse, soixante kilomètres, deux ou trois millions d'habitants, deux millénaires d'histoire.

L'idée s'est formée en moi d'une autre traversée, qui ne ferait pas soixante kilomètres celle-là, mais plutôt trois mille : un périple dans les pays émergeant à peine du « socialisme réellement existant », pour voir, comprendre les changements. Peut-être y retrouverais-je certains de ceux qui s'étaient exprimés dans *L'Alternative*. Je reprendrais à mon compte la règle d'or du précédent voyage : ce serait une balade nez en l'air, pas une enquête, sans la prétention de tout voir, de tout expliquer… N'être que ce que je suis et rien d'autre. Spécialiste de rien, mais pas non plus touriste innocent. Tout juste porter un regard sur des êtres et des choses dont on est fondé à croire qu'en fin de compte ils vous regardent.

Peut-être ce projet s'est-il dessiné un jour précis de l'été 1990, sur le sommet d'une montagne polonaise proche de la frontière tchèque. Cet été-là, je séjournais dans ce confin que je ressentais comme le cœur géographique de l'Europe (je ne savais pas, alors, que, partout où je passerais, on me dirait : « Nous sommes ici au vrai cœur de l'Europe »). Là, le royaume de Hongrie a façonné le paysage humain, la population ukrainienne expulsée a laissé ses églises orthodoxes aux catholiques, les noms du cimetière sont pour beaucoup germaniques, la rue Karl-Marx est (re)devenue Pilsudski, les mères de famille polonaises ne menacent plus leurs enfants du juif mais du tzigane, le photographe ambulant réclame aux touristes polonais venus de Montréal un dollar par photo, le cinéma affiche Pedro Almodovar en précisant qu'il s'agit d'un film pornographique interdit par la commission épiscopale, des Lituaniens vendent de l'ambre au marché et, à 1 000 mètres d'altitude, le ciel au-dessus des montagnes reste toujours plombé par les fumées des mines de la Silésie noire. Sur un col, des écriteaux cloués à un poteau de bois indiquaient des directions idéales au promeneur : Erfurt, Bratislava, Budapest, Lübeck, Kiev, Vilnius, Bucarest, Sofia. J'ai eu vraiment envie de suivre une de ces flèches. Et puis, naturellement, je n'en ai rien fait. Comme pour bien d'autres auparavant, en d'autres endroits du globe (cette pancarte ironique, par exemple, au fond du Labrador, indiquant la direction du pôle Nord…).

Le plan du périple tel que je l'établis pour le soumettre à l'éditeur était ambitieux : tout bonnement traverser l'Europe centrale et orientale de part en part, du sud au nord. De Tirana à Gdansk, peut-être même à Leningrad (c'était encore le nom de Saint-Pétersbourg). Sans oublier Berlin. Personne ne me fit remarquer sa démesure. Tout au plus m'objecta-t-on plus tard (actualité oblige) qu'avec la guerre qui venait d'y éclater je ne pouvais exclure l'ex-Yougoslavie. Bref, je fus plus qu'encouragé.

Il ne me restait qu'à partir, muni d'adresses données par des gens qui ne discutèrent pas davantage mon itinéraire, ça n'était pas leur problème, mais qui tous me posèrent les questions rituelles dont je savais désormais, pour les avoir affrontées au fond de la Chine comme dans le Hurepoix, que j'aurais souvent à les rencontrer sur mon chemin : « Qu'est-ce que vous cherchez, *exactement* ? Vous avez bien une *idée derrière la tête* ? » À ces questions-là, je n'ai toujours pas de réponse prête. D'ailleurs, si j'en trouvais une, je crois que je cesserais de voyager.

2

Premiers départs

Le 9 novembre 1992, je suis arrivé à Sofia par un joli soir d'automne. Au matin, par la fenêtre de l'hôtel Serdica, j'ai vu les feuilles rousses des marronniers dorer les façades des immeubles dont s'écaillait le badigeon ocre. Sur la rue Vitocha les tramways hors d'âge allaient leur train de sénateur dans la foule uniforme vêtue de blousons en faux cuir et de jeans, et chaussée de baskets. Les vitrines étaient tristes, chichement éclairées. Les magasins d'État étaient vides, au bord de la faillite, les affiches des agences de voyages avaient la couleur et la patine des publicités des années trente, les rares marchands de kebabtchés étaient quand même suffisants pour alourdir encore de leur fumée grasse l'odeur de l'essence mal raffinée qui planait sur les embouteillages des rues avoisinantes, aussi irrespirable qu'au temps du paradis socialiste. Le rouge des placards de Coca-Cola remplaçait celui des drapeaux – peut-être même la ville était-elle plus rouge qu'avant –, quelques petites boutiques neuves, cigarettes et alcools, pointaient timidement ; des kiosques, briquets, biscuits et boissons gazeuses tièdes, poussaient comme des champignons jusque dans les plus lointaines banlieues ; des centaines d'étalages de fortune encombraient les trottoirs, degré le plus bas de l'économie marchande balbutiante – beaucoup de livres, vieux manuels de marxisme soviétique, cours d'anglais commercial, éditions Harlequin en bulgare, brochures d'astrologie, pour remplacer les librairies moribondes aux rayons désertés. Les magnétophones des marchands de cassettes piratées beuglaient des chansons serbes sirupeuses dont les Bulgares raffolent et, dans les cafés, le hard-rock le plus bestial empêchait toute conversation suivie. À deux pas des travaux du métro ajournés *sine die*, la tour de l'édifice du Parti désaffecté, dans le style stalinien des années cinquante – mais un style stalinien particulièrement massif, écrasé, paysan –, était chauve de son étoile rouge, qu'un hélicoptère avait emportée pour une direction inconnue dans l'attente de jours meilleurs. Il exhibait les traces noires de l'incendie dû, disait-on, au travail des provocateurs, en ce printemps bulgare déjà lointain de 1990 où les étudiants et la foule avaient installé sur la place la « cité de la vérité » pour réclamer la démission du gouvernement et la fin du régime, à la lueur de milliers de bougies bleues. Le mausolée de Dimitrov était vide et couvert de graffitis. Sofia était placide, calme sous le soleil automnal qui caressait ses derniers pavés de brique jaune, comme la ville de province qu'elle a toujours été, mais avec quelque chose d'indiciblement libre sur les visages, même marqués par les difficultés du quotidien. Là-haut, sur le mont Vitocha, derrière le palais de la Culture et ses souks, un peu de neige nue surgissant des grandes forêts se colorait de rose. Je me promettais bien d'y monter un dimanche en téléférique, avec les Sofiotes en quête d'air pur et de joies champêtres. Mais auparavant il me fallait visiter les trésors des Thraces, les icônes de la basilique Alexandre-Nevsky et le monastère de la Boïana.

J'avais projeté un périple par segments successifs, chacun d'un mois. Le premier, celui que j'inaugurais là, devait me mener d'abord à l'Est, à Skopje, capitale de la Macédoine, et à la frontière albanaise, puis, revenant sur mes pas, vers le nord-ouest, jusqu'à Bucarest. J'envisa-

Bulgarie, Sofia, mai 1995.

geais même de pousser une pointe jusqu'à Chisinau, ci-devant Kichinev, capitale d'une Moldavie fraîchement indépendante. Tout cela représentait sur la carte un parcours qui n'excédait pas celui de Paris à Marseille aller et retour. Après quoi, de Bucarest je prendrais le train pour Budapest, qui serait ainsi le point d'arrivée de ce voyage et – hop ! – le point de départ du prochain, quelques mois plus tard, le temps de mettre mes notes en ordre. Je traverserais alors la Hongrie et ce qui était encore la Tchécoslovaquie, pour gagner Berlin. Et ainsi de suite.

*

Le lendemain, grâce à l'obligeance d'une amie, j'étais l'heureux habitant d'un appartement vide d'une lointaine banlieue, Liouline-II (il y a trois Liouline), qu'aucun taxi n'aurait pu gagner sans indications précises, ce qui me situait à une bonne heure du centre par le vieux bus à soufflet. L'endroit n'avait pas été habité depuis quelque temps, et je dus en chasser les cafards qui l'avaient squatté. La chasse terminée, je vis par la fenêtre la neige tomber, recouvrir la chaussée, les chariots à ordures toujours gueules ouvertes et débordants, le bâtiment du centre sportif dont toutes les vitres étaient cassées, les ronces et les vagues broussailles qui entouraient son terrain, et les abords de la maison commune du quartier, abandonnée aux seuls ivrognes qui braillaient tard la nuit, peut-être parce que tout ce qui avait été désigné comme communautaire par l'ancien régime était viscéralement rejeté dans les nouveaux temps.

J'ai vite appris à faire mes courses dans les deux boutiques privées qui étaient installées dans des sortes de tanières, mi-caves, mi-garages, au pied du bloc et où je trouvais quelques denrées de première nécessité – fromages (siriné et kajkaval) bulgares, macaronis gris, beurre danois, fromage à tartiner français à destination des Émirats, chocolat suisse à 75 % de lécithine de soja (dosage spécial pour pays à monnaie faible) – ces deux derniers produits à des prix aussi dérisoires pour moi qu'inabordables pour mes voisins. D'ailleurs le lait a disparu le lendemain de mon arrivée, car, « libéré », il venait de subir une telle augmentation que le marchand ne savait pas s'il aurait encore des clients à ce prix-là.

La radio a annoncé que des routes étaient coupées du fait des intempéries. Il était conseillé de remettre à plus tard tout déplacement non indispensable. S'il en était un qui entrait dans cette catégorie, c'était bien le mien. Dans ce genre de voyages, la question de la « nécessité » vous éclate à chaque instant à la figure. Le chauffage collectif fonctionnait à ses heures, toujours imprévisibles. Pour peu de temps la chaleur devenait soudain insoutenable. Il était exclu de manœuvrer la moindre poignée de radiateur, celle-ci me serait restée dans les mains. Sur les trottoirs, l'eau brûlante fusait des fuites de conduits et transformait la glace en gadoue. De fuite en fuite, on devait pouvoir ainsi remonter jusqu'à la centrale nucléaire de Kozlodujci, sur le Danube, dont une partie de l'énergie produite s'en va ainsi à l'air libre ou en surchauffe inutile.

J'étais nanti d'adresses de gens importants : des députés, une ex-dissidente, un directeur de journal, un pope. Mais je n'avais pas le goût de jouer au journaliste que je n'étais pas, de faire le questionneur averti face à un interlocuteur qui, de son côté, aurait tenu son rôle et modelé ses réponses en fonction d'une stratégie personnelle, sociale, politique qui m'échappait forcément. Donc j'ai vite renoncé à ce genre d'entretiens qui n'auraient eu d'intérêt que si j'avais été pressé par l'urgence d'un article efficacement ficelé.

J'ai pourtant passé de jolis jours à Sofia, lors de ce premier voyage, et j'ai appris beaucoup de choses, qui pour être parfois minuscules et anecdotiques n'en étaient pas moins importantes. En tout cas, huit jours plus tard, j'étais toujours là, j'avais trouvé des amitiés précieuses, et je n'avais aucune envie de repartir. La plus belle récompense d'un voyage extraordinaire est bien de rencontrer des gens ordinaires, disons comme vous et moi. Des gens qui ont traversé comme ils l'ont pu, sans faire d'histoires et sans faire forcément l'histoire, des événements pas ordinaires. Qui nous rappellent que ces événements-là auraient pu aussi bien nous arriver à nous, en leur lieu et place. Et, vraiment, avant toute chose, on ferait bien de se demander ce qu'on aurait fait en leur lieu et place. Le sentiment de se retrouver partout au milieu de la grande famille de l'espèce humaine n'a pas de prix – ne serait-ce que parce qu'il confirme que celle-ci existe. Ce n'est pas toujours évident.

C'est peut-être cela, le pari du voyage : au-delà de tous les dépaysements, des émerveillements ou des angoisses de l'inconnu, au-delà de toutes les différences, retrouver soudain, chez certains, le sentiment d'être de la même famille. D'être les uns et les autres des êtres humains. Parfois, ça rate. Parfois même, ça tourne mal. Mais le pari vaut d'être fait, non ?

*

De toute manière, la neige épaisse tenait bon. Mes nouveaux amis n'étaient pas de grands voyageurs. En cela, ils étaient tout à fait bulgares. Enracinés dans leur terre, leur montagne, leur plaine, leur ville. Conditionnés, en outre, par des décennies de méfiance du régime communiste pour l'étranger et piégés, aujourd'hui, par la distribution au compte-gouttes des visas européens. La rétention de visas : l'une des maladies qui gangrène l'Europe de l'Ouest. Le Mur s'était seulement déplacé des services du ministère de l'Intérieur local à ceux des consulats occidentaux. Bureaucratie et arrogance y étaient les mêmes. Quant aux voyages dans les pays limitrophes… Dans les Balkans, les pays limitrophes sont toujours les ennemis, et les frontières communes synonymes, dans l'histoire, de guerre, d'arbitraire et d'injustice. Inutile, donc, de trop compter sur mes amis pour me conseiller utilement sur la manière de me rendre chez leurs voisins.

Bref, comment me rendre à Skopje et qu'y trouverais-je ? La route était bloquée. Par le chemin de fer, renseignements pris, il fallait contourner la montagne sur plusieurs centaines de kilomètres pour passer par Niš, en Serbie, y prendre l'unique train quotidien venant de Belgrade et traverser le Kosovo, un train dont nul, naturellement, ne connaissait l'horaire. Je ne me voyais pas sur le quai glacé d'une gare serbe, attendant une correspondance hypothétique alors que l'embargo venait d'être déclaré contre l'ex-Yougoslavie et qu'en outre on prédisait chaque jour au Kosovo le sort de la Bosnie. Les bruits les plus pessimistes couraient à Sofia sur la manière dont les Serbes traitaient les étrangers. Des bandes armées, disait-on, rançonnaient les voyageurs et enlevaient tout ce qui ressemblait à un Turc ou à un musulman. Même si je ne suis guère susceptible de passer pour l'un et l'autre, ce genre d'excursion ne me tentait pas. Pour couronner le tout, la télévision bulgare montrait, avec une complaisance visible, des scènes d'émeute à Skopje : des bus chargés d'Albanais macédoniens avaient été lapidés et brûlés, il y avait eu des morts. J'ai mis deux jours à m'apercevoir que c'étaient toujours les mêmes images qui repassaient.

J'ai donc tourné pour cette fois le dos à la Macédoine et, trois semaines plus tard, je me suis retrouvé à Rusé, ville frontière sur le Danube, après une lente traversée de la Bulgarie. Au-delà, la Roumanie semblait plongée dans un black-out qui me rappelait la France au temps de la guerre et des bombardements.

*

Je suis revenu de ce premier voyage la tête pleine d'un grand désordre d'images, de voix, de bruits, d'odeurs. Partout sur mon passage, l'histoire, lointaine, proche ou immédiate m'avait assailli, foisonnante, contradictoire selon les interlocuteurs successifs. Même les vagues grises de la mer Noire à Varna et les eaux vertes du Danube où ne circulait pratiquement plus aucun bateau, même les voyageurs ukrainiens entassés comme pour un exode dans le train franchissant le pont de l'Amitié si mal nommé entre Bulgarie et Roumanie, même la foule pataugeant dans la neige fondue de la Calea Victoriei à Bucarest étaient chargés de réminiscences infinies. À Paris, je n'ai pas émergé d'un rêve : c'est Paris qui m'a paru être un rêve.

Le problème, c'est que, de retour chez moi, je n'avais rien à rédiger. Je n'avais pas pris de notes. Réduire instantanément à une suite de mots sur un cahier ce trop-plein de vie différente qui déferle et vous plonge entre enthousiasme et angoisse : un exercice déprimant qui va jusqu'à une souffrance physique.

Pour pouvoir *dire* quelque chose, donc, puisque je m'y étais engagé, il fallait repartir. Là-bas, ce n'était déjà plus tout à fait l'étranger. Je savais maintenant que j'y retrouverais des voix et des visages aimés, et que j'en rencontrerais d'autres.

En revanche, il m'apparaissait désormais exorbitant de prétendre continuer le périple tel que je l'avais prévu dans mon projet. J'aurais été comme ces touristes américains auxquels les agences de voyages garantissent cinq capitales européennes en dix jours et douze nuits (avion compris). Il fallait revenir. Peut-être qu'un jour je pourrais prendre des notes, j'aurais quelque chose à dire, qui émergerait de ce chaos d'impressions ? Ou serais-je toujours ainsi, en transit ?

*

Mais surtout, si je suis revenu plusieurs années durant dans ces Balkans du Sud, c'est parce que, entre le moment où j'avais tracé les lignes initiales de mon projet et cet automne 1992 où j'avais débarqué pour la première fois à Sofia, il s'était produit en Europe un bouleversement radical et définitif.

« Plus jamais ça ! » disions-nous, chantions-nous, dans les années cinquante, enfants de toute l'Europe dans nos auberges de jeunesse.

Nous nous étions trompés.

Nous avions certes vu la guerre embraser certains points du globe : guerres de libération de peuples colonisés, guerres dues à l'affrontement des deux blocs issus de la Deuxième Guerre mondiale. L'Europe pouvait en être parfois responsable ou complice, on continuait d'espérer avec la foi du charbonnier qu'il s'agissait de conflits locaux, qui certes menaçaient la paix mondiale comme dans le cas du Vietnam ou de la Palestine, mais ne la remettaient jamais définitivement en cause.

En 1991, pour la première fois depuis 1945, la guerre a éclaté sur le sol européen, dans le cœur même de l'Europe.

Et donc, en cet automne 1992, après l'effondrement de la Fédération yougoslave, il y avait déjà eu l'offensive serbe sur la Slavonie, les bombardements de Zagreb et de Dubrovnik, et après les proclamations de l'indépendance de la Slovénie, de la Croatie, de la Bosnie-Herzégovine et de la Macédoine, celles des « républiques » serbes de

Bosnie et de Croatie, croate de Bosnie… Tandis que la Serbie, après avoir définitivement mis fin au statut de province autonome du Kosovo, avait placé les 90 % d'Albanais qui y vivent sous le régime de la loi martiale.

De nouveau « ça », les scènes de la barbarie européenne de mon enfance. Les populations fuyant sur les routes mitraillées par des avions, les villages brûlés, les massacres en masse, les barbelés, la mort sous la schlague et par la faim dans les camps de concentration, les « personnes déplacées » parquées par centaines de milliers, la discrimination raciale – aujourd'hui « ethnique ». Et la haine banalisée. La haine du voisin pour le voisin dont le langage est souvent commun et que l'on déclare soudain ne plus comprendre. La haine qui pousse à dénoncer, à saccager et à tuer.

Qu'on ne me parle pas d'une quelconque sauvagerie propre à je ne sais quelle particularité balkanique. Moi, c'est bien d'Europe et d'Européens que je parle. Sarajevo n'est pas différente de Skopje ou de Sofia, trois villes des Balkans, trois villes d'Europe : dans l'une on s'entretuait, dans les deux autres la vie était en apparence un long fleuve difficile mais paisible, qui les différenciait peu de Bruxelles ou d'Innsbruck. Mais jusqu'à quand ? Srebenica avait été aussi douce à vivre que Bellac et Dubrovnik plus facile que Naples. Les Balkans n'étaient pas, ne sont pas, une parenthèse dans l'Europe et, s'il y a abcès, il n'est pas balkanique mais européen. Peut-être le plan Vance-Owen de partition ethnique de la Bosnie, panacée pour les têtes pensantes et décidantes du continent, était-il irréprochable du point de vue de la logique géopolitique. Mais alors, la Bosnie n'étant pas sur la Lune, il fallait, il faut s'attendre à le voir un jour, ce plan, au nom de la même logique géopolitique, préconisé pour une juste répartition ethnique des populations d'Aubervilliers et de La Courneuve.

La Bosnie n'est pas le seul endroit des Balkans où se côtoyaient, où se côtoient toujours des populations d'origine et parfois de parlers différents : Bulgares et Turcs, Macédoniens et Albanais ou Turcs, Serbes et Albanais, Albanais et Grecs, Roumains et Hongrois ou Tziganes, chaque peuple étant, selon le pays, la « minorité » d'un autre… Comment pouvais-je, après avoir tissé des liens si chaleureux et si divers dans chaque pays traversé, m'empêcher d'imaginer le cauchemar déferlant sur les visages aimés : l'ami torturé à mort, l'amie violée par les soldats d'une armée ou d'une autre, ou simplement par les bons voisins d'hier…

Ou alors avaient-ils, sur ce versant-ci des Balkans, contrairement à ceux du Nord, un secret de la vie en bonne entente, seraient-ils suffisamment forts pour exorciser la haine et la mort qui ravageaient les autres ?

Je marchais dans le quartier turc de Veliko Tirnovo la bulgare, je parlais à des Serbes de Kumanovo la macédonienne, à des Albanais du Kosovo yougoslave, et l'interrogation était là, lancinante : est-il possible que « ça » arrive aussi *ici* ?

Et dans ce cas, croyez-moi : « ça » arrivera bien aussi un jour chez nous.

Oui, il fallait revenir.

*

J'ai fait ainsi, entre 1992 et 1994, cinq voyages balkaniques, qui m'ont conduit de Sofia à Okhrid, de Salonique au Danube, de Missolonghi à Tirana, etc. À cela s'ajoute un assez long détour par l'enfer : la Bosnie. Mes voyages, je les ai faits tantôt par les grands itinéraires de tous les temps – telle la Via Egnatia qui mène, depuis les époques romaine et byzantine, de la côte adriatique à la mer Noire, de Dyrrachium-Durrës à Constantinople-

Istanbul, et dont des fragments sont aujourd'hui des autoroutes –, tantôt par des chemins de traverse. À part la bicyclette, la montgolfière et l'âne, il n'est pas de moyens que je n'aie empruntés. Et encore, pour l'âne, ce fut tout juste, car un jour j'ai été suivi sur une route de montagne déserte par deux de ces intéressants quadrupèdes avec une telle opiniâtreté et sur une telle distance qu'il s'en fallut de peu pour que je ne m'approprie le bien d'autrui.

3
Apparition du photographe en dromomane

C'est à Skopje, au printemps de 1993, que Klavdij Sluban et moi nous sommes rencontrés pour la première fois. C'était dans une ruelle ensoleillée du quartier albanais. Nous avons échangé prudemment quelques mots. Deux heures plus tard, nous parlions encore : il semble que nous avions des choses à nous raconter.

Il était arrivé la semaine précédente de Belgrade. Il avait parcouru le Kosovo à pied et séjourné à Priština. Il m'a décrit cette ville éteinte, sa tristesse, la population privée d'activité, de travail, de perspectives, attendant dans la rue – attendant quoi ? On débarque du train, disait-il, et, solitaire, perdu, plongé dans cette foule, mais séparé d'elle par l'écran invisible qui colle à tout voyageur, on est un martien. Il faut des heures, des jours avant même de comprendre où l'on est, avant simplement d'arriver à *voir*. Il faut marcher, écouter, s'imprégner. Et c'est seulement après un long temps de patience et d'inquiétude que l'écran se dissipe et qu'il est question, *peut-être*, de se servir de l'appareil photographique. Car Klavdij est photographe.

Il parlait aussi de l'interminable voyage en train, des attentes aux nouvelles frontières, de gens perdus dans un pays pulvérisé. Il disait qu'il avait entrepris un long travail et qu'il n'en prévoyait pas la fin.

De mon côté, je lui ai raconté que j'avais ce même sen-

Région du Kosovo, 1992.

timent – aggravé chez moi par l'impossibilité de parler aux gens dans leur langue – qu'images et impressions rapides ne servent à rien, et qu'il faut prendre le temps, sans jamais être tout à fait sûr qu'au bout un instant de vérité se révélera.

Ce jour-là, il avait posé quelques questions au garçon qui nous servait nos cafés. « Vous voyez. Je lui ai parlé en serbo-croate et il a fait semblant de ne pas me comprendre. Il y a un an encore, c'était impensable, ici. »

Quand nous nous sommes séparés, il a, d'un geste bref, photographié de son Leica presque invisible le reflet du cuisinier dans la porte vitrée de la petite taverne. Je n'ai jamais vu la photo.

Un an plus tard, c'était encore à Skopje et toujours par hasard : il était en instance de départ pour l'Albanie, seul comme à son habitude. Ce jour-là, il arrivait à pied de Kumanovo, sur la (nouvelle) frontière serbe : une cinquantaine de kilomètres. Pantalon de velours et anorak, barbu et blond, un doux montagnard qui aurait fait ses études à Heidelberg. Un instant, j'ai senti planer le fantôme de Gérard de Nerval : comme lui, Klavdij donne volontiers dans cette dromomanie qui n'est chez moi qu'une velléité.

En ce qui me concerne, je débarquais du bus de Sofia, avec mon amie bulgare. La Macédoine vivait, paisible en apparence, étranglée par le blocus grec, angoissée par la proximité serbe, rongée par sa division entre populations différentes, survolée par les hélicoptères des Casques bleus. L'attente, toujours. Nous avons accompagné Klavdij au bus de Tirana, comme des cousins peuvent accompagner l'un des leurs, dans ces pays où tout le monde est cousin. Je connaissais l'angoisse du départ qui le tenait, malgré l'expérience de tant d'autres départs. Nous l'avons empêché à temps de monter dans le bus pour Francfort : il avait eu l'imprudence de se renseigner auprès d'un employé, ou présumé tel. J'ai su ensuite, par une carte postale, qu'il avait mis un jour et une nuit pour franchir les trois cents kilomètres qui séparent Skopje de Tirana.

C'est aussi à Skopje, grâce à l'exposition organisée par le Centre culturel français dans les anciens bains de la plus vieille mosquée, que j'ai vu pour la première fois, ce printemps 1994, les photos de Klavdij Sluban.

Regard patient, refus de l'immédiat, du choc de l'événement, immersion dans une réalité où se mêlent l'attente et l'espoir, la paix du jour et la menace du lendemain. Il y a quelque chose aux frontières qui traversent en tous sens les Balkans – au point que l'on a parfois l'impression que les Balkans sont un grand réseau cancéreux de frontières, et particulièrement dans l'ex-Yougoslavie pulvérisée –, quelque chose qui parle de paix rêvée et de mort latente. Une mort qui me fait penser au suicide de Walter Benjamin, arrivé au bout du chemin, à la frontière espagnole. Et je crois que c'est cela, *entre autres*, qui filtre des photos de Klavdij Sluban. Elles parlent de mort, parce que la mort plane, mais elles la conjurent en même temps, parce qu'elles parlent aussi de vie, d'êtres humains, de terre – et de ce qui attache ces êtres humains à cette terre : ce qu'ils y ont construit, à l'image des personnages d'Ivo Andrić. D'êtres humains qui veulent, malgré l'oubli (ou le mépris) du monde, *vivre*.

L'unité perdue des Balkans est peut-être comme celle de l'espèce humaine : une vue de l'esprit. Mais peut-on, faut-il encore vivre, si l'on renonce définitivement à la rêver ?

Ce jour-là, je me suis dit que j'aimerais bien savoir prendre des photos comme celles de Klavdij Sluban. Et en tout cas, puisque j'en étais de toute évidence incapable, condamné pour m'exprimer à me servir de l'écorce grossière et approximative des mots, faire avec elles un bout de chemin, un bout d'écriture, pour parler de ce qui, semble-t-il, peut nous être commun dans cette recherche, dans nos errances qui s'étaient déjà croisées deux fois. Quelques mois plus tard, en nous revoyant à Paris, nous avons constaté que, chacun de notre côté, nous avions pensé à la même chose.

*

La sagesse des nations est pingre et se contente de peu qui dit que tout individu a une grande et une petite patrie. Je suis un nostalgique de cet idéal qui consiste à dire fièrement : « Ma patrie s'appelle le monde. » Et envieux de ceux qui peuvent se revendiquer de plusieurs patries, même si, dans ce monde-là, le nôtre, cet état signifie frustrations et déchirements, alors qu'il doit signifier richesse et plénitude. Quand les Dupont-Lajoie disent de ceux qui ont plusieurs patries qu'ils sont de nulle part et, sans souci de logique, qu'ils n'ont qu'à *retourner dans leur pays*, est-ce en réalité par pure jalousie de ce trésor ?

Klavdij est français, né en France il y a une trentaine d'années, de parents slovènes. Jusqu'à l'âge de sept ans et demi, il a été élevé en pays slovène, tandis que ses parents travaillaient dans la région parisienne. Si Klavdij se distingue du Slovène mâle commun, c'est, entre autres, par son manque d'enthousiasme pour la chasse au loir, qui est au Slovène ce que la chasse aux champignons est au Polonais et la chasse à la casquette à Tartarin de Tarascon. De retour chez ses parents, il est devenu un écolier français. Comme les autres ? Pas tout à fait : il était le petit Yougoslave de la classe. Comme je suppose qu'en Slovénie il était le petit Français.

– Mon enfance a été marquée par le train des Yougoslaves. Le Simplon-Orient-Express reliait Paris à Sofia et Athènes en traversant la Yougoslavie sur toute sa longueur. Tout gamin, aux vacances, je le prenais avec ma grand-mère. Puis, très vite, je l'ai pris seul. Oui, c'était bien *notre* train : nous revenions tous *chez nous*. Quand j'entrais dans le compartiment, les autres me demandaient où j'allais. « À Ljubljana ? Alors mets-toi à côté de la porte, puisque tu descends le premier. » Eux, ils descendaient à Zagreb ou à Belgrade, ils en avaient pour trente ou trente-cinq heures, moi je n'en avais que pour une vingtaine, alors forcément.

» Je recréais le va-et-vient de mes parents. L'un des textes fondateurs de la littérature yougoslave contemporaine est *Migrations*, de Milos Crnjanski. C'est le train qui m'a donné l'envie de voyager. C'est dans le train que j'ai appris à parler serbo-croate. C'est dans le train que j'ai rencontré Ranka.

Fascination de Klavdij pour les langues ? Volonté de ne pas s'y laisser enfermer, en les approfondissant, en en apprenant de nouvelles ? Il a fait une maîtrise d'anglais, il a étudié le russe et le serbo-croate aux langues O, il parle couramment italien.

– Et la photo ?

– J'ai commencé vers quinze ans. C'était pour moi un moyen assez simple de m'exprimer autrement que par la langue.

Dans un court avertissement à son premier album, *Rencontres-Portraits de poètes slovènes*, Klavdij explique ce besoin d'échapper à la contrainte des langues par la photo en partant d'un des mots les plus simples dans toutes les langues, « pain », qui se dit *kruh* en slovène : « Le manichéisme de *kruh*-pain s'estompera. Place à la nuance. Des mots ?... Des gris. »

La photo comme langue universelle.

– À la naissance de Marko, nous avons pensé, Ranka et moi, qu'il était important de lui donner, à lui aussi, une double culture. Nous voulions qu'il passe ses premières années sur la terre de mes parents et qu'il vienne ensuite faire ses études en France. Ranka a obtenu un poste de médecin chef dans un sanatorium près de Ljubljana. Moi, j'enseignais l'anglais et le français. Je traduisais la poésie slovène. Nous sommes arrivés en 1990. En 1991, la guerre a commencé avec la sécession de la Slovénie et son agression par les forces de ce qui était encore la grande Fédération de Yougoslavie.

» Alors tout a changé. Nous n'étions pas ethniquement purs. Moi, j'étais français, suspect de ne pas nourrir la flamme nationale indispensable. Ranka, c'était plus grave : elle est née en Croatie, et son père est un Serbe de Slavonie. Son village a connu le sort de tant d'autres, avant qu'un accord entre les deux larrons, Milošević et Tudjman, ne partage cette terre où Croates et Serbes avaient vécu ensemble (les ancêtres de Ranka sont arrivés au XIVe siècle…) par-dessus la tête des intéressés. Entre-temps, le village avait été occupé par des bandes paramilitaires croates et tous les habitants, sauf trois vieux, avaient fui dans la forêt. La maison du père de Ranka, la plus belle, avait été occupée par les chefs. La cave (les bouteilles, cadeaux que nous apportions chaque fois de France) vidée, bien sûr, et la bibliothèque brûlée : les livres achetés un à un par Ranka dans son adolescence, les premières éditions en français de Balzac et de Baudelaire. Aujourd'hui, le village est croate et le père de Ranka vit à Belgrade.

» Pour nous, la vie est devenue intenable. Une circulaire du secrétariat à la Santé de la ville de Ljubljana avait décrété que tous les postes de l'administration devaient être tenus par des Slovènes : le principe dûment explicité était que mieux valait un Slovène incompétent qu'un étranger compétent. Et, désormais, il n'y avait pas plus étrangère qu'une ex-compatriote yougoslave, même si la loi lui donnait la possibilité d'adopter la nationalité slovène, ce qu'elle avait fait. Nous avons connu le pire et le meilleur. La vie professionnelle de Ranka était devenue un enfer. Mais le front de solidarité de nos amis et de nos collègues nous a soutenus magnifiquement. Grâce à eux, nous avons tenu le coup de juin 1991 à août 1992. Nous avions réussi à nous intégrer. Nous avons fini par craquer devant le mur de la stupidité.

» Je n'aurais jamais imaginé ça. Je n'arrivais pas à comprendre.

Ils sont *retournés chez eux*. En France. Chez eux ? Oui, mais encore : Ranka, française, médecin spécialiste des affections pulmonaires, avait des diplômes yougoslaves. Passons…

– Je n'en revenais toujours pas de ce que nous avions vécu en Slovénie. Je me suis dit : il faut aller voir sur place, comprendre ce qu'est devenue ma Yougoslavie. Je suis reparti avec des équipes de télévision françaises. Je pensais : je n'ai pas l'expérience d'un pays en guerre, ces gens-là sont des professionnels, ils savent comment se comporter. J'ai fait presque tous les fronts : Vukovar, Dubrovnik, Osijek. Vous n'avez pas entendu parler d'Osijek ? C'est normal : en Slavonie, un pays de champs de maïs, tout plat, sans monuments, Kouchner, d'Ormesson ou Glucksmann n'y sont jamais allés. Une terre fertile, très lourde : les soldats devaient creuser des tranchées mais ils n'étaient pas vraiment convaincus, ils ne creusaient pas profond, ils disaient : « On n'est pas en 14, tout de même ! » C'est comme ça qu'un jeune photographe étranger s'est fait tuer : une canalisation traversait la tranchée, les soldats n'avaient pas voulu y toucher parce que c'était trop compliqué, il fallait donc passer par-dessus, à découvert. Moi, je me suis fait allumer des deux côtés : par des Croates et par des Serbes. Le bruit des balles qui passent à un mètre de votre tête, c'est un bruit ridicule. Le preneur de son était furieux : « Putain, ça ne donne rien ! » Le soir, il le refaisait avec des fourchettes.

» On passait la journée sur le front. Croates, Monténégrins, Serbes, tous nous laissaient passer. Ce qui comptait, pour mes compagnons, c'était la concurrence entre les chaînes. Le soir, les équipes se retrouvaient dans le même hôtel. On avait pataugé toute la journée dans la gadoue et le malheur, après quoi il suffisait de quelques pourboires pour avoir notre confort.

» Dans un camp de concentration serbe « modèle », c'est-à-dire spécialement préparé pour notre visite, j'ai passé un mauvais moment parce que je me suis entêté à ne pas prendre part au banquet donné par les gardiens en l'honneur de notre équipe.

» J'avais vu mon rôle un peu comme celui d'un passeur : je connaissais la langue, je savais des choses et je pouvais les faire comprendre. Eux, ils devaient tout faire tenir en une séquence des informations : une minute et vingt-sept secondes. À Dubrovnik, par exemple, j'essayais d'expliquer : « Ne dites pas que ce sont les Serbes qui bombardent, ce sont les Monténégrins » – c'était important, c'est lié à toute l'histoire de la Yougoslavie : les Monténégrins, du haut de leurs montagnes et du fond de leur pauvreté, ont toujours envié Dubrovnik l'aristocrate, l'indépendante, les Serbes se servaient de cette rancœur refoulée. Je me faisais répondre : « Dis donc, Coco, tu crois pas que c'est déjà assez compliqué comme ça ? »

» Toute cette souffrance, et rien, c'était évident, n'était fait pour y mettre fin. J'étais profondément malheureux de l'inutilité de mon travail de sherpa. Il y avait tout ce qui se passait près de nous et dont on ne parlait pas : l'appauvrissement général, l'apparition des mafias. En Serbie par exemple. C'était l'époque des élections, Milošević contre Panic : bon sujet pour les télés… Mais comment vivait-on, à Belgrade ?

» Je me suis dit : à partir de maintenant, j'irai dans des endroits où il ne se passe rien. Je serai seul, je verrai ce que je veux voir et je n'aurai de comptes à rendre à personne.

– Et cette phrase de Pessoa, que vous avez mise en exergue à votre exposition de Lisbonne : « *Só a fraqueza extrema da imaginação justifica que se tenha que deslocar para sentir* – Seule une extrême faiblesse de l'imagination peut justifier que l'on ait à se déplacer pour sentir » ?

– Je n'ai aucune imagination. J'ai besoin de voir. Je ne peux me suffire du voyage en chambre. Tant que je n'arriverai pas à m'asseoir, je marcherai.

Inutile de rappeler à Klavdij que Pessoa écrivait aussi : « Je ne suis rien : à part ça, je porte en moi tous les rêves du monde. » Il le sait mieux que moi.

*

Klavdij avait dépassé les frontières de l'ex-Yougoslavie : deux parcours en Albanie, un séjour à Salonique d'où il avait suivi la côte pour rejoindre Istanbul en plein hiver. Il rêvait de continuer plus tard sa marche vers des régions encore inconnues de lui. Il ne désespérait pas, disait-il parfois, d'arriver un jour à Vladivostok. De mon côté, je voulais lier d'un seul trait mes itinéraires précédents, afin d'avoir un fil conducteur pour le livre que j'étais toujours censé écrire. Nous avons donc décidé ensemble de joindre l'Adriatique à la mer Noire en traversant l'Albanie, la Macédoine, la Grèce, la Bulgarie et la Roumanie.

C'est ainsi que le dimanche 30 avril 1995 nous avons pris le train à la gare de Lyon pour Rome et Bari. Le lendemain soir, nous embarquions sur le ferry qui relie l'Italie à Durrës.

II

LE PAYS DES AIGLES

Farouches sont les fils de l'Albanie
mais ils ne manquent pas de vertus...
Leur fureur est, ô combien, mortelle !
Mais sûre est leur amitié.

BYRON
Le Pèlerinage de Childe Harold.

Albanie, arivée dans le port de Durrës, mai 1995.

1

La rouille de Durrës

Dans la nuit, l'arrière du ferry illuminé béait. Quelques poids lourds, une belle collection de Mercedes apparemment neuves (je dis bien apparemment) et de 4 × 4 rutilantes, genre Range Rover, manœuvraient pour y pénétrer.

Les images des films, en se gravant dans la mémoire, y font des ravages. Elles deviennent plus réelles que le réel. Je connais des gens de mon âge qui, quand ils vous racontent leurs souvenirs de la Libération de Paris, récitent *Paris brûle-t-il ?*. D'avoir vu *Lamérica*, du cinéaste italien Gianni Amelio, m'avait donné une idée précise du bateau que nous allions prendre. Un beau film, *Lamérica* : on y assiste aux déboires d'un jeune mafioso envoyé créer une société bidon en Albanie, qui, ayant tout perdu y compris son passeport et avec lui son identité, finit par se retrouver au milieu des milliers de jeunes Albanais assoiffés de liberté qui ont pris le ferry d'assaut à Durrës pour tenter de gagner Bari, dans ces mois terribles de 1992 qui ont suivi la chute du communisme. Leur bateau s'appelle le *Partizani*, c'est un tas de ferraille submergé par la masse humaine qui couvre ponts et passerelles et le fait plonger au-dessous de la ligne de flottaison. Je m'attendais à le trouver à Bari, fidèle au poste.

Mais le *Palladio* était neuf, d'une propreté clinique, tout en couloirs gris et orange, métal et plastique. Les lumières de l'Italie se sont lentement éteintes et nous nous sommes enfoncés dans un nuage obscur. Le bateau a navigué toute la nuit en silence, sans presque bouger, sans même que nous soyons bercés sur nos couchettes comme nous l'avions été la nuit précédente dans le train de Paris à Rome.

L'équipage italien aux uniformes impeccables tenait ses passagers à distance. Peu nombreux, les passagers : pas de touristes, à part nous-mêmes et un groupe anglo-saxon arborant un badge où était inscrit le mot *Caritas*, conscient de sa différence et peu pressé de se mêler aux autres. Ces autres étaient bien des Albanais, mais surtout du Kosovo et de la Macédoine, reconnaissables au fait qu'ils parlaient tout naturellement serbo-croate avec la troisième composante, des Tziganes. Petites bouteilles d'alcool – on dit « petites », mais elles font un litre –, jeux de cartes et discussions d'affaires : longues confrontations des prix auxquels ils avaient acheté leurs marchandises. Durrës était l'une des rares portes des Balkans qui permettaient, pour peu qu'on sût se débrouiller, de rejoindre la Serbie sous embargo à travers la Macédoine. Ces gros types-là étaient, à n'en pas douter, de sacrés débrouillards, le genre d'individus à qui on ne la fait pas. Il n'y avait qu'à les voir entrer dans le petit duty free : ils tournaient lentement autour des comptoirs et s'enquéraient du prix de chaque chose dans toutes les monnaies possibles, pour en arriver, après un long suspense, au denar macédonien. Puis ils haussaient les épaules, mi-écœurés, mi-satisfaits d'avoir vérifié qu'ils avaient eu mieux pour moins cher.

Au petit matin, dans la cafétéria, ils étaient toujours là, définitivement mal rasés, et les petites bouteilles d'alcool continuaient à circuler. Rien n'était venu troubler la paix des affaires bien conclues. Les estomacs étaient pleins et les camions, les coffres des Mercedes, dans la cale, aussi.

Le jour se levait sur un ciel et une mer d'après la pluie. Le port de Durrës était en demi-teintes, nimbé d'un gris

Albanie, 1994.

translucide, rempli du plus extraordinaire rassemblement de tramp-steamers battant pavillons de Malte ou de Limassol. Parmi eux, côte à côte avec son sister-ship et aussi hors d'état que lui, le *Partizani* : le tournage de *Lamérica* a dû être son dernier voyage. Un chantier naval, une cale sèche, dont on ne savait s'ils étaient toujours en activité, affichaient en lettres immenses leur appartenance (passée ? présente ? future ?) aux chantiers de Gdansk. Tout autour, des grues rouillées. Les ruines de Brest ou du Havre en 1945. Une immense décharge baignant dans une eau pourrie.

Nous n'étions qu'une poignée à descendre du bateau à pied en nous faufilant. Le passage dans la minuscule baraque du contrôle a été sans histoire. Quelques instants plus tard, nous marchions sur une route de terre boueuse entre les flaques de la pluie récente, le long de rails rouillés. Boue et rouille étaient les deux éléments de base de l'étendue que nous traversions. Çà et là, des hommes vaquaient à des tâches imprécises. Ou attendaient, mais quoi ? Puis le chemin s'est arrêté. Une clôture, des broussailles, un trou pour nous faufiler. Un flic nonchalant a trouvé notre passage naturel. Il était sept heures et demie du matin, le soleil brillait sur Durrës, mais où était exactement Durrës ?

*

La première chose à faire quand on arrive quelque part est de se débarrasser de son sac et de trouver où coucher le soir.

Sac à dos pour Klavdij, sac de voyage noir plus bourgeois pour moi. Dans les deux cas, légers : un casse-tête que de concilier liberté de mouvement et nécessité d'être toujours proprement vêtu. C'est beau, par exemple, d'emporter un livre aimé. Mais un livre dans un sac où l'on doit déjà mettre les guides prétendus indispensables, les cartes, la radio pour suivre la marche du monde, la lampe de poche pour les coupures de courant, les ciseaux, la petite cuillère pour les yoghourts (nous nous sommes aperçus plus tard que, dans notre prévenance l'un envers l'autre, nous avions emporté chacun *deux* petites cuillères), la bouteille d'eau minérale, sans oublier le sacro-saint papier hygiénique, ça veut dire qu'on aura l'épaule un peu plus sciée. Je soupçonnais bien Klavdij de transbahuter un Pessoa – son cher *Livre de l'intranquillité* – ou un Walter Benjamin. Pour ma part, je n'avais rien pris. À regret. Dans un voyage précédent, j'avais emporté *Du côté de chez Swann* : il n'est jamais trop tard pour se cultiver, et j'aime cette manière discrépante de découvrir l'univers d'un grand créateur au cœur de la découverte d'une contrée inconnue. Et donc j'avais éprouvé un authentique bonheur à imaginer Swann en train de « faire cattleya » pendant que la radio voisine beuglait une rengaine serbe.

Bref, nous avons trouvé la ville et, aussitôt, Klavdij s'est mis à la recherche d'un hôtel repéré à son précédent passage. Séduisant, en effet, l'hôtel. Un édifice délabré de deux étages, isolé au bout d'une rue comme une part de gâteau moisi, balcons en fer et façade rongés par l'air marin. Un air modeste qui nous convenait. Seul problème : il était fermé. Abandonné. À l'intérieur, le mobilier était cassé.

Une pancarte alléchante, à un carrefour, annonçait une pension qui portait un nom de fleur. Méfiance, pourtant : la pancarte était en allemand. La pension était effectivement fleurie, et la méfiance justifiée : les chambres étaient à 75 dollars. Ça n'était pas pour nous.

Les rues, à cette heure encore matinale, étaient animées. L'Albanie, que ce soit dit une fois pour toutes – et même si je ne pourrai m'empêcher de le redire tant l'impression est tenace –, est *toujours* animée. Où que vous vous trouviez, marchés grouillants ou routes dans des paysages apparemment désertiques, il y a toujours du monde. Une foule, même : on va, on vient, on se bouscule, on s'arrête, on repart, suivant une logique de fourmilière, c'est-à-dire sans logique apparente. Ou alors on attend, le long des routes, sur les places, devant des officines. Dans un pays ruiné où le travail est précieux et rare, chacun a pourtant toujours quelque chose à faire.

Nous sommes passés devant les ruines romaines et byzantines, une mosquée toute neuve. Dans mes notes, je lis : « Succession de terrains dégagés avec des baraques de commerçants, autobus rouillés (toujours la rouille), ordures, arbres rachitiques, maisons basses d'où émergent des immeubles italiens des années trente, jaunes et roses, et des édifices en béton rongé. » Comment, en débarquant au grand soleil, après deux nuits et un jour de voyage, *voir* autre chose que des détails morcelés ?

En tout cas, je sais que je n'ai pas accordé l'assiduité nécessaire aux reliques du passé : les ruines de l'amphithéâtre de Dyrrachium, une mosaïque pompéienne dans un sous-sol et les vestiges de thermes découverts lors de la construction du palais de la Culture, lui-même défraîchi, les quelques pierres de la forteresse byzantine, les maisons bourgeoises, mi-ottomanes mi-vénitiennes. Seules les reliques du passé le plus proche, mussolinien ou socialiste, vieillies avant l'âge, témoignaient que Durrës est la deuxième ville de l'Albanie.

Pourtant, quel passé et quelle histoire ! De la présence romaine à la domination turque, Durrës a changé trente-deux fois de mains (je ne me porte pas garant de ce compte). Comptoir grec chez les Illyriens, le port a, entre autres, vu le début de la guerre entre César et Pompée, est passé au pouvoir de Byzance, a été mis à sac par les Ostrogoths, occupé par les Bulgares, incendié par les Normands, récupéré par Venise, annexé par Charles d'Anjou, conquis par les Serbes de Stefan Dušan, revendu à Venise, et, une fois sous le joug des Turcs, bombardé encore, au XVIIIe siècle, par une flotte espagnole, avant d'accueillir, en 1916, le déferlement des Serbes en déroute et de subir, en 1939, le débarquement des troupes conquérantes du Duce, la plume au chapeau…

Nous sommes revenus sur nos pas pour gagner le quartier le plus proche du port. Klavdij voulait absolument retrouver une librairie d'État pour acheter un cahier destiné à noter ses photos. Elle n'existait plus, comme n'existaient plus la majorité des magasins d'État, en ruine ou disparus.

L'Albergo Durrazo était tapi dans une ruelle. C'était l'heure du ménage. Les femmes balayaient le carrelage gras, mais la poussière collante était tenace. Une chambre ? Oui, on pouvait nous proposer la plus belle, libre par chance, à 3 500 lekas, soit 35 dollars. Elle était grisâtre avec au centre un lit matrimonial défoncé, draps défaits. Une seconde chambre ? Celle-là, qui ne coûtait que 10 dollars, était une niche sans fenêtre sous l'escalier : une paire de grosses pantoufles usées occupait l'espace disponible entre le mur et l'étroite couchette. Klavdij, pressé de conclure, m'a développé sa théorie : lui, photographiant toute la journée, n'avait besoin, le soir, que d'un lit pour dormir. Moi, en revanche, mon travail commençait vraiment quand je m'asseyais devant mon cahier de notes : bref, le manuel et l'intellectuel. Il était normal que le manuel se contente de peu et que l'intellectuel ait le meilleur. Je n'ai pas été convaincu.

Nous avons finalement trouvé le havre idéal. Il a suffi de prendre un café dans la rue piétonnière. Les rues piétonnières sont universelles. Nous avons dit au garçon, en italien, que nous cherchions une chambre. Il a hoché silencieusement la tête : un hochement oblique, à mi-chemin entre le oui et le non. Les mœurs locales sont ainsi : le visage reste inexpressif, vaguement ennuyé, sourire exclu, on ne répond pas par oui ou par non mais par ce mouvement dubitatif que d'aucuns, pressés, pourraient prendre pour une fin de non-recevoir, ou même un « va te faire voir », alors qu'il indique au contraire que la question mérite d'être envisagée sous tous ses angles. Prendre le temps de la réflexion, c'est une forme de politesse qui en vaut une autre. Cela vaut pour tout ce que vous demandez : où est la rue Machin, avez-vous souffert sous le régime d'Enver Hoxha. Donc le garçon a hoché la tête, puis il appelé un acolyte, son cousin, qui en a appelé un autre. Résultat du conciliabule : un de ses cousins connaissait la Doctoresse qui habitait, là, à la porte à côté, et qui louait une chambre.

Dans la cour, avant même qu'apparaisse la Doctoresse, Boby nous a fait fête. Petit, noir, genre jeune caniche un peu fou. Quant à la Doctoresse, qui venait d'interrompre sa lessive parce qu'elle n'avait plus d'eau dans ses cuves, elle portait son titre avec modestie. Influence de la télévision italienne ? Dans l'italien de Durrës, madame doit se dire *dottoressa* comme monsieur *dottore*. Pour 10 dollars, elle offrait les deux divans de la cuisine-living familiale. Affaire conclue. Soulagement.

Restait à gagner la gare pour nous renseigner sur le moyen de nous rendre à Gjirokastër, prochaine étape : une traversée de l'Albanie du Sud en remontant jusqu'à la frontière grecque. Bien entendu, nous avions en tête les avertissements reçus, à Paris ou ailleurs, de voyageurs compétents, albanais ou non : attention, les routes ne sont pas sûres, on y rançonne les étrangers, ne voyagez pas seuls, engagez un jeune Albanais, faites affaire avec un taxi, etc., etc.

Klavdij poursuivait sa chimère de librairie. À l'endroit où elle aurait dû se trouver, une minuscule bijouterie toute neuve. Il y est entré. Une librairie à Durrës ? Non, il n'y en avait plus. Ces choses-là appartenaient à l'ancien régime. Mais des cahiers oui, ça le bijoutier savait où en acheter. Il allait d'ailleurs nous y accompagner. Chemin faisant, il nous a résumé sa vision de son pays : « L'Albanie est le pays le plus riche avec les habitants les plus pauvres du monde. » Il a énuméré les richesses albanaises : les mines, le pétrole, l'agriculture, et l'eau qui, partout, ruisselle en abondance des montagnes. Qu'est-ce qui manquait, alors ? « Les Albanais ne savent pas travailler. » Lui, il avait travaillé à Munich. Sa bijouterie, il l'avait ouverte trois mois plus tôt. Les fonds ? Un ami italien les lui avait prêtés… Et puis : « Le gouvernement actuel ne fait rien pour la démocratie. Il faudrait de l'ordre. Comme chez les Allemands. » Un remords, cependant, lui est venu à l'idée que nous mettions en doute la cohésion nationale de ses compatriotes et il a précisé, solennel : « Les Albanais sont musulmans, orthodoxes, catholiques, mais ils sont un seul peuple, tous unis, tous frères. »

Les cahiers se vendaient dans un kiosque, à côté de cigarettes et de quelques revues. Ils étaient jolis. J'en aurais bien acheté plusieurs pour mon compte. Le bijoutier a tenu, énergiquement, à payer celui de Klavdij. Du coup, j'ai dû renoncer à mon achat. Difficile de s'en séparer, du bijoutier. Il était déjà notre ami. Au passage, il nous présentait des cousins. Nous allions à la gare ? C'était loin : mieux valait revenir à la bijouterie, il nous y conduirait en voiture. Nous avions l'intention d'aller à Gjirokastër ? Attention, les routes n'étaient pas sûres, et les gens, là-bas, dangereux.

Je ne sais plus ce que nous avons inventé, honteusement, pour éviter qu'il ne nous ramène dans sa boutique.

*

Rue Ismail-Qemal : avec un nom pareil, ce devait être une artère importante, mais elle n'était guère que fondrières et maisons croulantes. Ismail Qemal fut le véritable fondateur de l'indépendance albanaise. Et, comme beaucoup de fondateurs, malheureux dans son entreprise : tout à fait à l'image de sa rue. Député au parlement d'Istanbul après la révolution des Jeunes-Turcs, il profita de la situation créée par la première guerre balkanique de 1912 pour débarquer à Durrës et proclamer la République albanaise. La république fut éphémère et son sort réglé, comme toujours dans les Balkans, par les grandes puissances au nom de l'ordre européen. Il faut dire que les grandes puissances n'avaient que faire de l'Albanie. Elles s'en tenaient au diktat prononcé par Bismarck en 1878, lors du Congrès de Berlin qui avait dessiné les frontières de la région : « L'Albanie n'est pas une nation ! » La Russie, guidée par son panslavisme traditionnel, souhaitait une grande Serbie s'étendant jusqu'à la mer. La France, aussi, car elle voyait là le moyen d'éviter que l'Autriche-Hongrie n'étende son influence. On s'entendit donc pour imposer une principauté « héréditaire et neutre », dont le souverain viendrait d'une cour européenne – autre air connu. Les frontières minimales attribuées à la principauté ne correspondaient ni aux anciens vilayets ottomans, ni, surtout, aux territoires habités par les Albanais, dont une partie se retrouvèrent à l'extérieur, au Kosovo, en Macédoine et en Épire. On peut dire que, compte tenu de cette partition et en y ajoutant l'émigration du temps de la domination ottomane puis du royaume de Zog Ier, il y a autant d'Albanais hors des frontières qu'à l'intérieur.

Exit donc, Ismail Qemal. Apparut le prince Wilhelm von Wied, issu d'une vieille famille rhénane, capitaine de l'armée prussienne et neveu de la reine de Roumanie. À peine débarqué à Durrës, il en fit sa capitale, peu sou-

Albanie, 1993.

cieux de pousser plus avant dans ses terres. Son règne ne dura que six mois, privé des subsides des puissances tutélaires dès qu'éclata la Première Guerre mondiale. Là-dessus, Autrichiens et Italiens se jetèrent derechef, chacun de leur côté, sur le territoire albanais, les Grecs ne se firent pas attendre non plus au Sud, puis les Français de l'armée d'Orient arrivés par la Macédoine occupèrent une partie de l'Est en 1917, et…

… Et donc, nous étions dans la rue Ismail-Qemal qui ressemblait à la ruelle d'une banlieue oubliée, et nous admirions une maison à moitié en ruine, de ces bâtisses trapues grossièrement crépies entourées d'un haut mur de brique au portail austère, mi-demeures patriciennes, mi-forteresses, mais avec des vestiges de moulures autour des volets branlants, un balcon élégant en fer forgé qui lui donnaient un petit air d'hôtel particulier abandonné, et nous nous demandions si ce n'était pas ici qu'avait résidé Ismail Qemal lui-même, lorsqu'une vieille femme nous a croisés, longs cheveux gris au vent, portant un pain frais. Elle nous a adressé un large sourire d'enfant : « C'est la maison où je suis née. » Elle nous a fait entrer. Des portes de l'antichambre sans meubles sont sorties trois autres femmes : ses sœurs. Quelques mots en albanais de Klavdij ont eu le don de les séduire. Klavdij le polyglotte me l'avait modestement caché : il parlait l'albanais – le shqip, pour donner son vrai nom à la langue, et parler albanais c'est, littéralement, « parler aigle » puisque Shqipëri, l'Albanie, signifie « pays des aigles » –, assez en tout cas pour rompre la glace. Nous avons gravi un escalier superbe et débouché sous des plafonds de chêne à caissons. Tout était en ruine, et en cours de rafistolage. Assis sur des divans, nous avons bu de la grappa et écouté l'histoire de la famille, tantôt en italien, tantôt en albanais, les deux forcément sommaires. Une famille de docteurs, des vrais, ceux-là : tout le monde y avait été médecin, dentiste ou vétérinaire. La maison confisquée venait d'être restituée et les quatre sœurs s'y réinstallaient – c'était comme si soudain, le temps aboli, elles y renouaient le fil de leur vie là où il avait été coupé : à l'enfance. Fous rires en aparté, chuchotements. Oui, des petites filles qui nous couvaient des yeux comme des grands jouets tombés du ciel. Elles nous ont présenté un panier plein d'œufs colorés de la Pâque orthodoxe, et nous sommes repartis en emportant chacun deux œufs dans nos poches.

*

Le hall de la gare en béton était sonore et vide. Trois ou quatre trains étaient annoncés pour la journée, avec des destinations alléchantes, Tirana, Shkodër, Lushnjë et Pogradec. Un groupe de contrôleurs hommes et femmes, affairés à ne rien faire, a retourné dans tous les sens notre question sur le moyen de se rendre à Gjirokastër. Ils ne savaient pas. Ou plutôt, ils savaient que Gjirokastër, c'était très loin – et pourquoi donc allions-nous à Gjirokastër ? – et que, non, il n'y avait pas de train et probablement pas de bus. Il fallait d'abord aller à Berat. Ou alors prendre le train jusqu'à Vlorë. Et puis si, peut-être, il y avait un bus. Peut-être, peut-être. Enfin, probablement. Un seul. À six heures et demie du matin. Non, plutôt à cinq heures et demie. Tous les jours ? Peut-être, peut-être. Le mieux était de nous renseigner auprès de son chauffeur, sur la place. Mais si le bus partait de bon matin, alors, forcément, le chauffeur ne pouvait être là ? Ah, oui, forcément. Mais d'autres, peut-être, sauraient nous renseigner ? Peut-être, peut-être.

De l'autre côté du hall, trois voies en cul-de-sac étaient posées sur une friche caillouteuse. Des vieux wagons italiens, fournis au titre de l'aide amicale, stationnaient au soleil. Rien n'indiquait que ce train-là partirait un jour, sauf une pancarte affichant dix heures, mais il était midi, et rien n'indiquait d'ailleurs non plus qu'il était capable de rouler, pas même l'étrange motrice rouillée. Les quelques femmes nonchalantes qui vaquaient à l'intérieur pouvaient être aussi bien des voyageuses que des employées.

C'était le train de Tirana. Et si nous allions à Tirana ? Quarante kilomètres, une heure ou deux de trajet et le billet coûtait 2 francs. Nous avions le temps de faire l'aller et retour dans l'après-midi. Oui, mais que ferions-nous à Tirana, en une demi-journée ? N'avions-nous pas déjà tout vu, lors de nos précédents voyages et décidé fermement, avant notre départ, qu'il était inutile d'y retourner cette fois ?

2

Retour en arrière : rendez-vous à Tirana

J'avais séjourné une dizaine de jours à Tirana, lors de mon premier passage en Albanie à l'automne 1993. Ce n'est certes pas l'un de mes meilleurs souvenirs de voyage.

Déjà le moyen de transport adopté, l'automobile, était inadéquat. Il faut éviter cette boîte qui vous garde dans son ventre vitré comme un bernard-l'ermite dans sa coquille d'emprunt. En outre, maîtresse impitoyable, elle exige un lieu de garage sûr, auquel il faut toujours revenir avec la crainte, insufflée par les donneurs de bons conseils, de la retrouver fracturée, pneus démontés, essuie-glaces et rétroviseurs volés, ou de ne pas la retrouver du tout. La voiture bousille toute liberté de déplacement.

Le propriétaire de la voiture était journaliste et français. Il partait récolter du concret, du précis, pour en tirer sur-le-champ une description, une analyse, une synthèse de la *situation* : « Où va l'Albanie ? », en sept feuillets, diagnostic politique et couleur locale. Je n'avais en perspective qu'un livre imprécis, dans un avenir indéterminé. Il devait courir comme un dératé d'interview en interview. Son repos ne pouvait qu'être bref, et près d'un téléphone. Moi, je vaguais au hasard, je dormais parfois dans la journée. Nous vivions dans des temps parallèles.

Je respectais son métier. Moi, je faisais dans l'intangible, pour ainsi dire dans le rien, et le rien, par définition, n'est pas un métier respectable. Un soir, il éclata : « Ça fait déjà cinq jours qu'on est à Tirana, tu ne m'as toujours pas dit ce que tu penses de l'Albanie. » Son péremptoire : « Je travaille, moi ! » fut le début de la fin d'une belle amitié.

*

Auparavant, de la frontière grecque à Tirana, nous étions descendus des montagnes à la plaine côtière en coup de vent. Pas question de flâner : la frontière franchie à huit heures du matin, un rendez-vous nous attendait à quinze heures dans la capitale. Notre entrée dans le pays des Aigles avait eu quelque chose de l'arrivée de Dante aux portes de l'Enfer – je le dis, et mon compagnon l'écrivit dans son article. Au sommet du col, un énorme portail en fer cadenassé, surveillé par une sorte de tour de contrôle d'aéroport, barrait la superbe route grecque. De part et d'autre, des barbelés se perdaient dans la montagne. De l'autre côté du portail, des grappes humaines se cramponnaient aux barreaux. De temps en temps, un policier grec tournait la clef, entrouvrait un battant et laissait passer une voiture bondée et chargée de ballots informes, rarement un piéton. Dans son article, mon compagnon parla avec émotion de ce portail, symbole de la paranoïa d'un dictateur qui avait, près de cinquante ans durant, retenu tout un peuple sous les verrous. Pourtant le portail était neuf, et il était grec, mais nous avions les esprits brouillés par le choc ressenti et nous l'avions vu albanais. Il était bien là pour tenir un peuple prisonnier, mais les geôliers, grecs aussi, avaient pour mission, au nom de la Grèce et de l'Union européenne, de contenir un déferlement d'indésirables.

Nous avions discuté de ce renversement de situation.

Mon compagnon était résolument philhellène : « La Grèce est un petit pays, il ne peut pas accueillir toute la misère de l'Albanie. » La veille, à Jannina, nous avions rencontré un ingénieur des Ponts et Chaussées qui ne supportait pas, quand il sillonnait les routes de la région, de tomber sur des clandestins de treize ans errant dans la montagne. « Moi, disait cet homme sensible, si j'étais le gouvernement, je sais ce que je ferais : je commencerais par leur servir une bonne soupe, puis je les mettrais bien au chaud dans un camp spécialement construit pour eux. – Mais ça s'appelle très exactement un camp de concentration ? » Que faire alors ? Les Albanais ont un tort : ils sont en retard d'un demi-siècle. Les Grecs ont pu émigrer, des décennies durant, et trouver du travail dans le monde. La population exilée grecque, comme la portugaise, a été la richesse de son pays et elle a participé à l'enrichissement des pays occidentaux. Dans le même temps, aucun Albanais n'a pu sortir. Et maintenant les places sont prises. Les Grecs ne sont pas capables de faire seuls pour les Albanais ce que le monde entier a fait pour eux. Les routes neuves qui mènent à la frontière sont à sens unique : elles ne sont pas là pour faciliter le passage de hordes affamées mais celui des camions qui viennent désormais commercer avec l'Albanie.

Passé le portail, asphalte et goudron s'arrêtaient pour laisser la place à une route de terre, encombrée de véhicules et d'une foule confuse en attente. En attente de quoi ? D'un miracle qui lui ouvrirait la frontière, ou simplement d'une régularisation d'inextricables paperasses ?

Il n'y avait pas de miracle, et pourtant c'était bien au milieu d'une vraie cour des miracles que nous avions l'impression d'avoir atterri : jeunes chevelus patibulaires bardés d'énormes croix orthodoxes – l'espoir de faire valoir leur grécité ? –, femmes emmitouflées, accroupies devant des montagnes de paquets informes d'où dépassaient des tapis – l'espoir de les vendre en Grèce ? –, individus à lunettes noires froissant des liasses de billets sales, enfants tambourinant sans se lasser aux vitres de la voiture, groupes compacts discutant de trafics, flics à l'air canaille, casquette rejetée sur la nuque, omniprésents, arrêtant n'importe qui pour n'importe quoi.

À partir de là, le trajet avait eu quelque chose de fantomatique. Mon compagnon devait conduire avec prudence sur la route étroite et défoncée. L'absence de panneaux indicateurs était un casse-tête. Le premier contact avec le paysage albanais était un choc.

D'abord le fourmillement, à perte de vue, des blockhaus qui parsèment le pays. On en dénombre 330 000. La défense du socialisme l'exigeait : l'Albanie d'Enver Hoxha étant le seul îlot de prospérité et de paix dans un monde en proie aux démons du capitalisme, de l'impérialisme et du révisionnisme, il importait de fortifier ce paradis contre les convoitises de l'enfer, et un blockhaus pour deux ou trois Albanais en âge de porter les armes n'était donc pas de trop.

Ensuite le massacre des arbres. Il n'y a plus d'arbres le long des routes depuis le terrible hiver 1992 qui a vu s'effondrer toutes les structures de l'État communiste. Difficile de rendre compte de la démence de cette année-là : dans *L'Albanie ou la logique du désespoir*, Élisabeth et Jean-Paul Champseix, qui ont vécu longtemps dans le pays, décrivent l'échec des réformes entreprises trop tard par le successeur d'Enver Hoxha, Ramiz Alia, et les émeutes de la faim qui ont tourné au pillage et à la destruction. « Nous n'avons plus rien à manger, disaient les émeutiers, les écoles sont fermées car il n'y a plus de chauffage… Tout le monde nous a abandonnés. Si cela continue, nous pourrons être encore plus violents. Pour nous venger, certains seraient capables de mettre le feu aux mines et aux combinats. » Cela continua. Un peuple en colère saccagea non seulement ce qui avait été construit au nom de l'avenir radieux et symbolisait maintenant le présent insoutenable, mais ce qui faisait partie du bien commun, devenu synonyme de bien communiste. Parmi d'autres dévastations, les arbres albanais furent sacrifiés, chacun se taillant comme il le pouvait sa part de bois de chauffage, ce qui fait de l'Albanie un grand champ de troncs tordus qui émergent, squelettiques, un peu comme les alignements de pierres levées à Carnac. On brûla jusqu'aux tables et aux bancs des écoles.

Cela s'était passé deux ans avant notre voyage. Nous gardions en mémoire les images que nous avions vues, les récits que nous avions entendus : ambassades envahies par les candidats au départ vers les pays de la liberté, bateaux chargés à ras bord, un désordre sauvage, un déferlement primitif. Depuis, le régime tombé, la démocratie faisait ses premiers pas.

On nous avait mis en garde : méfiance, le pays n'est toujours pas sûr. Nous roulions vitres relevées et nous ne fîmes halte nulle part. C'est tout juste si j'entrevis Gjirokastër, la ville de pierre que je connaissais par le roman de Kadaré et que j'aurais tant voulu découvrir. De loin, sur sa hauteur dénudée, elle n'était qu'une termitière sordide de bâtisses aux toits aplatis, bordée de blocs d'immeubles en décrépitude, et nous n'en connûmes qu'une grande place encombrée d'ânes et de camions dont nous fîmes plusieurs fois le tour avant de repérer la route de Tirana. Un moment, nous crûmes avoir crevé un pneu. Nous nous arrêtâmes brièvement, assez longtemps cependant pour être dépassés par un de ces groupes de piétons qui, sur les routes albanaises, sont mille fois plus nombreux que les voitures et que l'on rencontre dans les endroits les plus déserts. L'un d'eux vint nous demander, dans un grec parfait, si nous pouvions le conduire à Berat, qui était effectivement sur notre itinéraire. Mais le siège arrière était encombré par notre provision d'eau minérale (toujours les conseils avisés). Il avait l'air pourtant bien comme il faut, ce jeune homme. Et il eût été bon pour mon compagnon, qui parlait grec et s'intéressait à la situation de la minorité grecque en Albanie, de discuter avec lui. Plus loin, des gamins firent le geste de nous lancer quelque chose. Il n'en fallut pas plus pour nous confirmer ce que l'on nous avait annoncé à Paris : en Albanie les enfants lancent des pierres aux étrangers. Mais nous ne rencontrâmes ni les pirates armés, ni les barrages de policiers racketteurs prédits. Une fois, un flic nous arrêta. Il avait vu notre plaque française, il tenait à nous faire savoir qu'il avait appris le français à l'école. Il s'extasia sur la couleur rose du permis de conduire, nous récita une petite poésie où il était question d'un oiseau qui gazouillait, essaya d'obtenir un journal français et finit par nous laisser repartir, renonçant visiblement à regret à cette leçon de conversation inespérée. Nous nous félicitâmes de notre patience et de notre habileté, convaincus que nous avions réussi à échapper au pire. Nous évitâmes Durrës comme nous avions évité Gjirokastër. Et, pas beaucoup plus tard que l'heure convenue, nous débarquions dans le bar de l'hôtel Dajti, sur la principale avenue de Tirana. L'hôtel Dajti, construit par les Italiens dans les années trente, est une merveille d'élégance futuriste qui s'apparente, par l'harmonie des volumes en ciment armé blanc, au Palais de Tokyo parisien. C'est une bulle internationale. Dans le hall, des jeunes gens attendent les hommes d'affaires pour leur servir de cornacs, exactement comme sous le régime précédent – et peut-être appartiennent-ils toujours aux mêmes services du ministère de l'Intérieur.

En posant mes pieds sur le tapis du bar, je me dis que jamais à ce point je n'avais traversé un pays en aveugle.

*

Grâce à l'entremise d'une amie parisienne, nous devions passer notre première nuit dans une maison qu'habitaient les membres de l'antenne tiranaise de la Fondation Sorös – ce golden boy américain qui a décidé de reconvertir à fonds perdus dans les pays ex-socialistes une partie des milliards gagnés en spéculant sur les taux de change, pour y soutenir l'essor d'une démocratie libérale selon ses vœux. Ces jeunes Albanais venaient tous trois des États-Unis. Ils parlaient plus souvent entre eux américain que shqip et, naturellement, leur nationalisme n'en était que plus ombrageux.

La maison était située dans le vieux quartier résidentiel de Tirana, un dédale de petites rues en pente où l'on pataugeait dans les mares de boue causées par les canalisations crevées, alors même qu'il n'y avait pas d'eau au robinet. Au milieu d'un petit jardin, elle ressemblait à n'importe quel pavillon d'Aubervilliers et l'on devinait qu'elle avait jadis été cossue.

Nous bavardâmes, dans l'attente d'une improbable douche. Puisque nous venions de Grèce, on aborda vite la question des Albanais de Grèce et des Grecs d'Albanie. La discussion s'échauffa. Les Sorösiens reprochaient à l'État hellène de ne pas respecter les droits des Shqips d'Épire, que l'on appelle les Tchams : fuyant en 1945 les massacres du général Napoléon Zervas, 40 000 avaient trouvé asile en Albanie, tandis que ceux qui étaient restés étaient hellénisés de force. Mon compagnon rappelait que les Tchams, sous l'occupation allemande, avaient été aussi d'horribles massacreurs, et leur opposait le sort des 300 000 Grecs orthodoxes du Sud de l'Albanie. (Chiffres qu'ils assénaient et que je donne ici sous toute réserve.) À quoi ses interlocuteurs rétorquèrent que, s'ils étaient si grecs que ça, leur patrie d'origine ne devrait pas leur fermer ses frontières et leur faire la chasse sur son territoire. Comme toujours, on contesta les chiffres, ceux des vivants et ceux des morts. Deux heures plus tard, l'eau n'était toujours pas revenue et le ton n'en finissait pas de monter. Les invectives anglo-saxonnes volaient par-dessus ma tête. Ce détail linguistique mis à part, je me retrouvais en plein dans le sillage des guerres balkaniques.

Les jours suivants, mon compagnon partit à la découverte de la démocratie albanaise, et moi des rues de Tirana.

Tirana est la ville d'Albanie la moins chargée d'histoire. Certes on trouve au centre une grande mosquée du XVIIe siècle, dont les haut-parleurs scandent les journées de leurs appels à la prière. Mais ce n'est qu'à partir de 1920 – date à laquelle Ahmed Zogolli pacha, chef de clan devenu Premier ministre puis roi sous le nom de Zogu, ou Zog Ier, en a fait sa capitale – que l'on peut parler d'une vraie ville. Son urbanisme se résume à une grande place où se dresse la statue équestre du héros national, Skanderbeg (celle d'Enver Hoxha lui a fait face un temps), et à l'avenue de deux kilomètres qui en part pour aboutir au palais présidentiel, laquelle a successivement porté le nom de Zogu et de Staline. Vers le centre, l'avenue est bordée d'immeubles italiens tels qu'on peut en voir dans certains quartiers de Gênes ou de Naples, revêtus d'un crépi jaune ocre, évidemment écaillé : là se trouvent les ministères et les banques, et se pressent les foules dans des officines obscures qu'il est difficile d'appeler bureaux. Sur les trottoirs, la masse des changeurs de billets, liasses de lekas, de marks et de dollars dans une main, calculette dans l'autre, opèrent aux portes même des banques. Vers le sud, les abords s'élargissent en jardin public étique où, çà et là, de vieilles personnes font brouter une vache ou un mouton.

La circulation était clairsemée : grosses berlines allemandes surchargées de familles nombreuses, dont l'aspect neuf ne pouvait faire oublier qu'elles n'étaient qu'un périlleux assemblage de pièces hétéroclites, autobus mis au rebut par d'autres capitales et généreusement acheminés en Albanie pour y finir leurs jours, usés jusqu'à la corde des pneus – avec une nette prédominance de véhicules grecs, affichant encore le nom de leur destination antérieure : Omonia, Syndagma, Sounion, Larissa… –, charrettes traînées par des petits chevaux maigres faisant irrésistiblement penser à la chanson de Brassens, vélos chinois.

Au-delà d'un petit pont, sur une sorte d'égout à ciel ouvert qui ressemble au Merdanson du Montpellier de mon enfance, c'est le palais de la Culture, puis les édifices modernes, d'une architecture dont on ne sait pas très bien si elle est mussolinienne ou stalinienne : encore des ministères, et l'université. Plus loin, sur la gauche, se découpent les hautes structures en béton du stade. À droite, les villas des anciens dirigeants : les touristes fortunés payaient 150 dollars le droit de coucher une nuit dans la chambre « luxueuse » d'Enver Hoxha. Dans les jardins, quelques baraques de fortune avec des chaises et des tables, les cafés de la bonne société : le jus noir épais et amer qui imitait l'espresso y coûtait plus d'une journée d'un salaire moyen, dont je sus vite qu'il tournait autour de 150 francs par mois.

Et si je voulais absolument convoquer l'histoire dans ce paysage, c'étaient les scènes des immenses défilés populaires de l'époque d'Enver Hoxha qui venaient au rendez-vous.

Le palais de la Culture n'est pas laid. Blanc, plus de marbre que de béton, il n'a rien d'écrasant, et son toit incliné comme celui d'une grande tente a de l'élégance. Des gamins s'y laissaient glisser comme sur un toboggan. Il abritait ce que la capitale comptait d'important en fait de sociétés d'import-export et d'organisations humanitaires étrangères. Le décor des halls et des salles était en revanche d'un kitch repoussant. Çà et là, au détour d'un couloir, on se trouvait nez à nez avec les débris des statues colossales qui avaient trôné sur les places proches : un pied de Marx, la tête de Lénine. Le plus grand tort de cet édifice est d'avoir été construit sur l'emplacement du lieu le plus animé de la ville, le bazar dont on a fait table rase – une norme de tout urbanisme socialiste. En 1927, Joseph Roth, de passage à Tirana, disait avoir entendu dans ce bazar le chant du coq monter au-dessus du bruit des marteaux des forgerons. Il est vrai qu'il écrivait aussi : « Les gens de Tirana aiment les roses et la musique. »

La véritable animation, je la trouvai dans les rues entourant la place Skanderbeg. Là alternaient des magasins flambant neufs, dont un Benetton, avec des boutiques de coiffeurs où les fauteuils tournants en bois patiné s'alignaient devant des cuvettes de céramique ébréchée, des drogueries misérables aux relents déjà orientaux, des marchands d'objets hétéroclites allant du transistor à la machine à coudre chinoise à pédale, des échoppes exposant des fripes étiquetées de marques italiennes prestigieuses. Au marché en plein air, dont on faisait rapidement le tour, des paysans vendaient, sur quelques caisses ou à même le sol, du riz en vrac, des pommes, et guère autre chose.

À la périphérie – c'est-à-dire tout de suite – commence la vraie ville, celle des blocs d'immeubles en plaques de ciment préfabriqué, plantés dans des terrains vagues, que l'on s'obstine chez nous à appeler « banlieues » alors qu'ils forment désormais la majorité de l'habitat de la planète. Leur note d'originalité, ce par quoi ils sont spécifiquement albanais, ce sont les vignes qui jaillissent des balcons aux vitres cassées dans leurs montants oxydés et qui s'élèvent ou retombent gracieusement sur plusieurs étages.

Les lieux où nous prenions nos repas étaient limités. Entre autres, deux restaurants français, appartenant à

Albanie, 1994.

l'inestimable M. Julien Roche, homme d'affaires français bien connu sur la place, et un restaurant allemand : on y dînait pour le prix d'un modeste repas parisien, soit deux mois de salaire des gens qui vous servaient. Mon compagnon me racontait les épisodes de son enquête. Il n'avait pas pu voir le président Berisha, en voyage, mais il rencontrait les dirigeants des principaux partis politiques et commençait à se faire une idée plus précise du difficile retour de l'Albanie à la démocratie.

« Retour » ? Si la démocratie a existé en Albanie, elle a duré quelques mois, en 1924, avec le gouvernement de Fan Noli, qui ne parvint pas à imposer la réforme agraire et fut renversé par Zog. Le règne de Zog, d'abord comme président, puis comme roi, consista à maintenir un équilibre précaire entre un peuple tenu par quelques gros possédants et ses protecteurs italiens. En 1939, Mussolini trouva plus profitable de se passer de Zog, donna la couronne d'Albanie à Victor-Emmanuel et la vice-royauté au comte Ciano, gendre du Duce. Les choses se gâtèrent quand le dictateur, poursuivant son projet de reconstituer l'Empire romain, décida d'attaquer la Grèce. Paradoxalement, celle-ci vivait depuis 1936 sous un régime de type fasciste qui aurait dû avoir sa sympathie : la dictature de Metaxas, dont Arthur Koestler, de passage à Athènes à la fin de 1937, a écrit qu'elle fut « l'une des plus affreuses et sans doute la plus sotte d'Europe ». La résistance du peuple grec, soudé devant l'agression, n'en fut pas moins héroïque : ce fut la première victoire sur des forces de l'Axe, tranchant singulièrement avec la déroute franco-anglaise de 1940. En 1941, Hitler dut envoyer son armée en renfort de celle de son calamiteux allié, en débandade face à la contre-offensive des Grecs qui avaient fait repasser la montagne à leurs envahisseurs. De ce fait, l'armée allemande occupa à son tour l'Albanie pour envahir la Grèce. C'est ici qu'entrent en scène Enver Hoxha et le parti communiste albanais qui, après avoir pris la tête de la résistance et éliminé les autres mouvements, purent se présenter, à la libération, comme les représentants authentiques du peuple et de son aspiration à la liberté.

Le héros national de l'Albanie, c'est Skanderbeg. Il rassembla, voici cinq siècles, les seigneurs et les montagnards de la région pour faire barrage pendant plus de trente ans, de 1443 à 1478, à la progression ottomane sur le continent.

Avant de s'appeler Skanderbeg – déformation du nom turc Iskander beg qui peut se traduire par « Alexandre bey » – il portait le nom de Georges Kastriote (version francisée). Enfant, son père avait dû l'envoyer en otage à la cour du sultan. Devenu serviteur de la Porte, il attendit d'être assez puissant pour lever l'étendard de la révolte (rouge frappé de l'aigle bicéphale noir) et mener la guerre durant trente ans. Il mourut invaincu. Cent ans plus tard, Ronsard le célébra :

> Ô très grand Épirote ! Ô fatal Albanois !
> Dont la main a défait les Turcs vingt et deux fois…

Comme Vercingétorix ou Jeanne d'Arc, Skanderbeg a pris sa figure actuelle plusieurs siècles après sa mort. Au XIXe siècle, lorsque se développa le mouvement de la Renaissance albanaise avec les premières grammaires en caractères latins, les premières écoles et les premiers textes littéraires modernes, c'est sur son personnage que se focalisèrent les œuvres patriotiques : le poème *Skanderbeg l'infortuné* de Girolamo de Rada (un « Arberèche », ou Albanais d'Italie) ou l'*Histoire de Skanderbeg* de Naim Frashëri. Le régime d'Enver Hoxha en fit le héros positif par excellence.

Il n'empêche qu'auprès des statues de Skanderbeg qui se dressent dans les lieux publics, cavalier farouche hérissé du casque aux éperons, de pointes et de tranchants redoutables, fière machine humaine de mort et d'épouvante pour l'ennemi (même sa moustache devait lui servir d'arme pour frapper d'estoc et de taille), celles de nos héros nationaux sont mièvres. Vercingétorix prend des airs de garde champêtre et Jeanne redevient une bergère déguisée.

Vinrent quatre siècles de domination ottomane : les montagnards surent composer pour préserver sinon leur liberté, du moins leur intégrité. D'une part, ils se convertirent à l'islam, et les Turcs les utilisèrent comme ils le firent avec beaucoup d'autres peuples rencontrés dans leur conquête : perpétuant les usages de l'Empire byzantin, ils laissaient les habitants des montagnes garder les cols et les passages, et les recrutaient pour former des troupes supplétives de cavalerie légère. Certains garçons étaient pris pour devenir des janissaires, et c'est ainsi que les Albanais fournirent aussi des chefs prestigieux quitte, pour ces derniers, à tenter de lever un jour l'étendard de la sécession, comme le firent Ali de Tepelenë, pacha de Jannina, et Mehmet Ali, pacha d'Égypte.

D'autre part, les Albanais organisaient une vie parallèle autonome sur la base des clans, repliés sur eux-mêmes de manière à ne pas offrir de prise à la pénétration : le kanun, ensemble de règles de fer, régissait l'existence au sein de la collectivité, en dehors de laquelle il n'y avait pas d'espace possible pour l'individu. Les rapports entre clans étaient établis par un pacte de sang, dont l'aspect le plus spectaculaire était la vendetta. Dans *Avril brisé*, qui se passe dans les années trente de notre siècle, Ismail Kadaré a illustré le poids mortel du kanun : chargé de venger l'honneur de la famille, le héros est incapable de concevoir qu'il pourrait fuir à la ville. Son acte accompli, sa seule issue est la « tour de la solitude » dont il ne sortira que pour tomber à son tour sous les balles de la vendetta, car la chaîne ne peut pas être rompue. On réduit trop facilement le kanun à cette sauvagerie. Le maître mot de la vie albanaise, la clef du kanun, était la bessa, la composition entre clans, base de la vie pacifique, fondée sur la parole donnée et sacrée.

Ainsi les Albanais, pour assurer leur survie en tant que peuple libre, ont produit un système social au sein duquel la liberté de l'individu s'effaçait. En instaurant sa dictature, le parti d'Enver Hoxha n'a fait que remplacer une forme d'emprise totale finissante par une autre toute neuve. À cette différence près que la première avait été élaborée au cours des siècles par la société pour maintenir sa cohésion et que la seconde lui fut imposée de force, substituant – ou superposant – pour construire « l'homme nouveau » le collectivisme au collectif, le nationalisme au clan, la solidarité de la bureaucratie à celle de la famille. À la chute du régime, l'homme nouveau n'avait pas été construit. Que restait-il alors ? Une société d'accommodements, de solidarités occultes, égoïstes et exclusives, fondée sur ce que l'on avait pu sauver, pour survivre, de la trame séculaire des clans. Le contraire d'une société de citoyens : une société de cousins.

L'arrivée de la démocratie s'opérait désormais sous la forme de l'ouverture au pluripartisme et à la société de marché. Dûment cornaqué par un « ami albanais », mon compagnon s'entretint avec les responsables de trois partis, l'un au pouvoir et les deux autres d'opposition, tous dirigés par d'anciens communistes, comme l'était le président lui-même, Sali Berisha. En fait, il y a une foultitude de partis, du parti socialiste (ex-communiste), dont le président, Fatos Nano, est en prison, au parti royaliste. Et il est difficile qu'un homme politique albanais n'ait pas été un communiste, même obscur, car comment survivre sinon, et accéder au moindre statut social, pendant cinquante ans de régime communiste ?

*

Albanie, 1994.

Les séjours de Klavdij à Tirana furent plus profitables puisque, entre autres, c'est de là qu'il tient sa connaissance de l'albanais.

Lors de son précédent voyage, il avait débarqué au matin du bus auquel je l'avais accompagné vingt-quatre heures plus tôt, à Skopje. Le bus s'était arrêté dans l'habituel décor de vague banlieue de ses haltes précédentes : c'était le terminus.

– Le patron d'un café m'a indiqué une femme qui louait deux pièces. Dans chaque chambre couchaient dix Albanais du Kosovo et de Macédoine venus investir en Albanie. Je pouvais donc parler avec eux en serbo-croate, me faire accepter et respecter : tout le problème est de trouver la distance juste, de dire des choses crédibles, quitte à les inventer – si j'avais raconté que je faisais avec beaucoup de doutes des photos d'auteur invendables, ils n'auraient rien compris. J'étais bien, j'étais en confiance : j'avais une maison et un lit à moi, il fallait seulement faire attention de ne pas buter dans les seaux d'eau. La femme qui nous hébergeait était magnifique : elle avait perdu son mari sur un chantier, en Allemagne, elle louait ses chambres pour payer les études de son gamin qui devait donc, en même temps, fréquenter ces hommes dont beaucoup étaient des malfrats, et elle menait tout cela de front, magistralement. Parmi eux, il y avait un garçon qui disait n'avoir que dix-sept ans et qui employait des Tziganes dans le Sud de l'Italie. Il en connaissait long sur la vie : il était venu pour acheter un terrain près de Durrës, il savait parfaitement où il fallait investir ou pas. Il a dû voir que son histoire me laissait un peu sceptique. « Tu me verrais dans ma bagnole, tu me croirais. » Une voiture, à dix-sept ans ? Je n'ai pas voulu approfondir. Une histoire, c'est comme une photo : on peut, on doit accepter qu'elle s'arrête au moment où le décide le narrateur, on doit l'ancrer là et ne pas aller plus loin. Il arrive toujours un moment où l'on s'aperçoit qu'on ne peut pas tout comprendre, tout savoir, qu'il n'y a rien à faire parce qu'on est malgré tout toujours à l'intérieur de sa bulle, et je préfère rester dans le doute, avec mes interrogations.

» Il y avait un homme qui restait toute la journée assis, prostré, sur le canapé de l'entrée. Quand je suis revenu un an plus tard, il était encore là. Un jour, il m'a parlé. Son histoire était relativement simple. Il était parti du Kosovo, où il était étudiant. Il n'y a plus d'université, plus d'études, plus rien, pour les Albanais du Kosovo : tout a été fermé par les Serbes. Maintenant, il voulait repasser la frontière dans l'autre sens, pour aller là-bas animer un mouvement. Et donc, il attendait le bon moment. Un peu après, il m'a annoncé son départ. Il a effectivement disparu… Et quelques jours plus tard, je l'ai rencontré dans la rue : « J'ai voulu passer la frontière à pied. » Là non plus, je n'ai pas cherché à en savoir davantage. Dans quel but l'aurais-je fait ?

» C'est cet homme-là qui m'a servi de professeur. J'avais commencé à noter des mots, en m'appliquant, en indiquant les accents : je m'étais inventé une phonétique. J'avais rempli plusieurs pages de carnet. Quand ils ont vu mon orthographe ahurissante, mes compagnons de chambre se sont tapé sur les cuisses. Mon ami s'est chargé de mon éducation. C'était un professeur rigoureux et profondément philosophe. On ne peut pas se contenter de dire : « Bonjour. Bus pour… ? » Sinon, on reste voué à ne pas compter, à ne pas avoir d'existence aux yeux des autres. Il faut pouvoir dire : « Bonjour, excusez-moi, pourriez-vous m'indiquer le bus pour… ? » Et puis il est bon de posséder quelques repères linguistiques qui vous permettront de savoir ce que disent, dans cette langue rugueuse, les gens assis au café, à la table à côté de la vôtre, et à qui vous venez de poser cette question-là. Quand on est seul, il y a des moments où l'on passe par des phases de paranoïa aiguë : est-ce qu'ils sont en train de vendre votre peau séchée, ou est-ce qu'ils discutent pour savoir si le bus fonctionne le dimanche ou pas ?

3

« N'allez pas là-bas… »

Quand on est à Durrës, on va à la mer. Nous avons donc pris le bus pour la plage. Klavdij voulait me faire connaître l'hôtel Adriatik. Les chapiteaux babyloniens et les murs vert pomme de la salle à manger valaient le déplacement. Nous étions seuls dans cette vastitude. Seuls avec un personnel innombrable vaquant lentement, comme toujours, à des tâches indiscernables : « En été, il n'y a presque plus de clients. Les gens pensent que l'Albanie est un pays dangereux. »

Soleil magnifique sur la plage de plus de cent mètres de large qui s'étendait à perte de vue. Des hommes marchaient, en costume de ville, une classe faisait de la gymnastique, quelques adolescents jouaient au football, pieds nus, des Mercedes slalomaient sur le sable damé par leur passage. Des piers en béton rongé s'avançaient dans la mer sale. Au bout des pilotis, une piste de danse avec une tribune pour l'orchestre, le tout en ciment, deux *buffe* (buffet en albanais ?) abandonnés. Des enfants plongeaient.

Un hôtel frère de l'Adriatik était en cours de réfection. Un ouvrier y travaillait, solitaire. C'était un garçon de quinze ans. Il nous a dit que l'hôtel avait été racheté par Interclub Italia : un directeur italien et un directeur albanais. Il gagnait 10 francs par jour et en tirait une grande fierté.

Il y avait là toute un zone aménagée pour les loisirs qui

Albanie, environs de Durrës, mai 1995.

n'était plus que ruines, équipements rouillés et innombrables tas d'ordures. En bordure, des villas, modestes pavillons. Plus loin, se dressait un bois d'eucalyptus, les seuls arbres survivants dans le paysage. Il masquait en partie des résidences gardées par l'armée. La plage était barrée à leur hauteur.

En marchant vers l'intérieur des terres, nous avons rejoint la route défoncée qui contourne Durrës, où passaient des poids lourds. Elle était bordée de souches. Trois troncs d'arbre écorcés dressaient leurs squelettes et un quatrième, miraculeusement, portait des feuilles. De l'autre côté, un village aux petites maisons carrées entourées de vignes. Une femme suspendait son linge. Dans les champs émergeaient les coupoles grises des blockhaus comme des ovnis à moitié enfoncés dans le sol : versions modernes de la « tour de la solitude » ? On imagine l'Albanais à l'intérieur, fusil pointé, attendant l'ennemi. Certains étaient en cours d'arrachage. Partout de la boue, les flaques des averses de la veille et des déchets. Pourtant, malgré cette pluie récente, tout était recouvert d'une couche de poussière. Entre la voie ferrée et la route croupissait une rivière-égout d'où sortaient des coassements de grenouilles. Un homme dormait au bord, près de son unique mouton. Plus loin, un camion déversait de la terre, des femmes passaient avec des paniers, des enfants jouaient près d'une baraque. « Vous avez remarqué, a dit Klavdij, que dans ce pays il n'y a jamais d'endroit où l'œil puisse se reposer ? » Contrairement à la campagne française, celle d'Albanie n'est pas vide, partout, toujours, des gens déambulent ou attendent.

Je me suis arrêté près de la baraque pour prendre des notes. À l'intérieur, des adolescents jouaient au billard au milieu de boîtes de conserve vides. Ils n'ont pas tardé à venir m'assiéger. Ils demandaient des lekas, réclamaient mon stylo, devenaient agressifs. Klavdij a dit quelques mots en albanais. Il a repéré le chef et l'a photographié, ce qui a détendu l'atmosphère : « Je l'ai confirmé dans son rôle de chef. » Il a expliqué que nous étions yougoslaves et que nous n'avions pas d'argent.

*

Dans la cour de notre maison, les cuves étaient de nouveau remplies. Mais nous avions manqué l'heure de l'eau courante, et donc la possibilité de prendre une douche sous la pomme accrochée juste à la verticale du trou des cabinets. Je me suis lavé dans une cuvette avec un peu d'eau chaude que m'a donnée notre hôte. La cour et la maison étaient d'une extrême propreté. Nous avions compris, dès le matin, que nous devions retirer nos chaussures.

Conversation en italien. Avant, geste de politesse élémentaire, le maître de maison a allumé la télé. Il était employé au chemin de fer. La famille était orthodoxe. Mais, a-t-il précisé immédiatement, orthodoxes, catholiques ou musulmans, les Albanais sont un grand peuple, ils sont tous frères. Son fils est venu nous rejoindre. Il avait aussi une fille, plus âgée. Celle-là, nous ne l'avons pas vue, même une seconde, de tout notre séjour.

Notre hôte était serviable, mais un rien renfrogné : il désapprouvait notre plan de voyage. « N'allez pas à Gjirokastër. – Pourquoi ? – Les gens sont dangereux. » Nous n'en avons pas tiré davantage. De toute manière, pour lui, le danger commençait à cent mètres : « Ne dépassez pas le bout de cette rue… après, il peut vous arriver malheur. – Quel genre de malheur ? – La mafia… »

La rue était bordée d'orangers rachitiques et de maisons basses. Elle descendait de la grande mosquée aux grues du port et débouchait, à droite, passé l'hôtel abandonné qui avait tant plu à Klavdij, sur un front de mer mi-béton, mi-terrain vague. Faisant face au large, la statue colossale d'un partisan figé dans un pas de danse et brandissant à deux mains son fusil au-dessus de sa tête.

Des milliers de Durrësiens se promenaient dans le soleil couchant. Adolescents en jeans, hommes en blouson ou veste-cravate, femmes avec leurs enfants habillés comme des poupées. Des manèges faisaient un bruit infernal qui devait être de la musique. La promenade se terminait, comme partout, dans les ordures, au-delà d'un bateau monté sur pilotis et transformé en bar. Derrière nous, un vieil immeuble de trois étages, la façade verte ornée de plusieurs frontons successifs, arborait aux fenêtres beaucoup de linge et de paraboles.

La promenade vespérale de toutes les villes méditerranéennes, le *paseo* hispanique, le *passegio* italien.

Sur le chemin du retour, juste avant le port, près d'une statue de Neptune trônant au-dessus d'un vieille barque, un vieil eucalyptus ombrageait une demeure imposante : terrasse à balustrade, toits en tuiles romaines, façade ocre délavée. Presque un palais. D'après l'inscription, il s'agissait de la maison de la Culture et de la Jeunesse. En fait, l'ancienne maison des pionniers. Elle semblait déserte, mais on entendait le son d'un piano. Guidés par la musique, nous avons gravi le vaste escalier nu et lépreux. Je reconnaissais le deuxième mouvement d'une courte sonate de Beethoven, un tempo de valse emportée où éclate un vrai bonheur, comportant des assonances imprévues. Au deuxième étage, au bout d'un couloir obscur, nous avons poussé la porte d'une pièce dont la fenêtre grande ouverte donnait sur un balcon à colonnades et sur les branches de l'eucalyptus qui frissonnait dans le crépuscule. La pièce était vide, à l'exception, dans un coin, d'un vieux piano droit sur lequel tapait un garçon d'une dizaine d'années qui faisait beaucoup de fautes avec sensibilité et dextérité. Il s'est rendu compte de notre présence mais ne s'est pas arrêté. Klavdij a fait quelques photos en profitant de cette lumière décroissante du soir qu'il affectionne, sur le balcon et dans la pièce.

En sortant, nous avons croisé un rat qui trottinait dans le couloir. Il nous a guidés, de couloirs sombres en paliers croulants, jusqu'à une salle de spectacle plongée dans l'obscurité. Sur la scène faiblement éclairée, six jeunes gens jouaient de la musique albanaise : violon (le violoniste n'avait pas dix ans), clarinette, grand tambourin, çifteli, accordéon, contrebasse. Nous nous sommes assis au fond de la salle vide. La répétition se terminait. Un homme mince, en complet sombre, a traversé la salle et nous a adressé la parole en italien comme si notre présence était naturelle. Il s'est présenté comme le directeur de la maison, et le père du petit pianiste. Le groupe que nous venions d'entendre devait se rendre la semaine suivante à Istanbul, sur invitation du gouvernement turc, avec d'autres enfants de Durrës. Il a tenu à nous conduire sur la terrasse supérieure pour que nous admirions le panorama.

La nuit tombante rendait à la ville abîmée et meurtrie toute sa splendeur ancienne. Au nord, sur la hauteur dominant la mer, se dressait le château royal de Zog. Autour de nous, d'autres maisons patriciennes prises dans un ensemble qui avait été autrefois un grand château fort et, tout près, la maison de Fan Noli, à demi écroulée. Une demeure en cours de réfection était, nous a-t-il dit, destinée à devenir une banque. Celle où nous étions avait été construite par un Habsbourg. Que faisait ce Habsbourg à Durrës au début du siècle ? N'était-ce pas plutôt le palais éphémère de von Wied qui avait été transformé en maison des pionniers ?

Dans le bureau du directeur trônait le portrait de Berisha : « Un grand démocrate », a-t-il précisé d'un air convaincu. Il nous a dit qu'il était musulman, en ajoutant aussitôt que tous les Albanais sont un seul peuple, etc. *« Tutti gli Albanesi siamo amici. »*

Nous sommes descendus nous asseoir à la terrasse d'un café minuscule et il a continué à nous chanter les louanges de la démocratie retrouvée. Klavdij lui a demandé ce qui, à ses yeux, était le pire : quatre siècles de domination ottomane ou cinquante ans de communisme ? Il a refusé prudemment de trancher en faisant remarquer qu'il ne fallait pas oublier l'oppression grecque. « Laquelle, celle de l'Empire byzantin ? – Pas seulement. » Et ne pas oublier non plus les Italiens… Quant au communisme, il s'agissait d'un système où tout était fait pour un petit nombre. La démocratie, elle, est faite pour tout le monde. Alors, forcément, il était démocrate…

Nous avons évoqué notre voyage à Gjirokastër. Exclamation : *« Ostarojno ! »* Il m'a fallu un instant pour comprendre que, dans son émotion, il parlait russe – il faisait donc partie de cette génération qui a appris le russe à l'école. « *Ostarojno !* Attention ! Vous êtes fous d'aller à Gjirokastër. Il y a des bandits, là-bas. – Gjirokastër, dangereux ? Pourquoi ? – C'est la ville natale d'Enver Hoxha. La région est peuplée de ses amis. – Mais encore ? – En plus, ils sont tous grecs… »

J'ai fait remarquer que Gjirokastër n'était pas seulement la ville natale d'Enver Hoxha, mais celle d'Ismail Kadaré. Que pensait-il du grand écrivain ? « Kadaré un grand écrivain ? C'était surtout l'ami intime d'Enver Hoxha. Il était communiste, comme lui. Aujourd'hui, il a retourné sa veste. Il vit à Paris. » Pourquoi cette hostilité, tellement forcée qu'elle sonnait faux ? N'était-ce pas parce que les Albanais, qui se sont arrangés du régime communiste et savent profiter du nouveau, voient la figure de Kadaré comme dans un miroir qui leur renverrait leur propre image telle qu'elle fut dans le passé, incarnant leur propre soumission, et veulent à tout prix exorciser cette image-là aux yeux de l'étranger ? Kadaré, enfant chéri d'Enver Hoxha ? Ou Kadaré frôlant plusieurs fois la prison et la mort ? Les deux sont vrais, mais entre les deux il y a *Le Général de l'armée morte*, *Les Tambours de la pluie*, *Chronique de la ville de pierre* et d'autres chefs-d'œuvre. Parvenir à les écrire sous un régime où chaque mot devait être pesé, pouvait être suspect et se retourner contre son auteur, cela demande, surtout, de l'acharnement et du courage.

Notre ami a tenu à payer les cafés. Il nous a dit adieu, en portant la main à son cœur.

*

Le petit restaurant, dans la rue que notre hôte nous avait recommandé de ne pas quitter sous peine de tomber victimes de la mafia – et dont nous nous étions longuement écartés –, s'appelait l'Albitalia. Malgré notre frugalité – salade mixte, fromage et vin, comme à l'Adriatik à midi –, nous y avons été traités comme des princes. Le vin blanc était sec et un peu piquant : exactement ce dont nous avions besoin. Le patron tenait à honorer en nous ses amis italiens. Il connaissait beaucoup d'Italiens, particulièrement des Napolitains et des Siciliens. C'était d'ailleurs son ami italien qui lui avait prêté l'argent pour ouvrir ce restaurant. Et pour couronner le tout, il a mis l'*Ave Maria* de Schubert. En italien.

« Chez nous », la télé fonctionnait toujours et il n'y avait toujours pas d'eau. Notre logeur nous a prêté un réveil. Nous n'avions pas réussi à élucider l'énigme du bus : partait-il à cinq heures trente ou à six heures trente ? Dans le doute, il était prudent de prendre le premier horaire pour le bon… et donc de nous lever à quatre heures et demie.

Au total, la journée avait été satisfaisante. Mieux : rassurante. Durrës, entre saleté et dignité, nous avait été accueillante, tellement accueillante même que nous nous sommes surpris à nous dire que ça ne pouvait pas durer : quand donc, se dépouillant de ses oripeaux de princesse déchue, allait-elle se transformer en citrouille comme le carrosse de Cendrillon ? C'était peut-être pour demain ? *Ostarojno !*

Albanie, Gjirokastër, mai 1995.

4

La ville de pierre

Avant que sonnent quatre heures et demie, les appels des muezzins (des vrais, qui ne semblaient pas enregistrés), le chant des coqs et les grattements insistants du chien Boby à la porte de la cour nous ont tirés de notre sommeil. Un broc d'eau m'a permis de me raser sur l'évier, sans miroir, tandis que Klavdij se lavait les pieds dans la cour, suivant en cela les recommandations de son oncle slovène : « Mon enfant, si tu ne te laves pas les pieds tous les jours, tu auras l'air d'un Bosniaque. » (C'était au temps où tous les peuples de Yougoslavie se disaient frères.)

Nous avons traversé Durrës vide, presque fraîche et reposée dans le jour naissant. Boby ne nous a pas lâchés jusqu'à la gare, comme un hôte attentionné qui reconduit ses amis. Le bus était bien là, et – miracle ? – il a démarré à cinq heures et demie pile. Il avait déjà beaucoup servi sur les autoroutes italiennes et n'avait plus de suspension. Le conducteur semblait un homme d'expérience. Son acolyte inspirait des réserves : un gaillard à longue chevelure tombant sur les épaules, pantalon et chemise noirs, ceinture cloutée et grosse chaîne argentée autour du cou. Le chauffeur aimait la musique albanaise ou, à défaut, turque et grecque. Le chevelu préférait le hard-rock.

Les passagers étaient réservés et silencieux. Trois paysannes en noir voyageaient seules. Un jeune couple en jeans n'en finissait pas de feuilleter ses passeports neufs avec émerveillement, comme un trésor de légende. Un

Tzigane tenait dans ses bras un bébé langé, d'un air farouche, bien décidé à ne pas le lâcher de tout le voyage. Sa femme était blonde, nuque verticale et le haut du crâne horizontal formant un angle droit, visage long et mince, yeux bleus : authentique descendante des Illyriens qui, chaque Albanais vous le répétera, ont précédé *tous* les autres peuples dans la région.

*

De Durrës à Fieri, la route étroite file vers le sud sur une soixantaine de kilomètres à travers la plaine côtière, sœur jumelle de celle qui s'étend en face, en Italie, de Foggia à Bari : aussi riche et productive. La plaine italienne est un modèle d'exploitation moderne fondée sur des traditions ancestrales, semée de curieux et minuscules édifices archaïques en pierre sèche que l'on appelle les *trulli* et qui préfigurent étrangement les blockhaus albanais. Des oliveraies y alternent avec des serres. Les cultures en plein air, vignes, artichauts sont irriguées sillon par sillon par des réseaux de tuyaux en caoutchouc. De temps à autre, des salines, une usine moderne, en activité, des villes aux immeubles repeints de neuf.

Le socialisme a visé la même prospérité. Les serres sont là, les usines aussi. Plus massives, construites en matériaux et selon des normes qui, pour nous, relèvent déjà de l'écomusée, mais dont on devine qu'ils ont été conçus pour durer éternellement, comme le communisme : serres aux lourdes structures métalliques garnies de vitres en verre, usines géantes aux imposantes cheminées. Tout cela n'est plus que ruines. Pour les usines, passe encore, le spectacle n'est pas différent dans certaines parties de la Lorraine, et le socialisme, ici comme ailleurs dans les anciennes démocraties populaires, n'a ni prévu ni su encaisser le choc de la deuxième révolution industrielle. Mais les serres ? Toutes ont leurs vitres brisées, leurs montants tordus et rouillés, leurs réseaux d'arrosage et de chauffage arrachés ou crevés, toutes sont envahies par une végétation sauvage.

Et puis, ici, ce n'est pas comme chez nous un patronat soucieux de rentabilité qui a cyniquement abandonné ses installations devenues obsolètes. Ce sont les travailleurs eux-mêmes qui, dans cette crise de folie collective de l'hiver 1992, ont cassé l'outil de travail, comme le firent parfois jadis, au XIXe siècle, les sous-prolétaires français ou anglais, à bout de désespoir, en détruisant les machines dont ils étaient les esclaves.

Les seuls espaces cultivés et verts étaient donc composés d'une multitude de lopins de terre, découpés dans les grands champs des coopératives dissoutes. Beaucoup de monde s'y activait avec des ânes, des petits chevaux et bien peu de tracteurs. Des coopératives, des fermes d'État proprement dites, restaient les baraques habitées ou les immeubles de briques groupés derrière un portique qui avait dû porter des slogans triomphaux, planté sur un chemin de terre. Des troncs décapités rappelaient qu'elles avaient été entourées de bouquets d'arbres.

Ces cultures étaient nettement plus nombreuses qu'à mon passage précédent : preuve qu'un nouveau système d'exploitation se développait ? Autre changement, la présence de quelques pompes à essence neuves. Lors de mon premier voyage, les rares qui existaient étaient entourées de hautes grilles : le pompiste – quand la pompe n'était pas vide – se tenait à l'intérieur de la cage. Dernier élément neuf du décor : des minarets de béton, qui semblaient tous avoir été préfabriqués dans le même moule et expédiés en tronçons depuis le généreux pays donateur (Turquie ou Émirats ?) pour être assemblés dans leur village de destination. Mosquées apparemment sans fidèles, d'ailleurs.

Difficile de faire des diagnostics économiques à travers la fenêtre d'un bus. Mais, depuis mes premiers pas dans Durrës, l'impression ne me quittait pas que quelque chose avait changé : sur le fond du délabrement et de la misère, une vie plus active, comme une paix retrouvée – un printemps albanais ?

Dans les villes traversées, toujours les mêmes constructions : maisons carrées traditionnelles sur lesquelles grimpaient des vignes, faisant face ou parfois mêlées sans plan lisible à des immeubles rectangulaires en briques nues grossièrement ajustées, entourés d'espaces jonchés de détritus. Parfois, à l'orée de la ville, presque en plein champ, un marché animé, agglomérat compact de milliers de gens, ânes et voitures à la périphérie.

Un village albanais, même le plus campagnard, c'est presque toujours un morceau de cité HLM parachuté en pleine nature.

À Fieri, le bus a obliqué vers l'intérieur. Dans les plis des premiers contreforts montagneux sont apparus les puits de pétrole. En désordre, épouvantails noirs, la plupart immobiles : le liquide bitumeux ruisselle sur les prés, forme des mares épaisses et luisantes, s'amasse au fond des vallées dans des étangs, et les vaches paissent dans les intervalles souillés.

Puis la route s'est encore rétrécie pour attaquer la montagne. Les pentes environnantes étaient couvertes jusqu'aux crêtes de terrasses abandonnées, autres travaux pharaoniques avec l'implantation des blockhaus, justifiant le slogan d'Enver Hoxha : « La pioche dans une main, le fusil dans l'autre. » Les visiteurs étrangers de l'époque ont décrit la jeunesse enthousiaste qui partait à l'assaut des montagnes pour les transformer en un grand jardin. S'ils l'ont vu, ce doit être vrai. Mais il est vrai aussi que des 80 000 personnes qui, d'après un rapport des Nations unies, ont été condamnées aux camps ou à la prison entre 1944 et 1954 – et dont 10 000 sont mortes –, une partie a été affectée à ces tâches régénératrices, et ça ne s'est pas arrêté en 1954 : on parle couramment de 400 000 personnes internées à un moment ou un autre sous le régime communiste.

Nous avons eu le temps d'apercevoir, face à nous et déjà proches, de hauts sommets neigeux derrière lesquels se dessinaient, plus hautes encore, les cimes du mont Grammos qui marquent la frontière entre l'Albanie, la Grèce et la Macédoine. Puis une pluie mêlée de neige nous a enveloppés.

*

Le mont Grammos. Soudain m'est revenue en mémoire la photo d'un homme découpée dans un journal, à peine une vignette, que, vers mes dix-sept ans, j'avais épinglée sur le mur de ma chambre parmi d'autres images. L'étrange, c'est qu'aujourd'hui ces autres images sont floues – je suppose qu'il y avait là le bric-à-brac fluctuant des admirations de l'adolescence : le poème *Liberté* d'Éluard, la photo de Gary Davis –, mais que le visage de cet homme, lui, demeure net : des traits anguleux, accentués encore par la mauvaise qualité de l'impression très noire, un nez en bec d'aigle, une épaisse moustache : Markos Vafiadès, appelé plus communément Markos tout court, Premier ministre du gouvernement démocratique provisoire grec et commandant en chef de l'« armée démocratique », l'ELAS. Sous la photo, son nom avec la légende du journal : « fusillé sur ordre de Staline ».

C'était en 1949. La guerre, en Grèce, durait depuis dix ans. Guerre victorieuse contre les Italiens. Occupation nazie. Libération des deux tiers du pays par les forces unies de la résistance. Débarquement d'une armée formée à l'extérieur, renforcée de divisions britanniques… Les partisans, parmi lesquels les communistes étaient majoritaires, avaient refusé de se laisser confisquer le pouvoir par ce qu'ils appelaient « la coalition monarcho-fasciste » et qui, pour eux, renouait avec l'avant-guerre, c'est-à-dire le régime dictatorial de Metaxas. Mais, en 1944, un échange fameux de petits papiers entre Churchill et Staline avait scellé le sort de la Grèce : celle-ci tombait dans l'aire d'influence anglaise. Ce fut alors la guerre civile, qui fit 150 000 morts. Elle se termina par l'écrasement – au nom, comme toujours, d'un « nouvel ordre mondial » – du dernier rêve de fédération balkanique : une fédération où les peuples, redevenus frères comme au temps de la lutte unie contre les oppresseurs ottomans, ne seraient plus enfermés dans les frontières de nations trop étroites et toujours contestées par les voisins. C'était une utopie, et – qui s'en étonnera aujourd'hui que l'utopie a si mauvaise presse ? – cette utopie était donc communiste.

Ce fut sur les pentes du mont Grammos, de l'autre côté de ces sommets neigeux, que l'ELAS livra, de 1948 à 1949, ses dernières batailles. Dans ses rangs s'étaient engagés massivement ceux que l'on appelle en Grèce les Slavo-Macédoniens, c'est-à-dire les Macédoniens du Sud, hellénisés depuis 1913, groupés dans un mouvement autonomiste, le NOF. Pour eux, communisme ou pas, ce qu'ils défendaient, c'était l'idée qu'ils ne seraient plus une minorité, c'est-à-dire des étrangers sur leur propre terre, et qu'ils pourraient construire, à part égale, une patrie commune.

Pour venir à bout de la résistance des *andartes* de l'ELAS, les troupes gouvernementales menèrent la guerre totale. 500 000 paysans furent déplacés et « regroupés » autour des villes. Les partisans prisonniers furent fusillés par milliers. Les camps de la mort – dont la célèbre île de Makronissos – regorgeaient de suspects « crypto-communistes ». Certes l'opinion mondiale s'émut lorsque le *Daily*

Mirror publia la photo de gendarmes venant toucher leur prime en apportant les têtes coupées de femmes partisans, d'autant que ces défenseurs du monde libre avaient été formés par des instructeurs britanniques. Il n'empêche que ledit monde libre fournit le meilleur de lui-même : les États-Unis envoyèrent armes, matériel, conseillers militaires.

Ce fut aussi sur les pentes du mont Grammos que pour la première fois fut expérimenté massivement le napalm. Il paraît qu'il fit merveille. Les Américains employèrent également des bombes chimiques et incendiaires pour détruire la végétation et transformer la montagne en no man's land intenable.

Les « bandits », parmi lesquels des adolescents, des femmes (« toute la générosité de la Grèce », écrit Dominique Eudes dans *Les Kapetanios*), tenaient toujours. Ils ignoraient que les 200 000 hommes de l'armée moderne, l'artillerie lourde, les avions américains qui les acculaient aux sommets et les y écrasaient n'étaient qu'une des branches de la tenaille dans laquelle ils étaient pris. L'autre était la volonté de Staline d'en finir avec cet abcès : non par fidélité à son pacte secret avec Churchill, mais parce que, comme d'autres mouvements forgés dans la lutte armée, ces communistes grecs épris d'indépendance, dont les chefs ne venaient pas de l'appareil du Komintern, représentaient des trublions pour l'ordre soviétique. Au moment même où les hommes de l'ELAS se débattaient sous un déluge de flammes, une logique aberrante sévissait au-dessus d'eux et parmi eux : non seulement ils ne recevaient pas d'aide des « pays frères », mais l'appareil stalinien liquidait un à un leurs chefs historiques et les remplaçait par des apparatchiks. À une guerre de mouvement, de guérilla dans les campagnes et d'agitation dans les villes, préconisée par Markos, les nouveaux cadres, obéissant aux ordres du Kremlin, opposaient une stratégie de batailles rangées, de tranchées. Elle ne pouvait conduire qu'à la défaite finale.

Cela n'empêchait d'ailleurs pas les partis communistes du monde entier, le Mouvement de la Paix, d'organiser des manifestations de soutien à la lutte des démocrates grecs. À défaut d'armes, on expédia aux partisans le poète Paul Éluard. « Coiffé d'un calot à oreilles qui tenait du bonnet phrygien et de la toque de berger », il harangua les troupes gouvernementales du haut des montagnes de Thrace, à quelques mètres de la frontière bulgare, relayé par deux cents haut-parleurs :

> Fils de la Grèce !
> Je m'adresse à vous, les paysans, les ouvriers, les intellectuels… sans autre considération que mon unique souci pour la vérité et ma passion pour la paix…
> Dans le monde entier, les simples gens luttent pour la paix. Le brave peuple de Grèce, couvert de gloire, se trouve à l'avant-garde de cette lutte.

Le seul soutien des communistes grecs était Tito, lui-même en passe d'être excommunié par Staline pour déviationnisme : en fait pour avoir défendu et essayé de mettre en œuvre l'idée de la fédération balkano-danubienne, laquelle aurait formé un ensemble beaucoup trop puissant pour ne pas menacer l'hégémonie soviétique. Dilemme pour Tito : ces communistes grecs étaient maintenant dirigés par des hommes aux ordres de Staline et devenaient donc ses ennemis. C'est ainsi que l'ELAS perdit son dernier appui.

Pauvre Éluard, qui croyait que « le Parti a toujours raison »… Il écrivit de beaux poèmes philhellènes, inspirés de Victor Hugo (« Je veux, dit l'enfant grec, dit l'enfant aux yeux bleus / Je veux de la poudre et des balles… »), sous le titre *Grèce, ma rose de raison* :

Le mont Grammos est un peu rude
Mais les hommes l'adoucissent
....
Plus bêtes que poudre à canon
Nos ennemis nous ignorent

Ils ne savent rien de l'homme
Ni de son pouvoir insigne

Notre cœur polit la pierre.

Privés de poudre et de balles, le 25 août 1949, ce fut la fin pour les enfants grecs, 4000 partisans épuisés, dont beaucoup étaient blessés et brûlés par le napalm, sur les sommets « un peu rudes » du mont Grammos. Plusieurs divisions montèrent à l'assaut au prix de pertes énormes, appuyées par cinquante avions anglais Curtiss-Helldivers spécialisés dans l'attaque en piqué et porteurs de deux tonnes de bombes chacun. Tout cela en présence de l'état-major royal, du roi Paul et du général américain Van Fleet. Tito avait fermé la frontière macédonienne. Les hommes qui réussirent à passer en Albanie et, au nord, en Bulgarie furent désarmés et internés.

Partisans fidèles à la tradition héroïque de l'indépendance grecque, celle que chanta Kazantzakis dans la *Liberté ou la mort*, et oubliés de l'histoire… « Pourquoi, a écrit le grand poète Solomos, pourquoi la liberté n'est-elle possible que dans la mort ? »

D'autant plus oubliés de l'histoire, qu'ils étaient de ceux dont il est de bon ton aujourd'hui d'affirmer qu'ils n'ont jamais existé, c'est- à-dire des communistes sincères, de cœur plus que de raison, tels que les a décrits Stratis Tsirkas dans *Cités à la dérive*, ignorant tout, « à la base », des réalités lointaines des appareils staliniens et du système soviétique, sans arrière-pensées et n'ayant qu'une seule idée : la résistance à l'occupation nazie n'avait de sens que si elle débouchait sur la fin du mépris, sur une société différente qui ne serait plus celle de la soumission d'antan – à la royauté, à la dictature.

Markos, lui, avait réussi à échapper à l'assassinat préparé par ceux qui avaient pris sa place à la tête de l'ELAS. Passé en Albanie, il fut expédié en Russie. Contrairement à la légende de ma photo, il ne fut pas fusillé. Il passa des années au Goulag. Libéré, réhabilité sous Khrouchtchev, il trouva encore le moyen de se faire exclure de nouveau du parti communiste grec en 1961… Et ensuite ? Ensuite, je ne sais plus. Naturellement, cela me coûterait peu de m'informer. Mais pourquoi pas, plutôt, m'en tenir à la sagesse de Klavdij : laissons aux histoires leur droit de rester inachevées…

Oui, mais surtout, ne nous laissons pas aller à remodeler l'histoire à l'image de ce que nous aurions voulu qu'elle fût – à raconter l'histoire comme on se raconte des histoires. Celle que je viens de *me* raconter n'est que le bon profil que j'ai longtemps cru voir. Elle a son autre profil. Que les *andartes* aient été héroïques et la répression du régime d'Athènes barbare, que les chefs de l'ELAS issus du peuple aient été exécutés, comme Aris, ou persécutés, comme Markos, par Staline, cela n'en fait pas des apôtres sans taches. Nombreux sont les villages grecs qui gardent la mémoire d'atrocités de la guerre civile qui furent le fait de l'ELAS, dont les cadres appliquaient de façon obsessionnelle une purification politique qui ne le cédait en rien, par la cruauté et l'arbitraire, à la purification ethnique pratiquée sur les mêmes lieux dans d'autres temps. L'histoire est comme le mont Grammos dans le poème d'Éluard : « un peu rude ».

*

Si la circulation sur les routes présente quelque danger, c'est moins du fait du mauvais état des chaussées que de celui des véhicules et de la manière dont ils sont conduits. Avant 1991 la voiture privée n'existait pas : donc personne, sauf les chauffeurs professionnels et les agents de l'appareil d'État, n'avait conduit une voiture de sa vie. Le permis de conduire est une innovation. Ce n'est pas au moment où l'Albanais conquiert enfin sa liberté qu'on va lui imposer des règlements aussi contraignants que celui du Code de la route. Une conséquence en est qu'un conducteur ne s'arrête pas quand il débouche sur une route principale. D'où des heurts fracassants.

Si l'on ajoute aux véhicules automobiles les autres, hippomobiles, asinomobiles et humanomobiles, les vélos, les animaux divers, de bât, de boucherie ou d'agrément, les simples et innombrables piétons, si l'on tient compte de la présence, empiétant sur la chaussée aux carrefours, en rase campagne ou à la sortie d'un virage, de vendeurs postés près d'un minuscule étal de fruits, de cigarettes ou de Coca-Cola, si l'on sait aussi qu'à tout moment on peut trouver la voie obstruée par une voiture en panne entourée d'un grand concours de peuple qui ne laisse pas de place pour se faufiler, on admettra que conduire demande vigilance et sang-froid.

Son sang-froid, c'est au moment où nous arrivions en vue de la ville de Tepelenë que notre chauffeur l'a perdu. Un coup de frein brutal nous a tirés de notre torpeur. Nous nous sommes levés d'un bond. Tous les passagers se sont levés d'un bond. Une Mercedes, venant de la gauche, avait coupé la route du bus. Déjà notre chauffeur avait jailli au-dehors. Le conducteur de la Mercedes l'a cueilli d'un coup de poing avant de remonter dans sa voiture et de repartir en faisant crisser ses pneus. Le chauffeur est rentré dans le bus et s'est adressé en vociférant aux passagers. Nous n'avons pas compris sa harangue,

Région du Kosovo, 1992.

mais nous avons repéré à plusieurs reprises, sans erreur possible, le mot « psychopathe ». Du chœur des passagers s'est élevé un concert de cris belliqueux. Puis le chauffeur du bus a démarré à son tour, également en trombe, ce qui était un exploit en soi, et s'est mis à foncer comme Fangio sur la route particulièrement sinueuse. Toujours debout, nous compris, les voyageurs lui prodiguaient leurs encouragements, tandis qu'il ne cessait de répéter l'injure suprême : « Psychopathe ! »

Le second acte s'est joué au débouché de la route sur la grande place de Tepelenë, dont les maisons s'étagent sur les contreforts de la montagne. La Mercedes avait stoppé là et le psychopathe nous attendait de pied ferme, entouré de la garde rapprochée de ses propres passagers – c'est fou, décidément, le monde que ça peut contenir, une Mercedes albanaise ! – et d'un cercle de badauds qui, à leur mine résolue, semblaient bien faire tous partie de son cousinage. Notre chauffeur est descendu. Tous les voyageurs sont descendus. Nous sommes descendus. Deux lignes d'hommes se faisaient face. Les apostrophes homériques volaient. L'affrontement semblait inévitable. Déjà, d'ailleurs, sur une aile, deux jeunes gens au sang vif entamaient une rixe. Ils ont été maîtrisés.

Deux petits groupes se sont détachés et ont entamé un long conciliabule. Après quoi, ils sont revenus vers leurs chefs respectifs et les ont poussés l'un vers l'autre. Les deux chauffeurs outragés ont échangé quelques mots, se sont écartés de nos rangs pour marcher gravement sur la place en discutant. Quand ils sont revenus, ils étaient soudés par une étreinte, un bras passé autour du cou de l'autre, ne se lâchant que pour se tripoter affectueusement. Les rangs se sont défaits, les ennemis de l'instant précédent ont porté la main à leur cœur en signe d'adieu, et nous sommes remontés dans le bus dans un calme aussi impressionnant que la violence avait été subite et extrême. Avions-nous assisté à une leçon vivante de bessa ? En tout cas, nous savions désormais que les traditions guerrières de Tepelenë chantées par lord Byron n'étaient pas mortes.

En 1809, Byron suivait la même route que nous :

> Le voile sombre de la nuit s'étendait peu à peu sur la terre lorsque Childe Harold aperçut les tours de Tepelenë dont les lumières brillantes ressemblaient à des météores. Et plus il s'approchait, plus ses oreilles bourdonnaient des cris sourds des guerriers doublés de la voix du vent engagé dans le long vallon. Il passa près de la tour silencieuse et sacrée du gynécée, il entra sous les larges arcs du portail et contempla le palais du terrible souverain…

Nous, à travers la pluie, nous avons surtout aperçu les éternels blocs d'immeubles délabrés, des carcasses de voitures et des ânes entravés.

Tepelenë fut une forteresse redoutable, car elle verrouille, sur l'antique et toujours vivace Via Egnatia, les vallées qui mènent à tout le haut pays et à la Grèce. La ville fut détruite en 1914 par les Grecs, à l'époque où ils voulaient annexer la région, puis par un tremblement de terre. Il ne reste pas grand-chose du palais décrit par Byron, qu'Ali, pacha de Jannina, natif du lieu, dit encore Ali la Hache, avait fait construire dans la forteresse.

Ali de Tepelenë était un homme d'une courtoisie exquise et d'une cruauté sans pareille. Byron fut fasciné par lui, au point de concevoir à son égard une durable amitié. C'est peut-être de cette amitié que naquit son amour pour la Grèce qui le fit revenir douze ans plus tard à Missolonghi, lui qui, à l'époque, rêvait plutôt d'aller combattre aux côtés de Bolivar en Amérique du Sud.

Albanie, 1994.

Byron avait fait naufrage au large des côtes albanaises. Il avait été recueilli par des Souliotes, des Albanais chrétiens et hellénophones, qui exerçaient l'honorable profession de brigands. Il avait été ravi par leurs chants, qu'il a fidèlement (?) retranscrits :

> En partant du port de Parga
> Nous étions soixante-deux brigands.
> Brigands, tous à Parga !
> Tous brigands à Parga !

Ces Souliotes avaient été d'abord farouchement combattus par Ali Pacha (le tableau d'Ary Scheffer, « Les femmes souliotes se jettent avec leurs enfants dans un précipice pour échapper à Ali Pacha », reste comme l'un des chefs-d'œuvre de l'art pompier). Puis celui-ci comprit qu'il avait tout à gagner à les avoir pour alliés, et il en fit son corps d'élite. À Tepelenë, le maître des lieux réserva à Byron un accueil magnifique :

> En un pavillon aux dalles de marbre, au centre duquel jaillissait une fontaine d'eau vive qui répandait une bienfaisante fraîcheur, et où de molles et voluptueuses couches appelaient au repos, Ali s'est étendu, homme de guerre et de malheur : en ses traits cependant vous ne sauriez retrouver, lorsque la Douceur répand son suave éclat sur ce visage vénérable, les crimes qui s'y cachent et qui le souillent d'infamie…

Blond aux yeux bleus, étendu sur sa peau de lion, il fumait son narguilé, en jouant avec un chapelet de grosses perles et d'émeraudes et à la poignée de son yatagan étincelait le gros diamant acheté au roi de Prusse. Cet homme charmant avait empoisonné ses frères et variait les plaisirs des exécutions capitales : ses ennemis étaient sciés entre deux planches, écorchés ou dépecés vifs, bouillis, empalés ou embrochés… En conséquence, il avait l'étoffe d'un homme d'État. Lorsque Napoléon, par ses victoires, eut étendu l'Empire jusqu'aux îles Ioniennes, Ali Pacha tenta d'établir une alliance pour se débarrasser de la tutelle ottomane. Napoléon lui envoya deux officiers d'artillerie et un consul, Charles de Pouqueville. Le pacha trouva que c'était peu. Il se vengea en attaquant les garnisons françaises et en retenant le consul prisonnier plusieurs années. C'est ainsi que Pouqueville put écrire, sans l'avoir vraiment prémédité, son *Voyage en Morée, à Constantinople et en Albanie*, qui est la description la plus précieuse de l'époque.

Ce potentat fut, à sa manière barbare, l'un des premiers fédérateurs balkaniques : en 1821, il sut habilement réunir sous son commandement Grecs et Albanais, guègues ou tosques (les deux grandes communautés linguistiques albanaises), catholiques, orthodoxes et musulmans, pour se rebeller contre la Porte, au moment même où couvait la révolution grecque. Les Turcs vinrent à bout d'Ali Pacha, mais non du jeune gouvernement grec formé dans la péninsule hellénique, lequel n'était pourtant guère du goût de l'Europe du traité de Vienne et de la Sainte Alliance, celle de Metternich, de Pitt, d'Alexandre Ier ou de Charles X : tailler des croupières à la Turquie, ils n'étaient pas contre, mais une république à leur porte, non ! Il fallut que les insurgés grecs étonnent le monde, et que les peuples et les poètes s'en mêlent, pour retourner l'opinion en leur faveur.

Parmi ces poètes, Byron, qui revint en Grèce, en 1823. Il débarqua, plus au sud, à Missolonghi, où il comptait rejoindre Mavrocordato, le plus intellectuel des insurgés grecs, né à Constantinople, hospodar de Valachie, vivant à Odessa quand il ne courait pas les capitales européennes, qui parlait couramment français, italien, anglais, russe et peut-être même grec. (« Il est, disait Byron, leur Washington ou leur Kosciuszko. ») Sur son navire, l'*Hercule*, Byron amenait douze hommes, dont son valet de chambre, cinq chevaux, deux petits canons, 50 000 dollars espagnols et deux casques reproduisant fidèlement ceux de la guerre de Troie. Flechter, le valet de chambre, partageait l'opinion de la Sainte Alliance : « Les Turcs sont les seuls hommes respectables de ce pays. S'ils partent, la Grèce sera comme une maison de fous mis en liberté. » « Tu as un regard de pourceau, répondait Byron. Je suis ici pour aider à la régénération d'un peuple dont l'abaissement même fait qu'il est honorable de devenir son ami. » Une fois à pied d'œuvre, il n'eut rien de plus pressé que de recruter son armée personnelle parmi ses fidèles Souliotes : « Il y a, entre eux et moi, une parenté de pain et de sel. » Les choses se gâtèrent quand ses trois cents Souliotes demandèrent, au moment de la paie, qu'il compte parmi eux deux généraux, deux colonels, deux capitaines et cent cinquante officiers. Mécontents, ils rentrèrent chez eux. Deux mois plus tard, Byron mourait d'une hémorragie cérébrale. Il avait dit : « Je ferai quelque chose qui étonnera les philosophes de tous les temps. » Et encore : « Jamais je n'ai été si heureux qu'en Grèce. » Il repose dans le cimetière des héros de Missolonghi, aux côtés de Mavrocordato le fin lettré, de Colocotronis le chef de guerre, de Botzaris l'Albanais souliote, et des volontaires étrangers venus de toute l'Europe.

Nous voilà loin d'Ali de Tepelenë, loin même de Tepelenë, qui s'effaçait derrière nous dans la pluie, tandis que le bus reprenait sa montée de la vallée. Mais l'occasion était bonne de rappeler que, aux origines de nos Balkans modernes, il y eut cette étonnante fusion d'appétits sauvages du pouvoir et d'aspirations les plus pures à la liberté, et que les peuples qui luttèrent ensemble contre le joug ottoman ne faisaient pas encore forcément entre eux de différences de nations et encore moins d'États qui n'existaient pas.

*

Gjirokastër, enfin :

> *C'était une ville étrange qui, tel un être préhistorique, paraissait avoir surgi brusquement dans la vallée par une nuit d'hiver pour escalader péniblement le flanc de la montagne. Tout dans cette ville était ancien et de pierre, depuis les rues et les fontaines jusqu'aux toits des grandes maisons séculaires, couverts de plaques de pierre grise, semblables à de gigantesques écailles. On avait de la peine à croire que sous cette puissante carapace subsistait et se reproduisait la chair tendre de la vie.*
> *… C'était une ville penchée, peut-être la plus penchée du monde, qui avait bravé toutes les lois de l'architecture et de l'urbanisme. Le faîte d'une maison y effleurait parfois les fondations d'une autre et c'était sûrement le seul lieu du monde où, si l'on glissait sur le côté d'une rue, on risquait de se retrouver sur un toit…*

Et aujourd'hui, comme dans ces premières lignes du premier chapitre de la *Chronique de la ville de pierre*, entourée de vent, d'eau et de brouillard.

Byron, sur sa route vers Jannina et la Grèce, a ignoré Gjirokastër. Du moins, si j'en crois Kadaré :

> Sur cette même route était passé un voyageur solitaire… Il faisait des vers et boitait. Il avait quitté son pays et errait sans cesse par le monde. Clopinant, il dévorait routes et chemins. En passant devant notre

Albanie, 1994.

ville, il avait tourné la tête vers elle, mais ne s'était pas arrêté. Il était parti dans la même direction que les Croisés. Ce n'est pas, dit-on, le tombeau du Christ qu'il cherchait, mais sa propre tombe.

Le bus nous a laissés sur la place, au bas de la ville, là où, l'année précédente, nous avions, mon compagnon journaliste et moi, tourné désespérément en voiture pour trouver la sortie. Elle s'agrémentait aujourd'hui d'une somptueuse station-service blanche et violette flambant neuve, avec motel et supermarket. Nous avons gravi l'avenue montant à la ville, à laquelle ont bientôt succédé des ruelles caillouteuses. Il devait être midi, les cloches d'une église sonnaient, un muezzin mêlait sa voix à leur carillon, des collégiennes descendaient les pentes en chahutant. Nous ne passions pas inaperçus. Des trottoirs nous venaient des sifflements et des appels. Dignité albanaise, toujours : personne ne vous importune de près. Si quelqu'un a quelque chose à vous proposer – et c'est fou le nombre de gens qui ont quelque chose à vous proposer – il vous hèle sans bouger de sa place. Un bref appel, et surtout un ample geste du bras, une invite à vous déplacer, *vous*, à venir le rejoindre sur le trottoir d'en face : le bras se tend, index pointé, puis s'incurve en revenant vers la poitrine – ça ressemble un peu, en plus rapide, au balancement de la trompe d'un éléphant qui porte une banane à sa bouche, et c'est si convaincant qu'on a du mal à résister.

Ayant entendu quelques mots échangés entre nous, un monsieur – costume et cravate – m'a adressé la parole dans un français volubile. Il était journaliste à la radio de Gjirokastër. Nous cherchions un logement ? Rien de plus facile. Nous pouvions loger chez l'habitant. Par exemple – « Je dis bien : par exemple » – chez lui, dans la chambre de sa fille… Mais nous rêvions de douche chaude, de serviettes sèches, d'une table pour écrire. « L'hôtel est cher, et puis il est plein de réfugiés. » Des réfugiés ? Quels réfugiés ? Qui se réfugie en Albanie ? Des expulsés de Grèce.

L'hôtel défigurait de son mieux l'étroite place centrale de la vieille ville. On gravissait quelques marches pour pénétrer dans un hall obscur et enfumé où stationnaient des groupes d'hommes plus sombres encore. La chambre coûtait 25 dollars, elle était grande, parcourue de gros tuyaux rouillés qui auraient dû chauffer, l'eau coulait dans la salle de bains (elle coulait même un peu trop), et deux paires de pantoufles éculées attendaient nos pieds fatigués. La fenêtre donnait sur la place, un vidéoshop tout neuf et une grande étendue de toits de lauzes grises dégoulinants de pluie. La dame du hall nous avait certainement donné la clef de sa meilleure chambre.

La pluie a cessé, les toits de schistes se sont éclairés de douces luisances argentées : Argyrokastro, le nom grec originel, signifie le « château d'argent ». Le blanc des murs crépis barrés de boiseries sombres et craquelées des maisons ottomanes s'est imposé, comme porteur d'un rayonnement intérieur, sous le ciel plombé.

Nous nous sommes longuement promenés dans les ruelles. Le soir venait, la lumière s'adoucissait sur les ifs et les pins qui jaillissaient parfois entre les toits et les murs.

– Vous ne trouvez pas, ai-je demandé à Klavdij, vous ne trouvez pas qu'ici, chaque maison est un poème de pierre ?

Klavdij a eu un sourire indulgent :

– Décidément, je crois que vous êtes très fatigué.

*

La citadelle s'avance comme un éperon au-dessus de la mer des toits, et derrière, à flanc de montagne, d'autres demeures massives s'étagent encore. Là-haut tout était désert. Nous avons secoué les grilles, des gardiens sont apparus un à un. Qui étions-nous ? Un écrivain et un photographe. Que voulions-nous : visiter ? Nous avons erré sur les remparts, puis dans les souterrains où dormaient des trophées de la Deuxième Guerre mondiale, quelques canons et même un petit char italien. Pendant que je m'attardais à contempler cette ferraille obsolète, les gardiens continuaient de questionner Klavdij :

– Ton ami est écrivain, ça, d'accord : il en a bien la tête. Mais toi, photographe ? Avec cet appareil-là ? Tu te moques de nous ?

C'est vrai : le Leica de Klavdij ne paye pas de mine. Pour les gardiens de la citadelle de Gjirokastër, comme pour la plupart des gens que nous avons rencontrés, un photographe professionnel doit être au moins à l'image des touristes du Club Méditerranée : bardé d'objectifs en érection, du bas-ventre au menton.

Entre les murs de la citadelle, du côté où ils surplombent la ville, les restes d'une piste de danse (ou de la scène d'un spectacle Son & Lumière ?) encadrée des armatures disjointes de hauts projecteurs abandonnés. Surmontant le tout, une plate-forme circulaire déserte : était-ce l'emplacement du canon de DCA légendaire – le canon royal, du temps de Zog – dont l'enfant, dans le récit de Kadaré, pensait qu'il défendrait la ville contre tous ses ennemis ? Non : là s'était dressée la statue géante d'Enver Hoxha. Les gardiens rigolaient d'un air bonasse : « Dictateur ! Dictateur ! » Et Kadaré ? « Ah, lui ! Grand écrivain ! »

Le canon royal n'avait pas défendu la ville. Elle avait été occupée par les Italiens en 1939, prise par les Grecs lors de leur contre-offensive victorieuse de 1940 – le commandant grec s'appelait-il vraiment Katzantzakis, ou cette homonymie est-elle une licence romanesque de

Kadaré ? –, puis réoccupée par les Italiens, suivis des Allemands, bombardée par les Anglais…

Quant à Enver Hoxha, nous avons cherché sa maison en redescendant dans la ville, suivis un moment, entre les tas d'ordures, d'une bande de jeunes garçons agressifs – mais il s'est vite trouvé, comme presque toujours, un adulte pour rappeler aux enfants que l'on doit le respect aux étrangers.

Oserions-nous prononcer le nom du dictateur honni ? Nous l'avons fait. Les vieilles gens souriaient : « Ah ! la maison d'Enver ? » Nous l'avons trouvée, dans un quartier tranquille à flanc de coteau. Une belle bâtisse patricienne. Était-ce bien elle ? Une plaque annonçait le musée ethnographique. Adressez-vous en face, nous ont dit les voisins obligeants. En face, la demeure ottomane était aussi belle, avec son crépi blanc, ses fenêtres de bois ocre en encorbellement soutenues par des poutres ouvragées. Une femme âgée en est sortie. Elle nous a invités à visiter. En russe : elle l'avait appris à l'école, c'était la seule langue étrangère qu'elle connaissait, et puisque nous étions des étrangers… La maison était en cours de restauration : rendue à ses anciens propriétaires, ceux-ci se préparaient à rentrer au pays. Le plancher des grandes pièces avait la teinte chaude de l'or terni, de longs divans garnissaient les murs, des coffres semblaient garder des trésors anciens. La femme en a ouvert un : elle en a tiré un grand portrait d'Enver Hoxha. Image classique, un bouquet de fleurs dans les bras. Elle n'a fait aucune difficulté pour se faire photographier à côté de la photographie, dans l'obscurité grandissante. Un soupir : « Quand même, qu'il était beau ! »

« C'est un bel homme, il est très cultivé », avait dit Molotov d'Enver Hoxha, la première fois qu'il était venu à Moscou. Cultivé, il l'était en effet, pour avoir fait ses études à Montpellier et connu la vie parisienne. « Un

Gjirokastër, maison natale d'Enver Hoxha, mai 1995.

petit-bourgeois trop enclin au nationalisme… » répondit Staline. Staline avait, comme Bismarck, une piètre idée des Albanais : « Des gens arriérés et primitifs. » C'est peut-être pour cela qu'il fit du petit-bourgeois très cultivé – qui avait tout de même conduit la résistance communiste contre les nazis – l'homme de Moscou à Tirana.

Portrait en pied, en 1973, par l'auteur de *L'Albanie*, collection « Petite Planète » – la collection la plus intelligente de l'édition française à l'époque, peu suspecte d'abriter de la basse propagande :

> Il mène une vie calme et régulière. C'est un bon père de famille… Lectures, réunions du Comité central et peu d'apparitions en public… de temps à autre des voyages à travers le pays, de préférence dans les lieux qui nécessitent des changements en profondeur. Il loge chez l'habitant, respecte à la lettre les coutumes, s'assied en tailleur par terre pour discuter politique avec les vieillards en buvant du raki et du café turc, et adore qu'on l'appelle par son prénom : Enver.

Cet homme modeste, ce bon père de famille, avait sa statue gigantesque dans toutes les villes du pays. Sur l'étoile rouge dont toutes les routes étaient balisées, on pouvait lire : « Enver Hoxha. 1908 – Immortel. » Et l'on chantait, en guise d'hymne national, ce *Salut, Enver Hoxha !*

> On dit chez les peuples du monde
> Qu'une étoile éclaire l'Europe.
> Heureux celui que touchent les rayons
> De cette étoile d'Albanie !

Enver Hoxha, ou le triomphe du national-communisme. « Les Albanais, disait-il, préféreront rester sans pain plutôt que de trahir le marxisme-léninisme. » En dépit des biographies officielles, il semble que ce marxisme-léninisme lui soit venu sur le tard : au lycée de Korçë, où il fut professeur de français à la fin des années trente, son directeur l'appréciait tellement qu'il l'avait chargé des cours de morale. Lequel directeur, Xavier de Courville, était un ami de Barrès et un pilier de l'Action française.

Autant que ses « ennemis de classe » – et notamment ceux qui avaient lutté dans le Front national non communiste, le Balli Kombetär –, Enver Hoxha s'est acharné à liquider tous ses camarades des équipes dirigeantes successives. Chaque virage politique s'est accompagné de sa charrette de condamnés : ainsi, de son ministre de l'Intérieur Koçi Xoxe, l'homme de la première répression et des camps les plus durs, et avec lui de quatorze membres du Comité central, lors de la rupture avec Tito. Ainsi des membres prosoviétiques du Bureau politique, lors de la rupture avec Khrouchtchev. À cette époque, son compagnon de la première heure, le Premier ministre Mehmet Shehu, déclarait : « Pour ceux qui essaient d'empêcher l'unité, un crachat en plein visage, un coup de poing dans la mâchoire et, si nécessaire, une balle dans la tête. » Ainsi, enfin de Mehmet Shehu lui-même, « suicidé » après la rupture avec la Chine : d'une balle dans la tête ?

*

Un grand drapeau grec pendait au-dessus du consulat hellénique. Aux fenêtres étaient affichées de longues listes dactylographiées : les noms avaient tous une consonance grecque. La liste des gens habilités à se réclamer d'une origine hellénique et à solliciter un visa pour rendre visite à leurs familles ?

Dans notre chambre d'hôtel, le journaliste de Radio Gjirokastër nous attendait, radiocassette au poing. Toujours volubile, fermement décidé à nous interviewer, séance tenante. Tous les deux ? « Non, pas le photographe. L'écrivain seulement ! » S'il voulait nos impressions d'Albanie, ai-je plaidé, Klavdij en connaissait pourtant plus long que moi. « Bon, alors le photographe aussi, mais pas plus de trois minutes... » Il a bien fallu s'exécuter. Je me suis entendu égrener des banalités sur le retour à la démocratie, la réputation mondiale de Gjirokastër et sa beauté sous la pluie. Je voyais, à l'air contrarié du journaliste, que quelque chose n'allait pas. Je me suis excusé : « Je vous avais prévenu que je parle mal. – Ce n'est pas ça... Mais vous n'êtes pas assez précis. – Dans ce cas, dites-moi plutôt vous-même ce que vous voulez que je vous dise, et j'essaierai... » Son visage s'est éclairé.

– C'est simple. Il faut que vous compreniez que Gjirokastër, que vous trouvez si belle, est aujourd'hui une ville punie. On lui fait payer d'avoir été le lieu de naissance d'Enver Hoxha. Vous l'avez vu, la ville s'éboule, elle n'en finit pas de glisser au flanc de la montagne. On ne fait plus rien pour y remédier, sous prétexte qu'elle a été trop gâtée par les communistes. Or Gjirokastër, c'est le cœur des Balkans. Voilà ce que vous devez dire. Je vous demanderai : Pensez-vous que Gjirokastër doive mourir ? Et vous me répondrez : Non, le cœur des Balkans ne peut pas mourir. Et vous direz encore : Puisque Gjirokastër est le cœur des Balkans, c'est là et nulle part ailleurs que doit se tenir le Festival balkanique !

Je l'ai dit volontiers, et avec d'autant plus de conviction que je n'avais jamais entendu parler du Festival balkanique.

Notre ami avait travaillé quinze ans à la radio. Il en avait été chassé l'année précédente et venait tout juste, cette semaine-là, d'être réintégré, après, disait-il, trois procès successifs. Il gagnait 50 dollars par mois. Pourquoi avait-il été privé de son emploi ? Parce que son frère avait été le secrétaire du comité du parti communiste de la ville. « Mais vous savez, c'était un tout petit poste. » (? ? ?) Et que faisait son frère, aujourd'hui ? « Oh ! il s'est bien reconverti : c'est lui qui a ouvert la pompe à essence toute neuve, en bas, la seule de la région… »

Il était musulman. « Mais tous les Albanais sont frères… », etc. « D'ailleurs, en fin de compte, je suis orthodoxe, puisque nous avons tous été islamisés de force. » Mais lui n'était pas de ces gens qui hellénisent leur nom et arborent une grosse croix sur la poitrine en imaginant que ça leur donnera une chance d'aller en Grèce. Le régime actuel ? « Berisha est d'extrême droite. » Je lui ai posé des questions sur les destructions, parce que je voulais comprendre ce qui s'était passé avec les arbres : qu'on les ait abattus, d'accord, mais pourquoi en restait-il tant de squelettes écorcés, comme s'il avait été plus important de les faire mourir sur pied que de les débiter ? « Des forces obscures se sont déchaînées quand la démocratie est arrivée. La lutte des classes n'est pas morte en Albanie ! » À son tour de manquer de précision.

Au premier étage de l'hôtel, toutes les lumières étaient allumées et une foule élégante se pressait dans les salons. Des policiers, en nombre pléthorique comme toujours, filtraient les arrivants. Je n'ai pas osé entrer, je me sentais trop négligé à côté de ces hommes en complet sombre et cravate. Le journaliste nous avait dit qu'il sortait d'un reportage sur une réunion du parti social-démocrate, et je pensais qu'il s'agissait d'elle. Non : c'était l'exposition des philatélistes.

Pendant ce temps, Klavdij avait patiemment enquêté : l'opinion générale était que le bus pour Korçë partait le lendemain à six heures et demie du matin, et qu'il n'y en avait que deux ou trois par semaine.

– Soyez raisonnables, nous avait dit notre ami en nous quittant, n'allez pas à Korçë ! Ici, le pays est sûr. Mais la route de Korçë ne l'est pas, surtout pour des étrangers. Il pourrait vous arriver malheur. Non, soyez raisonnables, n'allez pas à Korçë !

*

La radio nous a appris que les Croates avaient lancé une offensive éclair sur la Krajina, et que les Serbes avaient riposté en envoyant des missiles sur Zagreb.

5

Korçë : souvenirs d'un lycée français

Et de nouveau, à cinq heures et demie du matin, le chant du muezzin, relayé par les premiers gazouillements d'oiseaux.

Un café amer, dans la baraque en planches où stagnait une lourde fumée de cigarettes refroidie et devant laquelle stationnait le bus qui portait encore le panneau indiquant son ancienne destination, un village grec : KTEL DOMOU. Petit, trapu, une pièce de collection : un Mercedes des années cinquante entretenu avec amour, à part la moleskine éventrée des sièges défoncés et l'absence habituelle de ressorts. La carrosserie était compacte, parfaitement cohérente, rien ne vibrait ni ne bringuebalait, même si le moteur faisait un bruit d'enfer que n'arrivait pas à couvrir la musique des cassettes grecques ou macédoniennes. Toutes les places ont été rapidement occupées, et l'étroit couloir central s'est rempli d'une file de voyageurs qui sont restés debout pendant tout le trajet.

De Gjirokastër à Korçë, il ne doit pas y avoir plus de cent kilomètres à vol d'oiseau, mais le massif qui sépare la vallée de l'une et la plaine de l'autre forme une barrière infranchissable. Il faut donc d'abord redescendre carrément jusqu'à Tepelenë pour remonter le cours d'une autre rivière. Après trois heures de trajet, on arrive au pied des sommets qui forment la frontière. À partir de là, passé un défilé, la route longe les contreforts vers le nord, épousant chaque pli du terrain, passant de vallée en vallée par une série de cols à quelque 1 400 mètres d'altitude. Une route étroite – un chemin vicinal mal goudronné – dont notre petit bus occupait toute la largeur, avec des lacets si serrés qu'il devait parfois s'y reprendre à deux fois dans les virages : alternativement, l'arrière et l'avant se trouvaient dans le vide, au-dessus des torrents en crue. Il allait à son train d'escargot obstiné, jamais plus de vingt kilomètres à l'heure, mais il donnait un sentiment de sécurité, d'autant que, par chance – car comment négocier un croisement sur cette piste entre muraille et abîme ? –, aucune voiture ne passait. En revanche, nous fendions parfois les flots d'un troupeau de moutons.

Tant que nous avions rampé dans la vallée, nous avions traversé des villages peuplés, nous avions vu des serres détruites, leurs puissantes installations de chauffage crevées. Ensuite, sur les pentes sauvages, il n'y a plus eu que les terrassements abandonnés escaladant le ciel. Et toujours les vestiges des arbres qui ombrageaient jadis la route. Et les milliers de blockhaus.

Il faisait froid, nous étions vêtus pour le printemps. Les cimes n'étaient pas seulement enneigées, il y neigeait encore.

Dans le bus, un groupe de jeunes gens faisait la loi. Parmi eux, une fille, la seule d'entre eux à être assise. Ils devaient avoir entre vingt et vingt-cinq ans, pas rasés, gestes brusques, regards durs. Pour nous, uniques étrangers, ils n'avaient que des sourires, mais c'était le genre de sourires au couteau dont on a l'impression qu'ils peuvent filer à tout moment sur autre chose. Sur quoi ? Ils parlaient beaucoup, pour se faire valoir auprès de la fille. Elle, elle ne quittait pas des yeux Klavdij, qui, à deux sièges de moi, somnolait, une main sur son Leica, se réveillait parfois brièvement pour prendre une photo après avoir essuyé la buée de la vitre. La fille plaisantait : peut-être se moquait-elle du vieil appareil cabossé. Les garçons riaient de plus en plus fort. C'était probablement anodin, mais il y avait quand même des instants de grande tension, et je me souvenais des paroles de Klavdij : « Est-ce qu'ils sont en train de vendre votre peau séchée ?… »

Un pneu du bus a crevé, en pleine montagne. Tout le monde est descendu. Nous semblions loin de lieux habités. Pourtant, à quelques mètres, dans un champ pelé, des ânes, tout bâtés, broutaient. En quelques minutes, le petit groupe des voyageurs qui entouraient le chauffeur et son acolyte en train de changer la roue a grossi : des paysans étaient sortis du néant de ce paysage dénudé, des passants s'étaient arrêtés qui allaient je ne sais où, sur ces pentes sans maisons. Des voyageurs s'égayaient dans la nature. J'ai fait de même, mû, comme eux, par un besoin bien naturel. Quelques pierres sont tombées près de moi. Je me suis retourné. C'étaient les jeunes gens qui me les lançaient. Ils m'ont fait de grands signes amicaux et, quand je me suis rapproché, ils riaient de nouveau. Entre rire amical et geste méchant, il n'y avait décidément qu'un fil.

Nouvelle halte, dans une bourgade, près d'un col. Un froid humide et pénétrant. Du thé dans une grande salle enfumée remplie d'hommes. L'endroit s'appelait Leskovic. Où avais-je déjà entendu ou lu ce nom ?

Je m'en suis souvenu plus tard. C'était dans un poème de Nikos Engenopoulos, *Bolivar*, cette ode magnifique à l'humanité, écrite en pleine guerre :

> Nous avions depuis longtemps déjà passé l'ancienne frontière :
> Derrière, au loin, à Leskovic, des incendies s'étaient allumés.
> Et l'armée montait dans la nuit vers le combat…

Ici, donc, étaient passées, dans le terrible hiver 1940, les troupes grecques qui avaient repoussé l'invasion italienne : soldats en haillons, femmes pieds nus tirant les canons dans la neige, pour descendre jusqu'à Korçë et Gjirokastër et pulvériser les rêves impériaux de Mussolini. Une épopée chantée aussi par Elytis dans son *Chant funèbre pour un héros tombé en Albanie*.

Inspiré par la sauvage majesté des cimes immaculées, des torrents impétueux et des abîmes vertigineux, j'ai confié à Klavdij :

– Décidément, l'Albanie est bien le pays des Aigles.

– Je vois, a répondu Klavdij, que vous êtes toujours aussi fatigué.

Et il est allé se rendormir contre sa fenêtre.

Après cette halte, le paysage est devenu plus peuplé. L'architecture changeait : ce n'étaient plus les lourdes bâtisses de pierre, mais de nouveau les maisons carrées de briques et de moellons, avec des toits de tuiles comme on les voit en Macédoine. La route devenait droite, nous avons croisé deux ou trois véhicules. Plus nous descendions vers la plaine, plus les bourgades se faisaient nombreuses. Vues de loin, elles reproduisaient le même schéma : aux abords, des bâtiments industriels détruits (sans que l'on puisse bien voir quelles activités ils avaient abritées), puis des immeubles délabrés, genre cités d'urgence de l'abbé Pierre, plantés en désordre dans le tissu effiloché d'habitations traditionnelles, elles-mêmes passablement défaites, une école (ou un lycée) en ciment bien visible, ainsi qu'un hôpital et, au centre, des constructions administratives lépreuses. Pas d'églises ou de mosquées anciennes, pour cause de « révolutionnarisation culturelle » (terme spécifique sous Enver Hoxha). En revanche, des minarets neufs et quelques églises orthodoxes en chantier : de l'étranger, chaque religion venait planter ses pions.

Huit heures après notre départ, nous arrivions à Korçë. Nous grelottions de froid sous le vent venu des cimes qui formaient muraille à l'est, tout en tâchant d'éviter les flaques et la boue de la grande place.

*

L'hôtel Albturist était vide et glacial : nous y avons négocié âprement l'adjonction d'un minuscule radiateur dans une chambre qui avait été rose. Devant l'hôtel, des bâtiments administratifs et, comme toujours, outre les groupes de changeurs de billets, beaucoup d'hommes, dont des messieurs respectables, extrêmement occupés à leurs activités indéchiffrables. Certains coiffés du fez conique ou rond en feutre blanc que j'appelle irrespectueusement leur pot de yoghourt. De cars et de camions débarquaient des jeunes en blousons noirs qui traînaient des ballots : retours de la frontière grecque de clandestins expulsés ? D'autres groupes se formaient : candidats pour de nouveaux départs ? Il y avait jadis à Korçë, il y a toujours, dit-on, une place appelée le Triangle des Larmes, où les enfants de la ville faisaient leurs adieux quand ils partaient chercher fortune aux quatre coins de l'Empire ottoman.

Lors de mon précédent passage à Korçë – toujours en coup de vent –, je n'avais pas compris pourquoi, à Tirana, on m'en avait parlé avec une pointe de nostalgie comme d'une ville où il faisait bon vivre.

Aujourd'hui j'avais le temps. Il en faut pour qu'une ville accepte de s'entrouvrir comme un vieux grimoire, puis de se déployer sous les yeux et sous les pas de son visiteur. Je comprenais mieux le plan de Korçë : adossée aux premières pentes de la montagne, exposée plein ouest, elle dominait la plaine qui se déroulait à quelque 700 mètres d'altitude. En haut, la ville patricienne, avec le siège de l'Église orthodoxe albanaise autocéphale, réouverte. Près de là, le grand chantier d'une basilique moderne, construite avec l'argent grec. Derrière, dans des ruelles calmes, les demeures cossues, mi-maisons-forteresses turques, mi-hôtels particuliers rococo, enfouies dans les vignes foisonnantes, témoignaient d'une ancienne prospérité bourgeoise. Un peu plus bas, des avenues larges, plantées d'arbres préservés : là commençait la ville contemporaine. Quelques immeubles de style italien datant de la monarchie étaient pris dans la masse de constructions rosâtres des années soixante. Et tout à fait en bas, passé la grande place où trônaient l'hôtel en béton et la poste, le petit labyrinthe du marché avec ses maisons anciennes noircies et croulantes, ses rues aux pavés usés couverts de beaucoup de boue où ne passaient que des charretons traînés par des petits chevaux. À mon passage précédent, je l'avais trouvé sordide et vaguement angoissant.

C'était un bazar grouillant et pouilleux auprès duquel les Puces de Saint-Ouen faisaient figure de magasin de luxe. Un souk où les caravanes auraient apporté de très loin des pyramides de paquets de cigarettes et de boîtes de boissons gazeuses longuement chauffées au soleil, alternant avec des machines à coudre à pédale, de la ferblanterie locale, de grandes barattes en bois et des fers à cheval, des chevreaux vivants et des tapisseries représentant des fauves, des chameaux et des gazelles évoluant sur fond de fleurs délirantes.

Sur la grande place, encore, une foule se pressait autour des journaux affichés et de leurs vendeurs : nettement plus de lecteurs à l'œil que d'acheteurs. Or voici qu'à la deuxième page du *Koha Jonë* j'ai déchiffré la nouvelle du jour : on venait de célébrer solennellement à Tirana le retour des cendres de Faik Konica. Et j'ai eu soudain l'impression que l'on parlait là, dans ce journal, d'un ami proche et très cher.

*

Tout avait commencé deux ans plus tôt. J'étais en Macédoine, dans un café albanais de Tetovo, à boire du thé avec deux professeurs de lycée, fondateurs d'une association d'amitié albano-française. Ils m'expliquaient les difficultés des Albanais macédoniens face à un État qui refusait à près d'un tiers de ses citoyens (chiffre ô combien controversé !) de reconnaître leur langue, leur culture, comme composantes à part entière de la nation. Et voici que soudain, parmi de nombreux exemples des entraves mises à l'enseignement en albanais dans les établissements publics, ils m'avaient asséné cette information à première vue aberrante : « Et rendez-vous compte qu'au lycée, on nous interdit de parler d'Apollinaire ! »

Jusque-là, ils m'avaient paru sérieux. Que venait donc faire Apollinaire dans les démêlés entre Albanais et Slaves de Macédoine ? Et d'abord, parlions-nous bien du même ? Oui, pas de doute possible : Wilhelm de Kostrowitsky, dit Guillaume Apollinaire, poète français, 1880-1918.

– Mais enfin pourquoi ?

– Parce qu'il était un grand ami des Albanais !

– … ? ? ?

– La preuve : il était l'intime de Faik Konica !

– … ? ? ?

– Vous ne connaissez pas Faik Konica ?

– … ! ! !

– Faik Konica (ici l'étonnement avait fait place à la sévérité) était un grand Albanais, célèbre dans toutes les capitales d'Europe.

Non, je n'avais jamais entendu parler de Faik Konica, que d'ailleurs, dans mon émotion, j'orthographiai sur-le-champ dans mon cahier : *Farouk Comitser*.

Ce soir-là, en sortant du café de Tetovo et en contemplant, fasciné, les miroitements des névés sur les sommets qui marquaient la frontière d'une Albanie qui m'était encore inconnue et mystérieuse –, je m'étais juré deux choses : j'irais en Albanie, et je saurais qui était Faik Konica. À quoi j'en ajoutai par la suite une troisième : si jamais, un jour, j'écrivais le livre projeté, j'y parlerais de lui…

Depuis, j'ai réalisé l'un et l'autre vœu – et en écrivant ces lignes, j'accomplis le dernier. Le plus ardu fut probablement le deuxième : retrouver les traces du dénommé Faik Konica. Mais enfin, je fus tenace. Les premières recherches, d'ailleurs, furent faciles, puisqu'il m'avait suffi de feuilleter les œuvres complètes d'Apollinaire pour y découvrir effectivement son nom. Une première fois dans un billet du *Cri de Paris* de 1906, signé « un Vieux Diplomate » :

> Si l'Albanie était un État, il en serait sans doute le Premier ministre. Albanologue, sanskritiste et même, je crois, yamatologue, le bég Konitza est connu des savants de l'Europe entière. Pour se délasser, il écrit en français des essais remarquables, qu'il signe de pseudonymes divers. Le Sultan l'a condamné trois fois à mort.

Puis, en 1912, Apollinaire consacrait une chronique entière de *La Vie anecdotique* à tracer son portrait. Aucun doute : oui, il avait bien été son ami. Pas intime, certes, mais enfin le poète avait de l'estime pour lui, encore que teintée d'ironie. On sentait là-dedans le respect amusé, intéressé aussi, que l'on peut éprouver pour un métèque excentrique et riche. Après avoir eu, à Bruxelles, son imprimerie personnelle où il composait des ouvrages précieux en caractères Plantin, Faik Konica avait émigré à Londres et y avait reçu fastueusement Apollinaire : épris d'instruments anciens, il jouait du cor anglais dont il donnait un concert chaque matin avant le petit déjeuner. « Comme tous les Albanais de bonne race, il était un peu hypocondre et j'étais d'autant plus touché de l'amitié qu'il me témoignait que je ne l'en voyais point prodigue. »

Ce qui laissait la biographie du personnage nébuleuse, c'était une fâcheuse manie d'écrire sous des pseudonymes. Il avait signé Pyrrhus Bardyli un *Essai sur les langues artificielles*, et Thrank-Spiroberg, dans *Le Festin d'Ésope*, en 1903, une « Esquisse d'une méthode pour se faire applaudir des bourgeois », suivie en 1904 d'une étude sur le langage intitulée « La Plus Colossale Mystification de l'histoire de l'espèce humaine ». Au catalogue de la Bibliothèque nationale, je repérai encore sous ce dernier nom un *Essai sur l'éducation, notes et fragments* de vingt pages, datant de 1898.

Son œuvre maîtresse avait été la publication à partir de 1898, à Bruxelles et en français, d'une revue dont le titre, dans sa simplicité, était déjà à lui seul un acte de foi : *L'Albanie*.

J'appris enfin qu'Apollinaire s'était beaucoup intéressé à l'Albanie – peut-être, justement, à cause de son caractère improbable et exotique, s'agissant d'un pays qui n'existait pas sur la carte des nations et qui était alors, dans beaucoup d'esprits européens, encore plus « nulle part » que devaient l'être un peu plus tard la Pologne d'Alfred Jarry et d'Ubu ou la Poldavie du célèbre canular. Il connaissait le nom par lequel se désignaient les habitants, qu'il écrivait « Chkipe ». Ainsi, en 1913, au moment où se jouait la création du nouvel État, il avait écrit, pour *Les Soirées de Paris*, une « Lettre d'un homme d'État du nouveau royaume d'Albanie » où il exposait cette thèse que n'aurait pas désavouée son

Albanie, 1993.

ami : la langue albanaise était aussi ancienne que le sanskrit – et, surtout, pied de nez aux idées reçues, les Grecs actuels ne pouvaient revendiquer le privilège d'avoir été les premiers occupants de la région : car les Ottomans, au XVIe siècle, avaient repeuplé la Grèce, exsangue, de colons albanais. Prétendre que les Grecs actuels descendaient des Hellènes était donc une « fantaisie qui ne tenait pas devant les faits : la population du royaume [de Grèce] est, en réalité, composée d'un fonds albanais, avec d'importantes contributions valaques et bulgares, sans compter quelques autres éléments peu nombreux ».

J'osai même interroger Ismail Kadaré en personne, à la terrasse d'un café parisien. Faik Konica ? Oui, bien sûr : un personnage atypique et impossible, qui avait joué son rôle dans l'affirmation de l'identité albanaise. D'ailleurs, lui, Kadaré, en avait fait le portrait dans son roman *Le Dossier H.* en décrivant l'ambassadeur du royaume d'Albanie à Washington dans les années trente. J'appris ainsi que Faik Konica avait occupé ce poste pour le compte de Zog Ier. Je me reportai au roman. J'y découvris un homme « rusé, ironique », dont les yeux pouvaient émettre à l'occasion « une redoutable étincelle d'intelligence, de cynisme, d'amertume et de méchanceté mêlés », qui « connaissait à fond la littérature universelle », parlait « toutes les principales langues européennes, y compris le suédois », et tournait tout en dérision, « surtout son propre pays et son peuple ».

Le personnage prenait de la consistance. Il apparaissait comme un de ces hommes de l'éternel exil, idéalisant d'autant plus leur terre natale qu'ils en sont frustrés, lui vouant un amour absolu qui, pour être toujours déçu, revêt le masque du sarcasme et de la dérision. Fils de famille, il avait fréquenté le lycée français de Galatasaraï à Constantinople, poursuivi ses études en France, parcouru l'Europe en dilettante, flirté avec le socialisme et le cubisme. Son rêve était d'arracher l'Albanie à son obscurantisme et à ses attaches balkaniques pour en faire une nation européenne moderne. Dans le roman de Kadaré, il expliquait à ses visiteurs que dans le premier vers de l'*Iliade* : « Μῆνιν ἄειδε θέα... – Chante, déesse, la colère d'Achille... » figure un mot albanais, *meni*, qui signifie rancune : ainsi, d'un même mouvement, il revendiquait, par ce mot qui ouvre le premier chef-d'œuvre de la littérature universelle, l'antériorité de sa langue sur toutes les autres grandes langues européennes, et il fustigeait un trait majeur de la tradition albanaise, celle du kanun et de la vendetta.

Il avait aussi écrit une œuvre en albanais, ce qui, pour l'époque, était une forme de militantisme puisqu'il s'agissait de construire, par la littérature, une langue nationale homogène. S'il avait servi Zog, il l'avait méprisé, et l'on trouvait la preuve de ce mépris dès 1922 dans un *Conte zoulou* à l'humour grinçant. L'Albanie y est rebaptisée Zoulouland et son hymne est :

> Hop ! hop ! l'épée défouraillée !
> (Up ! up ! a little bit higher !)
> Paf ! bam ! mon fusil va tirer !
> (Oh, my... ! The moon is on fire !)

Un ricanement énorme, mais pathétique : à la fin du conte, le sage Plug, qui incarne probablement le démocrate albanais Fan Noli forcé à la démission par Zog, constate son impuissance à réformer les Zoulous :

> Toute sa vie défila devant lui, comme un rêve ou un film angoissant. Espoirs, luttes, efforts et plaies passaient tour à tour ; amis perdus, ennemis considérables ou ridicules, bouffons déversant autant de bave que de

> palabres, femmes gentilles ou vilaines, gamines angéliques ou vipérines ; et ces politiciens, ces intrigants blancs, tous ces ennemis des Zoulous qui parfois sans se montrer hostiles les méprisaient secrètement, en couvant l'idée qu'un Zoulou n'est qu'un Zoulou et pas un homme comme les autres. « Ma vie est un échec ! » murmura-t-il…[1]

Faik Konica mourut à Boston en 1942. Sous le régime communiste, l'*Encyclopédie albanaise* lui consacra un article qui stigmatisait cet égocentrique bourgeois et cynique, laquais de la monarchie.

Et aujourd'hui, donc, l'exilé venait de retrouver la terre natale pour y dormir enfin apaisé, tandis que, moi, je bouclais la boucle amorcée deux ans plus tôt de l'autre côté de la montagne.

Une seule chose, peut-être, me manquait encore pour que tout fût parfait : qu'il y eût, dans la page entière du journal qui lui était consacrée, un portrait de Faik Konica qui m'aurait révélé son visage. Il y avait bien une photo pour illustrer l'article, mais c'était celle du président Berisha.

*

La bibliothèque de Korçë est un énorme édifice : planté au bas de l'artère principale, on dirait un coup de poing asséné sur la ville pour imposer la culture avec un K majuscule. Des piliers de béton roses encadrent un escalier monumental et soutiennent le socle vert pomme d'un haut étage revêtu de plaques de ciment grises.

1. Traduit par Christiane Montécot dans la revue *La Main du Singe*, n° 17, Chambéry, 1995.

Le tout semblait désaffecté, comme si la culture et les livres, annexés par l'ancien régime, étaient désormais honnis comme lui et n'avaient plus leur place dans le nouveau. Le hall glacial était désert. À droite, un long comptoir abrité de vitres sales, genre officine de l'ANPE, où étaient affichées des listes de noms. Renseignements pris, il s'agissait des noms d'Albanais décédés à l'étranger, afin que leurs héritiers puissent se manifester : comme ces gens avaient dû s'exiler depuis plus de cinquante ans et que, entre-temps, toutes les relations avec leur famille avaient été suspendues, cela expliquait leur nombre. Derrière une porte, une grande salle, sans livres, avec des tables bancales : trois ou quatre hommes, col de leur manteau relevé pour lutter contre le froid, lisaient des journaux. Le fond du hall était occupé par des fichiers de bois. Les tiroirs, gonflés par l'humidité, étaient difficiles à ouvrir. Les dizaines de milliers de fiches semblaient toutes écrites de la même main, d'une encre parfois pâlie que le jaunissement du carton sale rendait alors presque illisible. Il y avait là un mélange de titres français de l'entre-deux-guerres (Pierre Benoit, Henri Bordeaux, Gyp), de classiques de la Renaissance albanaise du début du siècle et d'innombrables actes des divers congrès du parti communiste.

Le premier étage était tout aussi désolé. Nous avons poussé une porte. Surprise : elle donnait sur une pièce chauffée, avec une moquette épaisse et des rayonnages vitrés neufs. Des tables vernies, des fauteuils de skaï noir, et sur un bureau, un ordinateur. Derrière le bureau, une dame en train de boire du café avec quelques messieurs bien mis. Nous passions dans un autre monde.

La dame était charmante. Elle parlait parfaitement français. Nous entrions là à l'improviste et, tout de suite, nous étions reçus en amis, on nous offrait du café. Ce local, nous a-t-elle expliqué, était dû à la sollicitude de la Fondation Sorös, et les livres derrière les vitres étaient un don de l'ambassade de France : pour l'essentiel, quelque deux cents volumes de la collection Folio, et divers dictionnaires. Quant aux livres de l'ancienne bibliothèque, mais si, ils étaient toujours là. Où ? Dans les caves. Le fichier, elle le connaissait bien, et pour cause : elle avait été trente ans la « bibliographe », et toutes les fiches que j'avais vues étaient de sa main. Mais elle avait conservé quelques ouvrages, juste derrière son bureau, que je trouverais certainement intéressants.

Il y avait là, en effet, une demi-douzaine de volumes rares que j'ai feuilletés avec respect : deux tomes de *L'Albanie* de Faik Konica ; le *Kalendari Kombiar* de Sami Frashëri, autre ouvrage fondateur, publié en 1905 à Sofia ; un album de 1928, *Shqipria e Ilustruar* (l'Albanie illustrée), édité à Tirana, où se déployaient les fastes du règne de Zog ; et enfin, merveille, le premier numéro de *Lyceum*, la revue du lycée français de Korçë, daté de 1936…

Qu'elle eût, trente ans durant, œuvré à la constitution de ce fichier qui était en train de pourrir et faisait d'elle la bibliographe de la bibliothèque morte n'inspirait nul regret à cette dame. Orthodoxe (« Mais, a-t-elle précisé aussitôt, orthodoxes, catholiques ou musulmans, tous les Albanais ne forment qu'un seul peuple, uni… »), elle ne pardonnait pas aux communistes d'avoir rasé la plus belle église de la ville afin d'y construire cette bibliothèque (dans le but de bien marquer le triomphe des Lumières sur l'obscurantisme ?). Pour le reste, elle rayonnait d'optimisme. La vie lui souriait et elle, elle riait franchement à la vie.

– Tout ça, c'est le passé. Nous avons assez souffert. Aujourd'hui, nous sommes en démocratie. Le président Berisha est un grand démocrate. La démocratie, c'est la possibilité pour chacun de devenir riche. Moi, je veux être riche. Le père de mon mari était banquier sous le roi Zog : la banque italo-albanaise. Je vous montrerai l'ancien siège dans la rue. Donc, puisque je veux être riche, je suis de droite : la droite représente ma classe. C'est normal, non ? Si j'étais française, je voterais pour Chirac. Et vous ?

Pour l'enrichissement, les choses semblaient bien se présenter. Sa famille avait ouvert trois magasins. Elle-même partageait son temps entre la bibliothèque et une boutique de vêtements (« italiens… enfin, c'est ce qui est marqué sur les étiquettes ») que son fils tenait en son absence.

Elle s'est informée de nos projets.

– Vous allez à la frontière grecque ? Non, il n'y a pas de bus. Prendre un taxi ? Faites attention : ne vous confiez pas à n'importe qui, cela peut être dangereux. Soyez sur vos gardes, aussi, de l'autre côté : là-bas, la région n'est pas sûre…

Décidément, c'était toujours plus loin, « de l'autre côté », « là-bas », qu'était le danger.

Mais son gendre, ou un cousin de son gendre, se ferait un plaisir de nous conduire jusqu'au poste frontière en toute sécurité pour 15 dollars seulement.

Là-dessus, l'un des messieurs s'est présenté comme poète et journaliste, ayant fait des séjours aux États-Unis et travaillant maintenant pour la Fondation Sorös. De fait, ce jeune homme avait l'air satisfait d'un cadre dynamique. Fatalité ! Il a sorti un petit magnétophone et nous a demandé une interview pour Radio Korçë.

L'essentiel de l'interview portait sur le deuxième tour imminent des élections présidentielles françaises. Heureusement, c'est lui qui a parlé tout le temps.

*

Le lycée français existe toujours, à ce détail près qu'il n'est évidemment plus français. C'est une austère bâtisse de pierre de taille grise. Filles et garçons en baskets et jeans en sortaient en se bousculant.

L'article de présentation de *Lyceum*, signé Xavier de Courville, en donne l'historique. Le lycée avait été ouvert à l'entrée des troupes de l'armée d'Orient du général Sarrail, en 1917, qui venaient de battre les Bulgares et les Autrichiens, de l'autre côté de la montagne, à Monastir. Le colonel Descoins qui en avait eu l'idée avait fait valoir que la France s'honorerait en apportant les Lumières sous la forme d'une école publique et laïque.

La France, d'ailleurs, venait de s'honorer davantage encore en accédant au vœu des patriotes locaux : elle avait proclamé solennellement, dans ce territoire « libéré », la « République de Koritza », dont le drapeau frappé de l'aigle de Skanderbeg s'ornait d'un flot de rubans tricolores, pour « symboliser un ombrage qui abrite mais n'écrase pas », et dont le président était une personnalité libérale de la ville : Thémistocle Gërmenji. Elle se substituait ainsi à la Grèce qui avait occupé la région en 1914 en y installant un « gouvernement de l'Épire du Nord ». L'ordre du général Sarrail était clair : « Korçë ne doit être occupée ni par les Italiens ni par les Grecs, qui chercheront à faire de la politique d'après-guerre tandis qu'il s'agit de faire la guerre. »

C'était compter sans les intérêts stratégiques supérieurs dictés, justement, par la nécessité de « faire la guerre ». Peu de temps plus tard, le roi Constantin de Grèce, germanophile, était renversé par Vénizélos, pro-allié. La Grèce cessait d'être neutre, entrait enfin dans le conflit et ouvrait aux Français le port de Salonique. À cela, il fallait des contreparties. La liquidation de la République de Korçë en fut une : on découvrit opportunément que Thémistocle Gërmenji avait des sympathies pour l'Autriche-Hongrie. Traduit comme espion devant le conseil de guerre de Salonique, il fut fusillé par les Français.

Mais enfin, la guerre terminée, les troupes françaises ne rendirent pas la région à la Grèce. Korçë et Gjirokastër firent définitivement partie de l'Albanie. Le lycée français subsista et grandit. Il devait affronter la concurrence du lycée grec et d'une nouvelle école italienne. On peut penser qu'il y eut, à Tirana, des gens pour comprendre qu'il constituait une chance, en permettant de modérer l'influence de ces voisins envahissants. Douloureux dilemme, d'ailleurs, pour son directeur, Xavier de Courville, pétri, en bon maurrassien, de latinité (la tarte à la crème mussolinienne, à l'époque) et d'hellénisme, que d'avoir à se trouver en conflit avec l'influence de Rome et d'Athènes dont les régimes – fascisme et dictature – ne pouvaient lui déplaire. Dans son historique, il s'en tire comme il peut en concluant :

> Lorsqu'elle emprunte le langage français, l'Albanie ne fait rien d'autre, dans son lycée national, que d'entretenir cette culture gréco-latine, seule capable d'unir les peuples méditerranéens par les bienfaits d'une commune civilisation.

À quelques pas de là, l'émouvante première école primaire albanaise, ouverte en 1887, sous les Turcs, par Sami Frashëri, avec ses bancs, ses alphabets, ses manuels, ses photos de classe… le véritable creuset de la langue unifiée. Des multiples parlers de l'Albanie, deux s'affirmaient alors : le guègue, la langue certainement la plus élaborée, et le tosque, idiome passe-partout d'usage essentiellement militaire. Ce fut le tosque qui, pour des raisons pratiques, servit de base de travail aux pionniers de l'unification, laquelle fut parachevée sous Enver Hoxha : de quoi laisser ouverts bien des conflits.

*

Le musée-blockhaus de la ville était fermé. Gardé militairement. Hélé à travers la grille, le soldat, pistolet-mitrailleur à l'épaule, n'a répondu à nos objurgations que par les habituels hochements de tête dubitatifs. Après quoi, satisfait de notre patience, il a consenti à tambouriner à la porte. Elle s'est entrouverte. Une, deux, trois ombres. Visiter ? Conciliabule. Finalement, c'est près d'une dizaine de messieurs qui nous ont escortés à travers de grandes salles à l'abandon. La dernière, étrangement décorée, ressemblait à l'intérieur d'une église : c'en était une. Le musée avait été édifié à la place de la cathédrale orthodoxe : une manie. Alors on avait rendu au culte, sinon l'église détruite, du moins le lieu, en le vidant de ses collections.

Dans une galerie glaciale, la compagnie s'est arrêtée devant une porte plus blindée que celle d'une chambre forte. Nouveau conciliabule. On est entré. Changement de décor : tapis, projecteurs, température constante et caméras de surveillance. Nous nous retrouvions dans la caverne d'Ali Baba, version moderne : le trésor de la collection nationale d'icônes. L'un des plus beaux ensembles et des plus anciens qui soient réunis dans le monde : sans, certes, l'abondance du musée Benaki d'Athènes, mais comparable par la qualité. Certaines icônes remontaient au XIIe siècle, mais les plus belles étaient sans contredit celles d'Onuphre de Neokastra (aujourd'hui Elbasan) qui allient la perfection des formes de l'art byzantin à une richesse de couleurs, un art du clair-obscur, des expressions des personnages qui font éclater la vie comme rarement dans ce genre plutôt figé.

Un des messieurs, qui s'est présenté comme chef de l'atelier de restauration des icônes, nous a donné des explications en français. Du coup, pourquoi ne pas visiter l'atelier ? Ici, le conciliabule s'est éternisé. Comme toujours : ni oui, ni non. Une longue conversation, à bâtons rompus, pour prendre le temps de mieux jauger les étrangers. L'hospitalité est sacrée, les visiteurs rares. Voilà comment, sur cette question innocente et après une demi-heure de diversions, nous avons été introduits dans un autre saint des saints, au bout de couloirs et d'escaliers lugubres : un laboratoire moderne, où opéraient des spécialistes en blouse blanche. Des bois, indiscutablement anciens, sur lesquels subsistaient quelques vagues traces de peinture, y subissaient le traitement qui en referait les authentiques icônes qu'ils n'auraient jamais dû cesser d'être. Pinceaux microscopiques, grattoirs ressemblant à des scalpels, loupes, tubes de couleurs, vernis… L'étrange était que, sur plusieurs tables, c'était exactement la même madone, au même format, qui était en chantier, à des stades différents : un travail à la chaîne, en quelque sorte. Pour qui ? Pour quoi ?

Pouvait-on photographier ? Pour une fois, un « non » ferme : interdiction de photographier les icônes où l'image serait visible. Tout juste la table où étaient disposées celles qui étaient entièrement masquées par des couches de papier de soie.

– J'ai eu, a dit Klavdij en sortant, la bizarre impression de me retrouver dans un de ces films sur le Triangle d'Or où l'on voit le héros tomber, après avoir longtemps marché dans la jungle, sur un lieu secret où opèrent des « chimistes » en blouse blanche…

*

Le musée historique – ou plus précisément « l'Exposition de la culture matérielle et spirituelle de la région » – est installé dans un ancien han, une grande auberge turque, dont tous les bâtiments, les balcons de bois, les galeries, la cour avec son puits, les treilles de vignes verdoyantes ont été préservés. On peut y découvrir les différentes civilisations qui se sont succédé dans la plaine de Korçë, mises au jour par des fouilles. Le musée est composé comme une ode à la gloire des premiers occupants des Balkans, les Illyriens, dont la culture est la plus ancienne de l'Europe, étant entendu qu'après eux, les Hellènes, Achéens, Doriens, Byzantins, les Romains, les Slaves de tout poil, les Normands, les Angevins, les Vénitiens ou les Turcs – et j'en passe – n'ont été que des intrus. On ne plaisante pas avec les Albanais sur ces choses-là. De même que l'on n'aurait pas idée de plaisanter avec les Grecs quand ils vous disent que leur civilisation est la première du continent et leur patrie la mère de la beauté, avec les Bulgares quand ils vous affirment que leur pays est le creuset de l'écriture cyrillique et donc le ciment de la religion orthodoxe et de toutes les langues slaves (même si les Macédoniens leur dénient ce privilège qu'ils revendiquent pour leur compte – mais comme les Bulgares considèrent que les Macédoniens sont bulgares…), les Roumains quand ils vous soutiennent qu'ils sont les seuls vrais héritiers de l'Empire romain, les Serbes quand ils revendiquent d'avoir été les boucliers de la chrétienté contre les Turcs, etc.

… Et puis, d'ailleurs, essayez de plaisanter avec des Français quand ils vous disent qu'ils descendent de Vercingétorix, qu'ils sont cartésiens et que leur pays est celui des Lumières.

Nous avons invité le conservateur qui avait ouvert les portes de son han pour nous dans un petit restaurant dont le patron était un de ses cousins. Le conservateur était aroumain. Y avait-il beaucoup d'Aroumains dans la région ? Oui : « Vous ne connaissez pas Voskopojë ? » À notre grande honte, nous ne connaissions pas Voskopojë, dans la plaine, qui fut une ville florissante, fondée par des Aroumains, un peuple de bergers, et dont était originaire le grand Mehmet Ali, père de l'indépendance égyptienne. Les Aroumains, que l'on nomme aussi Vlaques ou Valaques, forment une famille dispersée, de la Grèce à l'Italie. Ils ont gardé leur langue et leurs traditions. Notre ami parlait aroumain, ses enfants parlaient aroumain. Ce qui n'empêchait nullement, s'est-il empressé de préciser, que les Aroumains soient avant tout albanais, et que tous les Albanais ne forment qu'un seul grand peuple, ils sont tous frères, aroumains, orthodoxes, musulmans, etc.

– Et à quelle époque les Aroumains sont-ils arrivés de Roumanie ?

Il m'a répondu sur le ton patient que l'on prend pour parler aux ignorants.

– Cette théorie que les Aroumains sont originaires de Roumanie n'est que de la propagande nationaliste de Bucarest. Les Aroumains sont des habitants des provinces de l'Empire romain latinisés qui ont gardé leur langue. C'est le seul point qui les relie à la Roumanie. Nous sommes des Illyriens.

Là-dessus, il est reparti sur le thème de la grandeur illyrienne.

– Les Albanais ont sauvé l'Europe au XVe siècle. S'il n'y avait pas eu Skanderbeg… Et savez-vous qu'à Kosovo, à la bataille du Champ des Merles, les Albanais étaient en aussi grand nombre que les Serbes ?

C'est tout juste s'il n'a pas ajouté que si les Serbes avaient su se battre avec autant de courage que les Albanais, les Turcs n'auraient pas été vainqueurs.

On sait que la bataille de Kosovo, en 1389, est – bien qu'il s'agisse d'une défaite – l'événement fondateur de la nation serbe. Comme toujours dans ces cas-là, elle présente des aspects problématiques. D'abord, tous les peuples de la région revendiquent d'y avoir été présents, au même titre que les seigneurs serbes, et d'avoir œuvré ce jour-là comme rempart de l'Europe contre l'invasion ottomane. Ensuite, il semble bien que dans le camp des vainqueurs, aux côtés des Osmanlis, nom des seuls vrais Turcs, ait combattu une grande masse de cavaliers, islamisés ou non, déjà ralliés à l'Empire ottoman et le servant dans les mêmes conditions qu'ils avaient servi l'Empire byzantin – et parmi eux, beaucoup de Serbes…

*

L'unique serveur de la salle à manger de l'hôtel dont nous étions les uniques clients était vite devenu un ami, lui aussi. Il avait un cousin qui pouvait nous conduire à la frontière pour 10 dollars. Affaire conclue. À l'heure dite, il était là, à la porte de l'hôtel, non pas avec le cousin, mais avec une bonne dizaine d'individus. Il y avait un problème : la voiture du cousin était cassée, mais un cousin du cousin allait le remplacer. Le chœur a opiné : « Très bonne voiture ! Très bon conducteur ! » La voiture était aussi rouillée que le conducteur était mal rasé. Notre ami s'est installé sur le siège avant : « Vous pouvez avoir confiance. La preuve, c'est que je vous accompagne. »

Nous partions à regret. D'abord, certes, parce que nous n'étions pas allés visiter Voskopojë. Et puis, en passant devant la boutique d'un photographe, nous avions été émerveillés par le matériel aperçu à travers la vitre sale : un énorme boîtier en bois sur son trépied, avec obtura-

Frontière albano-grecque, mai 1995.

teur manuel côté objectif et drap noir côté viseur pour encapuchonner l'opérateur. À la vitrine, des portraits, sur fond de décors peints, de draperies et de palmiers nains. N'était-ce pas l'occasion idéale de nous faire photographier ensemble ? Oui, mais il faudrait du temps à l'homme de l'art pour développer et tirer : nous serions déjà loin. Lui donner une grande enveloppe timbrée pour nous l'expédier à Paris ? Nous avions cherché l'enveloppe dans cinq boutiques, c'était apparemment un objet inusuel, ou alors ce n'étaient pas les bonnes boutiques, ou alors nous ne nous faisions pas comprendre. Nous avions déjà vécu ce genre d'expériences épuisantes. Et enfin, quand nous étions revenus, le photographe était parti. Oui, nous le regrettons encore.

À peine amorcée la côte au sortir de la ville, notre chauffeur a bifurqué pour suivre un chemin de terre et pénétrer dans une cour entourée de hangars où il a stoppé net. D'autres individus sont arrivés et ont cerné la voiture, avec cette placidité résolue et légèrement patibulaire qui, le lecteur le sait maintenant, est l'un des charmes des Albanais. Enfin le guet-apens contre lequel on nous avait si souvent mis en garde ?

Il s'agissait seulement de faire le plein. Opération délicate : transvaser l'essence d'une cuve dans des bidons, et des bidons dans le réservoir. Nous avons repris la route qui gravissait les contreforts de la montagne, traversant des villages qui n'avaient pas changé, ânes compris, depuis les illustrations que j'avais vues à la bibliothèque, dans l'album de 1928.

L'albanais de Klavdij, toujours en progrès, a vite séduit nos compagnons. Nous avons appris que le serveur gagnait 2 dollars par jour, les jours où il travaillait. Il était content d'avoir trouvé cet emploi aléatoire, après avoir fait des études qui ne lui servaient plus à rien. Le cousin du cousin, lui, était ingénieur de profession, sans emploi et sans espoir d'en trouver un. En bricolant, il arrivait à se faire un dollar par jour. Et pourtant, nous l'avions vu, l'Albanie, rien qu'en deux ans, avait déjà beaucoup changé. « Oui, il y a beaucoup d'argent. » Où allait-il, alors, cet argent ? « À la mafia et à la police. D'ailleurs, c'est la même chose. »

Je me suis souvenu des propos que j'avais lus dans le « Petite Planète » sur l'Albanie, rédigé du temps où l'on y construisait l'homme nouveau :

> – Comment voyez-vous l'avenir de l'Albanie ?
> – Je vois une Albanie de deux ou trois millions de travailleurs intellectuels.
> – Et que feront-ils lorsqu'ils auront construit une idéale petite société d'abondance ? Deviendront-ils des rentiers ?
> – Ne vous inquiétez pas ! Les Albanais, plus ils auront des loisirs, plus ils participeront aux affaires du monde.

Pour ce qui était de participer aux affaires du monde, le conducteur avait des idées bien arrêtées :

– Avant, on ne pouvait pas partir, mais il y avait du pain pour tous. Aujourd'hui, il n'y a plus de pain pour tous, et on ne peut toujours pas partir.

Et encore :

– La démocratie, on nous l'a donnée, et on nous a dit : regardez-la !

Non, Berisha n'était pas un grand démocrate. Le pouvoir était détenu par des gens incultes. D'ailleurs, comment s'en étonner : Berisha était un Tosque, et les Tosques…

Pour une fois que quelqu'un nous disait que tous les Albanais ne sont pas frères, etc. Nous n'en avons pas su davantage. Au sortir d'un virage, alors que nous roulions à tombeau ouvert (c'est-à-dire à quarante kilomètres à

Albanie, 1993.

l'heure), contrôle de police. Nous étions en infraction : excès de vitesse. Le policier s'est détaché du panneau grossièrement peint à la main auquel il s'adossait et a démasqué l'indication de la vitesse limite : vingt kilomètres à l'heure. L'homme était d'ailleurs tellement sûr de son coup que, la tête passée à l'intérieur de la voiture et entendant un autre véhicule arriver, il a levé le bras pour l'arrêter sans même prendre la peine de lui jeter un regard.

Longue négociation : 1 000 lekas d'amende. Un vrai racket ? Durant les quelques kilomètres qui nous séparaient encore de la frontière, le conducteur a laissé éclater sa colère. Ses cris de désespoir n'étaient pas feints. Je crois même qu'il a pleuré. 1 000 lekas, cela faisait, ni plus ni moins, les 10 dollars de la course qu'il venait d'encaisser, sans compter le prix de l'essence… Nous avons fouillé nos poches pour en tirer tout ce qui nous restait de monnaie albanaise : cela devait faire le compte. Il ne nous avait rien demandé.

Au col, juste devant le poste frontière albanais, régnait un désordre « indescriptible », ai-je noté platement. Nos amis avaient du mal à nous quitter. Comme s'ils tenaient à garder encore un instant avec eux ces étrangers, presque leurs semblables, qui avaient ce privilège inouï de pouvoir passer de l'autre côté d'un coup de passeport magique : dans cet au-delà dont ils avaient une immense nostalgie. Ils ont tenu à porter nos sacs jusqu'au bloc de la police, en fendant la foule qui piétinait sur place dans la boue. Ils ne nous ont quittés qu'après une forte accolade, des baisers fraternels et rugueux sur les deux joues, suivis encore de longs gestes d'adieu.

Le passage du contrôle albanais a été rapide, la barre de fer tordue peinte d'un jaune écaillé qui faisait office de barrière a été levée pour nous – et nous seuls –, et nous avons marché dans le no man's land vers le poste grec, à quelques centaines de mètres.

– Regardez, m'a soufflé Klavdij, regardez : mais c'est la guerre, ici !

À notre rencontre, arrivait un groupe compact de jeunes gens vaguement formés en files, escortés d'un soldat grec casqué, fusil à l'épaule et baïonnette au canon. Certains boitaient et semblaient blessés, tous avaient la même expression placide, indifférente, butée : leurs visages ont été notre dernière vision de la dignité albanaise.

III

LE REGARD D'ULYSSE

C'était une belle aventure nocturne dans un paysage mort.

YANNIS RITSOS

Albanie, mai 1995.

Une nuit à Florina

Les policiers grecs n'ont jeté qu'un regard rapide sur nos passeports de la Communauté européenne : en quelque sorte, nous rentrions chez nous.

De l'autre côté du poste frontière, un immense parking asphalté. Une file de poids lourds de toutes nationalités : grecs, allemands, bulgares, un ukrainien et même un moldave… Ils attendaient leur tour pour pénétrer dans ce pays de cocagne à l'envers, ce pays où il n'y a rien et où l'on attend tout.

Une noria de bus verdâtres déversait des cargaisons humaines, toujours des jeunes Albanais encadrés par des soldats qui les poussaient vers la frontière pour repartir aussitôt à vide. Une vingtaine de taxis, des Mercedes grises, pas trafiquées celles-là, pas faites chacune avec les pièces de dix voitures différentes, non, des authentiques, stationnaient au soleil. Pas d'autre moyen en vue pour descendre à Florina. Klavdij a décidé de parlementer avec un taxiste. Marchander, nous n'avions fait que ça depuis huit jours : entre gens de bon aloi, il ne s'agit pas d'une manifestation d'hostilité. Bien au contraire, c'est une manière de se jauger sans se presser, de faire connaissance. Un marchandage bien mené est une preuve de respect mutuel et peut être le début d'une amitié.

Il faut dire que Klavdij n'était pas dans son état ordinaire. Son « Mais c'est la guerre, ici ! » devait continuer à résonner dans sa tête et lui brouiller les esprits. Il a foncé sur le premier taxiste à sa portée. Cinq minutes plus tard, il était noyé dans un groupe compact : vingt individus lui expliquaient dans toutes les langues et sur tous les tons, sauf celui de l'amabilité, que quand on ne pouvait pas payer 45 dollars pour faire cinquante kilomètres, on n'avait qu'à marcher à pied, comme un pouilleux qu'on était, venant d'un pays de pouilleux. Sa dernière contre-proposition, pour sauver l'honneur – 40 dollars – a paru en ébranler certains. Mais un élégant jeune homme à lunettes noires, manifestement le parrain de cette petite mafia, a immédiatement rappelé ses troupes à l'ordre. Haussements d'épaules, bras d'honneur et quelques crachats désinvoltes aux quatre points cardinaux : les taxistes se sont écartés et lui ont résolument tourné le dos.

– Impossible ! m'a crié Klavdij rendu à la liberté et légèrement hagard. Attendez, je vais demander dans un de ces bus…

Trop tard pour le retenir. Il s'est rué au-devant d'un bus verdâtre qui manœuvrait pour redescendre à vide vers la vallée. Autre bras d'honneur du chauffeur en uniforme.

– Vous ne voyez pas que ce sont des cars de police ?

Klavdij a paru sortir de son mauvais rêve. À ce moment-là, un nouveau taxi est arrivé. Son chauffeur n'avait pas assisté à la scène. Candide, il m'a offert ses services en allemand. *« Vierzig Dollars ! »* ai-je hurlé, solidaire, avec l'énergie du désespoir. *« Gut ! Gut ! Kommen sie ! »* a répondu l'innocent. Un torrent d'injures a déferlé sur lui du chœur des collègues. L'homme aux lunettes noires lui a adressé une harangue scandée de multiples *« skata ! »*. *« Fünf und vierzig ! »* ai-je lâché dans un souffle. Le chœur s'est tu, frustré de voir le spectacle si prometteur de nos déboires finir en eau de boudin.

Ce n'était pourtant pas fini. Avant de nous faire monter

dans sa limousine, l'homme exigeait nos passeports. Nouvelle discussion : depuis quand voyait-on des chauffeurs de taxi demander les passeports de leurs clients ? Réponse obstinée : *« Keine Pass, keine Kurse ! »* Reprenant espoir, le groupe des collègues s'est rapproché. Mieux valait obtempérer. Le taxiste nous a arraché les passeports que nous lui tendions, comme s'il récupérait des objets volés, et les a soumis à l'examen sourcilleux du parrain à lunettes noires. Le verdict est tombé : qu'il aille demander l'avis des policiers du poste frontière que nous venions de franchir !

Ça lui a pris une bonne demi-heure. Nous, nous étions enfermés dans la Mercedes grise, avec pour tout paysage les fesses et les dos gris des collègues. Klavdij ruminait sa défaite. Je ruminais la défaite de Klavdij.

L'avis des policiers a été ce qu'il devait être : *« Alles in Ordnung ! »* Et nous sommes enfin partis sur la route large, lisse et déserte, toute neuve, une vraie route aux vraies normes européennes puisque nous étions maintenant dans la vraie Europe.

Inutile, impossible, par ailleurs, de faire valoir nos quelques connaissances de la langue grecque. Notre grec n'était probablement ni pire ni meilleur que l'allemand de ces gens-là, mais ils n'avaient pas la tête à ça : manifestement, ici, il n'y avait qu'une règle : on baragouine l'allemand à l'étranger qui baragouine le grec, point final.

*

Le versant est était ombreux, couvert de forêts tapissées de neige dont les tas fondaient au bord de la route. Nous croisions de temps à autre un car bourré d'Albanais qui montait à la frontière. Au bout d'un kilomètre, à un carrefour, nous avons rencontré le premier barrage : un

Nord de la Grèce, 1994.

blindé coupait carrément la chaussée. Soldats en armes. Passeports. Examen soupçonneux, comparaison des photos et de nos tronches. À l'arrêt suivant, répétition : cette fois par des hommes en civil, armés de pistolets-mitrailleurs. Ainsi, le taxiste avait eu raison de s'assurer au départ de la validité de son chargement.

Hors de la vue de ses collègues, il se détendait. Son allemand était chaotique, mais meilleur que notre grec. Il fallait bien, a-t-il expliqué, se défendre contre tous ces Albanais qui envahissaient la région.

– Ils font tous du trafic de haschisch.

Les villages étaient rares et vides, beaucoup de maisons étaient abandonnées, on ne voyait aucun être vivant.

– Qui habite là, aujourd'hui ?

– Des Italiens, des Allemands. Ils viennent l'été.

Tristes ironies de l'histoire. Ce territoire tant convoité au cours des guerres balkaniques de 1912 et de 1913, ce territoire où avait coulé tant de sang au cours de la Première puis de la Deuxième Guerre mondiale, où s'étaient succédé tant de massacres, d'expulsions, d'assimilations forcées, comme si chaque parcelle du sol méritait son poids de chair et de souffrance humaines, ce territoire-là était aujourd'hui aux normes des campagnes européennes : désertifié. Comme ailleurs, que ce soit dans les vallées du Lot ou l'arrière-pays de la Ligurie. Tout ce mal pour le purifier ethniquement et, en fin de compte, aboutir à en faire un pays mort, un pays de vacances pour des intrus définitivement étrangers, des étrangers venus de loin, ceux-là, pas des voisins haïs, mais des touristes indifférents. Et pourtant bel et bien les mêmes, ou leurs enfants, que les envahisseurs des années 39-44.

Où allions-nous ? À Florina, bien sûr, mais ensuite ? J'ai répondu, tout naturellement :

– Ensuite ? En Macédoine.

L'homme a donné un coup de frein. J'ai cru qu'il allait

nous déposer là, sans autre forme de procès, au bord de la route, avec nos sacs, sur la neige. Puis il s'est repris. Il a décidé de nous chapitrer.

La Macédoine, nous nous y trouvions en ce moment. Il n'y avait qu'une seule Macédoine, celle d'Alexandre le Grand. Alexandre était grec, la Macédoine était grecque. Les Slavo-Macédoniens, ces gens chez qui nous allions, étaient des peuplades primitives venues bien plus tard, oui, des Slaves qui n'avaient donc aucun droit à revendiquer le nom de la Macédoine d'Alexandre. Mais ils le revendiquaient : ils avaient volé le soleil d'Alexandre, ils l'avaient mis sur leur drapeau, alors que ce soleil était grec, grec, grec. Et ce qu'ils voulaient, ces Slavo-Macédoniens, lui le taxiste le savait bien, comme le savaient bien tous les Grecs : annexer la Macédoine grecque. Leur président, Gligorov, n'avait qu'une idée en tête : s'emparer de Thessalonique. Il était soutenu par les Américains, comme l'ont toujours été les Turcs. Oui, encore une fois, le grand complot américain contre la Grèce. La preuve : pourquoi y aurait-il eu 1 000 soldats américains à Skopje, déguisés en Casques bleus, sinon pour aider aux préparatifs de l'agression ?

Bref, a conclu paternellement le taxiste rasséréné par sa leçon bien administrée, bref nous n'allions pas en Macédoine, mais à Skopje.

Après tout, il n'avait rien fait d'autre que de nous développer les slogans que l'on peut lire dans tous les lieux officiels de Grèce et même sur les cartes téléphoniques, tous se résumant à ceci : « La Macédoine est grecque et restera grecque. »

Et son exposé était plus modéré que certaines tirades que j'ai entendu prononcer par des intellectuels grecs pour qui j'ai estime et affection : le bon, le doux Vassilis Vassilikos, l'auteur de *Z*, affirmant que le péril slavo-macédonien s'apparente à celui du totalitarisme islamique, le généreux Aris Fakinos lisant des visées impérialistes dans la Constitution du nouvel État macédonien. Tarentule du nationalisme patouillant dans des cerveaux pourtant bien faits…

L'armée macédonienne compte 15 000 hommes. Elle est commandée par un amiral yougoslave qui, après avoir refusé de faire bombarder Dubrovnik par sa flotte, est venu se mettre à la disposition de son pays natal, lequel n'a d'autres eaux navigables que celles de ses lacs de montagne. Elle n'a guère d'armes, parce que l'armée nationale yougoslave en se retirant, en juin 1991, pressée d'aller affronter les Slovènes en sécession puis les Croates, a emporté le matériel, ne laissant que les hommes désemparés dans les casernes. Mais la Constitution macédonienne, c'est vrai, contient cette clause menaçante : la patrie macédonienne s'étend à toute la nation macédonienne, au-dedans comme au-dehors des frontières. Or la nation macédonienne, si on la confond avec le peuple macédonien, est comme le peuple albanais : fixée par l'histoire largement au-delà des frontières actuelles. La grande Macédoine, âprement disputée puis dépecée par ses voisins, s'étend non seulement sur le petit État actuel, qui n'est que la portion yougoslave du partage, mais sur le nord de la Grèce, Salonique comprise, et le sud de la Bulgarie, Blagoevgrad incluse. La Bulgarie a reconnu l'« État » macédonien (elle a même été la première à le faire), ce qui permet des relations normales de pays à pays voisins, mais elle n'a pas reconnu la « Nation » macédonienne. La Grèce, elle, n'a rien reconnu du tout. Elle a exigé le changement de nom, de drapeau et de Constitution. En attendant, elle exerçait un embargo total en direction de ce que les Nations unies, en bon Ponce Pilate, avaient décidé d'appeler provisoirement la FYROM (Former Yugoslav Republic of Macedonia).

Cela dit, s'il s'agit de revendiquer l'héritage de l'empire d'Alexandre, on peut les trouver modestes, les Grecs. Cet empire ne s'est-il pas étendu du Nil à l'Indus ?

*

Une légende post-homérique veut qu'Ulysse, de retour dans son île, n'y ait pas trouvé la fin de ses voyages. Il était encore condamné à repartir et à errer jusqu'à ce que, touchant une côte inconnue, il marche, marche, portant ses rames sur l'épaule, et rencontre, très loin à l'intérieur des terres, une ville dont les habitants lui demanderaient quels étaient ces instruments étranges qu'il transportait ainsi. J'imagine que cette ville où personne n'avait jamais vu une rame, cette ville des hommes-qui-ne-connaissaient-pas-la-mer, aurait très bien pu être Florina.

Florina, trottoirs luisants de pluie, au pied des montagnes sombres, fermée à l'étranger, fermée peut-être à ses propres habitants, fermée peut-être à elle-même. Ce n'est pas l'absence de sourire qui frappe, c'est l'omniprésence de l'ennui. Le sel de l'esprit hellène, cet humour tranquille nourri de la certitude d'être un très ancien peuple, l'harmonie lumineuse des barques sur la mer et des colonnes sur les montagnes, la douceur du ciel des îles, tout cela est loin. Ici l'hiver est rude et le printemps âpre. Les habitants ont l'air de s'ennuyer, et l'on sent qu'on les ennuie davantage encore. Je ne sais pas quel regard les hommes-qui-ne-connaissaient-pas-la-mer ont jeté sur Ulysse et ses rames, mais je sais, grâce aux films de Theo Angelopoulos, quel fut sur eux le regard d'Ulysse. Un regard fait d'amertume, de compassion et d'éternel étonnement. D'autant que, derrière le regard d'Ulysse il y a celui d'Angelopoulos lui-même sur sa ville natale, et que dans ses images s'affrontent la nostalgie de l'enfant du pays et l'ingratitude des siens.

Nord de la Grèce, 1994.

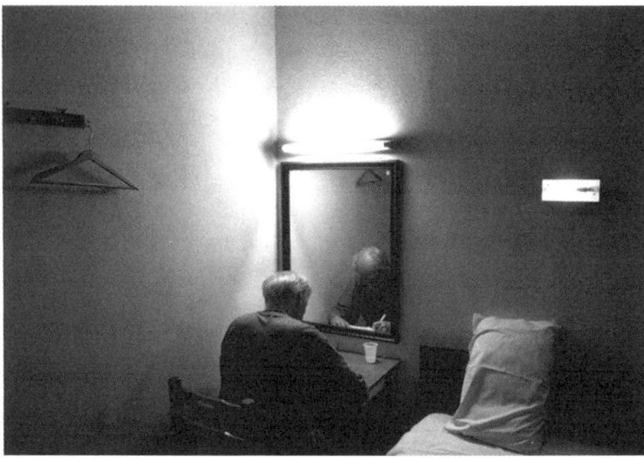

Florina, Grèce, 1995.

L'épais Guide Bleu de la Grèce consacre seulement deux lignes à Florina :

> Florina offre peu d'intérêt, mais vous y trouverez un hôtel agréablement situé sur une colline boisée qui domine la ville.

L'hôtel, dans le guide, s'appelait Xenia : c'est le nom de la plus importante chaîne hôtelière du pays. Il s'appelle maintenant Alexandre-le-Grand. C'est près d'ici, à Vergina, que fut découvert le fameux trésor aussitôt attribué, sans grandes preuves d'ailleurs, audit Alexandre. Ce trésor contenait notamment une médaille d'or que l'on a aussitôt appelée le « soleil de Vergina » – ce soleil qu'aujourd'hui les gens de Skopje ont indignement volé aux Grecs pour le mettre sur leur drapeau.

Notre hôtel, qui n'était pas situé agréablement sur la colline mais au centre, était bon marché et lugubre. À l'annonce que nous n'avions pas de drachmes pour le payer, le réceptionniste a haussé les épaules : il n'accepterait ni nos cartes bancaires, ni nos marks, ni nos dollars. À nous de nous débrouiller. Les banques étaient fermées pour le week-end. Alors où changer de l'argent ? Ça n'était pas son problème, et il s'est remis à bâiller.

La nuit était tombée. Personne dans les rues bien éclairées. Vitrines fournies, diffusant une abondante lumière froide, avec toutes les gammes de l'électronique japonaise et de la confection italienne : les mêmes qu'à Draguignan ou Vierzon. Derrière les fenêtres obscures des maisons, les écrans verdâtres des télévisions. Deux ou trois boîtes de nuit où se pressaient des jeunes sans conviction.

Des images d'Angelopoulos, il ne manquait que la brume.

Refus confirmé de nous changer notre argent dans un autre hôtel, plus luxueux. L'alternative fatale se profilait :

ou bien rester deux jours à Florina en crevant de faim pour attendre la réouverture des banques, ou bien commettre le délit de grivèlerie, quitte à traverser les Balkans avec un mandat d'Interpol à nos trousses. Mais non : puisque, comme tout nous l'indiquait, à commencer par cette débauche de sinistrose, nous étions ici dans notre Europe profonde, on devait bien trouver dans cette ville ce qu'on y trouve partout : un distributeur de billets acceptant les cartes internationales. Klavdij, soit qu'il ne crût pas aux bienfaits du néo-libéralisme, soit qu'il fût convaincu que ceux-ci n'avaient pas atteint Florina, refusait mon optimisme. En tout cas, c'était un but pour faire le tour des rues de la ville. Au bout d'une petite heure, j'ai découvert le distributeur, il marchait, il m'a délivré 40 000 drachmes. Il était temps : au carrefour suivant, je me suis retrouvé nez à nez avec notre taxiste. Il n'avait pas l'air content, notre taxiste : il brandissait un papier griffonné qui, disait-il, portait la preuve que, en nous rendant la monnaie sur les 45 dollars, il avait perdu 1 000 drachmes. Grand seigneur, je lui ai donné immédiatement raison et tiré un billet de ma liasse toute fraîche. Changement à vue : nous étions ses amis, il ne nous quitterait plus, il voulait nous raccompagner à l'hôtel en voiture : difficile de le convaincre que nous aimions la marche à pied, même dans des rues tristes où soufflait un vent qui charriait tout le froid de la neige des montagnes. D'accord, d'accord, mais si nous voulions, demain, il nous conduirait à la frontière de « Skopje » pour 10 dollars. Bien sûr, que nous voulions.

Il y avait certainement des choses à voir à Florina, et des gens à rencontrer. Il y a toujours, partout, des choses à voir et des gens à rencontrer. Mais enfin nous n'avons rencontré personne, à Florina, et nous n'avons rien vu, sauf ces rues désertes bordées de maisons en béton, construites sans plans et sans architectes, comme c'est le cas dans toute la Grèce moderne où chacun édifie pour son compte ce qui lui coûtera le moins cher et lui rapportera le plus. De lieu en lieu, une demeure rescapée du début du siècle, avec des balcons et des pâtisseries en stuc, peu différente de celles que nous avions vues dans le vieux quartier résidentiel de Korçë et que nous verrions bientôt dans celui de Bitola, attendait ses démolisseurs.

Jusqu'en 1912, Florina fut une petite ville prospère de l'Empire ottoman. Les vilayets ottomans étaient de vraies principautés dont les capitales abritaient, à côté des administrations locales, d'importants consulats étrangers chargés, entre autres, de veiller sur leurs nombreux « sujets protégés ». Les vilayets ne se recoupaient pas avec la géographie humaine et leurs frontières n'avaient pas grand-chose à voir avec celles d'aujourd'hui. Ainsi Florina dépendait-elle du vilayet de Monastir (devenue Bitola) qui englobait également Korçë et Ohrid, c'est-à-dire des territoires désormais grecs, albanais et macédoniens. Le vilayet de Jannina s'étendait sur Gjirokastër et sur la moitié de la côte albanaise. Celui d'Usküb (devenue Skopje) couvrait le Kosovo et poussait une grande pointe entre Monténégro et Serbie. Dans chaque ville coexistaient Albanais, Grecs, Slaves (Macédoniens, Bulgares, Serbes), Aroumains, Turcs, Juifs séfarades, Tziganes, Arméniens, et j'en passe. La société ottomane étant essentiellement urbaine, ce melting pot était moins évident dans les campagnes. À cette époque-là, nul ne mettait en doute l'existence d'une entité à peu près délimitée par la géographie physique et par la composante majoritairement slave de sa population rurale : la Macédoine. Sauf que pour les Bulgares, les Macédoniens, proches par la langue, étaient des Bulgares. Et que pour les Serbes, ils auraient dû être des Serbes. Tandis que pour les Grecs, ils auraient surtout dû ne pas être là, mais enfin, puisqu'ils y étaient, la seule issue était soit de les chasser, soit d'en faire bon gré mal gré des Grecs. Pourtant il y eut suffisamment de Macédoniens pour se revendiquer, simplement, comme tels : leur soulèvement, à Monastir, dès 1903, au nom de l'indépendance de leur pays, leur proclamation sans lendemain de la « République de Krusevo », furent noyés dans le sang par les Turcs : 200 villages incendiés et détruits, près de 5 000 habitants massacrés, 3 000 femmes violées : avec le siècle, débutait l'ère de l'horreur moderne. Puis il y eut les guerres balkaniques : celle de 1912 qui vit l'alliance des quatre pays – Monténégro, Serbie, Grèce, Bulgarie – chasser l'occupant turc, et celle de 1913 qui, l'alliance rompue, se termina par l'éviction des Bulgares, lesquels ne gardèrent que la région au nord de Salonique, et par le partage du gâteau macédonien entre Serbes et Grecs. C'est la seule partie serbe qui, rattachée par la suite à la Yougoslavie, constitue aujourd'hui, par l'éclatement de celle-ci, la Macédoine indépendante.

*

Au matin, le taxiste était fidèle au rendez-vous. Nous sommes remontés à travers les forêts et la neige vers la haute plaine que traverse, ligne invisible, la frontière entre Grèce et République de Macédoine. À la sortie de la ville, deux grands panneaux de signalisation : à droite THESSALONIKI, à gauche YUGOSLAVIA. Tout le trafic filait vers la droite. Pour nous, sur la route de gauche, c'était de nouveau le désert. Pas un village, pas une voiture. Le taxiste était désormais d'humeur joyeuse. Il a mis la radio. Surprise, on y parlait macédonien. C'était l'heure de détente matinale de Radio Skopje, et l'émission était du genre comique. Il y était question d'un certain maréchal Toto, avec force rires et gloussements.

Frontière gréco-macédonienne, mai 1995.

Mais la vraie surprise, c'était que lui, le taxiste, l'Hellène intransigeant, riait et gloussait à l'unisson. Il suivait, comprenait, et se retournait vers nous pour vérifier si nous appréciions bien tout le sel des dialogues. Oui, Klavdij appréciait, et moi aussi, dans la mesure où il me traduisait.

Au débouché des forêts, un pâle soleil est apparu sur la plaine nue. Au bout de la route rectiligne se dressait le poste frontière grec. Le parking était vide. Le taxiste a stoppé. Toujours guilleret, il a lancé un « *Srecno !* – Bonne chance ! » qui n'avait rien à voir avec la langue d'Homère. Il tenait à nous accompagner à l'intérieur du poste, où s'ennuyaient ferme quelques policiers grecs pour leur dire que nous étions de braves gens qu'il ne fallait pas importuner. Ce n'était probablement pas de trop : j'avais eu l'occasion, en montant de Salonique à Skopje lors d'un voyage précédent, d'expérimenter l'animosité des gardes frontières grecs à l'égard des voyageurs qui avaient le toupet de les narguer en se rendant dans un pays qui n'existait pas. Et donc, ceux-là ne nous ont pas importunés. J'ai juste eu le temps d'admirer un superbe drapeau macédonien façon grecque : un soleil d'Alexandre sur fond blanc rayé de bleu.

Le taxiste, avec l'autorisation bienveillante de ses compatriotes, nous a encore fait franchir dans sa voiture les quelques centaines de mètres qui nous séparaient du pays dont il ne voulait pas dire le nom. Puis nous nous sommes dit adieu, sous le regard impavide d'une statue monumentale d'Alexandre montant la garde et défiant les barbares slaves. Nous étions seuls, absolument seuls. Le ciel se faisait plus bleu, le froid plus pénétrant.

– Mais alors : cet homme parlait macédonien ?

– Vous n'avez pas compris, m'a dit Klavdij, que cet homme *est* macédonien. Un Slavo-Macédonien grec. Vous avez vu la carte qu'il vous a donnée : il porte un nom grec. Sa famille a dû être hellénisée. Sa première réaction, hier, devant des étrangers, a été de montrer qu'il était un Grec de pure souche. Et puis aujourd'hui, il s'est senti en confiance, il nous trouvait sympathiques, alors…

– Alors, il nous a bien eus.

– C'est plutôt lui, ce sont plutôt les siens qui ont été eus.

Le poste macédonien était petit, et petit était le drapeau rouge à soleil d'or qui pendait d'un frêle mât planté de guingois. Il n'y avait là qu'un homme en civil, d'âge mûr, qui s'ennuyait à lui seul aussi fermement que tous les Grecs de l'autre bord réunis. Manifestement, nous devions être les uniques clients de la journée. Jadis, le trafic était animé, les gens de Bitola allaient faire leurs achats à Florina – qu'ils appellent d'ailleurs Lerina. Aujourd'hui, avec l'embargo, tout était suspendu dans cette plaine vide. Cet ancien fonctionnaire yougoslave s'exprimait évidemment en serbo-croate. Il n'a pas profité de la situation, il nous a seulement demandé si nous avions des objets de valeur à déclarer ; Klavdij lui a montré son Leica, et il a souri en haussant les épaules.

Comment nous rendre à Bitola ? Non, il n'y avait pas de bus, pourquoi y en aurait-il eu, personne ne venait jamais par ici. En revanche, le fonctionnaire solitaire pouvait appeler un taxi, il avait justement un cousin qui…

Nous étions de nouveau dans l'autre Europe.

IV

LE SOLEIL MACÉDONIEN

L'Europe est fatiguée de la persistance de l'imbroglio macédonien.

ALPHONSE BOUZET
Le Monde balkanique, 1916.

Ce soleil, il était à moi et à toi, nous l'avons partagé.

GEORGES SÉFÉRIS
Journal de bord I.

Macédoine, 1993.

1

« Le Macédonien est bon comme la pastèque »

Oui, tout était suspendu, figé, mort, dans cette plaine déserte. Même le temps devait s'être arrêté, après que nous eûmes retardé nos montres d'une heure, à l'inverse de la veille : nous restions là, grelottant dans la bise près de nos sacs, adossés au mur blanc d'une remise, à voir passer sur le soleil nuages et averses légères, et rien, absolument rien d'autre ne bougeait.

Si : un chien.

Durant l'heure où nous avons stationné dans ce paysage paisible comme seul peut l'être un paysage d'après toutes les batailles, un seul être vivant s'est manifesté sur le béton de la route : ce chien. Conscient de son importance, conscient peut-être – et le seul à l'être – de la valeur du Leica de Klavdij, il a traversé plusieurs fois la frontière, un rien cabotin, histoire d'être bien sûr d'avoir été fixé sur la pellicule.

Et puis nous avons perçu, très loin, un teuf-teuf poussif. Et la Lada du cousin, petit point noir au bout de la route entre les grands champs, a grossi lentement pour venir s'éteindre devant nous dans un râle.

D'ailleurs était-ce un cousin ? L'automatisme de cet apparentement ne devait être qu'une simple déformation de mon esprit due à notre traversée albanaise. En tout cas, c'était un ancien collègue du solitaire de la frontière : il avait été agent de police à Belgrade. La dislocation de la Yougoslavie l'avait fixé de nouveau au pays natal. Il ne s'en plaignait pas : il avait été là-bas comme un Corse à Paris et, avec ce métier, on lui faisait la gueule. Ici au moins il était chez lui. Cela, naturellement, était dit en serbo-croate, à l'usage de Klavdij.

*

Le 29 octobre 1916, à quelques kilomètres de là, Albert Londres rédigeait son câble quotidien pour *Le Petit Journal* :

> Nous venions de dépasser Cucovani. Les trente-six chevaux et les six caissons se suivaient dans un tintamarre quand, sur notre gauche, on vit des éclairs. C'était du côté bulgare. On vit aussi, soudain, des éclairs de notre côté. La bataille recommençait-elle ?
> … Une femme turque, pieds nus, avec ses culottes bouffantes et un grand voile blanc tout sale sur le visage, fuit de toute la longueur de ses pas, en se retournant de tous les côtés ; d'où sort-elle, celle-là ? On ne voit que ses yeux que l'angoisse ouvre sur cette aventure qu'elle trouve effrayante. Passez, innocente !
> Ah ! photographes en couleurs qui n'êtes pas là en cette minute, pendez-vous ! Vous venez de rater la plus belle plaque de votre carrière. Cinq cents habitants de Florina, grouillant en un seul paquet, coiffés de fez, voilés du voile, hommes et femmes, enfants et vieux, cherchent apeurés, le dos courbé, à regagner leur village. Les femmes qui ont perdu le voile dans la bagarre se cachent la figure avec leurs souliers qu'elles portent à la main, un vieillard aveugle qui ressemble au prophète Élie est sur un âne ; il a une fillette devant sur le garrot et une derrière ficelée sur la croupe. Celle qui est devant a de grands yeux merveilleux. On l'a sans doute

> choisie exprès pour qu'elle puisse voir pour lui. Il y a plus de trente autres enfants aux culottes rouges, vertes, jaunes, bleues, dans un seul char que tire un seul buffle malgré que ce soit un attelage à deux. Le muphti marche sous le poids de son turban et traîne trois veaux par la corde. Quatre enfants sont à cheval, sur un même cheval, et pour qu'ils ne tombent pas les plus grands Turcs cheminent de chaque côté.
> Ils arrivent dans la zone où ça barde. Bleus, jaunes, verts rouges, ayant peur, les femmes se collant contre les vieux, les enfants embrassant le cou des bêtes de tous leurs petits bras, les bêtes se faisant tirer jusqu'à l'étranglement par la corde, les cinq cents exilés en couleur, incertains, s'en vont.
> – Arrêtez-les, N. de D., crie un lieutenant du poste, ils vont faire repérer la piste, ces carnavals-là !

Albert Londres arrivait de Salonique pour suivre l'offensive victorieuse de l'armée française d'Orient, commandée par le général Sarrail, et des troupes serbes reformées après l'invasion de leur pays. En face, Bulgares et Allemands se repliaient sur Bitola, qui à l'époque s'appelait Monastir et était la ville la plus opulente de la Macédoine.

Pour Albert Londres, pour ses lecteurs français, ce qui se jouait là, c'était un épisode parmi d'autres, sur un front parmi d'autres, de la « Grande Guerre » déchaînée un an plus tôt. Mais pour les populations locales, la guerre n'avait pas commencé en 1914. Depuis plusieurs années, la région était en feu. Et ce n'était certainement pas la première fois que le groupe pittoresque et pitoyable croisé sur son chemin errait ainsi. D'ailleurs, étaient-ce vraiment des habitants de Florina qui « regagnaient leur village » ? Pour Albert Londres, à ce moment-là, les choses étaient simples (il ne s'est intéressé à leur complexité que six ans plus tard quand il est revenu voir « l'après-guerre dans la vieille Europe », puis en 1932, pour son célèbre reportage sur les « comitadjis » à Sofia et à Skopje) : il y avait les Alliés d'un côté et les ennemis de l'autre, les bons et les méchants. Toute ville conquise par les premiers était pour lui « libérée ». Mais de qui étaient-ils libérés, ces Turcs survivants de trois guerres « grouillant en un seul paquet » qui avaient tout perdu ? Des Bulgares ? Et les Serbes qui venaient de prendre Florina avec les zouaves français étaient-ils vraiment leurs libérateurs, les libérateurs aussi de ce « village » qui allait redevenir grec et où, aujourd'hui, on ne rencontre plus un Turc ?

En 1912, l'Alliance balkanique avait prévu, pour après sa victoire sur les Turcs, un partage équitable (sauf pour les Macédoniens qu'on n'avait pas pris la peine de consulter) de la Macédoine. Parce que Grecs et Serbes exclurent finalement les Bulgares de ce partage, le roi Ferdinand de Bulgarie se retourna contre ses alliés de la veille : la guerre de 1913 qu'il déclencha se termina par un désastre pour son pays. En 1915, Ferdinand vit derechef dans l'alliance avec les puissances centrales, y compris avec l'ennemi héréditaire, la Turquie, le moyen de reconstituer la Grande Bulgarie dont il avait été frustré. Bulgares, Allemands et Autrichiens prirent la Serbie en tenaille et mirent l'armée serbe en déroute. Pour un an, la Macédoine fut bulgare. Il fallut attendre le débarquement à Salonique de l'armée française d'Orient pour que les Alliés passent à la contre-offensive sur ce nouveau front de la guerre de plus en plus mondiale.

En 1903 déjà, lors de l'insurrection macédonienne, les Turcs avaient ravagé le pays. En 1912, les premières victimes avaient été, retour du balancier, les populations turques. Puis, dans leurs zones respectives, les vainqueurs se livrèrent à ce que l'on n'appelait pas encore la purification ethnique. Ils y furent aidés par leurs partisans locaux, des groupes armés formés en comités clandestins, d'où leur nom de comitadjis, qu'ils fussent bulgares, serbes, macédoniens ou grecs.

Les atrocités des guerres balkaniques ont horrifié l'Europe. Les Bulgares tuant ou chassant les Grecs, les Grecs et les Serbes tuant ou chassant les Bulgares, les populations minoritaires – survivants turcs, Arméniens, Aroumains ou Koutzo-Valaques, Juifs, Tziganes, se rangeaient, pour sauver leur peau, du côté du nouvel arrivant, quel qu'il fût. Des voisins qui avaient toujours cohabité se dénonçaient mutuellement, des « bandes incontrôlées » précédaient les armées régulières et leur préparaient la voie en pillant, violant, massacrant, puis celles-ci « rétablissaient l'ordre » et l'on déportait en masse.

Tout cela est décrit avec minutie dans un document capital : le rapport de la Fondation Carnegie pour la Paix, dossier rédigé par une commission d'enquête internationale envoyée sur place à la fin de 1913. Ce rapport a été publié au printemps de 1914. Il apporte, à quatre-vingts ans de distance, un éclairage historique saisissant sur ce qui se passe aujourd'hui de l'autre côté de la Drina. Le processus de la purification ethnique y est exposé ainsi :

> ... La première conséquence est que le but de ces conflits armés, avoué ou sous-entendu, clairement compris ou vaguement senti, mais toujours et partout le même, fut l'extermination complète d'une population allogène. Dans certains cas, ce but s'est traduit par un « ordre » implacable et catégorique : tuer toute la population mâle des régions occupées.
>
> Nous possédons des lettres de soldats grecs dont l'authenticité ne fait aucun doute : « Nous n'avons fait qu'un petit nombre de prisonniers et les avons tués, car

tels sont les ordres que nous avons reçus, afin que cette sale race bulgare ne puisse pas renaître… » L'intention est évidente ici de n'épargner que ceux qui ne peuvent pas prolonger l'espèce ou qui sont assez jeunes encore pour recevoir l'éducation grecque et perdre leur nationalité. […]

Les ordres donnés aux armées slaves étaient peut-être moins barbares. Mais il ne s'ensuit pas pourtant que l'on n'eût pas l'intention de se débarrasser de la population allogène une fois le territoire conquis. Les villages où les quartiers turcs furent brûlés et qu'un délégué de la commission a visités en Thrace en sont la preuve pour les Bulgares. Quant aux Serbes, nous en avons un témoignage authentique, une lettre d'un militaire serbe publiée par le journal socialiste serbe *Radnitchiké Noviné* : « Je peux te dire que la Liouma (région albanaise le long de la rivière du même nom) n'existe plus. Tout n'est plus que cadavres, poussière et cendres. Il y a des villages de 100, 150, 200 maisons où il n'y a plus un seul homme. Nous les réunissions par groupes de 40 à 50 et ensuite nous les percions de nos baïonnettes jusqu'au dernier. » […]

Nous arrivons ainsi au second trait caractéristique des guerres balkaniques, et ce trait est, du reste, la conséquence du premier. Comme la population des pays qui allaient être occupés savait d'instinct ce qu'elle avait à craindre des armées ennemies et des pays voisins auxquels appartenaient ces armées, elle se sauvait sans attendre. Aussi l'armée ne trouvait plus que des villages à demi déserts, quand ils n'étaient pas tout à fait abandonnés. Pour exécuter les ordres d'extermination, il suffisait d'y mettre le feu.

Une véritable migration des peuples s'ensuivit. […] Il ne s'agit pas de cas isolés mais d'un véritable exode :

> c'est une partie du tableau que nous voyons partout dans les Balkans. Les Turcs y fuient les chrétiens, les Bulgares fuient les Grecs et les Turcs, les Grecs et les Turcs fuient les Bulgares, les Albanais fuient les Serbes, et si, entre les Serbes et les Bulgares, l'émigration n'a pas ce caractère général, c'est que ces deux nations ne se sont pour ainsi dire pas rencontrées sur leurs propres territoires et que celui que toutes deux convoitaient, la Macédoine, elles le considéraient comme étant déjà peuplé de leurs congénères.
>
> C'est pourquoi nous avons affaire ici à une forme mitigée du même principe : ce n'est plus ni l'extermination, ni l'émigration que le Grec emploie contre le Bulgare, le Turc contre le Slave, le Serbe contre l'Albanais ; c'est un moyen indirect, mais qui doit mener au même but de conversion et d'assimilation.

La commission était présidée par un des premiers prix Nobel de la paix, un Français, le sénateur Paul d'Estournelles de Constant. Cet homme avait une idée généreuse : en notre ère moderne, la barbarie de la guerre pouvait être bannie si l'on arrivait à imposer aux peuples et aux nations la notion d'arbitrage. Il fut l'un des fondateurs de la Cour internationale de La Haye, ancêtre de la Société des Nations. La conclusion de son rapport, publié au printemps de 1914, est pathétique, pour qui connaît la suite : il se disait convaincu que seul l'arbitrage international, remettant en cause le traité de Bucarest qui venait d'avaliser le partage gréco-serbe, pourrait ramener une paix durable dans la région en arrêtant l'expansionnisme grec et serbe tout en mettant fin aux frustrations bulgares, et que c'était le sort de l'Europe entière qui était en jeu. Trois mois plus tard, des coups de revolver serbes, tirés à Sarajevo, mettaient le feu à l'Europe.

Il arrive parfois, au détour du chemin, que notre toute petite histoire croise la grande. Je possède une photo de Paul d'Estournelles de Constant. Il pose, sur les marches de l'église Saint-Philippe-du-Roule, au sortir du mariage de mes parents : c'était quelques mois avant sa mort, il porte encore beau avec sa moustache et son sourire ironique, cet homme plutôt petit qui a les mêmes yeux de velours sombre que ma grand-mère. Je ne m'étais jamais beaucoup intéressé à ce grand-oncle, jusqu'au jour où j'ai lu le rapport de la Fondation Carnegie. Il connaissait bien la région. À dix-sept ans déjà, il avait fait un séjour en Grèce et en était resté amoureux : il avait publié plus tard une *Vie privée dans la Grèce moderne*. Jeune diplomate, en 1878, il avait été chargé de délimiter sur place les nouvelles frontières turques aux confins albano-macédoniens. Il avait marié l'une de ses sœurs à un Grec de Corinthe, l'autre à un égyptologue au nom italien, lui-même avait épousé une Anglaise… bref, cet originaire de la Sarthe, héritier du Suisse protestant Benjamin Constant, était quelque peu « cosmopolite », comme je l'ai lu dans une thèse qui lui a été consacrée. J'aime bien les cosmopolites comme lui. À en juger par la photo, comme par les souvenirs que racontait ma grand-mère, il était du genre sceptique et épicurien. J'aime bien, encore, qu'il ait été ce genre d'homme à croire suffisamment en ses idées (aujourd'hui, on dirait « son utopie ») pour revenir crapahuter à soixante ans passés dans la région de sa jeunesse, au milieu des ruines et des cadavres de la guerre ou du typhus. Il n'empêche que ce philhellène convaincu fut, sitôt le rapport publié, insulté pour avoir ainsi réparti les responsabilités (et les atrocités) dans les trois camps : on le traita de vendu aux Bulgares…

*

La route descendait en pente douce. À l'horizon, Bitola ne s'est pas manifestée à nos yeux comme à ceux d'Albert Londres par des minarets lançant leurs pointes vers le ciel, mais par des cheminées d'usines et des immeubles. En toile de fond, encore proches, les sommets, dont la neige luisait au soleil pâle, dominaient à plus de 2 000 mètres la plaine de Pélagonie.

Nous avons traversé les abords de la ville, des fabriques modernes apparemment en panne, un grand parking de semi-remorques remisées dans l'attente des jours meilleurs de la reprise du trafic au-delà des frontières serbe et grecque, des blocs d'habitation mieux entretenus qu'en Albanie, ou en d'autres pays dits « de l'Est », et dus à des urbanistes nettement plus imaginatifs qu'en Grèce (si tant est qu'il existe des urbanistes en Grèce). Nous sommes passés devant le sévère bâtiment en pierre de taille de l'ancienne École militaire turque, où Mustafa Kemal Atatürk (dont la mère, soit dit en passant, était albanaise) fit ses études d'officier. Notre chauffeur a stoppé sur la place centrale, devant la grande tour ottomane de l'Horloge, où convergent une avenue bordant la rivière le long de laquelle s'alignent de riches demeures fin de siècle qui furent des consulats, la rue du Maréchal-Tito au nom inchangé (une longue rue étroite aujourd'hui piétonnière, comme il se doit), avec ses petits cafés modernes, s'ouvrant entre la grande mosquée et la cathédrale orthodoxe, tandis qu'un peu plus loin pointe le clocher de l'église catholique, et les ruelles de la tcharchia, le vieux quartier du bazar, labyrinthe d'échoppes et de tavernes.

Le chauffeur parlait serbo-croate sans complexes. Klavdij avait affirmé d'emblée son origine slovène, et la conversation était fraternelle entre les deux ex-Yougoslaves (des deux extrémités opposées de la Fédération). Une langue, avait dit le chauffeur, c'est un trésor, et, s'il l'avait pu, il en aurait appris d'autres, parce que ce qui fait un homme, c'est son ouverture aux autres.

Il ressemblait à Serge Reggiani jeune, il était cultivé – il avait fait ses études au lycée de Bitola – et nous n'avions pas envie de nous quitter comme ça. Nous sommes allés déposer nos sacs à la *gardérob* de la gare et relever les horaires des trains pour Prilep (une heure de trajet) et Skopje (cinq heures), avant de revenir prendre un café à l'orée de la tcharchia. Averses passagères et soleil s'emmêlaient un peu.

– Ici, quand il pleut et qu'il fait soleil en même temps, on dit qu'un Tzigane se marie.

À cette heure matinale, le café était désert. Le patron est venu nous rejoindre et s'est présenté :

– Je me considère modestement comme un représentant typique du pacifisme et de la tolérance du peuple macédonien.

Pacifiques et tolérants aussi, les partisans du VMRO, les héritiers du redoutable ORIM des comitadjis, qui rêvent de reconstituer la Grande Macédoine avec Salonique pour capitale et d'expulser la population albanaise ? Ils existaient pourtant, nous en avions suffisamment rencontré l'un et l'autre dans nos voyages précédents.

– Ces gens-là se sont coupés du peuple lors des dernières élections en prêchant le boycott. Tout ça, parce qu'ils n'avaient pas eu la majorité avant. Le boycott, ce n'est pas une position. Si je veux quelque chose et que je ne l'ai pas, je recommence, je ne me retire pas, ce n'est pas sain, ça, ce n'est pas la démocratie.

Optimistes, nos amis.

Ils ont tenu à nous affirmer d'abord que la Macédoine était le cœur des Balkans – Bitola, bien sûr, étant le cœur de la Macédoine. Était-ce pour son malheur que la Macédoine était l'un des plus beaux pays du monde ? Si elle ne l'était pas, on ne se serait pas tellement battu pour la posséder. Aujourd'hui, aucun de ses quatre voisins n'était fiable. La Serbie ne s'était retirée que contrainte par la nécessité d'aller mater la sécession de la Slovénie et de la Croatie, et avec l'embargo, tout ce qui reliait la Macédoine au reste de la Yougoslavie était coupé. Au début, c'était la pire pénurie : cinq heures d'électricité par jour. La Grèce s'était mise dans une situation absurde en instaurant le blocus de la Macédoine, alors que tout aurait dû unir les deux pays.

– Vous avez vu la frontière ? Vous appelez ça une frontière, vous ? Un kiosque au milieu d'une plaine, oui…

Traditionnellement, le trafic international entre l'Europe de l'Ouest et l'Europe orientale passait par la Macédoine, en suivant l'axe autoroutier qui traversait la Yougoslavie de part en part pour bifurquer sur Sofia et Istanbul, Salonique et Athènes. Aujourd'hui, cet axe était mort. Remplacé par quoi ? Un chemin de traverse reliant l'Albanie et la Bulgarie, deux pays qui avaient eux-mêmes suffisamment de problèmes…

Pauvre Macédoine, soudain libre et entourée de voisins qui ne rêvaient que de la dépecer. Grecs et Serbes s'entendaient comme larrons en foire. Lorsque, en 1992, le patron du café avait vu à la télévision Milošević rencontrer Papandréou, il avait tout de suite compris : ils allaient discuter du partage de la Macédoine. Certes, aujourd'hui le gros de la tempête était passé, parce que les Serbes étaient trop occupés, là-haut…

– J'ai pensé la même chose à l'époque, a dit Klavdij, en voyant la rencontre entre Milošević et Tudjman : c'était évident qu'ils voulaient discuter du partage de la Bosnie.

– Les Albanais et les Bulgares, eux, attendent leur heure. Les Albanais pensent toujours aux leurs qui vivent en Macédoine et au Kosovo : s'ils pouvaient les réunir dans une Grande Albanie… Quant aux Bulgares, oui, c'est vrai, ils ont reconnu l'État macédonien, mais pas la nation : ça veut dire quoi, ça ?

» Les Grecs ? Ils sont fous. Leur blocus se retourne contre eux. C'est tout le nord de leur propre pays qui en pâtit. Et qui est gagnant dans l'affaire ? Les Turcs ! Ce sont eux qui nous aident. Eux, qui furent notre ennemi héréditaire, eux qui restent les ennemis haïs des Grecs. Les Turcs viennent en touristes, ils demandent à visiter la chambre d'Atatürk, à l'École militaire. Alors on l'a meublée luxueusement, et on leur fait payer à prix d'or le plaisir d'y passer une nuit…

Déjà, lors d'un précédent voyage, j'avais entendu à Skopje une histoire de cargaisons d'agneaux macédoniens renvoyés par les Grecs. C'était la semaine de Pâques : pas de Pâques, en Grèce, sans agneau. Traditionnellement, Salonique et sa région s'approvisionnaient chez leur voisin du nord. Mais voilà que tous les agneaux étaient arrivés dûment estampillés « République de Macédoine ». Résultat : cargaison refoulée, les Grecs avaient dû faire maigre le jour de Pâques, et les Skopiotes riaient – d'un rire un peu jaune…

– Ah ! ces « Grecs de la vieille Grèce » ! Les Grecs d'Australie et d'Amérique, ces salauds, leur bourrent le crâne avec leur propagande antimacédonienne.

Autrefois, les diplômes de l'université de Skopje étaient reconnus en Grèce et réciproquement. Aujourd'hui, les Grecs ne reconnaissaient que les diplômes serbes. Dans le temps, le taxiste chargeait six étudiants d'un coup pour Salonique, c'était la bonne affaire. Désormais, il ne sortait plus des frontières. Il aurait pu aller à Belgrade, mais il avait renoncé. La semaine dernière encore, il avait refusé une course à un client. Les policiers serbes faisaient du racket sur la route et ça lui aurait coûté plus cher que le prix de la course. Et puis il y avait un vrai *syndrome* de guerre, là-bas. Tout le monde était armé. La vieille frontière des mentalités s'était reformée.

– Les Serbes sont des guerriers, les Macédoniens sont pacifistes dans l'âme.

– Je me souviens, a confirmé Klavdij, des caricatures, quand j'étais petit : le Serbe avec sa chapka et son couteau entre les dents, le Macédonien gros et jovial. On disait que le Macédonien est bon comme la pastèque.

(Je me suis retenu de mettre mon grain de sel. Il me semblait que dans un passé pas si lointain le seul nom de Macédonien, associé à celui de comitadji, faisait trembler les Balkans jusqu'au-delà du Danube, mais enfin...)

– Je ne suis pas psychologue, a continué le patron, mais la première fois que j'ai vu ce Karadžić à la télé, ça m'a confirmé ce que je pensais : ces Serbes, ce sont des *psychopathes*. Le commandant en chef des Serbes de la Krajina, je le connais bien : il était professeur à Skopje, il enseignait la défense nationale territoriale, et il répétait qu'en cas de désagrégation de la Yougoslavie les plans étaient prêts et qu'il faudrait employer « tous les moyens ». Il l'a fait.

Avec la crise, les clients du taxiste étaient devenus rares.

– Les seuls qui louent encore un taxi à la journée, ce sont les Tziganes. Une chance pour moi qu'ils soient si nombreux. Ils sont honnêtes, les Tziganes. Ils font des métiers physiques, des métiers que les Macédoniens ne veulent plus faire. Beaucoup ont leurs papiers réguliers pour travailler en Allemagne. Quand ils reviennent au pays, il faut qu'ils montrent qu'ils ont de l'argent, alors hop ! ils prennent le taxi. Ils ne sont pas exigeants, les Tziganes. Tu leur donnes du carton, ils en font une maison. Il leur suffit d'avoir de quoi bouffer et boire, et c'est la belle vie.

Et les Albanais ? Il y avait beaucoup d'Albanais, à Bitola ?

Il y en avait, nous ont-ils expliqué, 2 000 ou 3 000 « de

souche ». Depuis quand étaient-ils là ? Le patron se souvenait que, quand son père était arrivé dans son village, celui-ci était peuplé à cent pour cent d'Albanais. Maintenant, ils n'étaient plus que la moitié. Où étaient passés les autres ? Ils avaient émigré. En Suisse, en Allemagne. Lui, il n'avait avec eux que des rapports amicaux. Quand un Albanais revenait au village, celui-ci allait toujours lui rendre visite, au même titre qu'aux membres de sa famille.

Non, aucune haine. Rien à voir avec le tableau sanglant des rapports entre les deux communautés tels qu'il sont décrits dans le film *Before the Rain* du réalisateur Milko Manchevski, Macédonien d'Australie, où l'on voit les haines ancestrales s'exprimer dans le sang et former, dans le temps, une boucle sans fin.

Idyllique, la vision de nos amis ?

– Alors, le danger de guerre…

– Il n'y a pas de danger de guerre. Elle aurait pu éclater au moment de l'indépendance, mais les Serbes avaient trop à faire là-haut. Ils n'ont pas pu nous attaquer tout de suite, ils ne le feront plus. Ce qu'il nous faut, maintenant, c'est rompre l'isolement. Au début, on croyait beaucoup à la Communauté européenne. On se disait : si on y est intégré, finis les problèmes avec les voisins. C'est la grande déception. Mais la guerre, non jamais. Je vous l'ai dit, le Macédonien est pacifique… Des choses comme il s'en passe en Bosnie, c'est impensable ici. Ils sont fous, là-haut. Ici, regardez comme tout est tranquille…

*

– C'est étrange, m'a dit Klavdij, tandis que nous remontions la rue du Maréchal-Tito pour regagner la gare. C'est étrange, la guerre. Quand je faisais le photographe sur le front de Vukovar, je me souviens que je

Macédoine, 1993.

n'arrivais pas à y croire : on marchait dans un pré, il y avait des oiseaux qui chantaient dans le bois voisin, une de ces journées d'été où l'on rêve de baignade dans l'étang. Comme ici : tout était tranquille. Et puis tout d'un coup, sans que rien n'ait bougé, éclatait la détonation d'un mortier, on nous tirait dessus, la mort était là, la mort impensable dans ce paysage.

» Ou alors on se trouvait au milieu des barres d'une cité de banlieue, dans le calme et le silence de ces après-midi où l'on imagine que les hommes sont partis travailler, les femmes sont au supermarché et les enfants à l'école, et puis, d'une fenêtre… mais de laquelle ?

– À Sarajevo, j'ai entendu des gens me raconter : « Quand nous regardions à la télévision l'armée yougoslave – nous disions encore : *notre armée* – bombarder Dubrovnik, nous restions là, stupéfaits mais sans crainte, en pensant : ce n'est pas chez nous qu'une folie pareille risquerait de se produire. Ivo Andrić a d'ailleurs écrit quelques lignes là-dessus, du genre « ces choses-là n'arrivent qu'aux autres ».

– C'est dans *Le Pont sur la Drina*. Des fugitifs arrivent à Višegrad et disent aux habitants : « Vous êtes là tranquillement assis à prendre du bon temps… » Et ils leur demandent où ils fuiront, eux, quand leur tour viendra : « Cela personne ne le sait et aucun de vous n'y pense. »

– Enfant, j'ai vécu l'exode de 1940. Nous étions des centaines de milliers de Français, des réfugiés, qui fuyions vers le Midi. Dans les villages, des habitants vendaient l'eau de leur puits, d'autres nous couchaient dans leur propre lit. Mais pour tous, hostiles ou généreux, nous étions « les réfugiés ». Ils ne savaient pas, ils étaient incapables de concevoir que dans deux, dans trois jours, ils le seraient aussi.

2

Retour en arrière : cahier de Sarajevo

En mars 1995, j'ai passé trois semaines solitaires à Sarajevo. J'étais décidé à ne rien écrire sur ce voyage-là. Trop de mots avaient déjà été dits et publiés qui, si bien intentionnés fussent-ils, n'apportaient rien, à mon sens, dans leur profusion même, parce que l'indignation répétée ne soulageait que leurs auteurs. (Je n'ai pas tout à fait tenu parole puisque j'ai écrit, quatre mois plus tard, un petit article, le plus descriptif possible, intitulé « Les murs de Sarajevo », par référence au Mur de Berlin et à Zid (le mur), la radio indépendante de la ville.

Puis il s'est passé quelque chose d'étrange. Pendant un an, j'ai *oublié* que j'avais tenu un journal de mon séjour. Ce n'est qu'en recherchant mes notes du présent voyage que je suis soudain tombé sur ce cahier dont j'extrais ici quelques pages.

Car encore une fois : comment traverser les Balkans en paix sans mettre, à chaque instant, sur chaque paysage, sur chaque figure, ceux des Balkans en guerre que l'on a connus ? Il n'y a pas eu de jour durant notre voyage où, ne serait-ce que par trois mots au détour du chemin, Klavdij n'ait soudain évoqué Vukovar et Dubrovnik, et moi Sarajevo.

*

Vendredi 3 mars 1995. Ils tirent à la cible sur le tramway ou sur un passant. Aujourd'hui, trois blessés, un mort. Ils font cela juste devant l'hôtel Holliday Inn parce qu'ils savent que les journalistes sont là avec leurs caméras braquées en permanence et donc que la mort, filmée en direct, sera le soir même sur tous les écrans de télévision, sarajéviens et mondiaux. On peut donc dire qu'en vérité ce sont les caméras qui commandent le tir, et l'horaire des bulletins d'information qui commande l'heure de la mort. Aux pires moments du siège, des cameramen payaient un homme pour aller planter leur appareil à poste fixe sur la Sniper Allee et renouveler régulièrement la bande. Comme ça, ils avaient la certitude d'« assurer ». À distance.

Il s'agit pour les Serbes de faire savoir, dès qu'ils en ont besoin, qu'ils sont toujours là, même en cette période de « cessez-le-feu ». Ces jours-ci, c'était le président turc qui devait venir à Sarajevo. Il leur a suffi de tirer sur le tram, et hop ! la visite du président est ajournée.

Dimanche 5 mars. C'est Romain qui m'a dit qu'il fallait absolument prendre des notes, sinon « on s'habitue très vite et on oublie ». C'est lui, aussi, qui a employé l'expression : « des morts vivants ».

Difficile de me forcer à noter – à écrire. La réalité envahit, elle déborde, elle refuse de passer par les mots, les doigts, le stylo, le cahier. Elle s'abat sur le corps et l'esprit, les pénètre, y pèse de son poids de plomb, s'y installe, inhibe et paralyse.

On cherche des analogies et toutes sont fausses. La seule chose qui se rapproche de ce que je *vois* (qui n'est qu'une partie de ce que je *sens*), c'est un film de propagande nazie tourné je ne sais plus où, à Bergen-Belsen ou à Terezin. On y voyait chacun vaquer à ses occupations quotidiennes, des musiciens donner un concert, etc.

C'est un cas sans précédent dans l'histoire, une perversion pathologique de tous les sièges d'une ville connus. Le siège prolongé indéfiniment grâce à une aide humanitaire orchestrée par une armée – les Casques bleus – qui occupe militairement le terrain et, au lieu de se battre, fait de la bienfaisance.

C'est un camp de concentration dont les gardiens nazis seraient tenus à l'extérieur des barbelés. À l'intérieur, il y a des bons gardiens, compatissants. Mais qui font bien attention de ne pas laisser sortir les détenus, ou alors au compte-gouttes. Les nazis, du dehors, tirent sur le camp quand ça leur plaît et où ça leur chante, et les bons gardiens ramassent parfois les blessés et les morts. Puis ils vont prendre un café ou une slivovic avec les nazis.

Je sais que tout le monde répète ces lieux communs-là. Mais ce sont quand même des lieux communs qui tuent.

Ce dimanche matin, moins angoissé par ma solitude que les jours précédents. Le léger printemps du début de la semaine a disparu. Il pleut et Sarajevo a pris l'habit de boue et d'ordure, de noir et de gris qui lui convient. Le ciel bleu et doux était choquant. On voyait chaque détail des lignes serbes sur les hauteurs, au bout des rues. Maintenant, le voile de brume et la couche de nuages bas suivent à peu près leur contour. On se sent presque à l'abri.

Trois sortes de tirs. Coups, lourds, de mortier (ou de canon). Rafales de mitrailleuse lourde. Ordinairement, ces dernières se répondent de camp à camp. Et aboiements secs, jamais plus de trois ou quatre de suite (pour des raisons évidentes) d'armes individuelles. Les détonations de mortier et de mitrailleuse viennent pour la plupart des hauteurs qui surplombent la ville au sud – ou, plus à l'ouest, de la ligne de front de l'aéroport.

Seuls les tirs isolés – des snipers – expriment le but unique, *nu* : tuer.

« Qu'est-ce que vous faites ici ? Vous travaillez pour quelle organisation (projet, programme, etc.) ? Dans quel *cadre* ? »

Peut-être ai-je eu tort de me situer, pour avoir l'air d'être comme tout le monde, « dans le cadre » du « projet » de Francis Bueb – puisqu'il s'avère que ledit projet (centre, librairie, bibliothèque) n'est pas suffisamment avancé pour que je puisse, pour cette fois, être utile à quelque chose. Comme si j'avais honte, comme si c'était impossible de dire : maintenant que je suis venu, je reste par mes propres moyens, pour mon propre compte, libre citoyen de la libre Europe dans une capitale libre d'Europe.

Côté bosniaque, la méfiance est justifiée. Je ne suis qu'un étranger de plus à Sarajevo qui en compte déjà trop.

Lundi 6 mars. Dix jours déjà. Ce matin, le printemps est revenu. Calme parfait. Pas le moindre tir. Bruits d'avions dans le ciel, normaux au-dessus de toute ville du monde. Ce ne sont pas les avions de l'aéroport mais les avions de « surveillance » de l'OTAN. Je ne les vois jamais. Des oiseaux, dans l'arbre déchiqueté et cassé à mi-hauteur de la cour. Des enfants qui jouent au ballon. Cette cour entre les grands immeubles austro-hongrois (remplie de potagers actuellement en friche à cause de l'hiver), sur laquelle donne ma fenêtre, ne me permet pas de savoir comment est vraiment la ville. La cour est aussi évidemment pleine de déchets informes. Au premier abord, tout est « normal ». Sauf que :

– il y a l'arbre unique martyrisé ;

– les façades décrépites sont atteintes de beaucoup d'impacts d'éclats de mortier ;

– ma fenêtre est l'une des seules à être munies de vitres (neuves). Toutes les autres sont obturées par des morceaux de plastique translucide bien ajustés. C'est d'ailleurs le cas de tous les appartements habités en centre-ville et des bureaux ;

– les voitures parquées derrière le mur, à gauche, sont, quand on regarde attentivement, des carcasses inutilisables.

Cette cour est quand même un des lieux les plus intacts de Sarajevo. Cela doit tenir à ce qu'elle est fermée au sud, et donc pas sous le tir direct des lignes serbes. Du nord, ils doivent tirer au canon, par-dessus la crête des collines.

Pendant les bombardements, la télévision serbe de Palé (que tout le monde peut regarder) transmettait des images de la ville vue des lignes serbes et zoomait sur telle ou telle fenêtre. L'effet était, paraît-il, terrifiant. Chacun se sentait sous leur regard.

Tout ce qui a été détruit à Sarajevo, de l'immeuble (apparemment) anonyme à la bibliothèque, l'a été de façon délibérée par un tir à la cible. *Quelque chose* ou *quelqu'un* était nommément visé. Certains immeubles n'ont qu'un étage éventré, voire un appartement précis.

Quand je sors de l'immeuble sur la rue, c'est toujours la surprise de découvrir, du boyau obscur de l'entrée, les passants se découper dans l'embrasure lumineuse de la porte béante.

La chaîne gouvernementale bosniaque passe et repasse depuis trois jours la même scène de trois ou quatre minutes : l'assassinat d'un jeune homme par un sniper devant le Holliday Inn. Le jeune homme apparaît, déjà touché – probablement quelques secondes plus tôt. Il gît sur le terre-plein qui sépare les deux voies de l'avenue. Près du trottoir, à une vingtaine de mètres, stationne un blindé (VAB) blanc français. D'autres jeunes gens s'abritent comme ils le peuvent derrière le char. Les Casques bleus français, eux, ne se cachent pas. Gonflés comme des grosses grenouilles dans leur gilet pare-balles, casque et mentonnière qui boursoufle leurs joues, ils ont vraiment l'air de Schtroumpfs. Ils sont là, quatre ou cinq, debout, indécis, pistolet ou fusil tenus le canon vers le ciel : ils n'ont pas l'air d'être prêts à s'en servir. On a l'impression qu'ils savent qu'ils ne sont pas visés, mais qu'ils n'en sont pas tout à fait sûrs quand même. Ils ne portent pas secours à l'homme à terre. Un jeune garçon hésite, puis court, plié en deux, vers lui, revient sur ses pas, repart et, tout seul, soulève le blessé comme il le peut, le prend dans ses bras et, toujours seul, retraverse la chaussée pour le rapporter vers le char. Là, seulement, les Schtroumpfs s'agitent, sortent un brancard et enfournent le corps dans le VAB qui démarre.

Ce jeune homme est mort.

La radio française (France Inter et RFI) parle de « tireurs embusqués », mais ce n'est pas le bon terme puisque n'importe qui, avec une bonne lunette télescopique, du haut des lignes serbes ou des immeubles du quartier serbe qui s'avance là comme un coin dans le fond plat de la vallée, peut faire son carton.

À Sarajevo, tout le monde fume terriblement, tout le temps. Moi aussi. J'ai tort. Le cœur me fait constamment mal.

Sortir profiter du soleil.

Mardi 7 mars. Continuer à sortir dans la rue au moins quatre heures par jour. Travailler à la traduction du livre de Roa Bastos, qui me plonge dans le massacre absurde de la guerre du Chaco…

Le tram ne fonctionne plus, après les derniers tirs : deux passagers morts, quinze blessés. Je ne pourrai donc plus le prendre, comme les jours précédents, pour aller marcher du côté des immeubles de la banlieue. Explication de Dražen, mon hôte : *« The tram is the sign of the civilisation, and Serbians don't accept this. »*

La semaine dernière, quand ça tirait beaucoup (pour un qui n'a pas l'habitude), la vie semblait suivre son cours ordinaire, les gens dans la rue ne levaient même pas la tête pour chercher d'où cela venait. Des mères poussaient des voitures d'enfant. Dans cette ambiance, on oublie toute inquiétude. Et puis soudain, vers cinq heures du soir, dans une rue en pente, large, exposée, tout le monde s'est mis à courir. On entendait des coups de mortier, répétés, insistants. J'ai mis un instant à comprendre que les gens couraient parce qu'il s'était mis à pleuvoir plus fort.

La nouvelle du jour est la signature à Zagreb d'un pacte militaire prévoyant un commandement unifié entre la Croatie et la Bosnie-Herzégovine. À la télévision, le général en chef croate est un hippopotame cacochyme. La chaîne gouvernementale passe tout le temps d'insupportables images de propagande à la gloire de l'armée nationale.

Ce soir, cinq minutes avant le couvre-feu (qui est à dix heures), Vincent est passé en coup de vent, hors de lui. Toute la ville parle des deux miliciens bosniaques qui ont été tués, écrasés par un véhicule de la FORPRONU dont le chauffeur a pris la fuite dans la nuit. En passant au quartier général, dans l'immeuble des PTT, Vincent a appris qu'il s'agissait d'un militaire français parfaitement identifié par ses camarades. Il a dû jurer de ne rien dire. Le chauffard assassin est et restera inconnu.

Mercredi 8 mars. Cette après-midi, je suis allé remettre une lettre de Paris (d'une de ses anciennes élèves) à la directrice du Prvna Gimnasja – le Lycée n° 1 –, grand bâtiment en pierre de taille, austro-hongrois, en centre-ville, assez amoché mais résistant. Portes d'entrée noires et mal ajustées, hall plein de gravats, pas de vitres, toujours le même plastique aux fenêtres. Garçons et filles de plus de quinze ans. La concierge, dans sa loge obscure de trois mètres de long sur deux de large avec au fond, devant la fenêtre obturée par un matelas, le lit et la télévision, me reconnaît (je suis passé hier), m'emmène au premier. Immense escalier obscur. Une professeur me dit dans un français fatigué que la directrice est partie pour un quart d'heure et que j'attende dans la salle vide où l'on a dû manger. Je dis que je vais faire un tour en ville. Je redescends, la concierge ne me quitte pas, elle me fait entrer dans son boyau, allume la télé (comme toujours) – des soldats enthousiastes manipulent un gros canon –, prépare aussitôt deux cafés turcs (elle doit aller chercher de l'eau dehors, dans un bidon), sort un baclava et essaye de m'expliquer que dehors c'est mauvais, il y a toujours des tchetniks. Elle monologue sur un thème qui ne doit pas être loin de *« Krieg gross Malheur »* et elle fume, cette dame paysanne et d'apparence âgée, cigarette sur cigarette. Nous restons longtemps ensemble. Nous devons avoir le même âge.

La directrice me fait entrer dans son bureau et asseoir sur des banquettes de skaï noir éventrées. Énergique, ancien membre, m'a prévenu Dražen, de je ne sais quelle instance exécutive du parti communiste – dont il faisait également partie. Elle me dit qu'elle fête demain son quarantième anniversaire de mariage. Je sais, toujours par Dražen, qu'elle est connue pour son franc-parler, aimée, et respectée pour sa compétence. Elle est musulmane et son mari est serbe ; il a souvent pris ouvertement des positions critiques : *« A very strong man. »*

« Je ne suis pas nationaliste. Je suis la seule directrice

de lycée maintenue à son poste qui ne soit pas nationaliste. » Elle dit aussi, pour répondre à une question que je lui pose, un peu vite peut-être : « Monsieur, le serbo-croate, c'est *ma* langue. Le bosniaque, c'est nouveau : on met beaucoup de mots turcs… »

« En mille jours de siège, j'ai fait mille cinq cents fois le trajet de chez moi à ici et retour en pensant que c'était le dernier. J'ai réussi à sauver le lycée. Non, pas des bombardements, mais du pillage : parce que, au début du siège, il y a eu un grand pillage de *malfaiteurs* dans la ville. Ensuite le lycée a été occupé par des réfugiés et il m'a fallu lutter parce qu'ils détruisaient tout, c'est normal, il fallait bien qu'ils se chauffent. »

La concierge est une réfugiée, elle habite dans sa loge-tanière. 60 % des professeurs, dit la directrice, sont restés, mais il en est parti beaucoup plus de l'université. Elle me montre le coin de la pièce, à l'opposé de la fenêtre, qu'un obus a sérieusement entamé : « C'était bien *ma* fenêtre qui était visée. » Peut-être par un de ses anciens élèves ?

« Pendant le siège, il fallait courir, et tout le monde portait quelque chose tout le temps : l'eau, le bois, la nourriture. Les classes duraient parfois quinze minutes. » Mais, dit-elle encore, le niveau n'a que légèrement baissé.

Elle a entendu parler de la librairie de Francis Bueb (qui, durant les semaines où elle a fonctionné, se trouvait à quelques centaines de mètres). Pas le temps de s'occuper de ce genre de choses. Elle pense que c'est très bien, et ça n'a pas l'air d'être de la simple politesse. Tout de suite, elle est concrète : elle a besoin de livres pour ses classes de français, elle va réfléchir à une liste. Son visage s'éclaire (autant que la fatigue et l'usure apparentes le permettent).

Elle a regretté de ne pas m'offrir du café, puisque la concierge l'avait déjà fait.

L'emploi du mot « tchetnik » : volonté de ne pas employer le nom d'un peuple qui fut concitoyen pendant au moins cinquante ans. Dire « les tchetniks » évite de dire « les Serbes ». À l'origine, le mouvement tchetnik, c'était la résistance royaliste, nationaliste, anticommuniste. Ensuite, une partie s'est ralliée aux occupants allemands. Dans la phraséologie officielle de la Yougoslavie titiste, le mot était synonyme de bandits, souvenir de la guerre civile qui a suivi la libération. Il l'est toujours dans celle du gouvernement bosniaque. Beaucoup d'étrangers qui reprennent ce mot à leur compte ne savent pas qu'ils perpétuent le vocabulaire de ce qu'ils dénomment par ailleurs le totalitarisme.

L'immeuble de M. et Mme H., à qui j'apporte 1 000 marks (salaire hebdomadaire à Sarajevo, pour qui en a un : 1 DM), est vraiment cossu, moderne, il ne déparerait pas l'avenue Raymond-Poincaré à Paris. Pas de vitres, naturellement. Les étages sont occupés par des réfugiés : femmes voilées, comme on n'en voit jamais dans la rue. Bel appartement, tableaux, tapis. Toujours, comme partout, enlever mes chaussures boueuses avant d'avancer. Ici, il reste des vitres, percées de trous, éclats de grenades ou de mortier qui, comme ailleurs, ont entamé le mur opposé.

Me voici devant deux baclavas et du thé. Mme H. est digne, très bonne société, et nos anglais s'accordent. Elle trouve le projet de Francis Bueb « très joli ». Ils ont un fils en France (le Tarik qui m'a confié l'argent), un autre aux États-Unis. Le mari est professeur en médecine, pédiatre, il parle français (ou du moins croit le parler encore). « Je pleure tous les quarts d'heure. » Il me le prouve abondamment. Il m'énumère ses maladies. Le fait est qu'il a le pied paralysé. Impossible de payer l'hôpital, des bains, parce que leurs économies en devises sont bloquées à la banque. Autrefois ils allaient à Dubrovnik. Seule la mer pourrait le sauver.

Il parle beaucoup de la mer. Chaque fois, il pleure.

Il voudrait sortir du piège.

Long récit de Mme H. sur « les fascismes » qui règnent. Un professeur, dans une petite ville, chez qui on met, la nuit, du « poison ». Il se réveille à temps pour ouvrir la fenêtre, mais impossible de sortir, on l'attend dehors. Le lendemain, des voisins serbes « qui ne sont pas des fascistes » s'offrent pour garder la maison, mais seulement la nuit, parce que, de jour, les « autres » les reconnaîtraient. La famille décide de partir : il faut payer 150 DM par personne, remplir soixante-trois formulaires dont soixante-deux sont déchirés aussitôt, signer un papier comme quoi ils renoncent à tout ce qu'ils abandonnent.

La nuit tombe, la pluie est drue, je veux partir, j'accepte (à la légère) de « rapporter quelque chose à Tarik », elle me gratifie généreusement de six gros livres de droit international reliés, plus un volume des œuvres d'Aristote plus épais encore, au moins douze kilos, je ne sais par quelle lâcheté je ne refuse pas. Dans la rue spongieuse et déjà presque déserte, nous nous traînons péniblement, moi et les livres, tandis que passent les chars et les jeeps de la FORPRONU qui font gicler la boue, et de nouveau mon cœur éclate, j'ai vraiment beaucoup de difficultés à regagner mon haut de rue et mon troisième étage vide (pour couronner le tout, j'ai oublié la lampe de poche pour me repérer dans l'escalier). Heureusement que le temps du siège où il fallait courir est passé !

Dražen rentre à l'heure du couvre-feu, épuisé et toujours aussi solide pourtant – il mesure un bon mètre quatre-vingt-dix. Après qu'il m'eut abreuvé d'un cognac râpeux, nous avons en anglais une interminable et réconfortante conversation sur tout et rien (y compris certaines vertus du communisme dans la *former Yougoslavia*) qui me remet assez d'aplomb pour que j'aille me coucher illico. Hip !

À la radio, annonce (leitmotiv du genre raton laveur) de la fermeture de l'aéroport.

Jeudi 9 mars. Froid et grisaille, thermomètre à 0 °C, mais pas de neige en ville. RFI : les Nations unies estiment que les violations du cessez-le-feu ont atteint un degré « intolérable ». Un convoi humanitaire est bloqué et un responsable onusien parle de « risques de famine ». Les Serbes retiennent comme « prisonniers de guerre » quatre Français de Pharmaciens sans Frontières qui se sont trompés de route en montant à l'aéroport.

Mon sentiment de respect pour la directrice du lycée persiste et s'imprime. Finalement, c'est avec cette sorte de vrais « Yougoslaves » (et qu'ils aient été communistes ou non n'est pas la question) que je me sens une affinité. Dražen, plus jeune, avec son « parti réformiste », est aussi de ces gens-là.

Oui, Dražen est épuisé, et j'admire son étonnante résistance. Sa femme est morte, ses filles sont à Vienne (je couche dans leur chambre), et il reste là à réceptionner les convois pour assurer l'approvisionnement quotidien des cantines scolaires : 7 000 enfants. Quand les enfants ont mangé, s'il y a encore quelque chose, on fait entrer les vieux qui attendent. Depuis plusieurs jours, il espérait l'arrivée de ce convoi bloqué, le suivant de contrôle en contrôle – Croates – Serbes de Krajina – de nouveau les Croates – Herzeg-Bosna – Serbes de Palé (c'est là qu'il est arrêté) et Bosniaques, pas plus complaisants que les précédents.

Dražen était l'un des informaticiens les plus doués de Sarajevo. C'est un Croate de Dalmatie.

J'achète pâtes, œufs, yoghourts, bananes et pain sans levain dans une petite boutique d'en bas : il n'y a jamais foule. Le yoghourt est à 1 DM. On paye tout en marks.

L'eau vient une heure par jour. Le vieux voisin du dessous arrive, me dit *« Ima vode ! »* et remplit, si je ne l'ai déjà fait, cuves, baignoire et récipients.

En ce moment, il y a de l'électricité presque en permanence. Dražen a bricolé un système d'éclairage au gaz butane dont les becs sont alimentés par des tuyaux de perfusion d'hôpital : les embranchements sont des seringues. Le pire, c'est la mèche trempée dans l'huile.

Lorsque je sors à l'air libre du long boyau qui sert d'entrée à l'immeuble du 28 de la rue Tomislava, je suis toujours saisi par cette impression d'air libre, de ciel très ouvert et de silence dans cette rue où marchent pas mal de gens qui ont l'air d'avoir un but précis et où passent de rares voitures. La rue est composée d'immeubles autrichiens assez tarabiscotés, exposés au sud-ouest, à flanc de colline. Le trottoir d'en face longe un vaste terrain vague en pente, à découvert, qui s'étend jusqu'à une autre rue, quatre ou cinq cents mètres plus bas, presque dans le fond de la vallée qui est le site de Sarajevo. C'était un jardin public, tous les arbres ont été abattus, chacun le sien, les plus privilégiés étant ceux qui disposaient d'une hache. Il ne reste que des sentiers boueux, des raccourcis pour franchir cet espace. Des squelettes de kiosques. Les quelques voitures qui stationnent sont des épaves. Un immense tas d'ordures grossit tous les jours. La chaussée est pleine de trous et de plaques de glaise. Cette saleté contraste avec l'extrême propreté de tous les appartements du quartier où je suis entré.

En bas, en face, c'est la « Résidence », Q.G. de la FORPRONU gardé par des Danois qui ont cette particularité (par rapport aux Français) d'être propres et surtout polis (c'est-à-dire qu'ils n'aboient pas et ne vous soumettent pas à des formalités tatillonnes et grotesques). Mouvement constant de blindés, peinture blanche écaillée et drapeau bleu en loques, hérissés de mitrailleuses et de canons inutiles (certains sont soigneusement obturés, comme des pots de confiture).

Là, il y a de grands arbres qui ont été épargnés, car ils sont une protection contre les tirs. C'est également le cas du petit parc devant la présidence bosniaque. Ces arbres ont été défendus par l'armée, ils protègent les maisons d'officiels qui s'étagent derrière, sur le flanc nord, comme mon immeuble, donc dans le champ de tir des lignes serbes, des collines sud.

Au-delà du Q.G., une petite éminence, percée d'un tunnel autoroutier abandonné, masque en partie le fond de la vallée et la rivière, puis il y a la petite plaine où s'est développée la ville moderne, dont les immeubles s'étendent jusque sous les hauteurs neigeuses où l'on distingue les tranchées serbes et bosniaques et qui culminent à 1 500 mètres. La ville moderne suit la vallée, de part et d'autre de la grande avenue de trois ou quatre kilomètres que parcourt la seule ligne de tramway préservée. Çà et là, se dressent très haut des buildings dévastés. En certains points, les quartiers serbes arrivent à cent mètres de cette avenue, et leurs rues sont barrées par un mur et des chars.

Ces nouveaux quartiers ont dû, comme ailleurs, pousser très vite à partir des années soixante. Ce sont, comme dans les aménagements de la région parisienne à la même époque, de grandes cités-dortoirs, sans souci de planifier autre chose que le stockage humain. Les blocs ont néanmoins été l'objet (et cela, je l'ai constaté aussi dans ce que je connais de l'ex-Yougoslavie) de plus de soin dans la finition que dans d'autres pays socialistes – ou qu'à La Courneuve. Leur structure de cubes entassés les uns sur les autres dans des cadres de ciment armé, leur revêtement de minces plaques de béton font qu'ils peuvent avoir été criblés d'obus et que leur squelette tient toujours. C'est la différence avec les villes bombardées que j'ai traversées jadis, où un seul obus – *a fortiori* une bombe – faisait s'effondrer toute la construction dont ne subsistaient que des pans de murs déchiquetés.

J'ai entendu un urbaniste français (Urbanistes sans Frontières ?) appeler ces quartiers « la ville titiste ». Dans ce cas, il faut appeler Sarcelles « la ville gaulliste ».

Le soir, l'éclairage est inexistant. De toute manière, il reste très peu de réverbères. Passé un plafond vite atteint (c'était comme ça à Paris en 1945) l'électricité est facturée à un tarif exorbitant et dissuasif. C'est pour cela qu'il n'y a pas de lumière dans les escaliers et qu'il faut toujours avoir sa lampe sur soi.

Où vont les passants, se rendent-ils à un vrai travail – compte tenu, entre autres, que les salaires ne permettent pas d'acheter de quoi vivre ? À première vue, tout ce qu'on aperçoit a l'air normal. Les vêtements sont pauvres – surtout les baskets crevés – mais pas beaucoup plus qu'à Sofia il y a trois ans, et je dirais même que l'atmosphère est moins pesante, les gens sont moins absents qu'à Bucarest. Il y a quand même d'étonnantes élégances. On se parle beaucoup, au passage, on s'interpelle rapidement, et le bruit des conversations résonne d'autant plus fort qu'il n'y a pas de circulation. Beaucoup de voitures d'enfant, de jeunes.

Mais tous les visages ont quelque chose qui ne va pas. De malade, de tendu ou de distordu. Les peaux sont grises et les femmes excessivement maquillées. Une très grande fatigue, une tension qui semble avoir atteint la limite du ressort, sur le point de craquer. Pas mal de fous hirsutes vociférant et soliloquant.

Des béquilles. Énormément de béquilles – beaucoup grossières, en bois : pour des jeunes, des enfants, des vieux. Peut-être la chose à laquelle on « s'habitue » le moins.

Les militaires, de tous les âges, ne sont pas frais, rien à

voir avec les Schtroumpfs joufflus. Beaucoup sont chaussés de baskets, même les officiers.

Dans le tramway (quand il fonctionne) il semble évident que les gens assis du côté sud sont plus exposés que ceux assis sur l'autre bord. Or, même quand le tramway n'est pas plein, la répartition est égale.

Dans le centre, la ville autrichienne s'étend surtout sur la rive nord de la rivière. L'artère principale porte toujours le nom de Tito. On trouve d'ailleurs partout des portraits de Tito. C'est vers elle que descend ma rue, jusqu'au square de la Présidence orné de vieux panneaux touristiques et de carcasses de kiosques. L'une d'elles, remplie d'un déversement d'ordures, a été occupée, un jour, par une fleuriste. C'était la veille de la fin du Ramadan. Il semble qu'il y avait eu (d'où ? comment ?) un arrivage de fleurs artificielles. La fleuriste a déjà disparu.

Quelques heures par jour, il y a foule dans la rue Tito. Des magasins poussiéreux, beaucoup de vendeurs de petites choses, debout, gens respectables qui tendent trois paquets de cigarettes, quelques briquets, une plaque de chocolat Léman. Deux ou trois librairies avec des livres serbes et croates et, comme partout ailleurs, des livres techniques et des méthodes d'anglais commercial. J'ai trouvé un manuel de français-serbo-croate.

Le quai de la rivière est toujours désert : il est totalement exposé. De l'autre côté, c'est le quartier qui a le plus souffert. Extérieurement, les mosquées ont l'air intactes. Elles sont toutes ouvertes, et des vieux, surtout, y vaquent. Très peu de femmes voilées (moins qu'à Drancy ou Sarcelles). La cathédrale catholique est comme neuve, fermée (puisque le pape ne viendra pas). La cathédrale orthodoxe abandonnée et la synagogue bouclée avec un cadenas.

Quelques boutiques ou cafés rutilants témoignent de fortunes fraîches, de profits en plein développement et de paris sur l'avenir.

On arrive, à l'est, dans le vieux quartier ottoman et le bazar, la tcharchia, ici la bachtcharchia (le *grand* bazar) ou Baščaršija, qui renaît. Lacis de rues, maisons de bois ornées, échoppes, tout cela est semblable à ce qu'on peut voir à Mostar, Prizren, Bitola ou ailleurs : je suppose qu'il y a eu un plan de rénovation touristique et folklorique pour toute la Yougoslavie. C'est toute une civilisation de la ville poussée à la perfection (comme l'est, dans le genre monumental, la place de Sienne) avec les moyens les plus simples : un puits sur une place pavée qu'ombrageait un arbre (l'art du feuillage, aussi précieux que celui de l'arabesque), un muret autour d'une mosquée. Sur ce point, Sarajevo est peut-être exemplaire mais n'a rien d'original et d'exceptionnel. Dans les quelques échoppes ouvertes, des Swatch et des petits bijoux ou chaînes en or, des badauds devant la vitrine et personne à l'intérieur. J'y suis venu souvent depuis quinze jours, et je n'ai pas rencontré d'étranger identifiable (comme moi) en tant que tel.

Au bout, la Bibliothèque nationale incendiée et démantelée devait être laide : un édifice Art nouveau viennois agrémenté de motifs orientaux. Placée comme elle l'est, après le pont Gavrilo-Princip, elle offrait une cible de choix. Le fait qu'on ait remplacé jadis, après sa construction, le dôme central, jugé facteur d'obscurité (on dit que l'architecte, un Autrichien, n'a pas supporté les critiques et s'est suicidé), par une verrière que soutenaient des arcs de style « nouille » l'a rendue plus vulnérable : les dômes des mosquées ont mieux résisté.

L'important est qu'il s'agissait bien d'un tir à la cible, délibéré, poursuivi avec obstination jusqu'à son terme. La bibliothèque ne contenait pas seulement des « précieux manuscrits turcs, arabes, slaves, juifs, etc. » mais beaucoup d'autres livres de toute l'Europe, particulièrement centrale (puisque c'était une création austro-hongroise).

Devant le pont, la maison d'angle où s'était posté Gavrilo Princip pour tirer sur l'archiduc, le 28 juin 1914. Un petit musée avait été installé là, il a été détruit à coups de canon (par les Serbes ? C'est étrange, car enfin Gavrilo Princip était serbe : « Je suis un héros serbe », a-t-il proclamé à son procès). Longue conversation confuse, en compagnie de Vincent qui sert de traducteur, avec un vieux monsieur à qui nous avons demandé de nous lire l'inscription commémorative en cyrillique. Le vieux monsieur pleure. Il nous raconte qu'il était photographe et qu'il a connu « les cinq continents ». Aujourd'hui, il n'a pas de marks, il ne peut pas vivre. Il a été blessé au côté et à la jambe. Il s'en va, toujours pleurant, en traînant son sac en plastique.

Gavrilo Princip : je pense à cet article de Joseph Roth sur Sarajevo – « Là où la guerre mondiale a commencé » – qu'il écrivit en 1927 pour la *Frankfurter Zeitung* : « Une ville ! Comme si Sarajevo était une ville comme les autres ! Le monde a été détruit, Sarajevo est encore debout. Ce ne devrait pas être une ville, ce devrait être un monument, afin que tous gardent en mémoire le terrible souvenir. » Aujourd'hui que la ville est détruite, qu'est-ce qui, de nouveau, commence pour nous, à Sarajevo ?

Vendredi 10 mars. Se rappeler que tous ces gens que l'on croise et qui vont « d'un point à un autre » ne peuvent aller que de ce point à l'autre, sans jamais dépasser un rayon de quelques kilomètres. Aucune possibilité de sortir pour un Bosniasque « normal ». C'est peut-être la raison pour laquelle tout le monde garde, en permanence, la télévision allumée : seule fenêtre sur le monde extérieur. Personne ne peut téléphoner de chez soi au-delà de la ville, mais seulement recevoir des appels (avec des heures d'attente « indéterminée » pour celui qui appelle).

De même les boîtes à lettres sont abandonnées. À la poste du centre-ville, il y a foule, parce que c'est le seul endroit d'où l'on peut téléphoner, en payant en marks. Au milieu de cela, les humanitaires ont leurs lignes avec liaisons satellites (par les États-Unis) et leur réseau radio personnel. Et les Schtroumpfs, bien sûr, téléphonent comme ils circulent, librement. Ils vivent dans un monde parallèle.

Évidemment, quand je parle des habitants bloqués dans la ville, je n'inclus pas ceux qui collaborent avec la FORPRONU ou les organisations humanitaires parce qu'ils ont la chance de parler une langue utile (le français a ainsi, ici, quelque valeur). Nermina D. : « Vous êtes traducteur ? Vous avez de la chance. Quand votre pays sera occupé, vous pourrez toujours faire comme moi : *collaborer.* » Ceux-là ont des cartes qui leur permettent parfois – très exceptionnellement ! – de sortir, de dépasser le couvre-feu, de se servir du téléphone, d'échanger de la correspondance. Ils peuvent surtout nourrir leur famille. Cela fait un cercle assez important autour des étrangers, et qui se ramifie dans la population. Ça « soutient l'économie ».

Devant une mosquée, un mariage. Ils ont tiré des pétards. J'ai été le seul à sursauter.

Toujours les béquilles. À un coin de rue, des jeunes gens dans des fauteuils roulants se chauffent au soleil faiblement revenu.

J'ai même vu une jeune femme qui portait deux vraies jonquilles.

Dans la foule, un grand nombre d'individus en civil que seule la kalachnikov à l'épaule signale comme des policiers. Trois jeunes garçons tirant une remorque de vélo contenant un sac de farine se sont fait arrêter, et je ne pense pas que le sac soit arrivé à destination.

Décidément, je ne suis au courant de rien. Ce soir, Nermina qui travaille dans une des deux tours de métal et de verre (il ne reste que le métal, on a du mal à croire qu'il existe encore des bureaux en activité là-dedans, mais elle m'assure qu'il y en a jusqu'au cinquième étage. Il est vrai aussi qu'à voir l'état de l'hôpital, on a du mal à imaginer qu'il fonctionne toujours), Nermina, donc, me dit qu'on a tiré à plusieurs reprises sur l'avenue juste devant sa tour, que l'atmosphère est très tendue, les gens font des provisions pour une reprise de la guerre, tout le monde s'y attend.

Le soir, à la télévision, gros plan sur le tramway ensanglanté (ce devait donc être dimanche), les passagers pataugeant dans le sang pour en descendre.

La flaque de sang à peine séché que j'ai vue l'autre jour sur l'avenue m'a rappelé tout de suite ce souvenir : l'immense flaque de sang encore frais, un matin d'août 1944, au coin du pont Alexandre-III. Ce qui avait stupéfié le gosse que j'étais alors, c'était la quantité de sang que peut verser un homme quand il se vide.

Dražen me développe longuement la thèse du complot américain : pour se débarrasser de la concurrence européenne, explique- t-il, les États-Unis ont créé le conflit yougoslave qui paralyse les forces vives de l'Europe. La preuve, c'est qu'il y a des Casques bleus américains en Macédoine. Cette histoire de grand complot international, de quelque origine qu'il soit, je l'ai déjà entendue ailleurs – Bojiedar à Sofia, par exemple, et sa théorie du nouveau partage entre Américains et Russes, toujours « preuves » à l'appui. Elle a le mérite d'être un système dont toutes les cases sont remplies, une logique paranoïaque et donc parfaitement rassurante, en évacuant l'histoire et les responsabilités sur place, en se déchargeant sur *l'autre*.

D'une manière différente, le discours humaniste – Sarajevo, capitale culturelle de l'Europe, l'Europe seule responsable de Sarajevo (le sanglot de l'homme blanc remplacé par le sanglot de l'homme européen) – évacue aussi l'histoire et les responsabilités sur place. Oui, l'Europe est responsable. Non, l'Europe n'est pas seule « coupable ».

Ou alors ils accusent le « totalitarisme » : Tito, Grand Satan. L'idée yougoslave ne se réduit pas au régime titiste, elle ne peut être assimilée au communisme, au totalitarisme ou à l'impérialisme grand-serbe : ceux-ci l'ont peut-être utilisée ou détournée, mais elle les dépasse. La tragédie des Balkans est celle de l'échec, sur près de deux siècles, de l'idée de la fédération balkanique, et les hommes les plus lucides et les plus généreux de cette région sont morts pour elle.

Sarajevo, symbole d'une symbiose culturelle, oui – et telle que cette symbiose (plus que simple coexistence) a pu exister ailleurs, de Salonique à Dantzig. Capitale culturelle de l'Europe, deux fois non :

1. Parce que c'est nier, au nom d'un universalisme européen niveleur, la spécificité, balkanique ou autre, l'histoire, et le rôle des peuples dans cette histoire. Les Sarajéviens ne sont pas seulement des corps souffrants et des victimes, ils ont le droit à leur propre histoire, comme tout peuple et comme tout être humain, même si – plus, peut-être, que d'autres peuples et d'autres êtres humains – cette histoire a été et est manipulée, même si cette histoire comporte son lot d'atrocités. (Ignorer que ce qui se passe aujourd'hui en Bosnie répète largement ce qui s'est passé, purification ethnique en tête, au cours des guerres balkaniques de 1912-1913 est absurde, et le reconnaître n'est pas pour autant rejeter les peuples de la région dans une catégorie de « sauvages ».)

Le discours sur « Sarajevo capitale culturelle de l'Europe » est un discours qui utilise Sarajevo mais l'évacue comme sujet principal. (Chacun y va de sa lubie ou de son obsession : l'une des plus communes est l'assimilation à la guerre d'Espagne.) Il déresponsabilise le Sarajévien, marginalise le Bosniaque et finalement le prive de cette dernière dignité : celle d'être sujet de son histoire.

2. Parce que faire un symbole de « tolérance » de la ville dont le nom est resté attaché, pour plusieurs générations, à l'attentat qui a déclenché la Première Guerre mondiale avec ses vingt millions de morts, c'est un peu fort de café (turc).

Récits du siège : impossibilité de raconter, de *dire*. Quand Nermina, ou d'autres, me parle de cela, de cette espèce de piège psychologique où elle se débat, je suis ramené à mon adolescence : quand j'étais seul face à ma mère qui revenait de Ravensbrück, pratiquement seul en charge d'elle, et quand je l'entendais raconter aux autres. Elle racontait, encore et toujours, dans le vide. Personne ne pouvait comprendre et elle-même s'épuisait parce que les mots n'étaient que des mots. J'étais le seul, probablement, à l'écouter, mais que pouvais-je moi-même comprendre, à quatorze ans, de ce poids monstrueux qui s'abattait sur moi ? Nermina est comme ces déportés, personne ne peut vraiment *comprendre* ce qu'elle raconte, et cela ajoute à l'état de siège dans lequel elle continue à vivre. Sauf que pour elle, ça n'est pas fini, et elle a peur, maintenant, que ça ne finisse jamais. Et aussi, contrairement à ce qui s'est passé au retour des déportés (on a du mal à imaginer, aujourd'hui, dans quelle indifférence il s'est fait, je me souviens…), il y a toutes les bonnes âmes qui viennent déverser sur Sarajevo, et donc sur elle, leur immense bonne volonté et leur trop-plein de « compréhension ».

Le Bosniaque traité comme corps souffrant et non comme esprit libre. La psychologue belge a donné à Nermina le nom médical du syndrome dont elle souffre. Nermina s'en étouffe encore de rage.

– Si le siège recommence, dit encore Nermina, inutile de m'apporter des livres. Apportez des cartouches de cigarettes. Ou des bombes.

Des bombes pour quoi faire ? Question inutile. Des bombes comme ça, pour tout faire sauter, en finir une fois pour toutes avec l'absurde.

Nermina trouvera encore des âmes compatissantes – à commencer par moi – pour lui apporter des livres et des cartouches de cigarettes, peut-être même un fou pour lui apporter une bombe. Mais la seule chose que personne ne lui apportera, la seule chose dont elle ait vraiment besoin, même – et surtout – si c'est pour ne pas s'en servir, c'est un visa.

Dans la Bachtcharchia, acheté une chaînette en or pour Julia. Une provocation, ici, je suppose, pour une grande âme. La marchande, heureuse de cet unique client, a longuement pesé l'objet puis l'a emballé sans fin, puis compté les billets, puis rédigé soigneusement une facture : on aurait dit qu'elle souhaitait que ce moment se prolonge indéfiniment.

Visite d'El., l'étudiante qui est la « leader » de la classe de littérature française du professeur G. à l'université.

J'étais passé la semaine dernière, avec Vincent, dans la faculté en ruine. Nous avons débarqué dans la classe du professeur G. : une douzaine d'étudiantes (les garçons sont à l'armée). Vincent venait annoncer l'arrivée de nombreux colis de livres. Ceux-ci ont été adressés par Francis Bueb au capitaine Henri D., du « G5 » (autrement dit l'Action psychologique), lequel est tenu par quelques colonels de ma génération, appartenant au 2e régiment de parachutistes étrangers (autrement dit le 2e REP de la Légion). Si j'ai bien compris, le capitaine Henri D. est en charge des activités culturelles que l'armée française offre aux Sarajéviens.

Donc Vincent a annoncé que je viendrais le jeudi suivant « distribuer les livres » (faut-il vraiment faire la dame patronnesse ?), lesquels seraient livrés en jeep par le capitaine accompagné de son interprète. Puis le professeur G. s'est efforcé de me faire parler de l'actualité littéraire en France. J'ai été nul : heureusement Vincent en savait plus long que moi et il a sauvé la situation.

Comme le professeur m'a demandé poliment quel genre de livres j'écrivais, je lui ai répondu poliment que j'avais fait quelque chose sur la région parisienne et que je pourrais, quand je reviendrais, raconter aux étudiantes comment on y vivait, qui y vivait, etc. Il a dit qu'il m'appellerait. Depuis, rien.

Maintenant, El. m'informe que six colis sont finalement arrivés (200 kilos, disait Francis). Un chauffeur les a laissés en bas et c'est le vieux professeur (il doit avoir mon âge) qui les a montés tout seul. Elles sont très contentes. « Dommage que le professeur G. ne vous ait pas appelé. Mais il y a beaucoup de choses que vous ne savez pas. – Quoi ? – Ici, les gens n'ont plus de volonté. Ils sont incapables d'être “normaux”. – Fatigués ? – Oui, très très fatigués. Vous ne pouvez pas comprendre. – Non, je ne peux pas comprendre. »

Elle a vu *La Reine Margot* et me pose des questions sur le protestantisme en France, les guerres de religion. Superbe politesse : elle veut absolument faire la conversation, elle veut absolument m'en faire le cadeau, le seul qu'elle puisse me faire. Elle habite très loin, une heure de marche à pied, le couvre-feu approche.

Samedi 11 mars. Boba est agressée dans la rue par un milicien soûl. Elle est avec sa mère. Le soldat veut absolument connaître son prénom. Elle essaye de le raisonner, de lui expliquer qu'un prénom est sans importance, rien à faire, et la mère terrorisée finit par murmurer : « Boba ». Le soldat entend, mal, mais enfin il entend. Boba est un prénom serbe. Il se met à hurler des insultes et des menaces. Elle dit, plus fort et plus distinctement, « Biba », qui est musulman. Il l'embrasse.

Visite, avec Vincent, au premier conseiller de l'ambassade de France. C'est obligé, pour la bonne marche de l'entreprise de Francis Bueb. Longue inspection sur le seuil (normale, mais rien ne forçait à la rendre vexatoire) par un gendarme français. Le conseiller est là depuis peu : « Je ne comprends pas les gens d'ici. À l'annonce du cessez-le-feu, ils ne sont même pas sortis en chantant dans les rues. »

Dans les premiers jours, j'avais suivi Vincent au Q.G. français des PTT, dans le bureau du G5 : toujours pour cette histoire de colis de livres. En entendant mon nom, deux colonels de la Légion ont eu un haut-le-cœur visible et sont allés chuchoter avec un troisième (c'est Vincent qui me l'a fait remarquer). Nostalgie de l'Algérie française : leur cafétéria s'appelle la Mechta, une grande fresque représentant le port d'Alger couvre un mur du bureau. « Faites attention à X. », dit le capitaine D. d'un directeur de salle de cinéma que nous voulons louer. « Il est musulman. Je ne dis pas que c'est un islamiste fanatique, mais enfin vous me comprenez. » (Nermina m'a d'ailleurs assuré avoir entendu, dans la même veine : « Faites attention à Nermina, elle est musulmane. » « Je l'avais oublié, a-t-elle ajouté, mais s'ils continuent comme ça, je finirai bien par mettre un voile. »)

Le capitaine D., qui est jeune et n'est pas travaillé par des souvenirs d'anciens d'Algérie, m'a fait des ronds de jambe : « Je vous appelle et on dîne ensemble. Vous dédicacerez un livre au régiment. » Gloup !

Son seul but, m'a-t-il expliqué, est de travailler à la réconciliation. Pour cela, toute une série d'opérations culturelles qu'il appelle des « manip ».

Celle qui l'occupait entièrement, ce jour-là, c'était d'aller présenter à Palé, devant 800 enfants serbes, les Clowns sans Frontières qui viennent de se produire à Sarajevo devant les enfants bosniaques. Une grave responsabilité qui pesait sur lui, ce rassemblement. Prévoir les autobus, la sécurité… Mais il croit à sa mission : la réconciliation des pères passe par celle des enfants, pour prévenir l'avenir « dans deux ans ». (Un officier français reste rarement plus de six mois en poste.)

Je n'ai plus eu de signes de vie du capitaine D. Je suppose que les colonels lui ont fait la leçon. Et puis il a tant de « manip » à organiser…

En revanche, le soir même, j'ai rencontré le directeur de Télé 99, la seule chaîne libre, qui émet quelques heures par jour. Il connaissait déjà la nouvelle et il était fou de colère. « C'est un plan concerté, ça remonte jusqu'à Juppé, aux gouvernements occidentaux, ils font tout pour que les “belligérants” soient traités sur le même plan, et d'ailleurs les officiers français préfèrent les Serbes, qui sont de vrais militaires. Je lutte depuis deux ans contre tous les fanatismes, j'essaye de faire entendre la voix de la démocratie, du dialogue. Si j'annonce ça, je me coule définitivement. On n'envoie pas des clowns distraire les enfants de ceux qui tuent nos enfants. Les enfants de Palé n'ont pas besoin de clowns. Ils peuvent aller à la mer, ils sont bien nourris, ils ont tout ce qu'ils veulent, la chaîne serbe nous montre ça constamment pour nous narguer. Pendant ce temps, nos enfants à nous crèvent. Pendant la guerre mondiale on ne mettait pas sur le même pied les enfants des nazis et ceux que les nazis opprimaient. » Fin de citation.

Manuel, le journaliste espagnol, m'a proposé de m'emmener à Palé en voiture, pour connaître « les deux côtés ». Vincent est profondément choqué. Je refuse.

Vincent connaît Sarajevo depuis le début du siège. Il est venu avec les premiers convois. Mélange d'adolescent fragile et de parfait contrôle de soi dans les situations difficiles. (Livré à moi-même, sans son efficacité tranquille, je n'aurais jamais franchi tous les obstacles de Zagreb et de Split – quant au débarquement à Sarajevo même, n'en parlons pas.) On l'arrête dans la rue pour l'embrasser. Il est à la fois passionnément appliqué et lucidement détaché. « J'ai acquis la certitude, m'a-t-il dit une fois, que les "zones de sécurité" comme Sarajevo n'ont pas été créées par les Nations unies et l'OTAN pour protéger les Bosniaques, mais pour s'en protéger : pour éviter que de nouveaux réfugiés n'envahissent encore les pays de l'Ouest. » Je crois qu'il n'est pas épargné par l'usure générale sarajévienne.

Le délégué « logistique » de Médecins du Monde, fraîchement arrivé avec sa femme : il veut qu'on débarrasse le garage de sa villa des livres qui y sont stockés. J'y retrouve les cassettes vidéo copiées par Chris Marker : la plus belle anthologie du cinéma mondial possible. Le garage est rempli jusqu'au plafond de rations alimentaires. Tout humanitaire, nous dit-il, doit avoir chez lui de quoi soutenir trois mois de siège. Peut-être sa hâte de voir partir les livres vient-elle qu'ils ne lui laissent la place que pour deux mois. ? Il ne dit pas si l'interprète bosniaque, manifestement à bout de fatigue, est comprise dans le calcul des rations. Pour l'instant, il est ravi de Sarajevo : la semaine prochaine, il ira faire du ski sur le mont Igman avec les chasseurs alpins, ils le lui ont promis. Il me raconte son pavillon dans les Yvelines. Il a fait sortir de l'hôpital un petit garçon, gravement blessé et aujourd'hui convalescent, et il fait joujou avec. Le garçon est très fier de sa casquette bleue.

Dimanche 12 mars. Dans une des tours de bureaux, une pièce dont les fenêtres bouchées par des matelas ne laissent entrer que peu de lumière. Cinq jeunes gens sont là, visages des garçons pas rasés, filles violemment maquillées. Ils semblent être à leur travail, comme dans tout bureau. Les tables sont encombrées de cendriers pleins, les paperasses s'entassent, les chaises sont bancales, la fumée froide est épaisse, le café atrocement amer, la radio diffuse du rock à pleins décibels.

Ils ne travaillent pas. Tous les matins depuis plus d'un an, ils viennent au bureau comme s'ils allaient y travailler. Ils avaient été recrutés par une organisation humanitaire, puis celle-ci a fermé son antenne de Sarajevo. Mais elle a laissé la liaison radio et ils peuvent, une fois par jour, parler avec Split. Et puis, peut-être, aussi, cette fiction leur permet-elle d'échapper au service militaire ?

Ne jamais oublier que tous les Sarajéviens que je vois sont des gens « réparés », rafistolés tant bien que mal après trois ans de siège. Toujours au bord de craquer. Moi, j'arrive dans une période faste. De luxe.

Ce soir, juste avant le couvre-feu (ce qui limitait d'avance la durée de la discussion), Boba m'a demandé : « Est-ce que tu crois que la Bosnie existe ? » Sans réfléchir, je lui ai répondu : « Aujourd'hui, oui. » Et elle, aussitôt : « Ce que je trouve triste, c'est que tu dises "aujourd'hui". Pourquoi seulement aujourd'hui ? »

Elle a raison : faut-il vraiment, pour qu'un étranger lui reconnaisse le simple droit d'exister, que son pays paye d'abord ce droit du sang des siens ?

Avant la guerre de Bosnie, peu de gens dans le monde se seraient hasardés à proclamer que ce pays et sa capitale étaient le symbole d'une civilisation du pluralisme et de la tolérance, tout simplement parce qu'ils en ignoraient jusqu'à l'existence. En Yougoslavie même, le Bosniaque était un personnage plutôt fruste, objet d'innombrables plaisanteries semblables à nos « histoires belges », et le journal *Oslobodenje* fleurait bon la province comme le *Petit Bleu des Côtes-du-Nord.*

C'est justement *cela* qui rend la Bosnie précieuse.

. . . .

Zagreb, 18 mars. Dans l'avion de transport russe qui m'a ramené à Split, où nous étions entassés de part et d'autre du matériel sous la voûte nue et plutôt pourrie de la carlingue haute comme une nef, deux dames françaises, danseuses je crois, ont passé leur temps à se photographier mutuellement avec casque bleu et gilet pare-balles.

Un garçon et une fille de Médecins du Monde, très calmes. Ce même air sérieux, préoccupé, d'efficacité tendue, et pourtant toujours souriant, que celui de Vincent. Ils reviennent de Tuzla, ils sont aux limites de l'épuisement. Peut-être même qu'ils les ont déjà dépassées et que c'est cela qui leur donne cette expression presque sereine : ils sont résolus à ne pas s'effondrer, à être présents à ce qui les entoure, ils plaisantent, et en même temps ils sont encore, au fond d'eux-mêmes, ailleurs. Leur convoi a été bloqué par les Serbes à l'entrée de la zone : l'escorte sri lankaise a tout de suite livré ses armes, pour eux le coup était préparé, la complicité évidente. Ils sont donc restés là, toute une nuit, sans défense. Puis quinze jours dans la ville avant de pouvoir ressortir. Ils disent, simplement, que Sarajevo est une sinécure à côté de Tuzla. On voudrait savoir leur dire, comme je n'ai pas osé le dire à Vincent, qu'on les aime.

Auparavant, Dražen, dans un geste fraternel (qu'aurais-je fait seul : au moins lui ne se trompe pas de route, comme le soldat français qui a fourvoyé chez les Serbes les pauvres Pharmaciens sans Frontières toujours détenus), m'a monté à l'aéroport par la voie de tous les dangers, dans sa camionnette, grâce à son laissez-passer.

Dernière vision de Sarajevo : au coin de la rue, dans le petit matin, la silhouette tassée mais fermement plantée dans la boue de la directrice du Lycée n° 1 qui m'attend. Elle me remet une lettre, réponse à son ancienne élève. Auparavant, elle m'avait dit : « J'aimerais lui répondre, mais vous lui expliquerez que je suis trop fatiguée. Elle comprendra. » Maintenant elle me dit : « C'était une trop belle lettre. Je ne pouvais pas la laisser sans réponse. » Elle m'embrasse vigoureusement, longuement.

3

Espions à Bitola

Et justement, ce soir-là, dans notre chambre d'hôtel de Bitola, nous avons entendu à la radio que la guerre avait repris à Sarajevo, pendant que l'offensive croate continuait en Krajina. De nouveau, un obus était tombé sur une place où des gens faisaient la queue, il y avait des dizaines de morts et de blessés.

*

J'aime Bitola malgré les avertissements du Guide Bleu de Yougoslavie qui n'est pas beaucoup plus tendre pour elle que celui de Grèce ne l'est pour Florina :

> Cette cité semble malheureusement préférer les constructions modernes de peu d'intérêt à la réhabilitation de ses richesses.

C'est à Bitola au début du siècle, du temps où elle s'appelait Monastir, que les frères Manakis ont commencé à exercer leur art de photographes et de cinéastes. On leur doit *Les Pendaisons des Macédoniens insurgés contre le pouvoir ottoman* (1907), *Le Voyage du sultan à Thessalonique et Monastir* (1911)… Je n'avais pas encore vu *Le Regard d'Ulysse* de Theo Angelopoulos que l'on projetait justement pour la première fois à Cannes ces jours-là, mais je savais, ayant lu des interviews, que son film était un périple à travers les Balkans sur les traces

Macédoine, Bitola, mai 1995.

des deux frères, à la recherche de leurs bobines mythiques – un périple dont nous avons découvert par la suite qu'il passait par les mêmes lieux que le nôtre. Les frères Manakis dont « l'origine a littéralement déchaîné les passions » étaient de partout et de nulle part : Grecs natifs d'un village aroumain du Pinde, sujets ottomans, avant d'émigrer vers Plovdiv, ex-Philippopoli, en Bulgarie et Constantza en Roumanie où leur piste se brouille. Le regard innocent de leur caméra Pathé témoignait d'une diversité et d'une unité balkaniques perdues à jamais.

J'aime Bitola pour un certain charme provincial. L'air que l'on y respire est vif parce que la plaine est vaste, déjà en altitude, et que les montagnes sont proches – presque aussi vif qu'aux rives du lac d'Ohrid voisin. Et pour la coexistence des vestiges du passé et des tentatives plus ou moins réussies, plus ou moins hideuses, de l'urbanisme moderne, ce qui est la condition d'une ville vivante, contraire d'une ville musée.

J'aime Bitola pour sa rue du Maréchal-Tito où l'œil embrasse d'un coup un minaret, des coupoles orthodoxes et le clocher de l'église catholique. Pour les ruelles de sa tcharchia, pour le grand parc poussiéreux entre l'ancienne caserne turque et la gare, dans lequel les bustes de grands hommes jouent à cache-cache avec les kiosques de Coca-Cola. Pour ses maisons patriciennes délabrées, ses anciens consulats aux pâtisseries de stuc désuètes, ses hôtels particuliers de banquiers où picorent des poules.

J'aime Bitola, chargée de toutes les prospérités et les souffrances passées de Monastir, attendrissante ce jour-là sous le soleil de mai comme elle l'avait été lors de mon dernier passage sous le soleil d'automne, et pathétique aussi lorsque, en grattant légèrement la patine du temps, une mémoire de feu et de sang émerge aussitôt. Je l'aime comme on peut aimer un bourg français qui sent bon la douceur de vivre, comme je peux aimer Marvejols en Lozère où affleure partout le souvenir du bon roi Henri, lequel recouvre ce que ne peut voir le passant réjoui : les scènes atroces de la mise à mort des citadins parpaillots par les paysans papistes du Gévaudan…

J'aime Bitola, on l'aura compris, parce que l'on y respire encore un peu – oh, parfois si peu… – le même air que celui que l'on a respiré à Sarajevo, ou à Salonique quand elle n'était pas encore Thessalonique, ou dans des dizaines de villes des Balkans. Et l'on aura compris aussi quelle part de peur sournoise peut s'immiscer dans cet amour-là.

Depuis que nous avions passé la frontière, on sentait une divergence, entre Klavdij et moi, dans notre appréhension des choses et des gens. Moi, je n'étais que dans un pays étranger de plus – le troisième depuis notre départ. Pour Klavdij, c'était plus complexe et probablement douloureux. Il se retrouvait dans ce qui avait été pour partie le pays des siens, la Yougoslavie, et qui ne l'était plus. Il lui était impossible de se sentir à l'étranger. Mais il devait s'y sentir un étranger.

Le choc est venu très vite.

Klavdij avait une tactique linguistique : s'adresser aux gens avec quelques mots de macédonien, forcément sommaire, puis continuer en serbo-croate, tout en mentionnant qu'il était slovène. Ce qui avait bien marché avec le chauffeur et le tavernier pacifistes.

Ne sachant pas comment nous orienter dans la rue Tito pour regagner la gare, il a interpellé un groupe qui paressait au carrefour. Ce n'était peut-être pas le bon choix : les gueules de ces jeunes gens mal rasés, jeans et lunettes noires, avaient tout de celles de la petite mafia des changeurs de billets et autres vagues malfrats. Peut-être aussi est-il passé trop vite au serbo-croate. En tout cas, la réponse est venue sous la forme d'aboiements :

– Dis donc, toi, de quel pays tu es ?

– De Slovénie.

– Alors pourquoi tu nous parles dans cette langue de merde ? Tu ferais mieux de nous parler carrément slovène, couillon, on te comprendrait mieux.

C'est ainsi que nous avons été abordés de plein fouet par la question linguistique macédonienne, qui, comme il se doit, recouvre celle, plus vaste encore, de l'identité nationale.

Le macédonien s'apparente au serbe. Il *n'est pas* du serbe. Le macédonien ressemble davantage au bulgare, au point qu'on le classe parfois comme un dialecte. Il *n'est pas* du bulgare. Les Macédoniens comprennent et lisent le serbo-croate, parce qu'il a été la langue unitaire de la Fédération yougoslave. Ils comprennent le bulgare simplement du fait des affinités entre les deux langues, même si, écrit, le macédonien compte deux caractères de plus que le bulgare et que l'orthographe, entre autres, diverge considérablement. Mais ils n'admettent pas pour autant que leur langue soit considérée comme un simple dialecte bulgare. J'ajoute, sans prétendre généraliser mon expérience personnelle, que j'ai passé quinze jours en Macédoine avec mon amie bulgare et que, partout, elle s'est fait parfaitement comprendre dans sa langue, partout elle a recueilli des sourires. Peut-être cette sympathie était-elle liée à la conjoncture du moment – la Bulgarie n'étant pas ressentie comme une menace, au contraire de la Serbie dont beaucoup de Macédoniens se sont considérés comme les colonisés –, peut-être était-ce quelque chose de plus profond, peut-être était-ce adressé à sa seule personne.

Le point de vue des Macédoniens est net : non seulement ils possèdent une langue à part entière, mais celle-ci est la mère de toutes les langues slaves, telles qu'elles ont été fixées et répandues par l'écriture. Leur berceau commun est en Macédoine. Ce sont des Macédoniens de Salonique, les frères Cyrille et Méthode, qui ont inventé l'alphabet dit cyrillique pour répandre l'Évangile jusqu'en Crimée et de là par toute la Russie. Et c'est Clément d'Ohrid, leur disciple, qui a donné sa forme à la plus vieille langue slave écrite, le slavon, qui est encore celle des offices religieux.

Naturellement, les Bulgares objectent qu'au IXe siècle Salonique faisait partie de l'empire du tsar Siméon qui avait pour capitale Preslav, et donc que ledit berceau est bel et bien bulgare… Certains vous parleront d'un véritable empire macédonien (laissons de côté celui d'Alexandre le Grand !), un siècle plus tard, celui du tsar Samuel, dont la capitale fut Ohrid. Mais ce Samuel était un descendant de Siméon, donc un empereur tout ce qu'il y a de plus bulgare qui s'était déplacé vers l'ouest, et d'ailleurs son règne se termina mal : battu par les Byzantins, ce tsar mourut d'un arrêt du cœur en voyant revenir la file des vaincus, au nombre de quatorze mille, énucléés par les Byzantins – un homme sur cent n'étant qu'éborgné afin de pouvoir conduire les autres.

Je trouve en tout cas intéressant de constater une fois de plus qu'une rencontre avec quelques voyous au coin d'une rue Tito peut conduire si vite à une querelle qui remonte au IXe siècle.

Massif, le bâtiment sévère en pierre de taille agrémenté de quelques ornements en relief du lycée Broz-Tito s'élevait au bout de l'allée bordée d'arbres qui longe la petite rivière – plutôt un torrent. Il semblait désert. Au fond du hall, un escalier monumental était surveillé par le regard non moins sévère du buste en bronze du maréchal. Nous sommes entrés, pour que Klavdij puisse photographier cette relique dans l'ombre crépusculaire. Une femme de peine lavait un couloir. Puis soudain les portes des classes se sont ouvertes, les élèves ont déferlé. On travaillait donc le samedi après-midi, au lycée de Bitola ? Cinq minutes plus tard, nous étions assis autour d'une table avec une dizaine de professeurs, devant des boissons gazeuses, sans que personne n'ait fait mine de s'étonner de notre intrusion. Nous nous sommes présentés, comme à l'ordinaire : des voyageurs intéressés par la culture et l'art dans les Balkans. Deux dames ont pris les rênes de la conversation – en serbo-croate, sans complexe. Elles voulaient que nous sachions tout sur le lycée de Bitola, mais le problème était qu'apparemment elles ne savaient pas grand-chose elles-mêmes. Quelqu'un est allé chercher deux grosses monographies que tout le monde s'est mis à compulser. Il en est ressorti que le lycée de Bitola (le nom de Monastir n'a pas été prononcé) avait été fondé en 1892 par les Turcs et que cela faisait tout juste cinquante ans que l'enseignement s'y faisait en langue macédonienne. 1945 est effectivement la date de la constitution de la Macédoine en république par le tout nouveau régime de Tito, et donc de l'instauration du macédonien comme l'une des langues nationales de la Fédération yougoslave. Cela méritait bien que le lycée continue à porter le nom de l'artisan de cette reconnaissance.

Ma question : « Dans quelle langue l'enseignement se faisait-il au début ? » n'a pas eu de succès. Les réponses se sont perdues dans les méandres de lieux communs sur les rivalités d'influences au début du siècle. « Chacun, Grecs, Bulgares ou Serbes, faisait sa propagande à travers la religion ou l'école… » Des photos de classe montraient des élèves vêtus à l'européenne dont beaucoup portaient le fez. En bulgare, peut-être ? – mais ce n'était pas une question à poser… Tout en sachant que c'est la Bulgarie qui a fourni le plus gros effort de scolarisation dans les années précédant les guerres balkaniques, pour une raison très simple : la Bulgarie était elle-même fortement scolarisée et pouvait exporter instituteurs et professeurs, alors que Serbie et Grèce avaient encore des taux d'analphabétisme élevés.

Les Turcs surent habilement utiliser les Bulgares pour contrer les appétits de leurs voisins plus puissants : aussi bien en leur facilitant l'installation d'écoles qu'en acceptant que, sur le plan religieux, l'église orthodoxe de Macédoine soit rattachée à l'exarchat bulgare.

Et s'il s'agissait, comme à Korçë, d'un ancien lycée français ? Car il y en avait eu un, ici aussi, et très actif. Une des dames se souvenait avoir eu comme professeur de français une ancienne élève de ce lycée. « Mais alors, madame, vous avez appris le français ? » Elle s'est excusée : ça faisait si longtemps… Elle l'avait oublié. Pourtant, a-t-elle ajouté, il y a vingt ans encore, le français était la première langue étrangère enseignée au lycée Broz-Tito. On parlait beaucoup français, à Bitola. Et puis les choses avaient évolué. Il en restait quand même des souvenirs : la ville était jumelée avec Épinal.

Et s'il y avait eu cours ce samedi, c'était effectivement exceptionnel : le 24 mai, après la fête de Cyrille et Méthode, tout le lycée partirait en excursion à Istanbul, invité par les Turcs. On rattrapait donc à l'avance les heures de classe manquées.

*

L'hôtel où nous avions laissé nos bagages était à la périphérie, près des premiers contreforts de la montagne. On y accédait par un vieux bus qui faisait le tour de la ville – d'autant plus longuement que nous l'avons pris dans le mauvais sens. Cet hôtel privé était presque neuf mais son béton était déjà lépreux et les chambres sentaient le moisi. À notre arrivée, il bruissait d'un grand mariage. À travers les rideaux troubles du hall on voyait les convives danser leur ronde, mains jointes par des mouchoirs, dans la fumée des cigarettes et de la cuisine, aux accents acidulés d'un orchestre. J'ai craint pour notre repos nocturne.

Nous avons repris le bus qui devait nous déposer près du cimetière militaire français. Nous sommes descendus au terminus, dans un paysage de friche industrielle. C'est là que, au bout d'une rue latérale, nous avons découvert le cimetière juif de Bitola.

Il occupait le versant d'une colline rase, jusqu'à son sommet. Les restes d'une clôture en fer forgé où se répétait le motif de l'étoile à six branches étaient envahis par les ronces et la partie qui longeait le chemin n'était qu'un déversoir d'ordures dont l'entassement devenait spectaculaire aux alentours du portique monumental, en ruine. Sur le champ en pente se dressaient trois maigres arbres et quelques bouquets de prunelliers, dont certains avaient brûlé – probablement pour qu'ils ne prolifèrent pas au détriment de l'espace où broutaient les moutons. Des milliers de pierres jonchaient l'herbe rase. Le berger somnolait, son chien ne s'est pas offusqué de notre présence. En bas, des enfants jouaient au ballon entre les dalles brisées, les épineux, les orties et les immondices. Plus haut, les rayons du soleil de cette fin d'après-midi faisaient briller çà et là un éclat de mica sur le granit épars ou sur un tesson de bouteille. Des ossements affleuraient un peu partout dans l'herbe rase, mais ils n'étaient qu'ossements de moutons.

Aucune inscription sur les morceaux de pierres tombales, comme si celles-ci avaient été retournées face contre terre avant d'être brisées. Il ne s'agissait pas d'un simple abandon mais d'une dévastation systématique, probablement un jour donné. Et tout semblait être resté tel que la profanation l'avait laissé. Comme si, d'un coup, les morts juifs de Bitola profanés, il n'y avait plus eu de Juifs vivants pour cultiver leur souvenir. Et comme si, la guerre passée, la municipalité n'avait pas eu le courage de récupérer ce terrain pour y bâtir, mais pas davantage la générosité de l'entretenir. C'était donc un no man's land au sens fort du terme, une terre de personne mise entre parenthèses par une forme d'oubli apparent qui ressemblait à la peur du passé.

Dans la partie plus verte où jouaient les enfants, les dalles étaient blanches, en marbre : le coin des familles les plus aisées ? Ici, sur certaines, des dates étaient encore lisibles – mais aucun nom : 5645, 5663… La plus récente que nous ayons trouvée portait une double date : 5699 – 20 janvier 1939.

Les enfants nous ont conduits à une sorte de reposoir délabré : une inscription indiquait que ce cimetière (ou seulement cette partie du cimetière) avait servi de 1929 à 1939.

À en juger par l'immensité du champ et le nombre des pierres, la population juive de Bitola avait dû être très importante. Ce qui s'était passé était trop facile à imaginer. L'occupation bulgare et allemande, l'étoile jaune et les mesures raciales d'abord, puis la solution finale, direction Auschwitz. Restait-il encore des Juifs à Bitola aujourd'hui ? Question à poser dès notre prochaine rencontre.

Plus tard, de retour à Paris, j'ai trouvé la trace des Juifs de Bitola dans le livre-monument qu'est *Españoles sin patria y la raza sefardí*, publié à Grenade en 1903 par Angel Pulido Fernández. L'auteur y décrit la cité, qu'il nomme naturellement Monastir, comme « une ville de 50 000 habitants turcs, albanais, valaques, bulgares, grecs et juifs, presque tous sont espagnols, et qui a été le théâtre d'événements importants au cours de la dernière insurrection macédonienne ». Et surtout, il reproduit *in extenso* la lettre de son informateur local, *« un distinguido sefardí, D. José Misraeli »*. La langue de cette lettre est émouvante : on y lit un acharnement à conserver l'espagnol du XVe siècle, envers et contre toutes les étranges déformations accumulées au cours des ans. Une

Macédoine, Bitola, cimetière juif, mai 1995.

langue authentiquement vivante, en somme, devenue presque une langue en soi :

> *En primo, rogo escorezarme si probablimente non poedra entender boeno mi espagñol, ma siendo touve lettra de noestro amigo Abravanel, de responderle en el idioma que avlamos, porque se aga usted una idea de la lingua avlada á Monastir, me determiné á escrivirle en espagñol i non en français…*

> D'abord je vous prie de m'excuser si vous ne pouvez probablement pas bien comprendre mon espagnol, mais ayant reçu une lettre de notre ami Abravanel qui me dit de vous répondre dans l'idiome que nous parlons pour que vous ayez une idée de la langue parlée à Monastir, je me suis résolu à vous écrire en espagnol et non en français.
> Tous les Israélites de notre ville sont sefardim et leur nombre s'élève à 6 000.
> Deux autres villes voisines de Monastir sont également habitées par des Israélites, Kastoria avec une population de 2 000 âmes et Jannina avec 2 500-3 000.
> Dans notre ville il n'y a pas beaucoup de riches, mais la plus grande part des Israélites vivent de leur travail. Il y en a également certains qui sont en bonne position financière, employés du Gouvernement et Directeurs de Banque (ainsi le Directeur, le Sous-Directeur et le caissier de la Banque de Salonique dans notre ville sont israélites).
> Malheureusement nous n'avons aucun périodique qui soit publié en judéo-espagnol.
> Il y a d'abord l'école de l'Alliance, soutenue par la communauté de Monastir et l'Alliance Israélite Universelle de Paris, puis deux autres de second rang.
> La langue judéo-espagnole est la première, en second

> vient le turco-français. Le judéo-espagnol est toujours conservé.
> Les écoles accepteraient avec beaucoup de reconnaissance livres, revues et journaux espagnols.
> Les Israélites d'ici ne souffrent pas du tout, au contraire ils jouissent d'une égalité avec toutes les autres nations et sans aucune exception dans les lois.
> Nous n'avons pas de librairies espagnoles ; nous nous approvisionnons tous à Salonique, ville où vivent beaucoup d'Israélites.
> Encore une fois, je vous prie de m'excuser pour notre espagnol qui est le même que celui parlé dans toutes les familles d'ici.

C'était l'époque où les mères juives de Bitola, comme celles de Salonique ou de Constantinople, chantaient cette berceuse :

Abrijme galanica
Que ya va amanecer.
Abrir ya vos abro
Mi lindo amor
Que la noche yo no durmo
de pensar en vos.
Señor padre esta escribiendo
Si se hechara
Vaciadle el tinterico
Si se hechara
Amatadle la candela
Si se durmira[1].

1. Traduction approximative : Ouvre-moi, ma bien-aimée/Car l'aube va venir/Ouvrir, oui, je vais t'ouvrir/Car la nuit je ne dors pas/En ne pensant qu'à toi./Ton père est en train d'écrire/Il ira bien se coucher/Vide-lui son encrier/Il ira bien se coucher/Éteins-lui sa chandelle/Il finira bien par s'endormir.

Macédoine, Bitola, cimetière juif, mai 1995.

*

La nuit tombait quand nous sommes arrivés au cimetière français. Il était, lui, parfaitement entretenu, grâce aux subsides du ministère des Anciens Combattants. 14 000 corps sont enterrés là, pour moitié sous l'alignement des croix de fer et pour moitié – ceux qui n'ont pas été identifiés – sous le mausolée. Les croix sont rouillées. Leur mince armature supporte un losange tricolore, avec un nom et un grade. Ils sont zouaves, fantassins : soldats Valéry Joseph, Olivier Émile, Bost François, Gaudou Francis, Lemaréchal Arsène, du 372e d'infanterie, Bouffet Henri, capitaine au 15e chasseurs…

Albert Londres a vu les survivants entrer dans Monastir – survivants pour combien de temps ?

> Monastir ! Voilà deux mois que dans les boues de sa vallée, l'armée attend cette heure. Elle la tient, elle passe dans Monastir. C'est la première fois que je participe à une victoire, c'est la première fois que je vois ce que cela fait sur la figure du soldat et dans son cœur et dans sa tenue. Cela fait quelque chose d'heureux mais de grave, ce n'est pas en dansant qu'ils sont entrés dans leur conquête, ni en chantant, ni en buvant. Ils sont entrés un peu détendus mais sérieux. Les jeunes filles leur ont donné leurs joues à embrasser…

Auparavant, il avait noté, au passage d'un village, en montant au front :

> Ça sent la charogne. Il y a de la chair qui se décompose, par là.

Parfois, sur le losange d'une croix, on a rajouté un croissant, car nombreux sont les originaires d'Afrique du

Nord ou des échelles du Levant. Albert Londres avait croisé aussi des Malgaches et des Annamites.

Les files des croix commençaient à se perdre dans l'ombre. Le gardien nous a rejoints et emmenés dans son logement, dont une pièce est aménagée en musée. Y trônaient les portraits des commandants en chef successifs de l'armée d'Orient, les généraux Sarrail et Franchet d'Esperey (ultérieurement maréchal), ainsi que la citation de la ville de Bitola à l'ordre de la nation (française) avec attribution de la croix de guerre :

> Vaillante cité qui après avoir lourdement subi en décembre 1915 les rigueurs de l'occupation ennemie a été la première ville serbe reconquise [...] La population n'a cessé de faire preuve d'une foi inébranlable dans la victoire finale [...]
>
> Signé : Maginot.

Sur un coin de mur était évoqué le souvenir de Manuel de Vos, 1890-1985, professeur au lycée de Bitola et agent consulaire, qui fut déporté en Bulgarie en 1941. Il en revint à temps, semble-t-il, puisqu'on lui doit d'avoir sauvé en 1944 le cimetière français de la profanation. Il réussit aussi à faire passer en Grèce des déserteurs alsaciens-lorrains engagés de force dans l'armée allemande.

Bitola « ville serbe », dit la citation de Maginot, alors ministre de la Guerre. Pourtant, en 1903, l'insurrection contre les Turcs se réclama d'une nation macédonienne. Son chef, Goce Delčev, était né en Grèce, il avait été élève officier à Sofia puis instituteur à Veles (aujourd'hui Tito-Veles...). Son mot d'ordre était « la Macédoine aux Macédoniens » et son idéal l'indépendance au sein d'une fédération balkanique. Le propos du *« distinguido sefardí, D. José Misraeli »* est à ce point de vue significatif : le fait

Macédoine, Bitola, cimetière juif, mai 1995.

que, l'année même de l'insurrection, il se dise « en égalité avec les autres nations » indique que celle-ci n'a pas établi de discrimination radicale entre les habitants. (Il faut aussi relever que, dans l'énumération de ces derniers, ne figurent pas de Serbes.) Après l'échec et la mort au combat de Goce Delčev – à l'âge de trente ans –, son organisation, l'ORIM, celle des comitadjis, fut récupérée par les Bulgares. Si bien qu'aujourd'hui Goce Delčev est le héros national macédonien, mais aussi un héros national bulgare. Il y a une ville qui s'appelle Delčevo en Macédoine, une autre qui se nomme Goce Delcev en Bulgarie.

Mais puisque Maginot a proclamé que la Macédoine était serbe…

Disons qu'il partageait le sentiment général de son époque : pour l'Europe « fatiguée de la persistance de l'imbroglio macédonien », l'annexion de la Macédoine « libérée » au « royaume des Serbes, des Croates et des Slovènes » était bienvenue et définitive.

Et le sacrifice de plus de 100 000 soldats français (ou algériens, ou malgaches, ou annamites) n'avait donc pas été vain.

Le gardien nous a soumis à la redoutable épreuve du livre d'or. D'illustres personnalités et d'autres qui l'étaient moins y avaient inscrit avant nous leurs réflexions. Klavdij a écrit qu'il souhaitait que cela ne recommence jamais. J'ai écrit le mot « paix » et j'ai signé, plutôt honteux, juste au-dessous d'un douanier français (la France a fourni, au titre de l'aide technique, plusieurs douaniers pour enseigner la gestion des postes frontières aux Macédoniens et surveiller l'application de l'embargo contre la Serbie). Le douanier confiait son émotion et sa fierté de constater que la présence de la France était si bien respectée en terre lointaine.

*

La tcharchia bourdonnait de l'animation du samedi soir. Toutes les tables de notre taverne étaient occupées, la musique gueulait, la télévision couinait, les convives discutaient ferme et le vin blanc sec macédonien surclassait le vin blanc albanais, qui n'est pourtant pas mauvais, pour accompagner nos tranches de fromage kajkaval panées et nos salades chopska.

À la table voisine, des hommes en complets sombres s'occupaient sérieusement d'une affaire d'importance : chacun avait une truite d'Ohrid dans son assiette (dont elle débordait largement). La truite du lac d'Ohrid, dont la rumeur locale dit qu'elle est de renommée internationale, est par la taille ce que la sardine qui bouchait le port de Marseille est à la sardine ordinaire. Elle n'aurait pour rival dans la succulence que le chrondrostome du lac de Préspa. Je n'ai pas d'avis définitif, car la truite d'Ohrid est suffisamment monstrueuse pour que je me sois contenté de la saluer de loin dans l'assiette d'autrui (la gastronomie n'est pas toujours l'amie du ventre ni du portefeuille du voyageur), et je n'ai pas eu l'honneur d'être présenté à un chrondrostome.

L'un de ces messieurs s'est levé pour venir nous saluer : il nous avait entendus parler français, lui-même ne parlait pas cette belle langue, mais anglais, ce qui dans tous les pays du monde est devenu synonyme de « parler étranger ». Il nous a tendu sa carte. Elle annonçait sur les deux faces, l'une en macédonien, l'autre en anglais, qu'il était membre de l'Union des écrivains – *Novels & short stories* –, et qu'il avait deux adresses, l'une à Skopje, l'autre à Struga. Cette dernière était due au fait qu'il exerçait des fonctions importantes dans l'organisation du célèbre Festival d'Ohrid : Struga est une charmante cité au bord du lac, au milieu de vergers. Il a été ravi d'apprendre que j'étais moi-même écrivain (« Quel genre de livres écrivez-vous ? ») et Klavdij photographe (Quel genre de photos faisait Klavdij ?) en quête des richesses artistiques locales. Il a eu le bon goût de ne pas manifester de scepticisme quand il a appris que nous n'avions pas nous-mêmes de cartes à lui présenter. Avions-nous déjà visité les ruines voisines d'Heraclea qui remontent à Philippe de Macédoine ? Il nous invitait cordialement à lui rendre visite à Struga. (Notre hantise : que répondre à celui ou celle, inconnu une heure plus tôt, qui nous dit « Si vous passez par chez moi, venez me voir, voici mon adresse » ? « Merci beaucoup », d'accord, mais ensuite ? La simple courtoisie exige d'enchaîner : « Et vous, si vous passez par Paris… » Mais sauf à être hypocrites, nous savons que notre interlocuteur n'aura pas comme ça son visa pour Paris.)

Deux heures plus tard, nous savions beaucoup de choses sur notre nouvel ami. Son père était d'origine albanaise, mais lui-même n'écrivait qu'en macédonien, parce que, disait-il, c'était la langue dans laquelle il avait fait ses études et la seule langue nationale. N'aurait-il pas pu faire ses études en albanais ? Non, il n'y avait pas d'université albanaise en Macédoine. Avant l'indépendance, ceux qui voulaient faire des études en albanais pouvaient aller, comme tout Yougoslave, à l'université de Priština, dans la province autonome du Kosovo. Aujourd'hui, les Serbes avaient mis fin à l'autonomie du Kosovo et fermé l'université. Que restait-il alors ? Tirana ? Les conditions de vie des étudiants y étaient trop mauvaises. Alors ? Alors l'écrivain se trouvait très bien d'écrire en macédonien, langue mère de toutes les langues slaves.

Puisque son père était albanais d'origine, ai-je demandé, que pensait-il de Kadaré ?

– Mon père n'a pas lu Kadaré. Kadaré écrit en tosque et mon père est guègue.

Histoire de changer de sujet, j'ai posé la question sur

les Juifs de Bitola. Non, à sa connaissance, il ne restait plus de Juifs à Bitola. Quant au passé :

– Vous savez comment c'était, à l'époque…

*

À l'hôtel, la fête battait son plein. Dès notre entrée dans le hall, discrète pourtant, nous avons été invités à nous y joindre. Impossible, nous étions épuisés. Tant pis.

Un vrai pandémonium cernait notre chambre. Klavdij a ronflé. Je n'ai pas dormi. Au matin, on balayait les mégots, les serpentins et les verres cassés, tandis que, déjà, une autre noce s'installait. Un nouvel orchestre essayait ses micros, les mariés se tenaient debout dans le hall et les invités débarquaient, portant d'énormes boîtes enrubannées qui venaient s'ajouter à la pyramide des précédentes, ou déposant sur une table des liasses de billets. Et bien entendu, dès qu'ils nous ont repérés en train de contourner l'obligatoire homme à la caméra vidéo, les mariés nous ont fait signe de venir à la fête. Nous étions pressés…

Souvenirs d'autres voyages et d'autres fêtes : chants, slivovic et rondes, orchestre fracassant, joie des convives montant au ciel et entraînant la nôtre… Et la ronde d'Albanais dans un champ qui, de loin, alors que nous passions sur la route, nous avaient crié de les rejoindre en tendant leurs bouteilles et nous avaient embrassés…

Encore tant pis. Dehors nous attendait le soleil radieux d'un beau dimanche, faisant miroiter les névés sur les montagnes et vrombir des myriades de mouches.

La gare était charmante : un bijou ferroviaire, un jouet Hornby, le train mécanique de mon enfance. En passant devant le bureau du chef de gare, Klavdij n'a pas résisté à la tentation d'y entrer et, tout en lui adressant quelques mots aimables, de photographier le portrait de Tito haranguant les masses bitoliennes, affiché au-dessus du bureau. L'homme était d'humeur acariâtre : « Tu ne sais pas qu'il est interdit de photographier dans les gares ? – Pourquoi ? – Objectif stratégique ! » Klavdij a battu en retraite et m'a rapporté la bonne blague.

Le train de Prilep se chauffait au soleil. Nous avons trouvé un compartiment vide dans un wagon moderne des ex-chemins de fer yougoslaves et nous y sommes installés confortablement en tirant les rideaux. La journée s'annonçait douce. Nous n'avions plus qu'à nous laisser bercer.

Soudain, la porte s'est ouverte brutalement : irruption du chef de gare, suivi d'un policier. Un doigt accusateur : « Ce sont eux ! » Inspection de nos passeports et de nos sacs. « Pourquoi avez-vous photographié la gare ? » Les passeports ont disparu dans la poche du policier. « Qui êtes-vous ? Que faites-vous ? » Klavdij a donné les explications habituelles. Ricanements : « Comme ça, vous vous intéressez à l'art ! Et une gare, c'est de l'art ? » Consultation au talkie- walkie : des individus suspects pris en flagrant délit de photographier la gare de Bitola. Réponse : « Amenez-les-nous ! »

Nous n'avons pas eu droit aux menottes, elles nous auraient empêchés de porter nos sacs. « Marchez lentement, n'essayez pas de vous éloigner de moi. » Nous avons traversé le couloir sous les regards hostiles des voyageurs, excités par les imprécations du chef de gare fier d'avoir dépisté les espions.

Nous nous sommes retrouvés bouclés à l'arrière de la fourgonnette de la police qui a démarré en faisant fonctionner sa sirène. Les deux flics assis à l'avant continuaient d'ironiser sur la valeur artistique des gares macédoniennes. « Et vous écrivez un livre ? Eh bien, comme ça, on sera dedans. » J'ai regardé Klavdij : nous pensions à la même chose, au rouleau de photos du cimetière juif qui se trouvait encore dans l'appareil. Discrètement, Klavdij l'a rembobiné, puis ouvert le boîtier posé sur ses genoux. Non, pas si discrètement que ça : le ton est monté, carrément menaçant, le Leica a été arraché à son propriétaire penaud, sommé de vider ses poches : où cachait- il l'autre appareil, le *vrai* (pas ce minable-là) ? L'opportunité des menottes a été de nouveau évoquée. Le reste du trajet, dans les rues bordées d'arbres en fleurs, le policier assis à côté du chauffeur s'est amusé à faire semblant de photographier celui-ci. Ça les a détendus.

Attente sous bonne garde au commissariat central, dans le bâtiment moderne faisant face à la mosquée et à la cathédrale. Rapport au commissaire. Conclusion : « Eh bien ! c'est simple : on va faire développer les photos. » Nous étions dimanche, il était midi, tout donnait donc à penser que notre sort ne serait réglé que lundi, au mieux. Le commissaire a tenu à reprendre l'interrogatoire à son début, tout en feuilletant nos passeports, chacun lourdement chargé de visas : en ce qui concernait le mien, il s'est attardé fâcheusement sur les tampons croates, négligeant le Canada, la Pologne et autres pays exotiques.

Pour ce que j'en ai compris, le plaidoyer de Klavdij a été superbe. Débité sur un ton modeste et convaincu. Sauf que le nom du président Gligorov, prononcé avec respect, y revenait un peu trop souvent à mon goût : raconter qu'il avait fait une exposition à Skopje sous les auspices du Centre culturel français, d'accord, c'était la stricte vérité, mais était-ce la peine d'ajouter que le président l'avait honorée de sa présence et que nous étions des amis de l'ambassadeur de France ? Un si beau dimanche, ce joli monde devait être en train de se dorer sur les rives du lac d'Ohrid. Si l'envie venait au commissaire de vérifier les dires de Klavdij, nous n'étions pas près de sortir du guêpier.

Mais peut-être, justement, est-ce le fait que nous soyons un si beau dimanche qui nous a valu l'indulgence du commissaire ? Après tout, cet homme n'avait probablement pas le goût de gâcher son déjeuner et son après-midi pour vérifier les fantasmes d'un chef de gare.

– Comprenez mes hommes : vous arrivez de Grèce, vous avez des passeports français mais l'un de vous se dit slovène et parle serbe, vous avez des tampons croates et serbes, vous avez des professions bizarres et vous photographiez des objectifs stratégiques…

Il nous a rendu le Leica et notre liberté.

– Les Macédoniens sont profondément pacifiques. Mais rappelez-vous : il ne faut pas photographier les objectifs stratégiques.

Nous sommes revenus à la gare la tête haute. Le train était parti depuis longtemps. Nous nous sommes consolés dans la tcharchia avec beaucoup de vin frais.

Plus tard dans la journée, tandis que nous roulions lentement, enfin, dans la plaine de Pélagonie où, dans les champs, de grandes bâches en plastique protégeaient les plants de tabac naissants, Klavdij a pris quelques photos par la fenêtre du compartiment. Le contrôleur qui passait dans le couloir l'a interpellé : « Tu n'as pas le droit de photographier. – J'ai l'autorisation de la police », a répondu Klavdij, impavide. « Tu es sûr ? – Oui, je suis sûr. »

4

Les Saints-Archanges

Au centre de Prilep, dans la grande avenue centrale qui part des mosquées et des églises de la vieille ville pour filer entre les bâtiments modernes et les parkings de toute cité importante, s'alignent les statues des héros de la Deuxième Guerre mondiale qui ont résisté à l'occupation bulgare et allemande. Plus loin, le buste de Lazar L. Zamenhof, un moustachu placide et rond :

Autor dus Esperanto 1859-1919

Unu mondo	La mondo estas
Unu linguo	unu lando
Unu mono	La Homano estas unu populo

L'idée d'une langue universelle est-elle née au cœur de la Macédoine, d'un enfant de Prilep ? Zamenhof était polonais (encore que, natif de Bialystok, il soit également revendiqué par les Ukrainiens et les Biélorusses), et je ne crois pas qu'il ait jamais séjourné ici. Mais dans ce pays disputé par tant d'États – et fief, dans l'histoire, de tant de souverains aux langues diverses, (y compris Geoffroi de Villehardouin, prince d'Achaïe) –, on peut comprendre qu'il y ait eu plus de gens qu'ailleurs pour rêver que « le monde est un pays, l'Humanité est un peuple ».

De la gare dans la plaine au monastère des Sveti Arhanjeli, les Saints-Archanges, sur les hauteurs semées

Macédoine, monastère des Saints-Archanges, mai 1995.

d'un chaos de gros rochers qui semblent tombés du ciel, la route est longue. Les rues que j'avais connues animées étaient vides, partout le repos dominical, mais je retrouvais la même atmosphère âcre, insolite dans une ville proche des montagnes. Çà et là, sur notre chemin, une affiche nous répétait avec insistance qu'un « chansonnier français » se produirait le lendemain à Bitola et le surlendemain à Skopje. Avec un peu de chance, nous pourrions l'entendre.

Sortant de la ville entre immeubles et pleins champs, la route gagnait les hauteurs. Parfois passait une grosse voiture allemande bourrée de Tziganes hilares. Au loin, des roulements de tambours, quelques accents de trompette : encore une noce, ou bien la célébration de la Saint-Georges, patron des Tziganes ? Un raidillon filait entre maisons basses et rochers vers le ciel et vers le monastère.

Nous y sommes arrivés dans le soleil couchant. Sur le grand balcon de bois abrité de tuiles, quelques pieux laïcs ramassaient les déchets laissés par les pèlerins du jour, bouteilles de bière et mégots, et repliaient les parasols publicitaires. Sous nos pieds, la plaine, les barres de la banlieue nord de Prilep, des usines et des entrepôts, et, dans le fond, toujours les cimes blanches. Derrière nous, les rochers en équilibre instable auxquels s'adossait le monastère, et les ruines du château byzantino-normando-serbo-macédono-bulgaro-ottoman. Les derniers visiteurs faisaient claquer les portières de leurs voitures. On nous a aussitôt apporté à manger, une soupe incroyablement grasse, un ragoût de mouton réchauffé, un litre de vin blanc : « On n'a jamais vu personne s'enivrer en mangeant », nous a lancé l'higoumène – père supérieur et en l'occurrence unique moine – qui passait par là.

Il était jeune, la barbe grasse, les lèvres pleines, le nez rouge truculent et de grands yeux vert-gris expressifs. Il nous a longuement bénis.

Paix vespérale de la chapelle. La nonne servante récitait ses prières avec force signes de croix, gesticulations et exclamations. Les fresques du XIIe siècle, très claires et très abîmées, ont un fond bleu qui évoque Giotto. Leur mouvement, lui, rappelle plutôt Fra Angelico, celui du monastère de San Lorenzo à Florence : un mouvement très libre qui, encore une fois, comme à Korçë sur les icônes d'Onuphre d'Elbasan, ne correspondait pas à l'idée, à vrai dire assez sommaire, que je me faisais de l'art byzantin. Les scènes de la vie du Christ sont familières et pacifiques, même la mise en croix, disposée suivant la fameuse diagonale de Fra Angelico, est beaucoup moins cruelle que dans l'art catholique.

La nuit s'est refermée sur le monastère où ne brillaient que quelques ampoules nues dans les galeries de bois aux murs chaulés. L'higoumène nous a conduits dans une vaste pièce bordée de plusieurs lits étroits et nous y a laissés après nous avoir de nouveau bénis. La cloche du souper a tinté. La nonne servante est venue nous chercher : non, ce que l'on nous avait servi tout à l'heure ne comptait pas, et l'on nous attendait pour partager le repas du soir.

Autour de la table, du même ragoût de mouton, toujours aussi onctueux, et d'une nouvelle bouteille de vin blanc posée devant nous sur la toile cirée, ils étaient trois : l'higoumène, la servante et l'higouménitsa Serafina.

De cette dernière, Klavdij m'avait beaucoup parlé dans le train. Il l'avait rencontrée l'année précédente et il se désolait en pensant qu'elle avait été envoyée ailleurs. Mais voilà qu'elle était là, minuscule, frêle, noueuse et ridée avec je ne sais quoi de concentré, d'intense dans le regard, jaillissant de l'encadrement noir du voile qui la prenait tout entière. Et j'ai tout de suite compris que je n'oublierai jamais ce regard.

Et pourtant, le premier coup d'œil qu'elle m'a jeté, à la dérobée, lorsque j'ai commis l'imbécillité de faire le signe de croix catholique pour répondre à la bénédiction du repas par l'higoumène, a bien été, j'en suis sûr, une vraie décharge de haine.

Ensuite, il n'y a plus eu que douceur et tendresse. Elle était heureuse de revoir Klavdij, Klavdij était heureux de la revoir et leur bonheur nimbait tout ce qui les entourait, les êtres comme les choses, moi, nous, les plats ébréchés et le vin. Elle a parlé avec une vraie joie d'une carte postale que lui avait envoyée Klavdij et qui avait éclairé son hiver. Elle lui a demandé des nouvelles de Marko, elle se souvenait bien de son prénom, et a rappelé que justement, demain, c'était la Saint-Marc sur le calendrier orthodoxe. L'higoumène souriait en lissant longuement la barbe entre deux lampées, la nonne servante s'activait entre table et évier.

Lorsque l'higouménitsa Serafina était arrivée dans ce monastère, un an plus tôt, elle était blessée, un membre cassé je crois, et Klavdij qui se trouvait là de passage l'avait portée dans ses bras pour gravir les dernières marches du raidillon.

Elle avait été la mère supérieure d'un couvent serbe, donc orthodoxe, de Slavonie. Quand la guerre avait éclaté, la population croate, donc catholique, avait envahi le couvent. Elle avait couru à Zagreb alerter les autorités. On l'avait renvoyée avec des bonnes paroles. Le temps de revenir, le couvent avait brûlé et les vingt nonnes, jeunes ou vieilles, avaient disparu. Pour où ? Elle n'en avait plus jamais eu de nouvelles. La Croatie ne voulait plus d'elle, la Serbie n'avait aucune envie de la récupérer. On l'avait expédiée en Macédoine où elle avait été acceptée parce qu'auparavant, dix-sept ans durant, elle y avait dirigé une institution d'orphelins. Peut-être aussi parce que la politique du gouvernement Gligorov était de se débarrasser de l'entretien des monastères en les rendant au clergé – mais ce clergé est trop clairsemé pour remplir cette tâche. Et elle vivait là, au-dessus de Prilep, toute recroquevillée, une main atrophiée, et pourtant incroyablement active, petit sarment noir et desséché avec cette flamme inextinguible dans les yeux.

L'higoumène n'avait pas plus de quarante-cinq ans. Il était bulgare, né près de Petric, sur la frontière : autrement dit, le hasard ou Dieu, pour quelques centaines de mètres d'écart, avait fait de lui un Macédonien de Bulgarie. Il nous a montré son passeport : sa validité expirait à la fin du mois, mais il ne pouvait retourner en Bulgarie s'en faire délivrer un autre, soit que les autorités de Skopje lui refusent de sortir, soit que là-bas on lui en refuse le renouvellement, impossible de démêler exactement : mais ce qui était clair, c'était qu'il ne se sentait plus de nulle part sauf de ce monastère dont il pouvait être chassé d'un moment à l'autre, et pour où ? Il était à bout. L'exarque de Macédoine qui aurait dû l'aider était parti à Jérusalem. Il nous a longuement raconté, en macédonien – l'higouménitsa, elle, parlait serbo-croate –, son histoire triste. Se confier à ces étrangers venus d'un Paris qui était aussi loin que le ciel semblait être pour lui comme une bouée de sauvetage momentanée. Sa bouche gourmande continuait de sourire, on devinait des fossettes sous sa barbe qu'il n'en finissait pas de lisser, et pourtant il y avait des larmes dans ses yeux. Sous le régime communiste, disait-il, il avait été pope à Blagoevgrad, et très vite la cible des comités locaux du Parti. Pourquoi ? À cause de sa religion, comme je l'ai compris ? Ou parce qu'il avait trop de sympathie pour la cause de l'indépendance macédonienne, comme l'a compris Klavdij ? Toujours est-il que, la nuit, on venait le menacer sous ses fenêtres en lui lançant des pierres et que sa femme, enceinte, était devenue dépressive, qu'elle avait avorté, qu'il avait perdu son poste. Comment s'était-il retrouvé ici ? Qu'était devenue sa femme ? Le récit était volubile mais plein de lacunes, l'interroger davantage eût été policier. Cet homme avait tout perdu, son emploi, son pays, sa femme, son enfant, et il restait là, échoué sur ce rocher, avec pour seul bien sa soutane luisante d'usure et la compagnie de deux vieilles femmes qui le servaient à table avec la révérence qu'on doit à un saint personnage et l'affection que l'on éprouve pour un fils. Le repas terminé, il a de nouveau béni la table, puis il nous a raccompagnés sur le seuil de la grande pièce d'où il nous a encore bénis, nous, nos lits, notre sommeil et nos rêves.

Il ne viendrait plus d'autre visiteur pour la nuit, nous étions seuls, et la radio nous a appris que Chirac avait été élu président.

En Krajina, l'offensive des Croates était victorieuse. Des milliers de familles serbes en fuite embouteillaient les routes, certains convois étaient déjà parvenus aux abords de Belgrade, où le régime de Milošević ne semblait pas pressé d'accueillir ces nouvelles bouches à nourrir. Sarajevo continuait de subir la vengeance des tirs à la cible, tuer pour tuer, toujours et seulement des civils. La sérénité du monastère nous recouvrait comme une couverture très douce.

*

Au petit jour le coq m'a réveillé. Il a également réveillé Klavdij qui s'est dressé sur son séant pour l'insulter vertement. À quoi je lui ai fait observer que, même si je ne savais pas si ce coq s'exprimait en macédonien ou en serbo-croate, son chant était nettement plus délicat que les barrissements dont il m'affligeait, lui Klavdij, sous prétexte de ronfler. Sur quoi, il s'est rendormi illico et a recommencé à barrir. J'ai attendu que tinte la cloche de la chapelle, mais rien n'est venu. Dehors, toute courbée, l'higouménitsa balayait de sa main valide les planches de la terrasse au toit de tuiles. Sur la table ronde revêtue d'une nappe en plastique Kronenbier, fumaient les bols de café. L'higoumène nous a bénis, a béni le café, béni peut-être le soleil levant.

Serafina a longuement tenu nos mains dans sa petite serre chaude et parcheminée. Elle a recommandé à Klavdij de lui envoyer d'autres cartes postales et d'embrasser Marko pour elle.

Nous avons fait, en compagnie de l'higoumène, une dernière visite à l'église. Dans un plat surchargé de liasses de denars crasseux et froissés Klavdij a déposé notre obole en dollars, sous le regard toujours humide du pope. Je lui ai demandé des précisions sur la grande fresque qui représentait saint Onuphre, debout, mains jointes, le corps couvert de l'abondante toison que Dieu, dans sa bonté, avait fait pousser sur sa totale nudité pour le protéger des rigueurs du désert. Il s'est approché du mur, l'a longuement observé, a fait un effort visible pour déchiffrer la légende. Enfin, soulagé et vainqueur de l'épreuve, il m'a annoncé :

– C'est saint Onuphre.

Nous avons repris nos sacs pour descendre le raidillon parmi les rochers. Il nous a suivis et, en bas, là où commençait le chemin de terre plus large, il nous a encore bénis. Il est resté pour nous regarder nous éloigner. Chaque fois que je me retournais, je le voyais, forme noire très droite plantée au pied des rochers, qui continuait inlassablement les gestes de la bénédiction. De temps en temps, il nous appelait :

– François ! Klavdij ! Bon voyage !

Puis, avec la distance, sa voix s'est éteinte.

– Cet homme ne possède rien en ce monde, a dit Klavdij, sauf le pouvoir de bénir. C'est la seule chose dont, de tout son cœur, il peut nous faire cadeau.

*

Nous étions écœurés du train et des objectifs stratégiques. En outre, le bus, de la solide marque Vardar, mettait deux heures de moins que le train pour rejoindre Skopje : ainsi nous arriverions à temps pour le concert du chansonnier français.

Nos billets portaient au recto le sigle de la compagnie Proleter – rien de changé depuis Tito – dont les bus sillonnent la Macédoine, et au verso celui des cigarettes Winston. À la sortie de la ville, deux Tziganes ont hélé le bus et se sont installés à l'arrière : « Un petit concert pour le chauffeur ! » Et zim-boum-boum ! L'un avait un énorme tambour bleu à deux faces, l'autre une trompette, et leur musique était celle dont nous avions entendu les échos lointains la veille, en montant au monastère. Ils se sont fait arrêter en pleine montagne, à un tournant désert : en contrebas les attendaient les caravanes de leur campement.

Le bus filait sur la route large et lisse. Il a franchi des défilés entre des hauteurs pelées surmontées des ultimes sommets éclatants de neige sous le soleil déjà chaud. Le redescente sur la vallée du Vardar a été rapide. À Veles, qui porte toujours le nom de Titov-Veles, nous avons rejoint le fleuve-torrent, aux eaux gris-vert gonflées par la fonte des neiges. Partout les maisons macédoniennes carrées, avec leurs toits à quatre pans en tuiles rouges. Les pierres et les briques des constructions les plus anciennes sont régulièrement séparées par des bandes horizontales de lattes de bois, dont on dit qu'elles sont la meilleure protection antisismique dans ce pays régulièrement et durement secoué. Beaucoup de maisons neuves aussi, comme dans toute la Macédoine, construites par les ouvriers émigrés en Allemagne pour afficher leur réussite et s'assurer une retraite heureuse. À partir de Titov-Veles, le bus a suivi le ruban désert de l'autoroute qui reliait Belgrade à Salonique. Qu'on imagine une autoroute sur la lune. Ou encore des explorateurs découvrant, dans cent mille ans, ce vestige capital de notre civilisation : on aura peut-être une idée de ce qu'était devenu cet axe vital pour l'Europe, bloqué à ses deux frontières, serbe et grecque.

Un long moment, nous avons été survolés, suivis même semblait-il, par un gros hélicoptère bleu des Nations unies. Je me suis dit que, de là-haut, on pouvait tenir sous son regard toutes les frontières de la Macédoine, tant celle-ci est petite : un rond grossier d'à peine deux cents kilomètres de diamètre.

Et, bientôt, les buildings de Skopje, la ville la plus neuve d'Europe, puisque entièrement reconstruite après le grand tremblement de terre de 1963. Reconstruite et définitivement inachevée.

5

Retour en arrière : Skopje sous le choc du blocus

Mon premier voyage à Skopje date du printemps 1993. J'étais monté rapidement de Salonique par l'autoroute déserte.

La Macédoine était indépendante depuis un an, dirigée par le président Gligorov, un vieux renard, une vie d'apparatchik dans la Ligue des communistes yougoslaves, bien décidé à temporiser sur tous les fronts. Elle était surtout sous le coup du blocus. La Grèce, objet des remontrances des Nations unies et de la Communauté européenne qui l'accusaient de ne pas respecter suffisamment l'embargo contre la Serbie, avait rompu les relations économiques avec la nouvelle république au nom inacceptable, arguant que c'était le seul moyen de s'assurer que rien ne transiterait à travers elle.

Skopje vivait dans la pénurie, l'inflation galopante (on comptait tout en dizaines de milliers de denars) et la crainte du lendemain : une offensive serbe de reconquête, ou un soulèvement des Albanais opprimés du Kosovo voisin, qui, par contagion, aurait enflammé les Albanais de Macédoine. Bref, la Bosnie était dans tous les esprits. En partant des notes que j'ai prises alors, je retranscris ici des rencontres qui m'ont permis d'approcher quelques réalités.

*

Première de ces rencontres : un professeur de l'université de Skopje.

– Je m'appelle Panaiotis Petrovski, et je suis grec de naissance, né en Macédoine du Sud. Le prénom de mon père était Boris, mais, en 1927, il a dû en changer : on lui avait donné le choix entre Byron et Périclès, et il a pris les deux : Byron-Périclès. Oui, c'était un aspect de la politique grecque d'élimination de la population slave. Ne pas accepter, c'était émigrer. Pour où ? Pour la Bulgarie ou le Canada. La Macédoine du Nord ? Certainement pas : à l'époque elle appartenait au royaume de Yougoslavie – le « royaume des Serbes, des Croates et des Slovènes » – et les Serbes niaient autant l'identité macédonienne que les Grecs.

» Pourtant, nombreux sont les Macédoniens qui, de gré ou de force, étaient allés en 1920 faire la guerre pour la Grèce contre la Turquie, en Asie Mineure, et y ont laissé leur peau. Pour quel résultat ? La défaite grecque s'est traduite par le « rapatriement » de 1 500 000 réfugiés d'Asie Mineure dont la plupart sont venus s'installer sur nos terres. Et si, à cela, vous ajoutez l'exode rural des années trente, vous comprendrez pourquoi la population slave de la Macédoine n'a fait que décroître entre les deux guerres mondiales.

» La Macédoine a toujours été un champ de bataille et les Macédoniens ont toujours servi de chair à canon aux uns et aux autres : pendant la Première Guerre mondiale, il y avait des Macédoniens qui servaient chez les Bulgares, chez les Serbes, chez les Alliés… Pendant la Deuxième, en 1941, quand les Bulgares ont envahi toute la Macédoine, grecque ou serbe, ils ont enrôlé les Macédoniens. Ensuite, à peine les Bulgares battus et renvoyés chez eux, il y a eu la guerre civile grecque… Le parti communiste grec promettait l'autonomie et les Macédo-

Région du Kosovo, 1992.

Macédoine, 1993.

niens de Grèce se sont engagés dans l'ELAS. Une fois encore, c'est notre terre qui a servi de champ de bataille, nos villages ont été écrasés par les avions anglais. En 1950, il ne restait que des villages déserts.

» Mon père est passé en Macédoine yougoslave en 1947. Il a pu faire venir le reste de la famille en 1948, à condition que nous renoncions à la nationalité grecque : c'est comme cela que je suis devenu citoyen yougoslave. Auparavant, l'ELAS avait emmené 28 000 enfants grecs dans sa retraite de l'autre côté de la frontière. Lorsque le PASOK et Andréas Papandréou sont arrivés au pouvoir en 1981, ils ont voté le droit au retour de ces enfants, comme des autres exilés politiques en Pologne ou en Union soviétique. Mais savez-vous qu'ils en ont exclu les Slavo-Macédoniens ?

» Quand les Macédoniens de Grèce sont arrivés en Yougoslavie, à la fin de la guerre civile, Tito les a acceptés, mais il les a obligés à se fixer à plus de deux cents kilomètres de la frontière – c'est-à-dire en dehors de Macédoine. Il se méfiait d'eux. Mon père s'est installé à Novi Sad. C'est comme ça qu'il est devenu serbe, et que moi-même j'ai épousé une Serbe. Ce n'est que beaucoup plus tard que j'ai pu venir vivre dans le pays où l'on parle ma langue, et enseigner dans ma langue à l'université.

» Vous me demandez si le VMRO, le parti nationaliste macédonien qui revendique la Grande Macédoine, est puissant ? Il l'est dans la mesure où il peut se nourrir du nationalisme grec. Les Grecs étranglent la Macédoine de façon absurde et, ce faisant, ils créent eux-mêmes le danger qu'ils dénoncent, en donnant des arguments au VMRO. Ça n'a pas de sens de revendiquer le rattachement de Salonique à la Macédoine. Mais, en attendant, Salonique qui était notre poumon, deux heures par l'autoroute autrefois, nous est interdit. Où pouvons-nous aller, aujourd'hui ? Pas en Serbie ni en Albanie… En Bulgarie ? Oui, c'est possible, mais pour y faire quoi ? Salonique, pour nous, c'était la mer, l'Occident, le monde…

» Le danger nationaliste ne vient pas du VMRO, il vient des Albanais. Parce que non seulement la Macédoine est menacée de l'extérieur par les nationalismes grec et serbe, mais elle l'est de l'intérieur par le nationalisme albanais.

» Oui, bien sûr, les Albanais nous menacent. Notre pays est même le seul où le peuple principal est menacé par une communauté minoritaire. Rendez-vous compte : la Macédoine n'a pas de pain, et les Albanais demandent une université ! Ils exigent maintenant d'être un « peuple constitutif ». Tout ça, c'est la faute à Tito : il n'avait pas à reconnaître la nationalité albanaise comme une des nationalités yougoslaves. Et ils croissent, ils croissent, ils se reproduisent comme des lapins, une natalité afro-asiatique, augmentée encore des immigrés du Kosovo. Aujourd'hui ils sont le quart de la population, demain ils seront plus nombreux que nous. Chaque Albanais a six enfants, ils refusent la contraception, ils travaillent en famille, sans frais, ils forment une communauté tribale, économiquement plus forte que les Macédoniens, ils monopolisent le commerce…

» Quoi ? Vous dites que je parle des Albanais comme les Grecs parlent des Macédoniens ? Hé là ! Vous feriez mieux de me dire comment vous traitez les Arabes, en France !

*

La deuxième rencontre se situe près de la frontière serbe, à Kumanovo. J'étais allé jusqu'au poste frontière, sur la route de Niš et de Belgrade. Impossible de passer : en tant que Français il me fallait un visa, et où le chercher ? De toute manière, il y avait des heures d'attente. C'était un dimanche, la file de voitures s'étendait sur un kilomètre et ne bougeait pas. La plupart étaient chargées de familles albanaises qui rendaient visite à des cousins du Kosovo. Un blindé blanc dominait la route et, à côté, des Casques bleus danois étaient affalés dans des chaises longues. De sa Mercedes immatriculée en Suisse, un gros homme aux cheveux clairs m'avait hélé en français : il avait travaillé à Lausanne. Il était là depuis six heures du matin. Il allait voir ses cousins, avec un peu de chance il pourrait rester deux heures. La situation au Kosovo ? Elle était épouvantable. Plus de travail, plus d'écoles, les Serbes traitaient les Albanais comme des sous-hommes. « Ils disent que le Kosovo est le berceau du peuple serbe, et que nous n'avons rien à y faire. » Comment voyait-il l'avenir ?

– La seule issue, monsieur, c'est la guerre. *Cet homme-là*, c'est Hitler. Oui : il faut la guerre.

Cet homme-là, c'était évidemment Milošević.

Je l'avais laissé figé, lui et les siens, dans l'interminable attente, juste devant le panneau géant qui rappelait que nous étions sur l'autoroute E-75 et indiquait le kilométrage jusqu'à Budapest.

Et donc, au retour, dans cette ville de Kumanovo qui a vu, en 1912, la victoire décisive des Serbes sur les Turcs – c'est à cette occasion que furent engagés pour la première fois les canons de 75, fournis aux Serbes par la France –, j'avais rencontré Lubisa au marché : noiraud, poilu, des yeux brun-vert brillants, humides, il avait la trentaine et m'avait frappé par sa manière de s'exprimer posément, sans jamais cesser de réfléchir.

– Si je parle bien français, c'est parce que j'ai été à l'école à Arcueil. Mes parents avaient émigré en France. Puis, en 1980, ils ont décidé de rentrer au pays et, avec leurs économies, ils ont acheté un magasin à Kumanovo : pressing et nettoyage à sec... Mais les habitants de Kumanovo ne donnaient guère à nettoyer hors de chez eux, question d'argent et d'habitude, et ça n'a pas marché. Alors ils sont retournés dans la banlieue parisienne, mais moi je me suis marié ici et je suis resté.

» À Kumanovo, on est à dix kilomètres de la frontière serbe. C'est difficile de se faire à ce mot-là : frontière. Il y a encore deux ans, il y avait juste le péage de l'autoroute, et aujourd'hui vous avez vu ? Comment le frère et la sœur, les parents et les enfants, auraient-ils pu imaginer qu'un jour une frontière les séparerait ?

» La moitié de la population est macédonienne, le reste se répartit entre Serbes et Albanais, qui ont tous des parents au Kosovo. Non, pas de Turcs par ici. En revanche, il y a des villages entièrement serbes. Ils ont été implantés après les guerres balkaniques, au temps du royaume de Yougoslavie. Avant l'indépendance, les gens pensaient que le danger venait des Albanais. Aujourd'hui, tout le monde a peur de la guerre. En Bosnie, Karadžić a dit qu'il libérerait les Serbes de Macédoine. Pourtant, on vivait en bonne entente. Moi, j'ai toujours fréquenté des Serbes, le grand-père de ma femme est serbe...

» Les Albanais ? Oh ! bien sûr, ils ne vivent pas comme nous. Ils ont des familles immenses, ils tiennent le commerce. Beaucoup sont à l'étranger, c'est normal, ils sont tellement nombreux qu'ils sont forcés d'émigrer. De là-bas, ils envoient des devises et fournissent comme ça des capitaux aux leurs. Leurs structures traditionnelles font qu'ils ne sont pas des consommateurs : par exemple, leurs femmes n'achètent pas de robes ni de cosmétiques. Ils préfèrent posséder un magasin plutôt que de se payer une voiture neuve. Toute la famille travaille, pas de salaires et pas de charges sociales. Tandis que nous, les Macédoniens, on dépense tout, juste pour paraître.

» La guerre ? Non, je n'aurais jamais cru ça possible. Vous vous rendez compte, au cœur de l'Europe, une guerre d'extermination ! Oui, j'ai peur. Ici, tout le monde a peur. On nous a envoyé des Casques bleus : tenez, regardez ceux-là qui se promènent à bicyclette. Si ça me rassure ? Non. On se dit : s'ils sont là, c'est qu'il y a réellement danger. Et pour ce qu'ils font là-haut, en Bosnie… Ce que je crains, c'est un engrenage à partir d'un conflit minuscule : par exemple, une histoire de bois coupé par les habitants d'un village sur le territoire d'un autre. Il y a bagarre, et le lendemain des volontaires serbes arrivent pour défendre les frères agressés. À ce moment-là, chaque communauté se sent obligée d'intervenir. Et après, on oublie qui a commencé le premier et on finit par ne même plus savoir pour qui et pour quoi on se bat.

» Le nationalisme, ça s'attrape comme un virus. Le mari de ma cousine est serbe, on n'avait jamais parlé de ça, d'ailleurs il parle plus mal serbe que moi. Et voilà que tout d'un coup, il y a quelques mois, il s'est mis à tenir des discours enflammés sur la Grande Serbie, impossible de discuter avec lui, je ne le reconnais plus.

» Tout a commencé avec le XIVe Congrès de la Ligue des communistes yougoslaves en 1990 : la désintégration de la Yougoslavie, quand les Slovènes se sont retirés du congrès. Bien sûr, les Slovènes voulaient sortir des Balkans, cette région maudite… En 1991, j'ai été mobilisé, comme tous les jeunes de Macédoine et de Yougoslavie. Nous avions très peur d'être envoyés en Croatie. Et puis, un matin, tous les cadres serbes sont partis, avec armes et matériel. Et en février 1992, on s'est retrouvés libres, comme ça, sans l'avoir voulu.

» Je suis comme beaucoup d'autres : né macédonien dans la grande fédération yougoslave, c'était vivable. Mais ça ne l'était plus à partir du moment où nous nous

Kosovo, 1992.

retrouvions dans une fédération réduite, sous la domination de la Serbie et du Monténégro. Aujourd'hui, l'État macédonien existe, j'y crois, c'est irréversible.

» J'ai de la chance, j'ai un travail dans l'import-export, je gagne 100 marks par mois – on calcule tout ce qui est important en marks –, ma femme aussi, et avec la location du magasin de mes parents nous nous faisons 400 marks en tout, c'est beaucoup chez nous, même si tout est rare et cher, plus cher qu'à Salonique, à cause du blocus. Mais je me sens piégé, ici. J'aurais besoin d'aller respirer l'air de Paris. C'est impossible. Mon père est allé à la mairie de Gentilly déposer une demande d'invitation, elle a été refusée sous prétexte que son appartement est trop petit. Et de toute manière il n'y a pas de représentation française à Skopje, il faudrait que j'aille demander un visa au consulat à Belgrade avec mon ancien passeport yougoslave. Nous avons peur d'aller à Belgrade, la route n'est pas sûre. Il paraît que la France va nommer un « délégué général » à Skopje – pas un ambassadeur, elle ne veut mécontenter ni les Grecs, ni les Serbes. Est-ce que vous pensez que c'est pour bientôt ? Est-ce que vous croyez que ça va changer quelque chose ?

» Il faut que le conflit avec la Grèce s'arrange. C'est une histoire de fous. Si l'on arrive à un compromis sur le nom – qu'ils appellent notre pays la Macédoine du Vardar, ou la Macédoine du Nord, l'important c'est qu'on en sorte –, alors l'Europe permettra notre intégration économique… Il faut savoir tourner le dos à l'histoire : ici, chaque peuple se croit forcé de faire quelque chose de grand. La seule chose de grand que nous avons à faire, c'est de vivre ensemble.

*

À Skopje, la vallée du Vardar qui remonte droit vers le nord depuis la côte grecque fait un brusque coude pour se diriger à l'ouest. En la suivant sur une cinquantaine de kilomètres, on arrive à Tetovo, fief des Albanais de Macédoine.

J'avais le nom d'un *hadji*, une autorité morale et politique dont on m'avait dit que je devais absolument le rencontrer. C'était un ami d'Ibrahim Rugova, le leader des Albanais du Kosovo, qui est un personnage clef des Balkans : ce philosophe, professeur à l'université (fermée) de Priština, élève en France de Roland Barthes et auteur d'une *Stratégie du sens*, a organisé la résistance passive des Kosovars face au coup de force de Belgrade qui a supprimé le statut de région autonome du Kosovo et privé 90 % de ses habitants de leurs droits civiques au profit de la minorité serbe. Combien de temps cet équilibre instable de l'oppression et de la résistance non violente pourra-t-il encore durer, si l'Europe reste toujours sourde aux appels d'Ibrahim Rugova ?

J'avais téléphoné à Tetovo pour avoir rendez-vous avec le *hadji*. Il était absent et tout ce que j'en avais retiré, c'était une diatribe du patron du café d'où j'avais appelé, manifestement militant du VMRO : « Pourquoi tu veux voir ce salaud-là ? »

Faute de pouvoir rencontrer le salaud en question, j'avais quand même fait le trajet et je m'étais promené dans les rues animées de la vieille ville. Tout près de la vieille mosquée dont les murs sont décorés de fleurs aux tiges graciles et d'arabesques, j'étais entré, de façon indiscrète, dans le jardin d'une demeure patricienne de style ottoman. Un homme très brun, très fin, élégant dans son complet noir cravaté, portant une fine moustache, m'avait fait observer en français : « Vous êtes dans une propriété privée. » Puis il s'était présenté : « Je suis le petit-fils d'Abderhamane pacha », et m'avait informé que la famille d'Abderhamane pacha, préfet sous le régime ottoman, avait été la plus puissante de la ville, c'était elle qui avait construit la mosquée et bien d'autres monuments. « Voulez-vous rencontrer mes amis de l'association d'amitié albano-française de Tetovo ? »

Une heure plus tard, j'étais attablé avec deux professeurs, l'un de français, l'autre de mathématiques, ceux-là mêmes qui m'ont fait découvrir le nom de Farouk Comitser, *alias* Faik Konica. L'un relayant l'autre, sans jamais me laisser le temps de souffler…

– Vous savez que nous formons entre 40 et 35 % de la population de la Macédoine… Comment, vous dites 22 % seulement ? Allons, allons, vous avez été intoxiqué par les chiffres officiels… Vous insistez ? D'accord, je reconnais que c'est un *chiffre subjectif*, alors transigeons : disons un tiers : 700 000…

– De toute manière, il n'y a pas eu de recensement récent, et si c'est le gouvernement actuel qui en organise un, il faudra que ça se passe sous contrôle international. Enfin, quoi qu'il en soit, nous sommes là depuis plus longtemps que les Macédoniens qui ne sont arrivés qu'au VIIe siècle. Vous dites que j'emploie les mêmes arguments que les Grecs ? Mais vous savez bien que nous sommes là depuis plus longtemps que les Grecs eux-mêmes, et puis si vous nous interrompez tout le temps… Prenez plutôt des notes, oui, écrivez bien ce que nous vous disons.

– De même, les Serbes n'ont aucun droit à revendiquer le Kosovo comme le berceau de leur peuple. Eux aussi sont venus plus tard. Mais laissons là l'histoire. Les Albanais de Macédoine ne sont pas nationalistes. Ces dernières années, ils ont fait preuve d'une grande conscience de leurs responsabilités. Croyez-moi : c'est grâce à eux que la paix est préservée. S'ils se conduisaient comme les Serbes de Bosnie…

– Les Macédoniens nous demandent d'être loyaux. Nous le sommes. Nous voulons seulement être des citoyens à part entière.

– Vous savez qu'il y a un *numerus clausus* à l'université de Skopje ? On nous refuse l'enseignement supérieur en albanais, alors au moins qu'on nous permette de suivre les cours en macédonien. Nous demandons qu'on accepte 10 % d'étudiants albanais : il n'y en a que 2,6 % en première année, 1,7 % les années suivantes. Ils disent : « Vous n'avez qu'à aller étudier en Albanie. » Dans ces conditions, la seule issue pour nous serait d'ouvrir une université privée, ici. Nous avons les cadres. Il ne nous manque que l'autorisation. Coûte que coûte, nous y arriverons.

– Nous refusons que l'albanais ne soit qu'une langue parallèle. Citez-nous un écrivain macédonien qui ait la réputation mondiale de Kadaré. Dans cette ville où les Macédoniens sont minoritaires, à peine 20 %, mes voisins, après quarante ans de cohabitation, ne me disent toujours pas bonjour en albanais. Le président du conseil municipal de Tetovo est albanais, mais c'est en macédonien qu'il doit s'exprimer devant ses administrés albanais comme lui. Au tribunal, le juge, le greffier, l'accusé sont albanais, mais le procès se passe en macédonien. Moi-même, je donne mes cours en albanais, mais tout, certificats, registres, doit être rédigé en macédonien sans sous-titre. Nous n'avons pas de radio spécifiquement albanaise, juste six heures d'antenne, et une heure à la télévision.

– Des ministres albanais au gouvernement ? Oui, bien sûr, c'est pour préserver l'unité nationale que nous avons accepté cinq ministères. Mais dans chaque ministère, tout le personnel est macédonien.

– Si les Albanais étaient mieux représentés sous le régime précédent ? Vous posez une question très intéressante. Ce n'est pas que nous soyons communistes…

Région du Kosovo, 1992.

– Non, non, nous ne sommes pas communistes…

– … mais c'est vrai qu'il y avait un minimum de droits garantis. Aujourd'hui, les droits des minorités figurent bien dans la Constitution, mais sans autres précisions. Leur définition est renvoyée à des lois qui, elles, ne peuvent être votées que par le Parlement, lequel comprend seulement vingt-trois députés albanais, et donc toutes les propositions sont rejetées.

– La grande Europe est inconsciente et aveugle. Elle ferme les yeux devant l'injustice du Kosovo, alors vous pensez, ce qui se passe en Macédoine…

– L'Europe encourage le fascisme yougoslave, le fascisme serbe. Mitterrand n'est allé à Sarajevo que pour protéger les Serbes de Bosnie, et il soutient la Grèce qui joue un jeu perfide avec la Serbie pour prendre la Macédoine en sandwich et se la partager secrètement.

– En attendant, ce n'est pas tout ça : notre association a besoin de livres. Des vidéo-cassettes, aussi, pour l'apprentissage du français. Une douzaine de casques. Des revues d'informatique… Et de l'argent. Nous y avons mis toutes nos économies, moi-même j'ai versé 2000 marks. Écrivez bien tout cela sur votre cahier et faites-le savoir.

À mon retour à Skopje, j'avais posé, en passant au Centre culturel français, quelques questions sur l'association d'amitié albano-française de Tetovo.

– Ils nous cassent les pieds, ces Albanais. Ils nous causent un tas de difficultés dans nos rapports avec les autorités macédoniennes.

*

C'était encore à Skopje que j'avais eu la chance d'écouter une conférence d'un de mes compatriotes, le délégué général à la Langue française auprès du Premier ministre (on m'excusera si j'écorche le titre, mais c'est bien ce que je trouve noté sur mon cahier) en tournée dans la région.

Cela se passait à l'Institut de la langue macédonienne de l'université, devant un public d'une centaine de personnes : des étudiants, un groupe papotant de dames professeurs de français au premier rang, plus un certain nombre d'hommes mûrs en costume sombre, silencieux.

Il avait frappé très fort, d'emblée, le délégué général à la Langue française :

– Quand on me demande une définition de la langue, je cite toujours celle de Jakobson, le célèbre linguiste russo-américain : « Pas de problème : une langue, c'est ce qui possède un drapeau et une armée. » Moi, comme Français, je dirai encore plus simplement : une langue, c'est ce qui possède un État. Voilà ce qui différencie la langue du dialecte…

(Je n'ai pas trouvé d'où il sortait cette citation de Jakobson. Peut-être des œuvres complètes de Lénine ?)

Puis il avait annoncé le plan de son exposé :

– première partie : le lien étroit entre État et langue en France ;

– deuxième partie : la question de la langue et des autres parlers aujourd'hui ;

– troisième partie : le débat entre patrimoine et pluralisme.

Là-dessus, nous nous étions retrouvés gaillardement au serment de Strasbourg. Dès 842, donc, le français s'était affirmé comme la langue transdialectale, puis la langue du Roi, puis la langue de la République : « Un soleil qui a brûlé tout ce qui était trop près de lui. » Tout ça pour arriver à notre moderne et précieuse francophonie : 120 millions de locuteurs dans le monde.

Quant aux dialectes, c'étaient avant tout, aujourd'hui, ceux de l'immigration. Naturellement, il y avait encore quelques autres parlers, toujours utilisés par un certain nombre de locuteurs dont on avait du mal à estimer l'importance : le catalan, par exemple, ou l'alsacien, qui avaient quelque chance de perdurer parce qu'ils jouissaient d'une base arrière, de l'autre côté des frontières – au contraire du breton, ou encore du corse dont le « refus néfaste de la base italienne » ne pouvait que sonner le glas.

Patrimoine et pluralisme ? « Il ne faut pas avoir d'états d'âme : une langue nationale unique est politiquement nécessaire. C'est elle qui permet à tous les citoyens de se comprendre et de s'intégrer. »

Il ne pouvait pas terminer sans une envolée sur l'Europe : « Comment définir l'Européen ? À cette question que je me pose souvent, je réponds : L'Européen est avant tout un voyageur. » (Rires discrets dans la salle, du côté des étudiants qui, question voyages, en connaissaient long sur l'impossibilité d'obtenir un visa.) « L'Europe, c'est un bouquet de langues. Dans l'avenir, il n'y aura pas une seule langue européenne, l'anglo-américain, comme le voudraient certains, mais plusieurs. *Langue étrangère* doit toujours se dire au pluriel. Resteront éternellement le français, l'espagnol, le portugais… » (La salle en chœur : « … et le macédonien ! »)

Péroraison : « Le médiéviste que je suis vous citera ce vieux proverbe : *Timeo hominem unius linguae !* »

Applaudissements.

Question de la salle (un « représentant du ministère ») : « Nous sommes en danger : la langue maternelle et officielle, le macédonien, est en déclin. Que faire ? »

Réponse : « Les langues minoritaires peuvent être enseignées en privé, mais elles ne peuvent donner droit à un diplôme d'État soutenu dans ces langues. »

Question (timide) de la salle : « Mais chez nous, historiquement, le macédonien n'est la langue officielle que depuis 1947. Jadis, c'était le turc, et par réaction contre le turc, la langue de culture était le grec, ou à la rigueur le bulgare, ensuite on nous a imposé le serbe… »

Réponse (superbe et énigmatique) : « Le français doit moins à la géographie qu'à la littérature ! »

Aujourd'hui encore, je m'interroge sur le pourquoi et le comment de cet exposé : s'agissait-il d'un topo passe-partout que le délégué général refilait à tous ses auditoires, de Singapour à Valparaiso ? Avait-il déjà tenté de le prononcer à Bruxelles ou à Barcelone et, si oui, n'avait-il pas reçu des tomates d'une partie de l'auditoire ? Personne ne l'avait avisé qu'il y avait un problème linguistique en Macédoine ? Ou bien, au contraire, avait-il préparé cette intervention musclée à la demande expresse de ses collègues skopiotes ? Ceux-ci étaient aux anges. Elle ne pouvait, politiquement, mieux tomber pour eux, cette histoire idyllique de la langue française parvenue au cours des siècles à affirmer sa suprématie sur tous les habitants de notre beau pays, sans qu'il fût question un instant d'une violence pourtant nécessaire, obligée et obligatoire – pas la moindre allusion à tous les « Défense de cracher par terre et de parler breton » qui ont été le dur prix à payer pour notre unification linguistique, pas le moindre soupçon que, sur les « 120 millions de locuteurs » de notre précieuse francophonie, il y en a un certain nombre dont les grands-parents se la sont fait enfoncer dans la tête à coups de chicotte.

Discours de la violence, discours de la *Sprachreinigung* des linguistes allemands. Langue unifiée, langue purifiée.

Or cette violence-là, justement, planait aujourd'hui sur toute la région. Merci à la France de cette judicieuse intervention dans les affaires balkaniques…

Mais y avait-il un Albanais dans la salle ?

6

Déprime à Tetovo

Skopje : un urbaniste japonais pour la rive droite du Vardar où la ville s'adosse à la montagne, un architecte polonais pour le musée d'Art moderne, et combien d'autres encore, ont participé à la reconstruction, après le séisme. C'est comme un concours international d'urbanisme dont on aurait permis à chaque concurrent de construire son projet en grandeur réelle pourvu qu'il l'abandonne ensuite, primé ou pas, sur le terrain. Fruit d'un grand élan de solidarité mondiale, la capitale de l'ex-République fédérée de Macédoine a quelque chose d'inachevé, un puzzle dont les morceaux resteraient à distance les uns des autres. Une autoroute passe en tranchée dans la tcharchia reconstituée, mosquées et échoppes au pittoresque renforcé, et franchit le fleuve en doublant l'étroit pont ottoman. De larges avenues, des rues au carré qui continuent à s'appeler Leninova ou Gorki, des barres hérissées de tours comme des murailles crénelées, ciment, verre et brique, sur des dalles piétonnières dont les allées sont tellement identiques qu'on s'y perd à coup sûr, une poste en béton, monstrueuse, où les liaisons téléphoniques sont les plus modernes et les plus rapides du monde, beaucoup d'arbres et de fleurs aussi autour des pavillons résidentiels, passé les terrains vagues qui auraient dû être des jardins publics : c'était l'époque des lilas et des glycines.

C'est dans une des allées entre ces barres que flotte (ou pend) le drapeau tricolore du Centre culturel français.

Nous savions que notre ami André Vigne nous y attendait et que son accueil serait chaleureux.

En réalité André Vigne ne nous attendait pas. Il nous avait complètement oubliés, tout à la fièvre de ses activités débordantes. Même si, désormais, il y avait un ambassadeur de France à Skopje, André Vigne n'en restait pas moins, chez les Macédoniens, l'authentique représentant de notre pays pour le meilleur et pour le pire. Difficile et belle histoire que celle d'un professeur envoyé au fin fond de la Yougoslavie et qui s'était retrouvé un beau matin seul officiel français dans un pays nouvellement indépendant. Et cela pour près de deux ans, durant lesquels la France avait rechigné à envoyer un agent diplomatique ou consulaire… Pas étonnant, dans ces conditions, que sa barbe de pope souriant fût aussi populaire en Macédoine que la carrure d'Éric Cantona à Manchester.

Pour l'heure, André Vigne devait faire face, avec sa jovialité coutumière, à l'accueil du chansonnier français dont nous avions vu les affiches et à l'organisation de son récital, tout en attendant avec impatience l'arrivée le même jour, de Belgrade, d'une chanteuse lyrique franco-serbe et de son accompagnatrice.

Mais la chaleur, elle, était toujours au rendez-vous. Il avait réservé la grande chambre d'hôtel au-dessus de son appartement aux musiciennes ? Qu'à cela ne tienne : nous coucherions chez lui, moi dans une petite chambre-bureau, Klavdij sur le divan du salon. Avec promesse de petits déjeuners somptueux préparés et servis par l'hôte en personne, et usage de la machine à laver pour notre linge à bout de crasse franco-slovéno-balkanique.

Depuis Durrës, dans les moments d'abattement, nous les évoquions, ces petits déjeuners. Et la machine à laver, nous en rêvions les yeux ouverts.

Une heure plus tard, nous étions sur une place ensoleillée de la tcharchia, attablés devant une montagne de kebabtchés, coude à coude avec le chansonnier français et sa compagne fraîchement (si l'on peut dire) débarqués, eux, de Sofia.

Ils étaient à la fin d'une longue tournée qu'ils avaient faite en voiture, avec tout leur matériel, instruments et sono. Ils en avaient l'habitude, c'était même l'essentiel de leur vie, ces récitals à la chaîne organisés par les Affaires étrangères dans le monde entier : forçats de la culture, ils collectionnaient plus de cent vingt pays. Et comme, depuis la chute du Mur, les services culturels du Quai d'Orsay n'avaient rien modifié de leurs conceptions géopolitiques en matière de tournées d'artistes, ils venaient de faire la grande traversée verticale des « pays socialistes » telle qu'elle avait été tracée quarante ans plus tôt : partant de Pologne, ils étaient passés par Cracovie, Budapest, Belgrade, Plovdiv et un tas d'autres villes dont ils avaient oublié les noms et ne gardaient que des images fugitives. De la Serbie, le chansonnier avait retenu ce fait frappant : les autoroutes y étaient coûteuses, on lui avait fait verser 1 200 francs entre Belgrade et la frontière bulgare. De la Bulgarie, il avait compris que c'était un pays épouvantable : tout le monde y vivait dans la peur du racket, des cambriolages, des écoutes téléphoniques et des contrôles policiers avec d'énormes amendes, mais il avait heureusement échappé à celles-ci en donnant des cassettes de ses chansons – ce qui, m'a-t-il semblé, mettait le tarif autoroutier bulgare à un prix plus abordable que le serbe. Skopje et Bitola étaient les dernières étapes du périple, et il se préoccupait surtout de la meilleure route pour sortir du pays. Sa vie était une consommation de kilomètres entrecoupée de soirées dans des salles anonymes devant des publics inconnus : il lui fallait chaque fois, oubliant les fatigues du voyage, donner le meilleur de lui-même pour représenter, l'espace d'une heure trente, le meilleur de la culture française.

Le soir venait. André Vigne ne cachait pas son inquiétude : la cantatrice aurait dû arriver de Belgrade à quatre heures, il en était déjà huit. Après tant d'années de présence dans la région, ne se souvenait-il pas qu'un franchissement de frontière y est un éternel défi aux horaires ? Le cœur d'André Vigne était déchiré : d'une part il lui fallait être présent au récital, d'autre part il ne pouvait se consoler de ne pas l'être à la descente du bus pour accueillir les belles voyageuses.

Nous sommes donc partis entendre le chansonnier dans une salle de l'université. Le public était clairsemé. Quand, sur la scène, sa forme noire au visage blafard est sortie de l'ombre sous le projecteur avare, le son a déferlé avec une telle violence que j'ai senti mes tympans exploser. Poussées à un tel degré de décibels, voix et musique passaient le mur du son en produisant un double bang de Mirage IV, avec cette circonstance aggravante que la déflagration était ininterrompue : plus rien à entendre, plus rien à comprendre, sous l'atroce mugissement. Nous nous sommes éclipsés, Klavdij et moi, pour aller boire du vin dans une taverne albanaise de la tcharchia.

La suite n'a pas tardé à devenir confuse. La bouteille vidée, nous avons erré dans la nuit : soudain, au détour d'une avenue, la forme d'un bus Putnik est passée devant nous. Un bus serbe ? Pas d'hésitation, c'était lui, c'étaient elles, et nous l'avons suivi au petit trot. Il a fait halte devant le Grand Hôtel. Klavdij, n'écoutant que l'appel de son cœur, a bondi à l'intérieur pour, debout dans le couloir, adresser aux voyageurs en général et aux invitées d'André Vigne en particulier un gracieux compliment de bienvenue sur la terre macédonienne, dûment débité en serbe. Dans la pénombre, les veilleuses éclairaient des faces de rescapés de la Méduse qui se sont derechef ranimées, et des applaudissements ont crépité. La cantatrice était blonde, l'accompagnatrice brune. Le bus avait attendu sept heures au poste frontière de Kumanovo.

Le temps d'un autre petit trot, nous étions de nouveau à l'université pour recueillir les échos du dernier mugissement et nous joindre cyniquement aux ovations de la salle, puis féliciter le chansonnier qui s'épongeait comme un boxeur après le match en signant un autographe à une groupie.

Une demi-heure plus tard, tout le monde – le chansonnier et sa compagne-manager, les voyageuses encore hagardes, André Vigne épanoui, un douanier français et un capitaine de corvette, tous deux français et présents à Skopje au titre de la coopération européenne –, engloutissait des truites d'Ohrid dans la cour du han, le vieux caravansérail turc tout neuf. Nous nous sommes contentés de quelques verres bien mérités avant de filer pour vider la machine à laver. Vin blanc aidant, nul ne s'étonnera que je garde le souvenir de *deux* machines à laver, dont l'une parlait albanais et l'autre serbo-croate avec l'accent de Perpignan.

*

Le soleil caressait la nappe blanche, les confitures et le pot de café. Infatigable, André Vigne était parti dès potron-minet dans le sillage de la cantatrice blonde qui voulait tester la salle en y faisant des vocalises. Restait, morose, épuisée, l'accompagnatrice brune.

Réservée, charmante, le modèle d'une parfaite éducation d'Europe centrale. Sa fatigue ne venait pas seulement du voyage et de la soirée prolongée, elle venait de plus loin, de la vie quotidienne à Belgrade. La trentaine, elle vivait toujours chez ses parents, car où et comment se payer un logement ? Elle enseignait à l'Académie musicale, ce n'était pas assez pour vivre seule. Les leçons privées devenaient de plus en plus rares, les gens avaient d'autres priorités.

Au début, personne n'avait pris l'embargo au sérieux. Puis étaient venus les restrictions, l'argent qui ne valait plus rien, le chômage et la peur des bombardements américains. Oui, tout le monde était convaincu que les bombardements américains pouvaient s'abattre sur Belgrade d'un moment à l'autre.

L'année précédente, il n'y avait strictement plus rien dans les magasins, l'électricité était coupée, pas de chauffage. Aujourd'hui, les choses semblaient être redevenues plus normales, mais ce n'était qu'une apparence. Toujours pas d'essence, donc pas de transports. Les gens étaient obsédés par l'obtention d'un travail, n'importe lequel, pour payer au moins la nourriture, le loyer. La vie sociale s'arrêtait là. Personne n'avait plus de temps ni d'énergie pour se voir, les corps et les esprits était mobilisés pour la simple survie.

Dans le service où travaillait sa mère, on avait fait, comme dans les autres administrations, des coupes sombres dans le personnel : d'abord tous les non-Serbes avaient été renvoyés, puis ceux qui avaient un parent croate, slovène, bosniaque, etc.

Autrefois elle jouait dans des concerts. Il n'y en avait plus. Répondre à l'invitation d'un orchestre étranger était pratiquement impossible : même si elle recevait une proposition, elle ne pouvait pas répondre « oui » sur-le-champ, et le temps de réunir les papiers exigés par les consulats, d'attendre le résultat – aléatoire – des démarches, l'offre n'était plus valable. Elle avait pourtant l'espoir d'aller en Sicile rendre visite à une amie qui avait obtenu un contrat dans un théâtre grâce, disait-elle, visage imperturbable, à un chef de la Mafia…

De Milošević, nous n'avons pas prononcé le nom. Elle n'avait manifestement pas envie de livrer ses sentiments devant des étrangers.

Je n'avais jamais entendu parler de menaces de bombardements américains sur Belgrade. Intoxication collective qui soudait tout le peuple serbe dans sa conviction d'être la victime d'un grand complot international, lui ce peuple si brave qui avait jadis sauvé l'Europe des barbares et qu'aujourd'hui l'Europe reniait ?

– Vous savez, nous a encore dit la pianiste, je suis sûre que, si vous grattez un peu la surface, la vie à Skopje n'est pas très différente qu'à Belgrade : il y a de nouvelles boutiques, beaucoup de lumière en apparence, mais dessous vous trouverez la même fatigue, les mêmes obsessions quotidiennes : comment survivre ?

*

Pour se rendre de Skopje à Tetovo, il faut à peine une heure en bus Proleter. Avant de partir, une amie macédonienne de Klavdij nous a indiqué des adresses de femmes albanaises que nous aurions, a-t-elle assuré, tout intérêt à rencontrer là-bas. Mais donnant-donnant : elle animait une émission de télévision et comptait sur nous pour le lendemain soir. Klavdij y était déjà passé lors de son exposition, ce serait l'occasion de reparler de son travail et de ses voyages, quant à moi… quel genre de livres écrivais-je au juste ?

Nous avons accepté avec désinvolture. Sur quoi, Camélia nous a livré le fond de sa pensée :

– Mais qu'est-ce que vous allez donc faire à Tetovo ? Rencontrer des Albanais ? Vraiment je ne comprends pas tous ces gens qui nous tombent de l'Ouest, ces journalistes, ces commissions des droits de l'homme… Il n'y a rien à voir. L'université albanaise libre ? Oui, ils ont fini par l'ouvrir, une baraque minable, et vous savez bien qu'elle a été fermée par la police : c'était une provocation. Le recteur, qui est aujourd'hui en prison, venait du Kosovo. Les Kosovars sont des nationalistes excités, pas comme *nos* Albanais. Nous avons une excellente université à Skopje et les Albanais peuvent y étudier comme tout le monde. D'ailleurs, depuis qu'ils ont obtenu un quota, ils ont fait baisser le niveau. On y enseigne en macédonien ? Bien sûr, et alors ? On n'enseigne pas en breton à l'université de Rennes. Il y a une excellente chaire d'albanais. C'est une langue minuscule, une langue qui ne mène à rien. Sauf à travailler en Albanie où il n'y a pas de travail : vous voyez bien que c'est idiot !

J'ai fait remarquer que, langue inutile pour langue inutile, si l'on suivait son raisonnement (et en sautant à pieds joints sur l'évidente universalité de la langue macédonienne, berceau des langues slaves, etc.), il n'y aurait plus qu'à fermer les universités françaises et envoyer les normaliens de la rue d'Ulm étudier à Harvard. Elle n'a rien compris à ma logique tordue.

– Un pays ne doit pas se laisser déposséder de sa langue nationale. Aux États-Unis, il y a maintenant des États du Sud où l'espagnol est majoritaire : la conséquence, c'est une augmentation formidable de la délinquance ! Vous voulez que ça se passe comme ça chez nous, où les Albanais se reproduisent comme des lapins ?

Au bout de la route rectiligne, passé les resserrements de la vallée du Vardar, Tetovo pointait ses immeubles gris contre la montagne verdoyante : très haut, dans les alpages, il y avait des villages suspendus, et plus haut encore les cimes toujours enneigées. Plus de poussière encore que partout ailleurs, et plus de détritus. Au-delà des constructions de ciment cubiques, une prolifération de petites boutiques, de commerces de toutes sortes, et particulièrement d'agences de voyages dans des échoppes minuscules affichant leurs offres imbattables pour Tirana, Istanbul et Düsseldorf. Nous retrouvions la foule albanaise.

Des banderoles vertes flottaient dans les rues, et des drapeaux verts sur les mosquées. Personne à Skopje, lorsque nous avions annoncé notre intention d'aller à Tetovo, ne nous avait avertis que c'était la grande fête musulmane du Baïram et que tout allait être fermé pendant cinq jours – probablement parce que personne n'était au courant. Dans les ruelles régnait l'animation des veilles de réjouissances. Des voitures soulevaient des gerbes de boue, des hommes passaient portant un mouton mort ou vif dans les bras ou poussant un veau dans une brouette, des bergers rameutaient des troupeaux en route pour les abattoirs, des femmes couraient en serrant des gâteaux au miel.

Le seul hôtel, sur la grande place à l'architecture socialiste, n'avait qu'une chambre à 80 marks. Nous loger chez l'habitant ? Klavdij a poussé la porte d'une petite boutique de tailleur et salué poliment : « *Tungjatjeta. Tshu-chië ?* – Bonjour. Comment vas-tu ? » Effet immédiat : le tailleur qui était en train de couper une étoffe avec ses grands ciseaux a levé la tête et s'est arrêté. Klavdij a encore dit quelques mots d'albanais puis s'est présenté en macédonien truffé de slovène comme un Français parlant serbo-croate.

Le tailleur a insisté pour nous faire asseoir et envoyé immédiatement son apprenti acheter des bouteilles de Fanta. Non seulement il était touché des trois mots d'albanais de Klavdij, mais il avait fait son service militaire dans l'armée populaire yougoslave en Slovénie, à Maribor, en 1980, l'année de la mort de Tito – « Ah oui ! On peut dire que nous avons pleuré ! » – C'était d'ailleurs justement dans sa caserne d'alors que, douze ans plus tard, avait éclaté le premier coup de feu de la guerre.

Nous trouver où dormir ? En temps normal, ç'aurait été facile. Oui, mais voilà : nous étions à la veille du Kurban

Macédoine, Tetovo, mai 1995.

Baïram. Demain, tout le monde allait se lever à trois heures du matin. Prières à la mosquée, cimetière, fête familiale, méchoui, visites à la famille et aux voisins. Alors trouver des gens pour nous héberger, dans ces conditions…

Toutes les fois qu'un client entrait, il l'expédiait aussitôt dans telle ou telle direction avec pour instruction de nous trouver des lits. Peine perdue : au bout d'une demi-heure, tous les clients étaient revenus bredouilles.

– Ça va durer cinq jours. Aucun Albanais ne travaillera, tous les commerces resteront fermés. Alors tu vas voir comment on va les retrouver au bout de ce temps, nos compatriotes macédoniens : maigris de plusieurs kilos !

» Ce sont les Albanais qui paient les taxes, sans nous plus d'économie. Ce sont les Albanais qui fournissent des soldats, sans nous plus d'armée…

L'apprenti s'appliquait à coudre au petit point un costume trois pièces dont le bâti était disposé sur un de ces mannequins de crin que l'on trouve encore dans nos greniers. Il avait seize ans et en paraissait quatorze, des yeux gris qui nous fixaient de temps à autre d'un regard aigu d'enfant adulte, intense, sans un mot, sans un sourire, et sans jamais cesser de tirer le fil avec des gestes précis.

– Jusqu'à quatorze ans, il a suivi l'école le matin, puisqu'il y a huit ans de scolarité obligatoire. Après, travail à temps complet : de huit heures du matin à neuf heures du soir. C'est comme ça qu'il pourra devenir maître tailleur comme moi… Mais dis-moi, à quoi ça sert d'être un pays indépendant, si ça ne nous permet pas de vivre, même en travaillant douze heures par jour ?

Revenus, les clients ne partaient pas. Ils discutaient notre cas. La seule solution, à leur avis, c'était le konak. Il était cher, mais en marchandant…

Le konak, c'est une résidence de dignitaire turc. Celui-là, qui avait appartenu à Haki pacha, avait été transformé en hôtel de grand luxe, du temps où la Yougoslavie avait ses riches apparatchiks et vivait de ses touristes occidentaux. Luxueusement aménagé, il était situé un peu à l'écart sur la route d'Ohrid. Nous y avons obtenu, pour 20 marks et en insistant beaucoup, une chambre minuscule en sous-sol, aérée par un soupirail, relativement propre, presque entièrement occupée par deux étroites couchettes, probablement à l'usage de chauffeurs routiers macédoniens désargentés.

Dans la cour étaient garées de grosses voitures allemandes neuves immatriculées à Belgrade et même, pour l'une d'elles, à Sarajevo (plaque yougoslave à étoile rouge). Dans la salle du restaurant, au fond du parc, seule une table proche de la nôtre était occupée, par un groupe d'hommes. Ils parlaient serbe, et la présence de deux Français ne les gênait pas.

Le plus gros, manifestement le boss, déblatérait dans un silence respectueux. Il était très fâché :

– Toi, tu me coûtes 2 000 dollars. Toi, 3 000. Bon d'accord, je peux payer. Je peux allonger 80 000 dollars facile, c'est pas le problème. Mais toi ! Toi, ce que tu m'as fait, à moi, ça je peux pas l'oublier.

» Moi qui travaille avec les grands, me faire baiser par un minable ? Je peux travailler avec la Multipex de Sofia : tu connais la Multipex de Sofia ? Non ? Alors, ta mère… tu sais ce que je lui dis à ta mère ?

» Je vous fais confiance pour travailler en Macédoine, d'accord. J'ai tous les frais, la taxe sur ça, la taxe sur ci, d'accord. En plus, il y a l'embargo, faut encore que je raque, d'accord. Et toi, tu me fais ça, à moi ?…

L'engueulade se déroulait, monotone. L'interpellé avait le museau bas et les oreilles couchées d'un chien puni. Nous n'avons rien su de ses arguments, s'il en avait. Deux autres, en bras de chemise, formaient un chœur approbatif. Et deux autres encore, pas concernés – la garde rapprochée du gros ? –, se curaient les dents et le nez en contemplant le plafond.

Dehors, de nouvelles voitures arrivaient, claquements de portières, hommes en complet sombre. Ce lieu où l'on pouvait converger de Serbie, d'Albanie, de Grèce et de Bulgarie, était un rendez-vous discret des hommes qui tirent les vraies ficelles du présent et de l'avenir.

*

Mauvaise nuit, dans cette chambre confinée. Dès avant le lever du jour et pendant plusieurs heures, les muezzins ont appelé aux offices du Baïram.

Sous le soleil matinal, le konak apparaissait dans toute sa splendeur. Pelouses tondues, massifs d'arbres aux feuillages soigneusement mariés par des maîtres architectes du paysage : tilleuls argentés, hêtres rouges, pins d'Alep, peupliers, trembles, bouleaux, une symphonie. Un kiosque, une fontaine avec une vasque abritée sous une charpente gracieuse, le sanctuaire du saint Pacha, des bâtiments blancs aux boiseries sombres sculptées. Dans le hall de l'hôtel, le personnel macédonien échangeait quelques propos désabusés mais fermes : « Ils nous font chier, avec leur Baïram. » Impossible, évidemment, de voir les Albanaises dont nous avions les noms, elles étaient prises par les festivités : un autre jour, avec plaisir, ont-elles dit au téléphone.

Dans les rues, de petits groupes s'affairaient, les enfants habillés comme des poupées de collection, chacun allant chez chacun en portant des gâteaux, et, bien sûr, aucun magasin ouvert. À la vitrine grillagée de l'unique librairie, j'ai vu, avec regret, un livre tout neuf de Faik Konica, *Vepra*. Il n'y avait manifestement rien à faire à Tetovo, pour nous, un jour pareil. Les Albanais étaient entre eux et se moquaient du reste du monde.

Nous nous sentions soudain submergés par une immense fatigue. Klavdij donnait des signes d'abattement car, depuis deux jours, il n'arrivait pas à joindre Paris, où il avait quelque chose d'important à régler.

*

Le soir, à Skopje, le récital de la cantatrice serbo-française a été charmant : mélodies françaises, Duparc, Fauré, Berlioz : « Reviens, reviens, ma bien-aimé-e… » Salle enthousiaste. Après quoi, nous avons dû remplir nos obligations : c'était l'heure de l'émission de télévision de l'amie de Klavdij, elle nous attendait dans les studios. Je ne sais plus ce que nous avons raconté, mais nous avons dû être désinvoltes : d'avoir déjà joué les vedettes dans nos étapes albanaises nous était monté à la tête. Klavdij a brodé sur son thème familier en expliquant qu'il faisait des photos invendables, et moi, interrogé sur les livres que j'avais écrits, je suis parti sur une description de la vie des banlieues parisiennes, avec éloge du pluriethnisme et du plurilinguisme, tellement enrichissants. L'amie n'avait plus l'air amical. Elle nous dit son sentiment à la sortie :

– Qu'est-ce que vous venez faire ici ? Vous venez jouir du spectacle des pauvres et ensuite vous décidez de montrer telle chose et pas l'autre. Comment osez-vous voyager comme vous le faites, descendre dans des hôtels, aller au restaurant, pendant que, moi, je n'arrive pas à nourrir convenablement ma fille avec mes 300 marks par mois ? Quand j'arrive à écrire un texte ou à faire une traduction, je ne peux pas payer une rame de papier pour la taper. Je voudrais oublier, quitter tout ça. Qui me délivrera le visa pour voyager chez vous comme vous voyagez chez moi ? Pardonnez-moi : ici, on ne peut pas, comme vous, s'investir dans son travail. Ici, tout n'est que débrouille et magouille.

» De toute manière, vous ne pouvez pas comprendre.

Macédoine, 1993.

*

Radio France internationale nous a appris que les colonnes de réfugiés serbes qui n'avaient pu entrer dans Belgrade étaient maintenant dirigées par les autorités sur le Kosovo.

Nous avions prévu de partir le lendemain aux aurores, mais nous nous sentions épuisés. Klavdij n'obtenait toujours pas ses communications avec Paris. Nous avons décidé de rester un jour de plus à Skopje, pour nous reposer.

Le lendemain, Klavdij, grâce aux cabines ultramodernes de la poste, a réussi à téléphoner. Mauvaises nouvelles : il y avait une fuite d'eau dans la cuisine, un vrai Niagara que Ranka ne pouvait maîtriser comme il aurait pu le faire, lui, en un tournemain, impossible d'obtenir un plombier depuis trois jours, et la voiture avait été embarquée à la fourrière.

Skopje offrait toujours son visage de ville paisible et légèrement endormie. La plupart des échoppes de la tcharchia étaient fermées – le Baïram –, les boutiques de la rive droite offraient quelques produits de chez Tati à des prix, en marks, de la rue de la Paix.

– Il ne faut jamais s'arrêter, disait Klavdij. Dès qu'on se laisse aller, on se retrouve englué dans l'inertie. On se demande pourquoi on est là, à quoi ça sert. Il faut beaucoup de volonté pour continuer à garder les yeux ouverts. L'important se passe toujours ailleurs, plus loin. Du reste, les gens vous le disent bien : ici il ne se passe rien, c'est dans l'autre ville, dans l'autre pays, qu'il y a des événements, qui sont parfois épouvantables mais qui n'arriveront jamais chez nous. L'ici et maintenant est quelque chose de lourd, d'opaque, qui vous tire vers le fond.

Klavdij ne prenait plus de photos.

Et nous n'étions même pas allés revoir Ohrid la merveilleuse, les eaux de son lac couleur de lapis-lazuli. Nous n'avions pas revu non plus les villages turcs aux abords du lac de Préspa, leurs cafés obscurs avec les hommes attablés, silencieux et immobiles, où l'on croirait le temps définitivement arrêté s'il n'y avait, dans un coin, la petite fenêtre animée de la télévision où défilent les images d'Istanbul. Ni, à près de 1 000 mètres au-dessus de Skopje, les fresques de la chapelle de Sveti Pantelejmon, toujours fermée…

V

LE PAYS SANS SOURIRE

Après la pluie, parfois, même le soleil
dans le ciel stupéfait paraît double
mais tu seras toujours un pays unique
tu ne ressembleras jamais à aucun autre.

NIKOLAÏ KANTCHEV
Comme un grain de sénevé.

1

« Une petite ville amicale et ouverte »

Direction Sofia, sans escale. Nous aurions voulu nous arrêter une nuit aux abords de la route, dans un monastère. Renseignements pris, celui-ci ne prenait pas d'hôtes cette semaine-là, on y procédait à l'éradication des cafards. Bref, encore une fois le petit jour, le bus Proleter faisant le plein de voyageurs dans la gare routière. Puis l'autoroute déserte jusqu'à Kumanovo, pour bifurquer vers le nord, traverser la plaine, gravir lentement, sous la pluie revenue, les pentes des premières taupinières par une route à trois voies plus fréquentée, sillonnée de poids lourds aux origines exotiques, certains venus du fond des Émirats, d'autres d'Estonie.

Les maisons carrées aux toits rouges, beaucoup plus modestes que dans le sud, se sont clairsemées. Au pied de la montagne, des buttes vertes alternaient avec des champs labourés et des vignes soigneusement préparées pour l'été.

Puis la terre ocre est devenue dénudée, avec une maigre végétation de buissons nains. Dans le fond des combes, elle restait noire, avec des bouquets de pins et de peupliers.

Une dernière vallée avant la montée finale : Kriva-Palanka, au milieu d'un paysage verdoyant, blés, arbres fruitiers, un vrai jardin agrémenté de grands peupliers, de noyers, et de hauts châteaux d'eau, structures tubulaires supportant une sphère de métal luisante. Une déviation toute neuve (elle n'existait pas à mon dernier passage) évitait la ville : l'amorce de la rue du Maréchal-Tito, l'usine Metalski Zavod Tito. Puis la forêt, beaucoup de moignons des défenses antichars qui finissaient de pourrir derrière les fossés, et le col de la frontière, à 1 200 mètres d'altitude. Adieu la Macédoine.

Le passage a été étonnamment rapide : moins de deux heures en tout, attente macédonienne et attente bulgare additionnées. La Bulgarie a la réputation d'être un pays refermé sur lui-même. Pour l'heure, en fait de pays fermé, la barrière de la frontière bulgare avait été remplacée par une simple chaise de jardin posée au milieu de la route. Un douanier la retirait placidement à chaque passage de véhicule pour la remettre ensuite. Des Macédoniens passaient tranquillement à pied pour aller faire leurs achats au bazar-free shop établi dans un hangar. Des martinets voletaient autour de leurs nids installés entre béton et tubes fluo du poste, mi-gare routière, mi-tunnel. Réminiscence obligée de Duncan entrant dans le château de Macbeth : l'air est toujours léger, lui dit Banco, là où nichent des martinets.

Peut-être était-ce parce que nous redescendions maintenant dans l'ombre du versant nord, par une route étroite à la pente rapide, mais l'air bulgare ne semblait pas spécialement léger à respirer : forêts sombres et denses, oppressantes, vétusté des constructions : pas de maisons neuves comme en Macédoine – pas de riches travailleurs émigrés rentrant au pays, au cours des cinquante ans du régime le plus fidèle à l'Union soviétique de tout le COMECON –, des bâtiments modernes en ciment lépreux, des squelettes d'usines témoignant d'une industrie lourde démesurée pour le pays, des véhicules hors d'âge.

Le bus faisait de fréquentes escales dans des villages. « Nous faisons nos petites affaires », a expliqué le chauffeur macédonien en chargeant un rouleau de fil de fer. Halte rapide à Kjustendil qui fut l'un des plus riches mar-

Bulgarie, 1996.

chés des Balkans. De la ville ottomane subsiste une mosquée au minaret branlant : pas (ou pas encore) de traces ici des rénovations dues au prosélytisme des riches pays musulmans. Sur le petit square miteux, au centre de la ville, quelques marchands de kebabtchés, boulettes grasses dont la fumée, sur les grils, empuantissait l'atmosphère. À la sortie de la ville, un quartier de masures de bois et de tôle plantées dans la boue : les Tziganes. Puis la plaine, les champs de tabac et les vignes à perte de vue, jusqu'à ce qu'au loin se dessine la masse du mont Vitocha, longuement contournée par la route avant d'arriver aux abords de la capitale. À Pernik, un immense complexe sidérurgique et pétrochimique, gloire du communisme, symbole de la marche vers l'avenir radieux : il figurait récemment encore sur les billets de 100 levas, avec en premier plan le profil d'un travailleur, l'homme de fer dans toute sa force, yeux perdus dans la contemplation de l'horizon, cette ligne imaginaire qui recule au fur et à mesure que l'on avance. À part quelques torchères allumées, il est difficile aujourd'hui, ici comme ailleurs, de deviner ce qui fonctionne encore dans cet enchevêtrement de constructions éventrées et de poutrelles rouillées où l'on ne voit pratiquement personne.

L'année précédente, montant seul en bus de Salonique à Sofia, j'avais été frappé par la symétrie de la pollution grecque et de la pollution bulgare.

Côté grec, l'autoroute filait parmi une profusion de panneaux publicitaires géants qui masquaient en partie une plaine nue, sans arbres, une terre écorchée dont on voyait les os, trouée de carrières et jonchée de décharges. Les maisons blanchies à la chaux n'étaient que des tas de ciment difformes, construits n'importe comment, au gré et selon les moyens de leurs habitants. Des stations-service rutilantes et tentaculaires, des supermarchés et leurs parkings, avec des oriflammes alourdis par la poussière, des rivières à sec débordant de sacs en plastique et de détritus : toute la déchéance du paradis capitaliste. On connaît ça aussi chez nous, mais en Grèce, c'est un paroxysme. Le point limite de ce que l'on appelle le « mitage » du paysage : juste avant sa destruction finale.

Côté bulgare, la nature reprenait ses droits avec la forêt et les cultures, la route se faisait modeste, les panneaux publicitaires avaient disparu. Et puis venaient les premières agglomérations, les successions d'immeubles en plaques de béton mal jointes, posés sur des terrains pelés. Soudain la nature redisparaissait, tuée par des kilomètres d'installations industrielles dégradées. Les bennes en panne d'un transbordeur aux fils rompus oscillaient dangereusement dans le ciel, des wagons pourrissaient dans une gare de triage, des tronçons de routes inachevées s'arrêtaient au bord de la rivière planté de moignons de ponts. Toute la déglingue du paradis communiste.

Seuls alors, les sommets enneigés des massifs du Pirin et du Rila rappelaient qu'il pouvait encore exister un paysage humain, là où justement il y avait le moins d'êtres humains. Pour le reste, c'était, de part et d'autre de la frontière, le résultat pratiquement identique d'un lent cataclysme, au nom de deux conceptions opposées de la liberté et du bonheur. À la prolifération du laissez-faire et du n'importe quoi succédait la tristesse de la planification aberrante et définitivement inachevée.

*

Il y a chez les Bulgares une simplicité qui se traduit souvent par une parcimonie d'expression qui peut dérouter le voyageur, surtout s'il connaît une Europe centrale marquée par la courtoisie affectée héritée de l'Autriche *K und K*, impériale et royale. Peu de formules de politesse, pas de phrases ampoulées, de sourires et de complaisance inutiles : inconnu, le baise-main aux dames. Si l'on ajoute à cela que le « oui » s'exprime par un énergique hochement de tête horizontal qui, pour nous, signifie un « non » franc et massif, on peut décider, un peu vite, que les Bulgares et leur pays sont fermés, voire hostiles. « Pas aimables, ces gens-là », a constaté d'ailleurs Klavdij, dès le passage de la frontière. Plus tard, il s'étonnera encore : « C'est étrange, quand ils me parlent, j'ai tout le temps l'impression d'être en faute. »

Fermés, les Bulgares ? Au siècle dernier, les voyageurs ne tarissaient pas d'éloges sur la chaleur de leur accueil. « Les Bulgares, écrivait Adolphe Blanqui vers 1840, sont généralement doux, paisibles, patients et hospitaliers. Ils ont des mœurs plus pures que les Grecs ; ils sont plus sobres, plus francs, plus sûrs en toute chose. » Lamartine, lui, fut ébloui de l'hospitalité fastueuse qui lui fut offerte à Philippopoli, aujourd'hui Plovdiv – mais il est vrai qu'il logea dans la maison d'un Grec de la ville :

> Le lendemain, nous commençons à voir les Balkans devant nous ; ces belles montagnes boisées et entrecoupées de grands villages et de riches cultures sont peuplées par les Bulgares… Arrivés au pied du Balkan, je trouve tous les principaux habitants du village bulgare d'Yenikeui qui nous attendent… Les Bulgares vivent en paix selon leurs propres mœurs… Les mœurs m'ont paru pures, quoique les femmes cessent d'être voilées comme en Turquie et fréquentent librement les hommes… Le pays qu'ils habitent serait bientôt un jardin délicieux, si l'oppression aveugle et stupide, non pas du gouvernement mais de l'administration turque, les laissait cultiver avec un peu plus de sécurité.

En 1915, John Reed, qui accomplit un vaste périple dans la région pour le journal américain *Metropolitan*, revient de Roumanie après avoir tenté de visiter le front russe en Bucovine. C'est le moment crucial où la Roumanie et la Bulgarie, sollicitées par les belligérants des deux parties, hésitent encore à entrer dans la guerre mondiale. Il repasse le Danube et met le pied sur la terre bulgare :

> Mais, de l'autre côté du Danube jaune, tout change. Dès que le bateau à vapeur arrive à proximité du débarcadère, vous êtes hélé par un personnage jovial : un grand policier brun qui est allé en Amérique et que vous avez vu, ici même, deux mois plus tôt. Des soldats bons enfants et maladroits font semblant d'examiner vos bagages et vous souhaitent la bienvenue avec le sourire. Comme vous restez planté là, un inconnu bien habillé vous dit en français : « Vous êtes étranger ? Est-ce que je peux faire quelque chose pour vous ? » Ce n'est pas un guide ; c'est simplement un passager, comme vous, mais il est bulgare et donc amical. Quel plaisir de retrouver ces visages simples, ouverts et francs de montagnards et d'hommes libres, et de vous remplir les oreilles du viril crépitement d'une langue slave !
>
> … Sofia est une petite agglomération aux constructions pratiques et laides, aux rues nettes et pavées de briques. Des fils téléphoniques courent partout ; partout des tramways font sonner leur timbre. Si l'on excepte une mosquée ancienne ou une ruine byzantine par-ci par-là, et de soudaines échappées sur des places étriquées pleines de paysans en turban accroupis sur leurs talons, on pourrait se croire dans une ville neuve et animée de la côte nord du Pacifique. Il n'y a qu'un hôtel, où tout le monde va : le Grand Hôtel Bulgaria ; la porte voisine est celle du Grand Café Bulgaria, où les journalistes fabriquent les informations, les hommes d'affaires

Bulgarie, Sofia, mai 1995.

> complotent et combinent, les avocats font du chantage et les hommes politiques défont les ministères. Si l'on veut une entrevue avec le Premier ministre ou un de ses ministres – et même, dans un cas que je connais, avec le roi –, on demande au groom du Grand Hôtel de l'appeler au téléphone. Et si on ne souhaite pas passer par le groom, on s'installe simplement à une table du Grand Café, où chacun passe à un moment ou un autre de la journée... Sofia est une petite ville amicale et ouverte.

Près d'un siècle plus tard, c'est un son de cloche différent qu'un autre grand reporter, Jean-Claude Guillebaud, fait entendre dans *Le Monde* :

> Je trouve, en ce début juin 1993, Sofia littéralement barricadée. J'entends sans cesse des cliquetis de portes que l'on ferme, des rideaux métalliques que l'on tire, des appels à la prudence chuchotés au voyageur. Dans cette cité aux allures moscovites, sur les avenues aux pavés jaunes et rectangulaires que décrivait déjà Albert Londres venu enquêter sur les « comitadjis » en 1931, des regards lourds suivent le visiteur occidental.
> ... Au vieil hôtel Bulgaria, où je me suis installé (en hommage à Albert Londres qui y avait ses quartiers), on boucle les portes derrière soi, on me suit dans les couloirs jusqu'à ma chambre, on m'adjure assez mystérieusement de n'utiliser – pour le même prix – que les taxis de l'hôtel.
> Ce fond de décor [...] procède aussi d'un fantasme typiquement bulgare : celui de la conspiration et du complot, des manigances obscures.

Pour avoir fait cinq séjours à Sofia ces dernières années (et même, une fois, logé à l'hôtel Bulgaria, dont je me suis bien gardé de prendre les taxis car ils sont dix fois plus chers que les autres) je ne pouvais partager la noire vision de Jean-Claude Guillebaud. J'y reviendrai. Mais il reste qu'il y a eu apparemment, au cours de ce siècle, un renfrognement bulgare.

Cela peut s'expliquer par l'histoire. En 1877, l'insurrection contre les Turcs, longuement préparée et plusieurs fois déjà noyée dans le sang, est victorieuse grâce aux armées russes du « tsar libérateur » Alexandre II. En 1878, celles-ci arrivent en vue de Constantinople. Le traité signé à San Stefano, à quelques kilomètres du Bosphore, est écrasant pour les vaincus et trace les frontières d'une Grande Bulgarie qui ne verra jamais le jour. Une fois encore, les puissances européennes s'inquiètent de ce débordement russe. Première humiliation : un Congrès réuni à Berlin la même année rétablit l'ordre européen. La Bulgarie est réduite à une principauté qui couvre la moitié de son territoire actuel – la région de Plovdiv, la Roumélie, restant sous le protectorat de la Turquie. Suivant la coutume, on s'accorde pour lui donner un prince : Alexandre de Battenberg a le double avantage d'être le neveu du tsar et le protégé de Bismarck. En 1885, Alexandre obtient l'unification avec la Roumélie grâce à un soulèvement populaire aussitôt soutenu par l'armée, mais il la paye de son trône. À sa place, on envoie aux Bulgares un Saxe-Cobourg Gotha, lequel n'a bientôt de cesse, à son tour, que de retrouver les frontières de la Grande Bulgarie de San Stefano.

1912 : l'Alliance balkanique – Grèce, Serbie, Monténégro, Bulgarie – chasse les Turcs des régions qu'ils occupent encore. Les Bulgares prennent la Thrace, Andrinople – l'actuelle Edirne –, la côte de la mer Égée, et menacent derechef Constantinople. Puis ce sont les dissensions à propos de la Macédoine, occupée par la Grèce et la Serbie, et la décision suicidaire de Ferdinand qui n'attend pas la médiation du tsar et, en 1913, attaque ses alliés de la veille... que viennent soutenir les Turcs. Deuxième humiliation : le traité de Bucarest ramène la Bulgarie à ses anciennes frontières, augmentées toutefois d'un débouché sur la mer Égée avec le port de Dedé-Agatch – aujourd'hui Alexandropoli.

En 1914, la Bulgarie reste neutre dans le conflit européen. John Reed qui se trouve à Sofia dans les jours qui précèdent la décision du roi d'entrer en guerre, en 1915, aux côtés des puissances centrales, décrit l'atmosphère :

> Tous les Bulgares s'accordaient sur le programme de récupérer la Macédoine ; le seul différend portait sur la question de savoir quel camp, parmi les puissances, leur permettrait d'y arriver. Comme me l'a dit M. Joseph Herbst : « Si les Zoulous voulaient nous donner la Macédoine, nous marcherions avec les Zoulous. »

À défaut de Zoulous, Ferdinand opte, en 1915, pour l'alliance avec les empires centraux, contre l'avis du Parlement muselé. Fin de la Première Guerre mondiale et troisième humiliation : le traité de Neuilly réduit encore les frontières précédentes, la Bulgarie perd son accès à la mer Égée et, sur le Danube, la Dobroudja méridionale.

Entre-temps, et c'est peut-être là l'humiliation majeure, le monde entier parle des « atrocités bulgares ». L'opinion internationale met sur le compte des Bulgares le poids entier des crimes contre l'humanité commis au cours des guerres balkaniques, crimes dont nous avons vu, avec le rapport de la Fondation Carnegie, qu'ils furent le fait de tous les belligérants. Mais, comment admettre cela de la Grèce, berceau de l'humanisme occidental, pays de l'enfant grec, de l'enfant aux yeux bleus par qui Victor Hugo avait fait pleurer le monde entier ? Amère pilule pour les philhellènes. Les Bulgares offraient l'avantage d'une histoire plus obscure : trop longtemps soumis aux Turcs et, finalement, esclaves plus sauvages que leurs maîtres. Pierre Loti, qui, lui, était turcophile pour avoir tant goûté la douceur de vivre du Bosphore, porta l'estocade littéraire et marqua durablement les esprits en écrivant, en 1913, « La Dernière Nuit », un récit pathétique de massacres commis par les Bulgares dans les villages proches d'Andrinople – sans mentionner que les Turcs avaient auparavant massacré et violé la population bulgare voisine. Il relatait minutieusement le martyre, au cours de cette « dernière nuit » avant la retraite bulgare, d'un jeune officier turc, Réchid bey : « Ils lui arrachèrent les deux yeux des orbites, lui coupèrent les deux bras, puis disparurent. » Après enquête, il s'avéra – par le témoignage du correspondant spécial du journal turc *Tanine*, de Constantinople – que Réchid bey avait été tué au combat quelques jours plus tôt : son cadavre avait été mutilé par la suite, et c'était assez scabreux comme ça. Ces bras coupés sur le vif et mis en prose par Pierre Loti firent du chemin : en 1914, ils rejoignirent bientôt dans l'imagerie de la Grande Guerre les mains coupées aux enfants belges par les hordes teutonnes. Ange blanc contre Bourreau de Béthune, il semble que dans les tueries les plus obscures, on trouve toujours des gens pour faire le tri.

Ironie de l'histoire : le terme même d'« atrocités bulgares » était apparu au milieu du XIXe siècle pour désigner la répression sanglante dont les Bulgares furent victimes lors de l'insurrection manquée de 1876 et qui souleva l'indignation européenne.

Dans les années vingt, le mouvement irrédentiste macédonien procède en Bulgarie et en Macédoine, sous le nom de comitadjis (qui n'est pas, à l'origine, spécifiquement bulgare ou macédonien), à des campagnes d'assassinats et de terrorisme aveugle où l'objectif premier est abandonné au profit du racket et du banditisme. Albert Londres leur donna une publicité durable.

En 1923, des officiers d'extrême droite exécutent, après d'atroces tortures, la plus grande figure politique du pays, Stambolijski, le leader du parti agrarien. Ils ne lui pardonnent pas de s'être opposé à la guerre, d'avoir ensuite représenté le pays au traité de Neuilly et avalisé ainsi la faillite de la Grande Bulgarie. Ils ne lui pardonnent pas non plus d'évoquer, ce qui enthousiasme Albert Londres (« C'est un homme ! » écrit-il), la perspective des « États-Unis des Balkans ». Les agrariens qui ont remporté les élections n'ont pu s'imposer, et leur tentative de faire respecter le verdict des urnes s'est soldée par un coup d'État de la droite et une féroce répression. Quelques mois plus tard, le soulèvement des communistes qui ont refusé de s'allier aux agrariens est également noyé dans le sang. Là-dessus intervient, deux ans plus tard, le massacre de l'église Sainte-Nedelia de Sofia : une bombe fait cent cinquante morts, dont quatorze généraux et le maire de la capitale, et blesse le roi Boris. Qui en sont les auteurs ? On désigne les communistes. Ceux-ci hurlent à la provocation. Dimitrov, bien plus tard, après avoir nié (une préfiguration, dira- t-il, de l'incendie du Reichstag), avouera que l'acte a été commis par une « déviation d'extrême gauche » du Parti. Cet attentat, qui visait à exterminer d'un coup la classe dirigeante bulgare est suivi d'une nouvelle répression, atroce, qui vise à son tour à exterminer les cadres communistes : 5 000 morts, dont certains sont brûlés vifs dans la grande chaudière de la préfecture de Sofia.

Dans les années trente, Boris III comprend qu'il risque d'être débordé sur sa droite et prend celle-ci de vitesse : en 1935, il instaure sa propre dictature. Une dictature relative, puisque les partis sont sous haute surveillance mais ne sont pas interdits – à part le parti communiste, hors la loi –, que le Parlement continue de fonctionner avec une opposition minoritaire, ce qui est, à l'époque, unique dans la région. La seule biographie de ce roi, en bulgare, s'intitule : *Une couronne d'épines*. Qui était-il ? Le *tstarsté*, le petit tsar qu'Albert Londres a rencontré en 1921 ? « Gentillesse dans l'âme, âme sur le visage. Quant à l'art qu'il entend exercer au cours de son règne, il l'a déjà choisi : la tendresse. » Tendre, ce roi qui accepta, pour régner, des nazis dans son gouvernement ? Habile manœuvrier (il impressionnait Hitler) ou pris dans des faisceaux de forces plus puissantes que lui ?

En 1940, à l'époque du pacte germano-soviétique, il se range, comme son père, dans le camp dont il pense qu'il lui apportera l'élargissement de ses frontières. En 1941, son armée envahit, aux côtés des troupes allemandes, la Macédoine yougoslave et grecque, occupe Skopje et la Thrace. Contrairement au roi de Roumanie, il refuse d'engager des troupes au-delà. Il meurt d'un arrêt du cœur en 1943 au retour d'une entrevue avec le Führer. En 1944, retournement : la Bulgarie, où lutte une résistance aux nazis, entre en guerre aux côtés des Alliés. L'armée soviétique déferle, la population de Sofia reçoit le maréchal Tolboukhine avec des fleurs comme jadis le tsar libérateur. À Yalta et Potsdam, les jeux sont faits : la Bulgarie ne gardera pas les territoires qu'elle a occupés – sauf la Dobroudja du sud – et elle entre dans la sphère d'influence soviétique.

Le parti communiste bulgare bénéficie d'une solide implantation, ses militants jouissent du prestige que leur ont valu la répression de 1923 et la résistance. C'est l'homme lige de Staline, le prestigieux Dimitrov, qui, revenu de Moscou, conduit la prise du pouvoir total en contrôlant puis en éliminant successivement les composantes du front patriotique, sociaux-démocrates, agrariens, etc. Les élections donnent 93 % des voix aux communistes. Les leaders des autres partis sont pendus après des procès où ils avouent classiquement leurs crimes. Puis la purge gagne le Parti lui-même. Une centaine de camps de concentration couvrent le pays. (Chiffre donné par la commission d'enquête du parti communiste en 1990. Un témoin avance le chiffre de 186 000 détenus passés par ces camps.)

Aujourd'hui encore, il semble que beaucoup de Bulgares ne soient pas au clair sur leur histoire récente. Il est vrai que le procès de Todor Jivkov a été mené sur la base peu politique de détournements de fonds. Il est vrai aussi qu'en 1992 une femme, qui devait être un témoin capital du Goulag bulgare après en avoir été la victime, a été retrouvée assassinée. Ici comme ailleurs, le débat n'est pas clos sur la nécessité ou non de rouvrir toutes les plaies du passé, quand c'est un peuple entier qui a dû le vivre, le subir, y participer.

J'ai trouvé un exemple de ce flottement dans un petit manuel récent édité à l'usage des élèves de l'école des guides et des traducteurs touristiques de Varna. Ce livre condense les connaissances dont ses utilisateurs devront faire preuve dans leurs contacts avec leurs clients étrangers et particulièrement français : Us et coutumes populaires, orthodoxes et bogomiles, langue et musique, sans oublier l'intéressante version des origines bulgares de Pierre de Ronsard qui écrivit que son ancêtre « tirait sa race/D'où le lointain Danube est voisin de la Thrace ». Au chapitre consacré aux « problèmes de la Bulgarie après la Première Guerre mondiale », on a la surprise de trouver juxtaposés deux textes de plusieurs pages, présentés comme « soumis à discussion » aux étudiants... auxquels ils donneront en tout cas, est-il expliqué, « un minimum de vocabulaire » !

Ces deux textes présentent donc chacun à sa manière un résumé de l'histoire de la Bulgarie de 1919 à nos jours. Le premier est tiré d'un ouvrage publié en 1974 aux Éditions d'État. Le second d'un livre de 1992 aux éditions Phénix.

Extrait du premier :

> Par son caractère et sa portée, l'insurrection du 4 novembre 1944 est le point de départ d'une révolution socialiste qui fraya la voie à l'édification du socialisme. Le 9 septembre instaura en Bulgarie un pouvoir de démocratie populaire.
> Au lendemain de la révolution, le gouvernement décréta une série de mesures politiques, sociales et économiques. Un Tribunal du peuple fut créé qui châtia sévèrement les coupables de la participation à la guerre de la Bulgarie aux côtés de l'Allemagne et des crimes sanglants commis contre les antifascistes. Les droits et les libertés du peuple furent rétablis.

Extrait du second :

> Le 9 septembre 1944, avec l'appui des troupes soviétiques, le coup d'État devient réel, nommé des années plus tard « révolution socialiste ».
> Les communistes entreprennent le génocide le plus cruel contre les intellectuels bulgares qui ont participé ou pas à la vie politique.
> Plus de 26 000 personnes « disparaissent » ou sont assassinées au cours des quatre derniers mois de 1944.

Au lecteur de 1995 de choisir sa version. Les auteurs, eux, préfèrent l'expectative. On ne saura pas comment ils voient leur propre histoire. Soit que, simplement, ils ne la voient pas. Soit, ce qui est plus probable, que le soupçon reste comme un tatouage et que prendre parti aujourd'hui sur son passé c'est bien beau, mais qui sait de quoi demain sera fait ?

De tout ce qui précède, on peut en tout cas retenir que, s'il y a une méfiance bulgare, elle est bilatérale : due aux coups encaissés par ce peuple dans son histoire, on la retrouve également, par un effet de miroir, dans l'opinion occidentale. Le régime communiste bulgare fut l'élève modèle du bastion soviétique. Ses services secrets aussi : on se souvient, à l'étranger, du sort de dissidents, tel le journaliste Gueorgui Markov, tués à l'aide d'un parapluie empoisonné : ça frappe les imaginations. De même l'évocation de la « filière bulgare » lors de la tentative d'assassinat du pape.

Et puis il y a encore ceci : j'ai rarement entendu un Bulgare se lamenter des souffrances passées. Il peut les raconter, posément, presque placidement, à sa manière. Un constat. Pas une plainte.

*

En janvier 1878, le jeune Dick de Launay, volontaire français au 26e régiment des cosaques du Don, parvenait en vue de Sofia :

> Vers deux heures de l'après-midi, j'arrive sur la colline au pied de laquelle coule le petit ruisseau Slatina, et j'ai devant les yeux un magnifique panorama. À ma droite les décombres noircis du village de Podeni, incendié par les Bachi-Bouzouks ; à gauche la route de Philippopoli, dominée par les épaulements en terre de Medjidié-Tabia et qui s'enfonce dans les replis des collines de Brdo.
>
> En face, Sofia avec ses trente-deux mosquées dont les minarets, ornés de peintures et de bas-reliefs en terre

> cuite, se découpent comme autant de silhouettes aiguës sur l'azur du ciel, et comme fond de tableau les cimes escarpées et neigeuses du Mont Vitoche, au pied duquel passent les routes de Kustendil et de Dubnitza, par où s'est enfuie la population turque de la ville.

Aujourd'hui, des trente-deux mosquées il en reste une, dite des Bains, monument historique, face à la tour ottomane de l'Horloge. Le centre religieux est la cathédrale Alexandre-Nevsky, cadeau du tsar libérateur Alexandre II dont le nom est resté cher aux Bulgares qui ne confondent pas Russie et Union soviétique. Pour le reste, la ville est un réseau d'avenues rectilignes plantées d'arbres, à l'architecture fin de siècle. L'urbanisme socialiste ne l'a pas vraiment modifiée, mis à part le vide créé au milieu par la place stalinienne, et un autre vide ménagé au bout de l'artère centrale, la rue Vitocha, autour d'un palais de la Culture, œuvre de la fille de Jivkov que l'on appelait « le Malraux bulgare » : palais aujourd'hui en partie livré aux commerces et aux officines, et qui n'a rien à envier pour la grâce à l'opéra de la Bastille. Les tramways jaunes sont essoufflés. Leur lenteur a son charme, pour qui n'est pas obligé de les emprunter tous les jours. Sofia a la séduction modeste d'une ville provinciale, avec son opéra, ses nombreux théâtres, ses grands jardins publics, son parlement ou Narodno Sobranié. Le style de ce charmant édifice rappelle qu'il y eut là une royauté venue d'Europe centrale : de ce point de vue, la cité n'a pas beaucoup changé depuis John Reed. Elle ne le pouvait pas, du reste, car elle était enfermée dans la boucle d'un ruisseau. À chaque extrémité, elle est bornée par le pont des Lions et le pont des Aigles. Les grandes transversales zèbrent un quadrillage de rues également droites, également plantées d'arbres. Derrière les façades, beaucoup de cours, qui donnent à la ville quelque chose de campagnard. Une amie m'a dit avoir vu jadis au petit matin, de passage à Sofia, des rangées d'oies parmi des cultures potagères sur les toits plats coiffant cinq ou six étages.

Au-delà des portes s'étalent à perte de vue les immeubles de stockage humain, cités ajoutées les unes aux autres, où vit 80 % de la population sofiote. Comme le métro reste inachevé – un trou en plein centre –, les embouteillages rendent les trajets interminables pour regagner chaque soir la banlieue. Il y a aussi, près de l'ambassade soviétique, un quartier chic, bordé de bois, réservé aujourd'hui aux riches, qui sont pour beaucoup les puissants d'hier. Dans sa cuvette au pied du mont Vitocha, Sofia est particulièrement polluée par la mauvaise essence, les centrales au lignite et les industries voisines, quand elles fonctionnent encore.

En ce qui concerne les « regards lourds qui suivent le visiteur occidental », etc., je n'ai pas vu la même Sofia ni les mêmes Sofiotes que Jean-Claude Guillebaud. Notre divergence commence à la porte même de l'hôtel Bulgaria : certes, on aperçoit sur la place un pavage jaune, celui-là même qui fit baptiser la capitale la « ville jaune », mais il ne doit pas en rester davantage que de pavés en bois à Paris. Certes, j'ai rencontré des gens qui se barricadaient, mais ils habitaient le quartier de l'ambassade soviétique. Des angoissés de l'essuie-glace, mais ils avaient des Mercedes neuves. Des obsédés de l'agression nocturne, mais j'ai toujours circulé en paix, par le bus, par le tram ou à pied, à toutes les heures de la nuit. Des regards lourds, mais ils étaient seulement la marque des difficultés de la vie et du souci de remplir pour le soir le sac à provisions en plastique... À mon premier voyage, j'avais été au contraire frappé – comme je devais l'être à Bucarest – par le train paisible de la vie quotidienne, dont les angoisses réelles étaient ailleurs : le gagne-pain d'abord, le prix du pain ensuite. Mais il est

Bulgarie, Sofia, Hôtel Bulgaria, mai 1995.

vrai qu'à mes voyages suivants, au spectacle de l'arrogance et au cynisme de la nouvelle classe qui commençait à s'afficher, je m'étais dit que cette paix-là pourrait bien, à son tour, basculer, et que l'on verrait tôt ou tard apparaître les hantises sécuritaires de nos pays.

Il reste qu'à l'hôtel Bulgaria, où logea Albert Londres au temps où les comitadjis lui proposaient d'exécuter quelqu'un sous ses yeux au coin de la rue voisine, rien que pour lui donner la preuve de leur crédibilité, je préfère évoquer, plutôt que l'ombre du grand journaliste, l'ombre du violoniste Sacho Nikolov, dit Sacho Mon Délice dans l'immense restaurant désert tout en piliers et courbes Art nouveau où jadis le Tout-Sofia venait déguster des pâtisseries au son de l'orchestre. Célèbre soliste de l'orchestre symphonique, il n'avait pas eu le droit de continuer à y jouer après la guerre du fait de son « profil social et politique », et il avait trouvé sa place au Bulgaria pour y charmer les oreilles de la nouvelle classe. Celle-ci appréciait son humour : les maîtres successifs du pays – Dimitrov, Tchervenkov, Jivkov – le convoquaient pour l'écouter jouer de son instrument et raconter les histoires drôles du moment. Est-ce de les avoir trop fait rire jaune qui le perdit ? Sacho Mon Délice fut envoyé au camp de Lovetch en 1961. On lui avait laissé son violon. Battu à mort, il eut encore la force d'en jouer, avant de mourir dans la nuit même de son arrivée. Personne, dans les couloirs du Bulgaria, ne m'a suivi jusqu'à ma chambre, sauf peut-être cette ombre-là.

Nul ne m'a suivi non plus dans la rue et sur la place où s'élève le monument au tsar libérateur, entre le parlement et le théâtre de la Jeunesse où l'on donne parfois *En attendant Godot*. Là, c'est l'ombre de Nikola Petkov que j'aurais aimé sentir derrière moi, cet homme intègre, président du parti agrarien, qui fit partie du premier gouvernement de coalition avec les communistes puis s'opposa aux élections truquées et à la terreur policière. Il fut pendu en 1947 pour espionnage au profit de l'Angleterre. Sa maison, que l'on disait ouverte à tous, se trouvait à l'emplacement du grand hôtel Sofia et a été détruite en 1943 par le seul bombardement anglais de la ville.

Une autre ombre encore que j'aurais voulu croiser, tout à fait imaginaire celle-là, était, rue Iskar, celle du personnage de *La Ballade pour maître Henig* de Viktor Paskov : le luthier, venu de sa Bohème natale apporter aux Sofiotes l'art de la fabrication des violons, qui enchanta son quartier populaire, ne comprit rien aux temps nouveaux et mourut de tristesse, parce qu'il n'y avait plus de place pour des gens comme lui.

En revanche, j'ai vu pour de bon un fantôme. Pas celui d'un être humain, mais d'une de ces réalisations pharaoniques dont ne pouvait se passer un régime décidé à bâtir pour l'éternité. Cela s'est produit la première fois que je suis arrivé en avion. C'était la nuit. Au-dessous de nous, les lumières habituelles de la périphérie d'une grande ville. Soudain, un immense espace absolument noir. Je me suis dit : « Tiens, un lac ! » « Non, m'a dit mon amie venue m'attendre à l'aéroport. Il n'y a pas de lac. Mais peut-être as-tu vu l'emplacement de la Mer de Sofia ? »

La Mer de Sofia fut la grande idée des années staliniennes. L'Union soviétique avait détourné le cours de la Volga, la Roumanie perçait le canal Danube-mer Noire : la Bulgarie creuserait sa mer intérieure. Tous les Sofiotes valides furent conviés à piocher allègrement le sol entre la ville et le mont Vitocha. Le samedi et le dimanche, ils partaient en chantant sur des camions. On aurait pu employer des excavatrices et des bulldozers, mais non : il fallait ce grand concours de travailleurs volontaires, c'était une affaire d'éducation collective, et s'y dérober était risquer le camp de travail, forcé celui-là. Cela dura sept ans. Aux premiers essais, le trou ne retint pas l'eau.

On suggéra que le terrain était miné par d'anciennes canalisations romaines. Le projet fut abandonné. On mit encore quelques années à tout reboucher.

Longtemps après on pouvait encore lire, à la station de tramway de Pavlovo, un écriteau : ICI, FUTUR PORT DE PAVLOVO.

Bulgarie, Armène, mai 1995.

2

Voix bulgares… et françaises

Au cœur de la ville, ce n'était pas une ombre qui nous attendait, mais ma chère Armène dans sa chambre minuscule du quatrième étage de la rue Graf-Ignatiev, où s'entasse ce qui lui reste d'une longue vie, les livres, les portraits d'êtres chers, les paquets de cigarettes et les tasses de café remplies aussitôt que vidées.

« Levez-vous, orages désirés… » Armène s'enflamme en citant l'auteur français qu'elle aime entre tous – et elle en aime tant. À près de quatre-vingts ans, Armène est elle-même une flamme que bien des orages traversés n'ont pas réussi à éteindre.

Armène est professeur de français. Elle continue de donner des leçons. Il le faut : ce n'est pas une retraite de quelques centaines de francs qui lui permettra de vivre. Mais elle le fait aussi parce qu'elle garde intacte la passion de faire découvrir aux autres ses propres passions. Il lui arrive de prendre le tram ou le bus, de marcher dans la neige ou la boue pour aller chez un élève à l'autre extrémité de la ville. Armène est un esprit libre, critique, curieux de tout et jamais en repos : elle n'est pas seulement pour moi la mémoire vivante d'un pays à la mémoire récente parfois lacunaire, elle est la lucidité incarnée dans une femme petite et indomptable qui a été et qui reste si belle.

– En 1936, je descendais la rue Vitocha avec un chapeau à large bord en fumant un long cigare… J'aimais la provocation. Si tu avais vu la rue Vitocha d'alors. C'était nos Champs-Élysées, presque aussi éblouissante que la Calea Victoriei à Bucarest. La Calea Victoriei : l'hiver on y circulait en voitures découvertes dont les cochers vous enveloppaient dans de grandes couvertures en zibeline… Ce n'est plus comme ça aujourd'hui ? Non, bien sûr, c'est fini, comme ici.

Armène, son prénom l'indique, est arménienne, orpheline, adoptée à Plovdiv par celle qu'elle appelle sa mère, elle-même arménienne. Dispersés dans l'Empire ottoman puis dans les pays nouvellement indépendants au cours du XIXe siècle pour fuir les persécutions turques en Anatolie, ou rescapés du génocide de 1915, les Arméniens étaient solidaires devant l'infortune, et nombreux à Plovdiv. Elle a fait son éducation en français, chez les Sœurs de Saint-Joseph, mais elle n'a jamais oublié l'arménien. « La religion catholique m'a donné quelque chose qui n'a pas de prix : une pensée plus libre, la pratique de l'examen de conscience. Orthodoxe, je n'aurais pas connu ça. » Une conception du catholicisme que, Français, je n'avais pas envisagée, mais enfin : on est toujours le protestant de quelqu'un. Chez les Sœurs de Saint-Joseph, comme dans son quartier, ses amies n'étaient pas seulement bulgares et arméniennes, mais grecques et juives.

– Les Grecs sont partis dès avant la guerre. Tu verras la beauté de leurs maisons, à Plovdiv. Et les Juifs… Non, ils n'ont pas été persécutés : nous sommes le seul pays, avec le Danemark, où les Juifs ont été protégés. C'étaient *nos* Juifs, tu comprends, ils étaient là depuis des siècles, séfarades et parlant espagnol. C'est après la guerre, avec le régime communiste, qu'ils sont partis.

À dix-huit ans, Armène est follement amoureuse : un grand avocat, le numéro deux du parti agrarien – parti qui, en Bulgarie, était de tendance nettement socialiste.

– Je suis tombée amoureuse d'une voix : je l'avais

Bulgarie, mai 1995.

entendu à la radio. J'ai décidé d'aller le voir dans son bureau. J'y suis parvenue. Il m'a demandé : « Que voulez-vous, mademoiselle ? » Et je lui ai répondu : « Vous entendre. Seulement vous entendre parler. »

Il a parlé, ils se sont parlé, et ce n'est qu'après bien des mois – « J'étais si jeune, il était très respectueux, et puis il était marié » – qu'il a été question d'autre chose. Tout au long des années trente, Armène est le bras droit du grand avocat. « Je l'accompagnais partout. » Pas seulement au restaurant du Bulgaria, dans les cafés chic de la rue Vitocha ou à Bucarest. « Nous allions souvent visiter les détenus en prison. »

– En 1940, quand nous avons compris que le roi allait se ranger du côté de l'Allemagne, « il » est parti immédiatement pour participer à une rencontre avec les socialistes serbes : il fallait organiser un front commun. Je devais le rejoindre. Trop tard : la frontière fermée, j'étais prise dans la nasse. Pendant toute la durée de la guerre, j'ai entendu sa voix à la radio de Londres. Il n'est pas revenu. Heureusement pour lui. Je ne l'ai jamais revu.

En 1941, au moment où la Bulgarie entre en guerre au côté de l'Allemagne, Armène, suspecte de garder des liens avec Londres, est expédiée dans un camp de concentration dans la montagne. Curieux camp, à vrai dire : « Les premiers jours, je me suis retrouvée toute seule, gardée par des soldats. C'était tellement nouveau en Bulgarie qu'ils ne savaient pas comment s'y prendre, et c'était moi qui devais leur expliquer. Bien sûr, pour eux, j'étais une dangereuse espionne, et ils n'en avaient jamais vu. » Puis elle est rejointe par des ressortissants étrangers. Libérée, elle est assignée à résidence à Plovdiv, avec obligation de pointer à la gendarmerie. « C'est à cette époque que j'ai fait la connaissance de mon futur mari. Je n'ai jamais connu d'homme aussi bon. Il était le secrétaire de l'exarque, le chef de l'Église orthodoxe bulgare. J'avais besoin d'un appui, je ne pouvais pas rester seule, et c'est l'exarque lui-même qui m'a fait venir et m'a dit que nous devions nous marier. Pas seulement pour la morale : comme ça, on n'oserait plus me toucher.

» Je me souviens de la nuit de 1943 où l'on est venu prévenir l'exarque que l'Allemagne réclamait la livraison des Juifs bulgares. Il est parti tout de suite pour Sofia, voir Boris, et, dans la même nuit, il a obtenu du roi que l'on prenne des mesures pour protéger nos Juifs : on a créé des camps spéciaux pour eux et aucun n'a été livré.

– Mais enfin, Armène, c'étaient quand même des camps…

– Non, non, ça n'avait rien à voir. Ils n'étaient pas malheureux, et ils ont tous été sauvés.

Vient la libération. Sous le régime communiste, Armène est doublement suspecte : ses relations politiques précédentes, d'abord.

– La dernière fois que j'ai rencontré Nikola Petkov, c'était quinze jours avant son arrestation. Je l'ai supplié : « Nikola, il faut que tu partes, ils veulent ta peau. « Il n'a rien voulu savoir. Il était serein, il m'a dit que sa place était ici, qu'ils n'oseraient pas, il refusait l'évidence, c'était un homme tellement généreux qu'il ne voulait pas voir le mal. Généreux, délicat, cultivé. Il me parlait de ses succès parisiens. Oh ! comme je l'aimais, Nikola… »

Et désormais c'est son mariage, qui, en en faisant une familière supposée du saint-synode, la désigne à la surveillance : « J'ai compris que je ne sortirais plus jamais du pays. Je me suis mise au travail. J'ai pu enseigner le français. Et puis ils m'ont convoquée : ils me demandaient de leur faire des rapports sur mon mari. Leur répéter ses confidences. Lui qui était la bonté et l'innocence… Je leur ai répondu : "Qu'est-ce que vous voulez que je vous dise ? J'ai mes cours, le ravitaillement, la cuisine, la vaisselle, le ménage, les enfants à torcher, et vous voudriez encore qu'on ait le temps de parler politique ?" Bien sûr, le soir même nous en avons discuté avec mon mari. Il m'a dit : "Tu leur dis tout, puisqu'il n'y a rien…" Ils ont fini par me laisser tranquille. »

Longtemps, Armène, assignée à Plovdiv, n'a pu retrouver la Sofia de sa jeunesse. Aux temps staliniens, ne se fixait pas qui voulait dans la ville qu'il voulait. Sa fille, elle, a compris qu'il n'y avait qu'une issue : elle est devenue chef komsomol. Avec sa carte du Parti, elle a pu aller étudier les arts graphiques en Pologne, à Lodz, et c'est ainsi qu'elle est devenue une affichiste pleine de talent, travaillant pour le théâtre de la Jeunesse qui était l'un des plus vivants de Sofia. Aujourd'hui le mari d'Armène est mort, son fils pianiste aussi, dans un accident, et elle vit dans cette chambre minuscule, dans la famille de sa fille, en comptant chaque leva qu'elle gagne et qui lui permet d'avoir au moins le café et les cigarettes dont elle ne peut se passer, en enseignant la langue d'un pays qu'elle ne connaît que pour y avoir passé huit jours, grâce à des amis français qui l'ont invitée, une langue qu'elle parle mieux que beaucoup de Français, avec sa voix rocailleuse de vraie lectrice de Colette, une voix où passe un amour, sans complaisance, de la vie et des êtres. Sa fille, l'ancienne komsomol, est amère : pour elle, les grandes idées et les sentiments sont des baudruches minables, la politique est toujours manipulée par l'argent, chacun ne pense qu'à soi, la démocratie est une farce de plus qui permet surtout aux anciens maîtres, les communistes, de s'en mettre plein les poches, davantage qu'avant et sans se cacher, et aux pays de l'Ouest de faire de bonnes affaires : il faut être réaliste. Elle n'est pas la seule à penser ainsi, dans les anciens pays socialistes. Armène l'écoute et cite encore Chateaubriand.

– Mais toi, Armène, tu n'as jamais été communiste…

– Oh, tu sais, François, c'est difficile à expliquer :

c'était terrible. Mais quand même, on y a cru. Tu comprends ?

– Oui…

– Non, François, tu ne peux pas comprendre.

*

J'ai évoqué dans un livre un personnage qui ressemblait à Armène. Je faisais dire à cette femme que, très jeune, Gide lui avait appris l'inquiétude et Proust la lucidité. Comme elle, cette femme évoquait ce qu'était alors la vie autour de l'ambassade de France, les tournées de Jean-Louis Barrault et Madeleine Renaud, les films de René Clair, les conférences d'André Maurois, la voix et la prestance d'Édouard Herriot, l'humanité de Georges Duhamel. Comme Armène, cette femme avait demandé une interview à Léon-Pierre Quint venu faire une conférence sur Proust – et c'est, bien sûr, au restaurant du Bulgaria que, dans la réalité, Armène et le critique français se sont retrouvés.

Comme à mon personnage, Léon-Pierre Quint a dit à Armène en la quittant : « À bientôt, mademoiselle, à Paris. Retenez bien mon adresse : rue Blanche. » (C'était en fait, à l'époque, l'adresse des éditions Kra.) Je lui ai fait dire aussi que la France dont elle parlait n'avait peut-être été vraie que dans ses rêves de jeune fille, mais qu'à force d'être rêvée si fort elle avait bien dû, cette France-là, exister pour de bon. Cela, Armène est trop lucide pour me l'avoir jamais dit. Elle regrette seulement que, vue par le prisme de l'ambassade telle qu'elle est aujourd'hui, cette France ait disparu.

Armène n'est pas la seule à évoquer le traitement « privilégié » des Juifs de Bulgarie pendant la guerre. Pour tout Bulgare, c'est une vérité qui ne se discute pas. En 1993, l'UNESCO a organisé une cérémonie pour commémorer le sauvetage des Juifs bulgares. Les séfarades étaient là depuis quatre cents ans, la plupart étaient ouvriers ou artisans. L'antisémitisme était pratiquement inconnu. En France, un ami dont les parents, juifs, étaient originaires de Bulgarie, m'a raconté que, en 1937, sa mère, déjà française, était retournée spécialement à Varna pour accoucher dans le pays où elle se sentait le mieux. En 1943, l'ambassadeur d'Allemagne se désolait dans son rapport à Berlin :

> Les efforts des Bulgares pour sauver leurs Juifs sont dus à la mentalité du peuple bulgare, qui manque de notre clarté d'esprit et de notre vision idéologique. Après avoir été élevés avec des Arméniens, des Grecs, des Tziganes, les Bulgares n'ont aucun problème avec des Juifs, à tel point que, pour eux, rien ne justifie nos mesures contre les Juifs.

Il y avait environ 50 000 Juifs bulgares. Aucun d'eux n'a été déporté en Allemagne et massacré. Il reste que, dès 1941, le Premier ministre pronazi Bogdan Filov mit en œuvre une législation « pour la protection de la nation » calquée sur les lois de Nuremberg. Il y eut certes quarante députés pour voter contre (ce qui est beaucoup dans un régime de dictature) et de nombreux intellectuels pour protester publiquement – davantage que dans la France de Vichy. En 1942 fut créé un commissariat aux Affaires juives qui instaura notamment le port de l'étoile jaune. Mais celle-ci fut réduite à une taille « très petite » et, en fait, peu la portèrent. La population se montra solidaire et compatissante. En 1943 les nazis, dans le cadre de la mise en œuvre de la « solution finale », envoyèrent à Sofia le SS Sturmführer Danneker qui exigea une première livraison de 20 000 Juifs, raflés pour moitié dans les territoires occupés et pour moitié en Bulgarie même.

Hors les frontières, le commissariat aux Affaires juives, acquis à la cause nazie, trouva des éléments de l'armée pour mener l'opération en Thrace et en Macédoine. La rafle s'accompagna de pillages et d'exactions : c'est de cette opération que nous avons vu les ultimes traces indélébiles à Bitola. 11 363 personnes furent ainsi expédiées, pour cette première « sélection », dans les chambres à gaz de Treblinka, soit en train *via* la Bulgarie, soit entassées sur des péniches dans le port de Lom sur le Danube. Dans ce dernier cas, on dit que la plupart furent noyées dans le fleuve. Selon le plan, les Juifs de Sofia et de Plovdiv devaient suivre le 9 mars 1943 : un train était prêt en gare de Kjustendil. C'est là qu'intervint la décision royale, grâce à l'opposition parlementaire menée par le vice-président du Sobranié, à l'action de l'exarque et aux protestations de la population. Faut-il admettre que c'est seulement à ce moment-là que Boris fut mis au courant ? La déportation fut donc reportée, et la solution adoptée fut d'expédier 19 000 Juifs de Sofia dans des villes de province, 7 000 autres dans des camps de travail, et de confisquer leurs biens. Dans ces conditions, on peut dire qu'effectivement les Bulgares ont sauvé *leurs* Juifs. Dans les années qui suivirent la paix et l'instauration du communisme, 35 000 émigrèrent en Israël.

*

À deux pas de chez Armène flotte le drapeau tricolore de l'Institut français. Klavdij y était attendu, le directeur voulait connaître l'auteur des photos qui avaient été exposées à Salonique et à Skopje et qu'il avait aimées. Et il appréciait tant le travail de Klavdij qu'il nous a proposé, alors que nous ne lui demandions rien, de nous loger à l'hôtel Sofia dans des chambres réservées par l'Institut.

Cette générosité avait son revers : se retrouver dans un grand hôtel, surtout s'il est conçu selon les normes socialistes, et même s'il est passablement délabré, c'est être dans une bulle au cœur de la ville. J'ai regretté les conditions de mon dernier séjour, chez mon inappréciable logeuse, Mme Metodieva : il est vrai qu'elle me prêtait son lit qui avait été conjugal et qu'elle couchait dans le salon, solution impraticable cette fois. Mais il y avait tant d'avantages. D'abord la conversation, le soir, quand elle n'était pas trop épuisée. Le français de Mme Metodieva était rugueux, elle l'avait beaucoup oublié. Elle était docteur en pharmacie et son mari avait été médecin. Comme beaucoup de médecins bulgares, ils avaient vécu à l'étranger – dans leur cas en Algérie : ils constituaient l'un des produits d'exportation du régime et remplaçaient dans les pays anciennement colonisés les médecins retournés en métropole. Aujourd'hui veuve et retraitée, elle ne pouvait, pas plus qu'Armène, vivre de ses quelque 300 francs mensuels. Avec la libéralisation des loyers et des services publics, la note du chauffage collectif atteignait presque à elle seule, les mois d'hiver, le montant de sa retraite. Les retraités avaient été les privilégiés de la société, ils ne manquaient jamais une occasion de se faire respecter en clamant leurs droits haut et fort. Ils en sont aujourd'hui les laissés-pour-compte. Mme Metodieva, à près de soixante-dix ans, cumulait deux remplacements dans des pharmacies. Elle rentrait tard et il arrivait qu'elle s'endorme, tout habillée, sur le canapé du salon, devant la télévision allumée.

Ce que répétait Mme Metodieva dans nos conversations était à la fois logique et contradictoire. Elle avait une hantise : le retour du communisme. Mais elle disait aussi : « C'est dommage que vous n'ayez pas connu la Bulgarie il y a dix ans. Elle était belle, alors. Et on n'y pensait pas tout le temps à l'argent. » Et puis elle repartait sur la tristesse et l'absence de liberté de la société communiste, et sur sa peur qu'elle revienne, encore, toujours sa peur. Comme tout citoyen autorisé à résider à l'étranger, elle avait certainement dû – ou en tout cas son mari – adhérer au Parti pour donner des gages de sa loyauté. Cela ne l'empêchait pas d'avoir toujours gardé près de son lit son icône entourée de bougies. Non, Mme Metodieva ne se plaignait pas. Elle cherchait à comprendre, elle ne se résignait pas à ce que ce soit ça, ce qu'elle vivait aujourd'hui, la démocratie. Était-ce donc ainsi que nous vivions, en France ?

Qui réside à l'hôtel n'a aucune idée de la manière dont on survit en ville. Il n'y a pas de coupures d'eau, alors qu'à Sofia, depuis quelques années, l'eau est devenue rare et chère, et les coupures une règle. Il faut vivre en les prévoyant, en remplissant bassines et baignoires, et s'habituer à ne pas tirer inconsidérément la chasse d'eau. Économiser l'électricité implique de n'allumer que parcimonieusement les lampes. De même, on ne saura jamais que le pain servi au petit déjeuner de l'hôtel a, le même matin, disparu de toutes les boutiques.

L'hospitalité n'étant pas un vain mot, Mme Metodieva, qui me demandait 50 francs par jour, trouvait le temps et l'énergie de me laisser sur la table de la cuisine une soupière pleine de semoule aux raisins, ou ce que, dans mon petit-nègre balkanique, j'appelle un beurek, c'est-à-dire un grand feuilleté au fromage prévu pour durer plusieurs jours. À mon tour, j'apportais une bouteille de vin rouge de Melnik, qui ne durait pas longtemps. Mme Metodieva m'indiquait où faire mes achats, par exemple la boutique dans laquelle, à un moment précis et très limité, on pouvait trouver des vrais yoghourts de bufflesse (et non le yoghourt courant qui, aujourd'hui en Bulgarie, porte la marque Danone).

Mais enfin, pour l'heure, l'offre du directeur de l'Institut français était généreuse, et nous l'avons acceptée. Je n'avais jamais fait appel à un quelconque service français à l'étranger, pendant tous ces voyages – l'hospitalité d'André Vigne à Skopje se situant pour moi davantage sur le plan personnel.

Je n'avais connu jusque-là de l'ambassade de France à Sofia que la face lugubre : j'y avais accompagné, dans ses démarches pour faire un séjour en France, mon amie bulgare, qui est linguiste, traductrice de dix classiques français et capable de citer tout au long des poèmes d'un certain Paul Valéry dont le « conseiller pédagogique » de l'époque ne connaissait probablement le nom que comme l'auteur des paroles d'une chanson de Brassens…

J'aime mon pays, j'aime mon amie. Je me souviendrai toujours de la queue avec elle devant le service des visas : il fallait s'inscrire la veille pour revenir le matin suivant et attendre quatre heures sur le trottoir devant une porte verrouillée pour être admis à déposer un épais dossier (lettre d'invitation, justifications de ressources, documents bulgares traduits pas un traducteur juré, etc.). Du gendarme français nous donnant, à nous, les candidats au visa, alignés dix par dix, anxieux et tête basse, ses ordres qui me rappelaient ceux que nous donnait, dans ma jeunesse, l'adjudant dans la cour de Vincennes. Mais il est vrai aussi que j'avais eu un autre plaisir, celui de lire dans la revue des lignes aériennes bulgares la prose de l'ambassadeur de l'époque : « Venez en France, amis bulgares, disait en substance ce brave homme, c'est le pays des trois cent soixante-cinq fromages, des vins prestigieux et des châteaux de rêve… »

À ce voyage-ci, c'est la lecture du bulletin de l'ambassade, *Les Voix françaises* (n° 4, du 9 mai 1995), qui m'a comblé. Un joli bulletin blanc de huit pages. Deux y étaient consacrées aux recettes de cuisine : une pour les françaises (œufs cocottes à la bordelaise) et l'autre pour les bulgares (épaule d'agneau farcie). Une page de vers de mirliton signés Clovis Saint-Cloud de Girofle, pseudonyme pas transparent de l'ambassadeur et de son conseiller culturel, était censée régler un compte douteux avec notre bienfaiteur, le directeur de l'Institut : celui-ci, qui se nommait Paysant, se voyait épinglé avec une élégance toute diplomatique pour avoir organisé, semblait-il, une exposition d'art abstrait :

> Un amateur de paysages,
> Paysan de son état,
> S'en fut au village
> Présenter à grand éclat,
> Avant de faire bombance
> Une œuvre d'invraisemblance
> Droit sortie du cerveau de Jupin…

La chose courait sur deux colonnes. Suivait une nouvelle d'importance :

> L'Amicale de pétanque a organisé, à l'occasion du 1er Mai, sa première sortie près de Borovets. Les premières parties ont pu se dérouler dans une ambiance très décontractée, en dépit des conditions climatiques difficiles… etc., etc.

Je dois être juste : trois articles abordaient la vie de la Bulgarie. L'éditorial : « Les fêtes pascales en Bulgarie, un grand moment d'émotion. » L'annonce de la 51e Foire internationale de Plovdiv : « Les entreprises françaises étaient bien représentées. » Et, en dernière page, cette information humoristique : « Un stérilet pour les chiens et les chats bulgares. »

On rencontre de tout dans les voyages, balkaniques ou non.

*

Une bonne demi-heure de tram pour sortir du centre-ville en direction de l'interminable banlieue. Puis une longue marche à pied sous la pluie sur des avenues défoncées au milieu de parallélépipèdes en ciment de quinze étages jetés là en désordre – des coups de dés à l'infini – sur des taupinières boueuses. Puis un bus articulé (et aussi désarticulé, chaque pièce de la carrosserie jouant sa partition) au soufflet crevé, à nouveau jusqu'au terminus. Je voulais revoir Nevena, que j'avais connue à Paris du temps où elle y préparait sa thèse, travaillant jour et nuit à la Cité universitaire. Maintenant, sa bourse n'ayant pas été prolongée, elle la rédigeait à Sofia, chez elle, c'est-à-dire dans une des dizaines de milliers de cases de ce chaos cubiste. Recluse entre sa chère Marguerite Yourcenar et sa non moins chère mère malade. Pas question de lui faire perdre une après-midi entière en la forçant, pour venir nous rencontrer, à un trajet interminable. Pas question, non plus, d'ailleurs, de la prévenir : elle n'avait pas le téléphone et j'avais perdu le numéro de ses voisins.

Les constructions de ce quartier-là ne ressemblaient pas à celles de Liouline, composé de clapiers des années soixante, où j'avais habité à mon premier voyage. Plus modernes et déjà peut-être plus désastrées. Des tours plus hautes, et qu'il était impossible, sur des kilomètres, de distinguer entre elles. Je me souvenais vaguement, pour retrouver celle de Nevena, d'une ou deux échoppes établies, comme toujours, dans d'anciens garages, de kiosques sommaires au pied des immeubles ; mais ils étaient tous pareils. Aucun équipement collectif, aucun bâtiment un peu moins ordinaire susceptibles de servir de repères. Juste des chiffres et des lettres, et encore, parfois, mal tracés à la main.

Bulgarie, banlieue de Sofia, mai 1995.

Ces cités n'étaient pas, comme le sont devenues les nôtres, des périphéries d'exclusion. Dans les logements obtenus pour beaucoup par le biais des entreprises, habitaient, mêlées, toutes les couches – mise à part la nomenklatura – d'une société prétendument sans classes. Certes, il y avait là une stratégie du pouvoir : éclatement et nivellement. Mais cela en faisait aussi des cités paisibles, sans histoires apparentes. On pouvait vivre en bonne entente, en gardant des liens, un réseau précieux de commerce et d'échange, avec la campagne. Aujourd'hui, intervient le double effet de la libéralisation des loyers, qui chasse certains vers les zones les moins chères et les y rassemble, et de l'exode provincial et rural, qui amène les gens en quête de travail – et parmi eux les plus défavorisés, Turcs et Tziganes. Ainsi les classes se regroupent, les pauvres vont avec les pauvres et les plus aisés partent habiter avec les plus aisés : il n'est pas difficile de prévoir que ces banlieues tristes mais calmes finiront à leur tour, comme dans tous les pays de l'Est, par ressembler à celles de l'Ouest. Et déjà, l'insécurité, sans qu'elle soit visible, est devenue la hantise de tous, alors que la notion et le mot même étaient inconnus.

Le miracle s'est quand même produit : nous avons trouvé Nevena. Le béton brut de son immeuble se défaisait comme le grès de falaises sous les embruns, et plus nous montions les escaliers sonores, plus nous nous perdions dans une immensité de gris, gris des murs, gris du ciel vu par les ouvertures, sans vitres, sur le vide gris de pluie.

Nevena a formé une génération d'étudiants à la culture française dans son département de l'université Cyrille-et-Méthode de Veliko Tirnovo. Nevena, c'est la sensibilité et l'émotion toujours à vif. Nevena, c'est l'antipolitisme, la morale sans moralisme affrontant chaque jour avec la même stupéfaction indignée une société amorale. Nevena, c'est l'inquiétude au sens métaphysique. Amoureuse de l'humanisme, celui d'Hadrien, celui de la Renaissance et du Zénon de *L'Œuvre au noir*.

Un grand pot de café dans sa cuisine et nous autour. Elle venait d'entendre à la radio Jéliou Jelev, le président de la République. Il était sorti pour une fois de son rôle d'arbitre parlementaire. Ce philosophe de formation, auteur d'une thèse marxiste et « dissidente » sur la notion de totalitarisme, si paysan dans son allure physique comme dans sa démarche intellectuelle – lent, tranquille, réfléchi –, était à la recherche de l'introuvable équilibre entre une Union démocratique éclatée et impuissante, et un Parti socialiste composé de « nouveaux » communistes en pleine remontée. Pour Nevena, cet homme qui avait fait du respect de la Constitution la pierre angulaire de son comportement politique parce qu'il croyait aux vertus pédagogiques de l'exemple, c'était l'homme du Droit : le juste. Il avait eu le bon sens de ne pas rouvrir les cicatrices du passé et d'éviter ainsi les règlements de compte. Le bon sens, aussi, de reconnaître immédiatement la naissance de l'État macédonien (sinon de la nation) voisin et de désamorcer une poudrière. Or, aujourd'hui, Jéliou Jelev mettait en garde le pays. Pour Nevena, son discours confirmait l'imminence du pire danger.

Un danger que j'ai trouvé, plus tard, défini par Jelev lui-même – et c'est, je pense, ce qu'il avait dû exprimer ce jour-là :

> La déception, le pessimisme envahissent les esprits, et nous sommes obligés de nous rendre à l'évidence : l'ancien régime, que l'on espérait enfoui profondément sous terre, est bien vivant...
>
> Ce qui menace l'Europe de l'Est et surtout la Bulgarie,

> c'est moins le retour du communisme que la consolidation du postcommunisme…
>
> De fait, sous le regard angoissé de la population, les anciens membres de la nomenklatura et des hautes hiérarchies des services secrets répartissent la richesse nationale pour recréer une nouvelle « société » soumise à leurs intérêts. En même temps, la thèse de la conspiration autorise les dirigeants politiques à rejeter toute responsabilité dans l'échec de leur politique…
>
> Nous devons faire face à une série de substitutions démagogiques qui constituent le réel danger pour un pays en transition comme le mien. L'idée même de démocratie a cédé la place à un chaos, à la fois pluraliste et autoritaire, qui abrite toutes sortes de manifestations criminelles : je pense surtout aux diverses formes de la criminalité organisée – mafia, corruption, chantage politique.

Si c'est cet homme-là qui le dit – lui que certains ont accusé d'être une taupe mise en place par les communistes, ou en tout cas de faire leur jeu (opinion d'une autre dissidente, la poète Blaga Dimitrova, qui démissionna de son poste de vice-présidente pour marquer sa rupture) –, ça doit être vrai. Mais voila un discours bien étrange pour un président de la République en exercice. Faut-il qu'il soit à ce point sans pouvoir ?

J'avais pu suivre, pendant trois ans, séjour après séjour, les changements dans Sofia. La disparition des magasins d'État, l'apparition de minuscules boutiques vendant quelques produits du genre cigarettes américaines et whisky, puis de magasins plus grands et plus luxueux, installés en quelques jours sur la rue Vitocha par des camions venus de Grèce et apportant tout d'un coup, vitrines, étalages et marchandises : fringues aux marques italiennes, électronique ménager et autre. L'ouverture de restaurants : à mon premier voyage, il n'y avait que des locaux brunâtres où, derrière des rideaux raides de crasse, un personnel pléthorique et grincheux servait des plats graisseux et racornis sur des nappes souillées – encore heureux s'il n'y avait pas un orchestre plus ou moins tzigane, vestige du temps où ces endroits étaient le rendez-vous de la nomenklatura. Ou alors – mais je l'avais découvert par hasard, grâce à un ex-poète officiel qui passait plus de temps à Chypre qu'à Sofia et qui circulait, lors de ses séjours en ville, dans une puissante automobile à verrouillage électronique – de lieux fastueux légués par l'ancienne classe privilégiée à la nouvelle, c'est-à-dire à elle-même, peu visibles de la rue, d'une véritable Tour d'Argent balkanique, comme le club des chasseurs. (J'ai dit « ex-poète », car cet homme avait été un personnage important de l'Union des écrivains, il était couvert de prix dans son pays comme dans d'autres du bloc soviétique, il avait participé aux colloques internationaux mais, depuis la chute du régime, il ne publiait plus rien et semblait avoir trouvé des façons plus lucratives – et peut-être plus authentiques – d'exprimer sa personnalité.) Sinon, le seul lieu convenable où prendre un repas, à ma connaissance, était le club des journalistes, rue Graf-Ignatiev. Aujourd'hui, les nouveaux restaurants étaient agréables et à des prix accessibles pour nous. C'est-à-dire que l'on y dépensait, pour un repas à quatre, plus que le montant mensuel de la retraite d'Armène.

Les petits changeurs d'argent de la rue ou leurs échoppes avaient disparu, remplacés par des officines plus vastes et des banques modernes. En revanche, les interminables rangées de vendeurs le long des trottoirs n'avaient fait qu'épaissir. La plupart étaient très jeunes, et beaucoup vendaient quelques livres, souvent leurs anciens manuels scolaires. Le montant quotidien de leurs ventes devait être minuscule et cela en disait long sur l'absence d'emplois pour la jeunesse qui avait fait des études. Mais on trouvait aussi toute la production littéraire bulgare. Pas seulement les horoscopes, la collection Harlequin en langue locale, les innombrables manuels d'anglais et d'allemand, commercial ou technique, mais les dernières publications des nouvelles maisons d'édition. En revanche, les anciennes librairies d'État étaient vides ou avaient disparu.

Le plus impressionnant était l'omniprésence, dans tous les lieux du luxe nouveau, de gardiens avec uniformes et chiens. Les sociétés de surveillance étaient florissantes et leur protection, disait-on, impossible à refuser.

Signe aussi d'un changement des temps : le mausolée de Dimitrov, vidé de sa momie et longtemps laissé à l'abandon, avait été nettoyé des graffitis qui le souillaient. Deux policiers affectés à sa garde écoutaient du hard-rock dans leur voiture – et les goualantes de la chanteuse serbe Lepa Brena : les flics bulgares, pas plus que leurs concitoyens, n'ont pas de chauvinisme musical.

Il y avait toujours eu une classe de privilégiés. Mais elle était discrète par nécessité. Elle avait son quartier, ses voitures soviétiques munies de petits rideaux, ses magasins, ses circuits. Aujourd'hui, elle s'affichait. Les Mercedes, les grosses Peugeot et les Porsche klaxonnaient dans les embouteillages au nez des files d'attente pour les tramways. Des sociétés faisaient des publicités éclatantes, comme Grup, une flotte de bus toute neuve sillonnant le pays, propriété d'un ex-leader syndicaliste.

3
Philippopoli

Nous roulions dans un confortable autobus de la compagnie Grup, sur l'autoroute de Plovdiv. Armène ne décolérait pas : « C'est ridicule, ces autobus. C'est deux fois plus cher que le train, on ne peut pas bouger, on ne peut pas fumer. »

La grande plaine du bassin de la Maritsa. Des champs immenses – tabac, maïs, blé – aux dimensions de ceux d'Ukraine et du Middlewest, des kilomètres de côté. Pas la moindre trace d'une nouvelle réforme agraire. En 1992, j'avais vu à la télévision le président Jelev remettre solennellement des titres de propriété à quelques paysans. C'était encore le gouvernement de l'Union démocratique. Ensuite, semblait-il, plus rien. Le statu quo, mais profitant à qui ?

Sur notre droite, aux sommets blancs du Rila et du Pirin – la Macédoine bulgare – succédait la chaîne noire du Rhodope où naquit Orphée, le premier Goslar. Ce furent donc les eaux de la Maritsa qui entraînèrent sa tête, toujours chantante ? J'ose seulement espérer qu'il n'avait pas le même goût que les Bulgares d'aujourd'hui pour les chansons serbes.

– Il faudrait, ai-je dit à Klavdij, aller là-bas, dans les villages pomaks.

Les Pomaks sont une « minorité ». Des Bulgares islamisés qui ont gardé la langue bulgare et des coutumes musulmanes spécifiques. Enfin, c'est la thèse la plus répandue en Bulgarie. Un isolement centenaire : à l'indépendance, les Pomaks ont lutté du côté des Turcs, ils ont subi et commis leur lot de massacres. Suspects sous le régime nationaliste de l'entre-deux-guerres. Puis une courte lune de miel sous le régime communiste (Dimitrov avait une belle occasion d'appliquer les thèses humanistes de Staline sur les minorités nationales). Puis de nouveau sous haute surveillance. Et aujourd'hui ? On dit que dans chaque village misérable, aux maisons blanches et aux balcons de bois ouvragé, se dresse un minaret neuf : don de la Turquie ?

– Ne me parlez pas des Pomaks, a dit Klavdij, c'est un souvenir affreux.

– Je croyais que vous n'étiez jamais venu en Bulgarie ?

– C'est vrai, mais c'était chez les Pomaks de Grèce.

– Parce qu'il y a des Pomaks en Grèce ?

– En tout cas, j'ai vu des Pomaks en Grèce.

» J'étais à Thessalonique, pour mon exposition à l'Institut français. Il y avait là un Français sympathique, ce genre de types qui ont bourlingué dans plein de postes aux quatre coins du monde et qui racontent leurs séjours comme autant d'aventures de Corto Maltese. Vous connaissez le centre de Thessalonique : les rues bétonnées. Ce garçon m'a dit : « Tu veux changer d'air ? Allons voir les Pomaks. Il faut absolument voir les Pomaks. » Donc, nous voilà partis faire du tourisme dans la camionnette de l'Institut, direction les montagnes, c'est-à-dire la frontière bulgare.

» Routes sinueuses, vallées aux flancs escarpés avec soudain, au fond, un champ dans un méandre, hommes sur des mulets, femmes engoncées dans leur longue robe leur couvrant la tête et les pieds, villages superbes. Tout d'un coup, un barrage militaire. J'ai dit : « Bon, on ne va pas plus loin. C'est probablement la frontière bulgare. – Pas du tout, répond mon compagnon, pas de frontière sur la carte, on continue. » Je me voyais mal entrer en Bulgarie comme ça. Mais ce n'était pas la Bulgarie, on était bien toujours en Grèce. Le militaire en faction est allé chercher son supérieur : Passeports, papiers de la voiture. Attente. Je me disais : « Ce n'est pas grave, on va faire demi-tour et c'est tout. » Puis la réponse : « Vous pouvez passer, mais roulez lentement. » Une route déserte, sauf des soldats de part et d'autre : un sentiment d'angoisse.

» Sur le pont menant à un village pris presque entièrement dans une boucle de la rivière, second barrage. Des policiers, cette fois. Là, nous avons trouvé un flic déjà prévenu de notre arrivée. Il était tout content de ce qui lui tombait dessus, d'avoir à faire le guide, un policier cordial et zélé, ce sont les pires dans ces cas-là, je le sais, de la glu.

» On a garé la camionnette à l'entrée du village, devant le commissariat. Au premier étage, le chef, franchement embêté, nous a reçus avec affabilité. Il voulait qu'on lui explique : Institut français de Thessalonique, visite culturelle, voir les Pomaks, etc. « Pas de photos polémiques ? – Non, mon travail n'est pas polémique. Je suis un photographe artiste. » Il en a conclu qu'on n'était pas méchants. Plus question de faire demi-tour. Il s'est excusé : « Vous comprenez… » J'ai surtout compris qu'il fallait faire semblant de comprendre.

» On a laissé la camionnette : « Vous avez bien fermé les fenêtres ? – Mais la voiture est juste devant le commissariat. – Oui, mais avec ces gens-là… » Et nous voilà partis à pied, sur la pente de la rue principale, encadrés par deux flics ravis.

» C'était la fin de l'après-midi, les Pomaks vaquaient à leurs occupations…

» C'est-à-dire que, comme les Albanais au Kosovo, ils attendaient. Ils attendaient quoi ? Dans ces cas-là, je pense toujours : « On dirait des gens qui attendent le Tour de France. »

» Imaginez ma situation. J'avais mon appareil en bandoulière, et mon flic m'indiquait les bonnes images : « Tenez, prenez ci et ça. » Il me montrait les gens, les maisons : en bas, la misère et la saleté. En haut, des essaims de paraboles.

» Les regards, ceux des enfants surtout. Plus haineux pour moi que pour le flic. Lui, il était en uniforme, sa présence était inévitable. Mais moi, j'étais là pour les photographier et faire Dieu sait quoi avec ces photos. Très vite, il n'y a plus eu une seule femme dehors. Moi qui, au Kosovo, préférais coucher chez l'habitant, dans des granges, pour ne pas aller dans les hôtels bourrés de militaires… Je connais la haine des gens du Kosovo pour l'armée et le mépris de celle-ci pour eux. Et voilà que je me retrouvais dans la situation où j'avais toujours évité d'être.

» Pour mon compagnon, c'était pittoresque. Et mon flic, lui, il était vraiment heureux. « Je n'ai pas tellement l'occasion d'entrer dans le village autrement que pour des raisons de service. Je n'ai jamais le temps de visiter tranquillement. » C'était la première fois qu'il entrait dans la mosquée.

» Il me disait : « S'ils étaient vraiment si pauvres que ça, ils ne pourraient pas s'acheter des paraboles. Ou alors c'est leur pays qui les paye. » Mon compagnon, impavide : « Ah oui ! La Pomaquie ! » Le flic a eu un vague sourire mais n'a pas répondu. Il a éludé en expliquant : « Les journaux sont interdits, mais pas la télévision. » Des journaux en quelle langue ? « En pomak. » D'ailleurs lui, le flic, il apprenait le pomak. Moi, je le voyais déjà traduisant de la poésie pomak en grec. Déception : « Vous comprenez, quand je viens arrêter ces gens-là, je veux savoir s'ils ne préparent pas un mauvais coup sans que je comprenne rien… »

» Voilà comment j'ai vu des Pomaks grecs, et pour moi ces Pomaks parlaient turc.

» Je vous dis que c'est un souvenir affreux. Un souvenir de honte absolue.

– Mais enfin Klavdij, puisque les Pomaks sont des Bulgares… La Pomaquie de votre compagnon, c'était la Turquie ou la Bulgarie ?

– Je ne sais pas. Quand on voyage, on ne peut pas éclaircir tous les mystères. Et puis j'essaye de ne pas trop y repenser…

– Le mieux serait d'y retourner ensemble.

(Aujourd'hui, j'ai sous les yeux une carte des peuples des Balkans qui figure dans l'atlas de Michel Foucher, *Fragments d'Europe* : j'y vois une mince bande indiquant la présence de Pomaks en Grèce, coincés entre la frontière bulgare – c'est en fait un léger débordement des Pomaks de Bulgarie – et la tache des Turcs de Grèce. Quelle langue parlent les Pomaks ? Bulgare, turc, un dialecte bulgare avec des mots turcs ? Je me suis informé auprès d'un spécialiste des peuples de l'ex-Empire ottoman : des Pomaks en Grèce ? Eh bien, il fallait voir ça. Remonter au XIVe siècle. Passer d'abord en revue les peuples islamisés. Les Albanais. Les Valaques… Non, les Valaques dans leur ensemble n'ont pas été islamisés, mais il y en a eu comme chez les autres : même des Serbes ont été islamisés, et d'ailleurs, à la bataille du Kosovo, il y en avait autant du côté turc qu'en face… Un quart d'heure plus tard, il en était aux Gagaouzes de Moldavie… J'ai lâchement décroché.)

Oui : on y retournerait ensemble. On passerait par la Grèce et on y achèterait le dictionnaire pomak (en caractères grecs) qui, m'a- t-on dit, vient d'y être publié et, au moins, on serait enfin fixés sur la langue. On visiterait les villages pomaks de Grèce. Puis, à dix kilomètres de là, des villages pomaks de Bulgarie. Il n'y aurait qu'un problème : comme il n'existe aucun autre passage, sur la frontière commune de trois cents kilomètres de long entre Grèce et Bulgarie, qu'aux deux extrémités – celui de la route Sofia-Salonique et celui de la route Plovdiv-Edirne (c'est-à-dire *via* la Turquie) –, nous aurions un sacré détour à faire pour franchir la distance entre ces villages voisins !

*

Sur notre gauche, une autre autoroute file à travers les contreforts du massif qui a donné son nom à toute la région : le Balkan. Au-delà, il y a Pleven, la ville au siège historique, la vieille capitale, Veliko Tirnovo, avec sa citadelle, les rues en pente de sa tcharchia. Et plus loin encore le Danube. J'ai suivi plusieurs fois cet itinéraire-là, à travers les forêts, en train ou par la route. C'est la Bulgarie profonde.

Et dans cette Bulgarie profonde, parmi bien d'autres, une ville industrielle de province typique, marché paysan chargé d'histoire devenu centre industriel : Targoviste. J'y ai séjourné en 1993, pour rendre visite à un écrivain récemment publié en France : Neda Antonova, auteur de *L'Asile des heureux*.

J'avais aimé ce livre parce qu'il était une chronique sensible de la ville natale de Neda, Pleven, à travers trois générations, remontant au temps des Haïdouks et de l'oppression ottomane pour se terminer sur la répression de l'insurrection de 1923. Conjonction de la grande et de la petite histoire : chronique aussi d'une petite société animée qui, après la défaite de la Première Guerre mondiale, redécouvrait l'Europe. Les uns lisant les derniers romans français et envoyant leurs filles en calèche à la leçon de piano. Les autres, souvent les ouvriers des précédents, prêtant l'oreille aux échos de la Révolution russe. Tandis qu'à Sofia les émules de Mussolini s'apprêtaient à balayer dans le sang les aspirations des uns et des autres. Paysans traditionnels, bourgeois modernes, syndicalistes marqués par l'idée de progrès, militaires tortionnaires, officiers russes blancs nostalgiques, Bulgares orthodoxes, Turcs musulmans, Tziganes, la mosaïque balkanique… Évocation, également, d'un temps fabuleux, *avant*, où l'on pouvait prendre le train pour Vienne ou Paris à la gare de Sofia et recevoir les publications du monde entier.

La littérature bulgare moderne connue à l'étranger est surtout celle qui, comme les poèmes de Yordan Raditchkov, chante l'attachement à la nature nourricière, ou qui, comme les romans d'Anton Dontchev, héritier du grand Ivan Vazov (« le Victor Hugo des Balkans »), évoque les luttes héroïques. Le régime pouvait y trouver son intérêt, lui qui exaltait les valeurs patriotiques et les grands poètes lutteurs du passé, Hristo Botev ou Vapsarov.

Née et écrivant dans le régime, Neda n'en a été ni thuriféraire, ni dissidente. Comme ceux qui ont œuvré à l'ombre de la politique culturelle de Loudmila Jivkova, elle s'est glissée dans son rôle d'auteur de romans historiques pour bénéficier d'une tolérance qui trouvait plus habile d'associer libéralisation et intimidation que de jeter les écrivains en prison. Ainsi encadré, l'écrivain reconnu jouissait d'un statut enviable, comme dans toutes les démocraties populaires.

Autrement difficile était la vie d'un poète moderne échappant à ces conventions-là. Nikolaï Kantchev, qui définit un poème comme « un rectangle de vibrations », se souvient que, ayant confié son premier cahier de poésies (« modestement post-symbolistes ») à un ami, celui-ci lui dit de le brûler s'il ne voulait pas être expédié au camp de travail forcé de Bélené. « Cette période de ma vie a été l'épreuve du désert. » Il a aujourd'hui soixante ans : c'est dire combien de vibrations se sont perdues dans le désert, tout ce temps où il a nagé à contre-courant. Et si l'on n'a pas vu se manifester publiquement des écrivains dissidents en Bulgarie, à part, tardivement, Blaga Dimitrova, il faut se rappeler que deux morts au moins balisent les limites de cet espace de « liberté » accordé : celle de Gueorgui Markov, auteur de nouvelles grinçantes, assassiné à Londres, et le suicide de celui que l'on surnommait « le Cortazar bulgare », Vassil Popov, qui, ayant atteint le statut d'un écrivain consacré, ne l'a pas supporté.

« C'était une permanente crispation qu'on avait à l'intérieur de soi », disait Neda Antonova. Mais elle soutenait aussi que d'avoir à écrire dans cet état de veille constante avait pu être un stimulant intellectuel. Qu'il fallait se forger une volonté de fer pour ne pas craquer en route. Et qu'en fin de compte, au prix de bien des détours, elle avait réussi à dire l'essentiel.

Elle avait fait partie de la bonne société intellectuelle, au point qu'on l'avait surnommée « la Sapho de Sofia ». Un jour, elle avait quitté la capitale pour se replonger dans la vie provinciale, celle de ses livres, en s'installant à Targoviste. Avec la chute du régime, était venue la disparition des privilèges. Les écrivains s'étaient retrouvés comme leurs homologues occidentaux : tributaires de la valeur marchande de leur plume, et donc des éditeurs. Les éditions et les libraires d'État avaient disparu. Quelque huit cents éditeurs s'étaient bousculés pour les remplacer – beaucoup voués à une rapide disparition. Ce morcellement rendait improbable la possibilité de financer une œuvre littéraire et son auteur.

Neda Antonova continuait d'écrire : elle travaillait à une trilogie sur sa ville de Pleven. En même temps, elle animait à Targoviste une vie culturelle soutenue : le théâtre, l'une des premières radios de municipalité, etc.

Elle avait créé une étonnante école primaire privée. Ne connaissant rien, et pour cause, des méthodes d'éducation libertaires Montessori, Freinet, etc., elle les avait réinventées seule. Elle renouait ainsi avec la grande tradition du Réveil national bulgare du milieu du XIXe siècle : pour les fondateurs de l'indépendance, dont beaucoup furent des poètes, celle-ci passait par la création d'écoles.

Bizarrement, c'est à cette visite à un écrivain que je dois une de mes rencontres avec un représentant de la nouvelle classe.

Neda ne pouvait nous loger dans son appartement trop petit. Elle avait donc retenu une chambre dans un hôtel hors de la ville, le meilleur. Et nous y eûmes la meilleure chambre, celle qui était jadis réservée aux cadres de passage. Elle n'avait pas servi depuis longtemps, tout était intact – et tout était détraqué. Il ne manquait ni les napperons de dentelle jaunie sur la table entourée de profonds fauteuils – pour les réunions entre collègues du Parti –, ni le mousseux dans le réfrigérateur en panne, ni les verres de cristal. L'hôtel était dirigé par un de ces personnages balèzes que Klavdij désigne du terme évocateur de *trokrilni*, littéralement un type « à trois ailes », plus communément une armoire à trois portes, version superlative de notre armoire à glace. Ce genre d'individus, dit Klavdij, qui vous écrase et s'insinue en même temps jusque sous votre peau. Cent kilos de graisse, le visage empâté et noble d'un empereur romain, l'abondante chevelure noire plaquée en arrière, le sourire condescendant. Il nous reçut princièrement. Il se présenta comme un ancien garçon de café que l'on (qui était ce « on », là commençait l'intérêt de l'histoire) avait choisi comme le plus capable pour reprendre l'ensemble des hôtels de la ville dénationalisés. La carte de visite de M. Todor Janakiev, directeur de la firme Selekt Janakiev, était agrémentée de sa tête en couleurs. Il régnait sans partage. Au banquet qu'il nous offrit, le serveur tremblait comme une feuille au moindre de ses ordres, et ceux-ci étaient parfois étranges, comme de faire tenir une assiette à soupe sur une serviette artistement pliée, posée elle-même sur une autre assiette.

La conversation, ou plutôt son monologue, dans un anglais volontaire sinon *fluently*, avait été nourrie, encore que difficile à suivre du fait d'un orchestre déchaîné en son honneur. Elle n'avait qu'un thème : « Je suis le meilleur, je suis le plus fort, je fais de l'argent, et tout le monde m'en est reconnaissant. » M. Janakiev était le bienfaiteur de la ville. La radio communautaire (la municipalité était socialiste, c'est-à-dire ex-communiste), c'était lui qui la subventionnait, à part égale avec Coca-Cola. Il finançait l'équipe de foot de Targoviste. (De la France, il ne connaissait que le Paris-Saint- Germain, l'Olympique de Marseille et les déboires débutants de Bernard Tapie.) Il soutenait financièrement l'école de Neda Antonova. Il avait de vastes plans d'extension de ses affaires. Mais, auparavant, il allait faire un stage de perfectionnement aux techniques du marketing en Allemagne. Il s'enquit poliment : « Avez-vous un hobby ? Il faut toujours avoir un hobby. » Lui, c'était le jogging. « C'est le seul moment où je peux penser à mes affaires… » Dans les rues calmes de Targoviste balayées par le vent d'automne, où il n'y avait aucune circulation, tout le monde saluait le passage de M. Janakiev et, sur l'inévitable place piétonnière entourée des constructions administratives grises de rigueur, on venait lui serrer la main.

M. Janakiev règne-t-il toujours sur les destinées économiques de Targoviste ? A-t-il fait son stage en Allemagne et agrandi encore son empire ? Ou bien n'était-il qu'un personnage de transition, placé là pour gérer leur argent par des commanditaires, vrais détenteurs du pouvoir économique, peu soucieux de se manifester trop tôt ?

*

Le contraste entre Plovdiv et Sofia est frappant. Plovdiv fait du charme au voyageur et celui-ci est aussitôt séduit. Autant Sofia est sombre, rude, sévèrement gardée par le mont Vitocha, autant Plovdiv est lumineuse et se déploie nonchalamment au bord de la Maritsa. Elle a des rues marchandes qui conduisent à la rivière dont le courant roule les eaux bleu-gris, un parc superbe avec son kiosque à musique, une église ancienne, siège de l'exarchat, une vieille mosquée devenue monument historique et un haut quartier où s'élèvent dans leurs jardins les demeures patriciennes qui furent grecques. C'est dans l'une de ces maisons que Lamartine trouva un havre si enchanteur qu'il y prolongea son séjour. En contrebas, le quartier arménien, où Armène nous a montré l'emplacement de la maison de son enfance. C'est à Plovdiv, encore Philippopoli, que fut longtemps intense la vie culturelle de la Bulgarie, c'est là que les frères Manakis crurent être arrivés au bout de leur errance, et c'est là, aujourd'hui, qu'ont lieu les plus beaux spectacles du pays, dans le théâtre romain en plein air, et la foire internationale annuelle.

Même rebutés par le foisonnement des étals sauvages, même accablés de conseils de ne pas circuler la nuit dans le parc, nous avons été pris dans la douceur de cette atmosphère méridionale, quelque chose d'aixois ou de florentin en plus calme. Tentés d'imiter Lamartine, de remettre notre départ.

Nous sommes repartis cependant. Adieux émus à Armène sur le quai de la gare. Oui, oui, Armène, c'est juré, nous reviendrons. Et je t'apporterai, cette fois, les *Mémoires d'outre-tombe* dans la collection de la Pléiade.

Direction la mer Noire. Les wagons avaient été repeints et portaient le sigle Eurocity. Cinq heures plus tard, nous débarquions par un chaud soleil du midi en plein sur le port de Burgas. Le vent de la mer balayait les branches des arbres, on respirait l'odeur iodée de l'invite aux grandes navigations : quelque chose, cette fois, de marseillais. Les grues du port, les carènes et les châteaux des cargos étaient en pleine activité.

Des groupes de changeurs ou d'autres incitateurs à d'obscures affaires déguisés en mauvais garçons rôdaient avec insistance autour des voyageurs. Pour la première fois, j'ai vu des enfants, probablement tziganes, sniffer dans des sacs en plastique, en pleine rue.

Nous avons bu du vin dans une pizzeria neuve, et ce vin était sec, chaleureux et fruité comme jamais.

4

Mer Noire

Sur le port, Klavdij a dû abandonner, provisoirement selon lui, son idée de dénicher l'existence d'une ligne de bateaux pour Istanbul, qui n'est, c'est vrai, qu'à une centaine de milles de Burgas. L'été, peut-être, lui répondait-on : repassez après le 1er juin. Pour ma part, en attendant devant la gare le bus pour Varna et en tâchant de me donner une contenance pour échapper aux manèges d'encerclement frôleurs des inamovibles individus en jeans et lunettes noires, j'ai déchiffré cette inscription qui m'a fait rêver :

DNES BULGARIA
UTRE RUSSIA !
Aujourd'hui la Bulgarie, demain la Russie !
VARNA – ROSTOV-SUR-LE DON – KRASNODAR
Nous garantissons 33 heures
et un passage rapide des frontières
Départ tous les dimanches à 8 h
Confort (Bière)

Non, ce n'était pas la bière coulant à flots durant trente-trois heures qui me faisait rêver, mais la vague et tenace nostalgie que suscitait en moi le nom de Krasnodar. Car j'ai failli, un jour, aller à Krasnodar. J'ai même pris le bus pour Krasnodar. Cela s'était passé alors que je montais, seul, de Salonique à Sofia. À la frontière, comme toujours, l'attente était longue et, n'en pouvant plus de somnoler, j'étais descendu pour rôder là où il n'y avait rien à voir. Rien, sauf d'autres bus où somnolaient d'autres voyageurs. Soudain des coups d'avertisseurs impératifs avaient battu le rappel, couplés au bruit du moteur qui démarre. Mon bus repartait enfin, il roulait déjà. J'ai bondi à l'intérieur, chaudement encouragé et félicité par les voyageurs, et j'ai retrouvé mon siège, résigné à me rendormir derechef. Pourtant quelque chose n'allait pas. D'abord mon voisin, qui n'était plus le même. Ensuite, tous ces ballots sur la banquette du fond, obstruant la vitre arrière. Et puis cette vitre remplacée par un contre-plaqué. Ce n'était pas mon bus. Celui-là ne venait pas de Salonique mais de plus loin : Athènes. Il n'allait pas à Sofia mais à Krasnodar. J'ai pu le faire stopper. Le chauffeur a exprimé ses regrets : je perdais beaucoup. Les voyageurs un instant sortis de leur torpeur ont fait chorus : *« Krasnodar, krasisvyi gorod, da ! da ! Lovely town, come on ! Come on ! »* J'ai regagné à pied le poste frontière bulgare que j'avais indûment franchi – et où m'attendaient mon vrai bus, mon sac et mon passeport enfin visé. Le reste du trajet, je me suis demandé où pouvait bien être Krasnodar. Mes compagnons de voyage bulgares savaient seulement que ce n'était pas en Bulgarie, et encore, allez savoir, avec tous ces noms changés, Stanke Dimitrov est redevenue Dobrinitsa et Tolbukhin Dobritch : eux, ils revenaient d'Australie après des années d'absence, alors vous pensez, *gospodin, kirios, sir…* (ils étaient pour moi, seul étranger exotique, d'une extrême prévenance). Plus tard, j'ai localisé Krasnodar sur la carte, en Ukraine non loin d'Odessa, et aujourd'hui un dictionnaire m'apprend que cette ville est en Russie et qu'elle fut la capitale des cosaques du Kouban. *Nunca fuí a Granada*, chantait, nostalgique, Rafael Alberti. Moi, je n'ai jamais été à Krasnodar. Klavdij m'assure qu'il ira

Istanbul, 1995.

un jour – il ira partout un jour, où je n'irai jamais – et qu'il y pensera à moi.

Le bus de Varna était loin d'être plein, quelques paysans en noir, un jeune couple, une famille de touristes allemands qui parlaient très fort, exclusivement entre eux, et formaient un bloc constamment sur la défensive. Il devait bientôt se remplir et les Allemands se faire encore plus compacts. Le chauffeur était un amateur de bonne musique grecque, les haut-parleurs enchaînaient airs de bouzouki sur airs de bouzouki, j'ai même cru reconnaître la voix disparue du grand Tsitsanis, oui, c'était bien elle : *« Omorphi Thissaloniki… »* (C'était en 1963, je crois, la Grèce de cette époque était sortie d'une dictature pour replonger dans une autre quatre ans plus tard, elle était lumineuse et fraternelle. J'étais à Phalère ou au Pirée, il y avait la grande estrade en plein air où s'alignaient musiciens et chanteurs assis, la piste minuscule où évoluait un seul danseur qui en avait conquis le droit, le temps d'une chanson, en posant d'un grand geste seigneurial une liasse de drachmes au pied de l'estrade, les vendeurs de ballons qui circulaient et les auditeurs qui les faisaient crever avec la braise de leur cigarette juste quand ils arrivaient à la pointe de leur extase, et il y avait lui, Tsitsanis, son corps maigre ployé sur le bouzouki, son visage mince sans le moindre sourire sous la petite moustache… Lui, l'auteur de *Sombre dimanche un jour de pluie* que tout Athènes avait chanté aux jours de l'occupation nazie.)

Nous avons traversé les cités plantées entre mer, étangs et salines, puis la route, peu fréquentée, a coupé par l'intérieur des terres, passant de vallée en vallée pour traverser des petites agglomérations côtières sans que l'on arrive jamais vraiment jusqu'à la côte. Une absence surprenante, vu de cette route, des installations balnéaires bétonnées auxquelles je m'attendais et qui s'entassent par endroits le long des plages. Juste quelques hôtels et campings restant dans la note de ce modernisme vétuste, de ce parti pris de médiocrité qui abîme le pays quand Loudmila Jivkova ne s'en est pas mêlée pour passer au style ringard supérieur. Une alternance de cultures – champs et vignobles, toujours immenses – et d'une forêt épaisse où dominent le chêne et surtout, souverain, le tilleul : cultures et forêts ondulent jusqu'à ce que l'on croit deviner être la ligne grise de la mer, ce qui donne au paysage quelque chose de breton ou de galicien. Qui a parlé des forêts impénétrables de la Bulgarie où errent les loups et survivent les ours ? Au centre, dans les montagnes de la chaîne du Balkan proprement dit, peut-être, mais ici, est-ce possible, des loups sous les tilleuls ? Et les ours ? Or justement le bus doublait deux voitures traînant chacune une remorque, et que voyait-on dans ces remorques ? Les formes allongées, brunes et poilues des dos de ces intéressants plantigrades. À l'arrêt suivant, une troisième voiture avec, elle aussi, remorque, ours et Tziganes attendait le reste de la caravane au pied d'un panneau publicitaire tout neuf interpellant la route vide. Klavdij est allé les photographier, le bus a manqué repartir sans lui, les Tziganes ne voulaient pas le lâcher sans avoir reçu le prix mérité de leur pose, les Allemands aboyaient des propos désapprobateurs (contre Klavdij ? le chauffeur ? les Tziganes ? les ours ? leurs blondinets qui voulaient, eux aussi, aller caresser les fauves ?), mais ce qui m'est resté encore de plus net de cet endroit, c'est l'exhortation du panneau publicitaire :

EXPRESS BANK : SAVE TIME !

Slogan d'autant plus difficile à oublier qu'il a désormais scandé chaque kilomètre jusqu'à Varna.

Varna est apparu au bord de son estuaire. La route l'a franchi d'un jet par un pont très haut, dominant d'un côté le port et de l'autre le vaste étang qui s'enfonce dans les terres, jalonné de terminaux pétroliers. Le bus a traversé la ville, s'est éloigné du centre, la gare routière était loin, à la périphérie. À peine arrêté, un commando de chauffeurs de taxi s'est concentré sur les Allemands, plus soudés que jamais contre l'agression des indigènes et, pendant quelques instants, il y a eu là une quasi-mêlée : la violence venait-elle des manières décidément abruptes des Bulgares, ou ceux-ci ne faisaient-ils que réagir à l'attitude murée, hostile des touristes ? Je ne sais où ils allaient, ces touristes, quel plaisir ou quelle nécessité ils trouvaient à un circuit dont ils vivaient chaque minute comme une randonnée en pays ennemi. Peut-être une plage moderne les attendait-elle qui leur permettrait de dorer leurs corps au vent salin en toute liberté ? Un homme a quitté le groupe des chauffeurs pour s'attacher à nos pas, insistant avec hargne pour nous proposer ses services, une bouteille à la main achevant de lui donner l'air pas rassurant. Du coup, je me suis senti piteux, à mon tour injustement agressé, bref dans la peau du touriste que je méprisais à l'instant. Klavdij lui a demandé avec courtoisie l'emplacement de la *gardérob*, l'homme nous y a guidés et ne nous a quittés qu'après nous avoir obligeamment indiqué l'arrêt des autobus varniotes, non sans nous assurer que nous pourrions loger chez lui pour 15 dollars – non : 10, vu que Klavdij parlait si bien bulgare. Le réflexe trop rapide de refuser n'était probablement pas le bon. Trop tard. Pliés en quatre et compressés dans l'engin collectif, minibus incroyablement miniature, nous roulions déjà vers le centre.

*

Ma première rencontre avec Varna, je l'ai faite il y a longtemps, en lisant les lettres du maréchal de Saint-

Arnaud. Celui-ci y débarqua en 1854 à la tête de l'expédition franco-anglaise destinée à venir au secours des Turcs mis à mal par les Russes. Ici a commencé vraiment cette guerre de Crimée qui était destinée, comme bien d'autres, à établir un nouvel ordre mondial, fit quelque 300 000 morts dans les deux camps et est aujourd'hui oubliée, comme il se doit.

Dans la vallée de la Maritsa, dans la plaine de Plovdiv, il m'est arrivé de penser à cette armée française qui les traversa dans le bel été 1854, mais surtout à ce qu'avaient dû ressentir les populations locales de ce qui était alors la région ottomane de Roumélie dite orientale, en voyant ces soldats venus d'un pays où l'on savait si bien chanter la liberté moissonner les blés pour leur compte, suivant les principes adoptés au temps de la conquête de l'Algérie. Ces soldats n'étaient pas venus les libérer. Les Bulgares et leurs voisins étaient sujets ottomans, ils devaient rester sujets ottomans, tel était l'ordre qu'ils étaient venus défendre. On verserait tout le sang qu'il faudrait pour cela – Dieu sait qu'on l'a versé ! Et il faut ajouter que si, aujourd'hui, la Bulgarie se réclame de la francophonie, ce n'est pas le fait d'une quelconque influence historique de la France, mais, ironie de l'histoire, parce que, en 1877, les officiers russes libéraux de l'armée du tsar absolutiste, revenus cette fois en vainqueurs et en libérateurs, parlaient et aimaient notre langue. Les missions, catholiques et laïques, ne sont venues qu'ensuite.

Saint-Arnaud comptait marcher de Varna vers l'intérieur, affronter les Russes devant Silistra et leur faire repasser le Danube. Il n'y avait plus de Russes à Silistra. Le général Canrobert sillonna vainement les taupinières de la Dobroudja qui, en cet endroit, séparent le Danube de la mer et le forcent à remonter vers le nord sur quelque trois cents kilomètres pour se disperser en multiples bras dans la plaine roumaine, mais il ne rencontra pas un seul cosaque.

Une armée de 150 000 hommes, français, anglais et turcs, campait à Varna. On était venu pour faire la guerre, mais où la faire ? Le temps de se mettre d'accord pour rembarquer vers la Crimée et attaquer le port militaire de Sébastopol, Varna, dont on vante aujourd'hui les abords enchanteurs et la douceur du climat, était devenue le cauchemar de Saint-Arnaud. Le 13 juillet 1854, il écrivait :

> Triste vie que celle de Varna ! Mauvais climat, agglomération énorme d'hommes, mauvaises émanations, mauvaises influences, quelques cas de choléra, voilà la situation…

En moins d'un mois la situation se dégrada à tel point que le maréchal vit sa brillante armée se décomposer en mouroir :

> Je suis au milieu d'un vaste sépulcre, faisant tête au fléau qui décime mon armée, voyant mes plus braves soldats s'éteindre au moment où j'ai le plus besoin d'eux…

De l'enfer, il ne manquait que les flammes. Un incendie se déclara dans le quartier grec transformé en immense marché et particulièrement bien pourvu en alcools de toutes sortes. Il fallut plusieurs jours pour l'éteindre. Lorsque vint enfin l'ordre de rembarquement vers la Crimée, le maréchal put pousser un soupir de soulagement :

> Je perdrai moins de monde pour prendre Sébastopol que je n'en ai perdu par le choléra et par les fièvres.

En quoi il se trompait encore. Le siège de Sébastopol coûta cher en souffrances et en vies humaines. Mais Saint-Arnaud n'était plus là pour le constater : il mourut quelques semaines plus tard, vainqueur des Russes à l'Alma et vaincu par son vieil ennemi le choléra.

Je suis passé deux fois à Varna et je n'y ai pas trouvé la moindre trace des armées françaises. Pas de cimetière à ma connaissance, évidemment pas de monument, et pour le reste, qu'avaient-elles laissé derrière elles, ces armées, sinon des cendres et un gigantesque tas de merde ? Il est vrai qu'à chacun de mes passages le musée militaire était fermé et peut-être y trouve-t-on quelques daguerréotypes ou des fusils rouillés ?

*

J'avais connu Varna à la fin de l'automne, grise sous la brume et le crachin, frileuse sous le cri incessant de gros goélands planant jour et nuit. Je la retrouvais estivale, colorée, et j'avais hâte de boire à nouveau le vin rubis d'Euxinograd, qui vient des vignobles paradisiaques de l'ancien château royal, sur cette Riviera orientale. Varna est une charmante petite ville aux rues ombragées. Du moins son centre, puisque, comme partout, la vraie ville, celle où vivent 300 000 habitants, étend ses tours et ses barres sur les hauteurs de l'estuaire. Peu de choses, ici, nous rappelaient les Balkans que nous avions traversés : pas de quartier ottoman, pas de lourdes demeures, pas d'encorbellements de bois, mais des façades tarabiscotées, bleu pastel de l'hôtel réservé aux officiers de marine, ou rouge lie-de-vin de l'opéra, rehaussées de motifs en stuc blancs ou or comme une pâtisserie l'est par des filets de crème fouettée. Pas de minaret, mais la cathédrale Alexandre-Nevsky aux lourdes coupoles vertes, dont l'intérieur est une grotte obscure réchauffée en permanence par d'innombrables cierges et où l'on peut entendre, le dimanche, les chœurs en slavon les plus graves, peut-être, du monde slave.

L'aspect *Mitteleuropa* du centre de Varna vient-il du fait que c'est là, que débarqua, en 1879, le premier prince de la Bulgarie indépendante, Alexandre de Battenberg, né à Vérone alors autrichienne ? Est-ce à son passage qu'il convient aussi d'attribuer le fait que dans les vieilles rues les noms sont indiqués en deux langues, le bulgare et l'allemand ? Est-ce, plus simplement, parce que l'on est déjà à proximité du Danube et de son influence, malgré la barrière de la Dobroudja ? Est-ce aussi parce que, ouverte sur le trafic de la mer Noire, Varna a dû être vite cosmopolite et bourgeoise : peut-être voit-on les mêmes façades, les mêmes influences sur l'autre rive, à Odessa, dont Varna est comme la petite sœur ?

C'est d'ailleurs à l'hôtel Odessa que nous avons trouvé notre gîte. Séparé de la mer par le jardin botanique, il avait été le point de chute des cadres moyens du régime et des touristes des pays frères. Il était aujourd'hui le lieu de passage de trafiquants locaux et de petits affairistes des pays voisins, en majorité ukrainiens : autant dire les mêmes, reconvertis, ou plutôt, déjà, leurs enfants. L'hôtel de luxe, le Tcherno Moré, qui recevait aujourd'hui les vrais riches, ceux de la haute mafia, à défaut des touristes occidentaux cornaqués par Balkanturist et des invités des divers festivals culturels ou sportifs, espèces en voie (provisoire ?) d'extinction, dresse sa vingtaine d'étages bétonnés en haut d'une large rampe qui descend vers la mer, faisant pendant à l'ex-musée du Mouvement révolutionnaire, en contrebas, kiosque de ciment géant qui sert vaguement de cafétéria.

Dans toute ville bulgare, il y a un hôtel comme le Tcherno Moré, situé stratégiquement. Ces tours ont été construites sur une vaste dalle, en faisant le vide autour d'elles. De leurs balcons, on jouit du panorama de la ville. Et de la ville, le regard, où qu'il se porte, est blessé par leur hideur. Ces hôtels sont là pour être commodément surveillés – tous les visiteurs « sensibles » concentrés en un même lieu – autant que pour surveiller la cité qui s'étend à leur pied.

J'espérais retrouver dans le hall du Tcherno Moré le poste téléphonique à carte internationale, espèce rare, dont je m'étais servi trois ans plus tôt, mais il avait disparu, de même que dans la plupart des grands hôtels où je l'avais cherché depuis notre entrée en Bulgarie. Une manière parmi d'autres de recentrer l'activité sur la seule clientèle lucrative qui pouvait appeler des chambres et de la protéger des incursions d'indésirables. Une cohorte de vigiles rôdait et de très jeunes prostituées s'ennuyaient. Les vigiles n'étaient pas différents des jeunes gens à lunettes noires qui hantaient les abords des gares, et ils assuraient du même coup la protection des filles. Celles-ci avaient pris la relève de leurs ancêtres du « socialisme réellement existant », dames défraîchies et grimées par les soins des services du ministère de l'Intérieur pour soutirer d'improbables secrets aux hommes d'affaires occidentaux. Bref, l'endroit était malsain.

*

Trois semaines, déjà, et trop de lieux traversés trop vite, avec l'impression de tant d'occasions perdues, de tant de questions sans réponses ou même pas posées : était-ce la fatigue du voyage qui faisait que gens et lieux nous restaient plus fermés qu'avant ? Était-ce, ici, la ville qui résistait à se déployer sous notre regard, ou était-ce notre lassitude qui usait celui-ci ? Depuis l'arrivée à Sofia, je n'avais plus pris de notes, retombé dans les vieilles ornières de mes précédents voyages. N'y avait-il rien à noter, ou y avait-il trop à noter ? Je me souvenais des seuls mots que j'avais réussi à graver dans ma mémoire lors de mon premier itinéraire bulgare : « Les Balkans souffrent d'un trop-plein d'histoire. » (Manière de faire pièce à la fameuse assertion de Marx sur les Slaves du Sud qui n'ont pas d'histoire… mais ceci est une autre histoire.)

En apparence, les centres des villes bulgares sont des sortes de dalles lisses sur lesquelles s'alignent deux ou trois monuments historiques, le trou de fouilles grecques, romaines, byzantines ou protobulgares, des bâtiments administratifs, un hôtel, un square et la statue en bronze d'un grand tsar ou d'un grand libérateur : cela semble simple à lire. Mais, justement, c'est si simple qu'on ne lit plus rien. Pourtant, sous la dalle, quel foisonnement d'événements, de peuples, de siècles heureux ou tourmentés qui ne demanderaient qu'à se déchaîner si l'on grattait la surface. C'est peut-être, de tous les régimes communistes de l'Est, le régime bulgare qui a le mieux réussi à inscrire dans le paysage urbain la réécriture de l'histoire. Non que l'on y ait supprimé toutes les traces de cette histoire : au contraire, des vestiges choisis ont été consacrés dans leur unique fonction de monuments, pièces d'un puzzle constituant le décor de la société nouvelle. Un puzzle qui se voulait homogène mais reste, et c'est là l'échec, étrangement hétéroclite quand on l'observe de plus près. Tout comme les ballets et les chœurs folkloriques ne sont que de pâles masques plaqués sur la vie d'un peuple, le centre d'une ville est disposé autour d'une grande « tache blanche » de l'histoire où ne se lisent que quelques signes conventionnels et aseptisés, grandiloquents mais privés de tout ce qu'ils ont signifié, et recouvrant, plombant, tout ce à quoi ils avaient donné, au temps de leur construction, non un seul

Bulgarie, Sofia, mai 1995.

sens, mais tous les sens contradictoires et tourbillonnants qui composent l'histoire vraie et sans lesquels celle-ci est privée de vie. Les spécimens préservés, plutôt que d'être des témoins du passé, avaient pour fonction de légitimer le présent. Des vraies gueules de faux témoins : les travailleurs, paysans et ouvriers de la grande Bulgarie, un seul peuple confondu, avaient lutté contre les oppresseurs et l'injustice pour son bonheur actuel, celui de la dictature du prolétariat, et ce bonheur était porteur de l'avenir radieux. Dans l'uniformité définitive de la lutte des classes abolie.

Je voulais reprendre mes notes, je me suis enfermé dans la chambre d'hôtel, tandis que Klavdij partait en quête de photos, en quête aussi de sa ligne fantôme pour Istanbul – mais il n'y avait rien à la gare maritime, au bout de la jetée, rien que des comptoirs de compagnies abandonnés et des bureaux de douane vides. Dommage : il m'avait convaincu, on ne traverse pas les Balkans sans faire au moins escale à Istanbul. L'orage qui menaçait a fini par éclater. J'ai voulu prendre une douche, mais l'eau était coupée. Dehors, la cataracte d'une gouttière crevée, grise de ciment et de guano de mouettes coulait du balcon supérieur sur le nôtre : c'est là que j'ai pris ma douche. Elle était chaude. Assoiffé, découragé à l'idée d'aller affronter les cerbères du hall pour obtenir une hypothétique bouteille d'eau minérale, j'ai bu de cette eau.

Le soir, nous n'avons pas trouvé le vin d'Euxinograd, décidément réservé à l'élite du Tcherno Moré, nous nous sommes promenés dans les rues animées pleines de nouveaux cafés et de petites banques apparemment prospères et, constatant notre fatigue, nous avons décidé d'accélérer le mouvement en prenant dès le matin le train pour Rusé, qui sur la rive du sud du Danube, au-delà de la barrière de la Dobroudja, n'est qu'à soixante kilomètres de Bucarest.

5

Le Quadrilatère sacré

Le wagon était cette fois déglingué, banquettes crevées, soufflets arrachés, portières attachées avec un morceau de tuyau d'arrosage, et tout y était noir d'une crasse épaisse. Le train a mis cinq heures pour franchir les deux cents kilomètres séparant Varna de Rusé. Nos voisins de compartiment étaient des jeunes gens à l'élégance tapageuse, garçons en blousons de cuir et chemises blanches, filles fardées avec des corsages de couleurs vives et scintillantes. Ils ne parlaient ou refusaient de parler aucune autre langue que la leur : le turc. Ils sont d'ailleurs descendus assez vite à une gare perdue : leur bourg natal ? Nous avons longé la lagune de l'arrière-port où des cargos stationnaient devant les installations pétrolières en pleine activité : de Varna, comme de Burgas, part un tronçon d'autoroute sillonné de poids lourds, qui débouche sur le centre de la Bulgarie pour mener à Sofia, et de là vers la Macédoine, l'Albanie – et, allez-y voir, l'ex-Yougoslavie.

Omniprésence des gendarmes : dans le train et sur le quai de chaque station, où se tenaient le chef de gare en uniforme râpé mais impeccable – ce goût des Bulgares pour l'uniforme (hérité de qui ? des empires germaniques, de l'Empire russe ?) qui étonne toujours, au point que l'on se surprend à chercher le sabre du chef de gare – et un ou deux gendarmes, contemplant placidement le va-et-vient des voyageurs. Regards s'attardant sur le Leica de Klavdij, mais pas de remarques particulières.

Puis sont apparues les collines vertes et chauves de la Dobroudja : végétation rare, troupeaux de moutons, champs de blé et de maïs naissants, herbe rase, villages dispersés aux petites maisons carrées, accrochés à la terre ocre et jaune. Le décor un peu lunaire dont Pintilié a su rendre le charme désolé dans *Un été inoubliable*, qui évoque le début des années vingt, quand l'armée roumaine vint reprendre possession de cette terre âprement disputée.

Disputée, oui. À Sofia, un ami, à qui je parlais de l'aspect de steppe malmenée de cette région frontière, m'avait donné sa version de l'histoire : « Cette terre a été si souvent prise et reprise par les Roumains aux Bulgares et par les Bulgares aux Roumains, que ses possesseurs successifs n'y ont jamais vraiment investi, parce qu'ils gardaient le sentiment que leur présence était toujours provisoire. » On aurait pu imaginer le contraire, la volonté de marquer la terre conquise de façon indélébile, mais enfin.

Le massif de la Dobroudja s'étend, je l'ai dit, du sud au nord sur quelque cent cinquante kilomètres, barrant la route au Danube et forçant celui-ci à remonter d'autant, parallèlement à la côte : la plus grande partie, celle qui longe la plaine qui s'étend de Bucarest à la mer et où le Danube multiplie ses bras avant de confluer avec le Prut, est roumaine depuis qu'existe le royaume de Roumanie. La population bulgare y fut importante : c'est dans la Dobroudja que s'installèrent d'abord ceux que l'on appelle les Protobulgares, des Turcomans conduits par le tsar Asparuh, qui se slavisèrent. Aux IXe-Xe siècles, l'empire de Siméon s'étendait jusqu'aux bouches du Danube. En revanche, la partie qui se trouve au sud de la ligne imaginaire que suivrait le fleuve pour se jeter rapidement dans la mer, si ces taupinières ne le forçaient à obliquer, a été l'une de ces régions que les Roumains

Bulgarie, le Danube, 1996.

n'évoquaient – n'évoquent toujours – qu'avec des vibrations dans la gorge, à l'égal de la Transylvanie et de la Bessarabie. Les Bulgares, de leur côté, la considèrent comme une terre sacrée. Sa forme l'a fait nommer le Quadrilatère. Un « quadrilatère sacré » où vivaient en majorité, au début du siècle, paysans turcs et bulgares, et pour lequel tant de sang fut versé, pays de massacres et d'exodes successifs au gré du détenteur du moment : c'est peut-être pour cela qu'il a cet aspect mélancolique d'une terre où l'on s'est trop battu – comme là-haut, dans les montagnes d'Épire et de Macédoine grecques, et peut-être encore, chez nous, dans certains vallons près de Verdun.

Les Bulgares s'étaient vu attribuer le Quadrilatère en 1879, par le traité de Berlin, qui scellait l'indépendance de leur pays en même temps que leur renonciation à la Grande Bulgarie. S'il changea de mains en 1913, c'est parce que la Roumanie, qui n'avait pas pris part à la première guerre balkanique, se rangea en revanche, comme la Turquie, aux côtés des alliés serbes et grecs et put profiter ainsi de la défaite bulgare : au traité de Bucarest, elle obtint de réunir le Quadrilatère au reste de la Dobroudja, annexant le port fluvial de Silistra et le port côtier de Balčik. Elle n'eut en fait que trois ans pour transformer cette région en un département roumain, y implanter garnisons, fonctionnaires, écoles roumaines et colons agricoles… En 1914, la Roumanie, comme la Bulgarie, se déclara neutre, attendant de voir de quel côté pencherait la balance du conflit mondial : fallait-il s'engager du côté de l'Entente, des puissances occidentales et de la Russie, ou du côté des empires centraux ? Aux premières, elle voulait arracher la Bessarabie tenue par les Russes, aux secondes la Transylvanie, tenue par la Hongrie. En août 1916 enfin, le roi Ferdinand de Roumanie, convaincu par les pressions des Français et leur promesse de recevoir les terres hongroises à la victoire de l'Entente, assuré par les Russes de récupérer la Bessarabie en compensation de son alliance, lança ses armées à la conquête de la Transylvanie. Il dut subir en retour, sur ses arrières, le choc d'une offensive germano-bulgare qui, après avoir balayé les garnisons de la Dobroudja du sud, rendit celle-ci à la Bulgarie. Pas pour longtemps non plus. Certes, la Roumanie écrasée après la prise de Bucarest, n'ayant pas reçu le secours d'une armée française qui aurait dû monter de Salonique, privée de l'alliance russe par le fait de la révolution bolchevique, dut conclure une paix séparée. Elle n'en figura pas moins, finalement, dans le camp des vainqueurs : ayant réussi à déclarer de nouveau la guerre le 10 novembre 1918 (il était moins une !), toutes ses ambitions territoriales furent comblées par les traités de Neuilly et de Trianon : la Grande Roumanie se trouva au complet. Le Quadrilatère sacré, entre autres, retournait dans son sein. Pour vingt ans, cette fois ; en 1940, nouveau changement de donne, à la faveur du pacte germano-soviétique : la Bessarabie devenait soviétique – c'est aujourd'hui en partie la république de Moldavie et en partie celle d'Ukraine – et la Dobroudja du sud redevenait bulgare – Yalta et Potsdam, la fin de la Deuxième Guerre mondiale n'y ont rien modifié. On en est là.

Ce que fut la vie des populations ici, j'en ai trouvé, quelques jours plus tard à Bucarest, un témoignage. Des amis chez qui nous évoquions cette terre que nous venions de traverser m'ont communiqué un document conservé dans une famille. Il s'agit du journal manuscrit tenu pendant toute la Première Guerre mondiale par une jeune Française qui, en 1916, coulait à Silistra des jours qu'elle croyait paisibles. Yvonne Blondel n'était pas n'importe quelle Française : elle était la fille de l'artisan principal de l'alliance franco-roumaine, Camille Blondel, ambassadeur à Bucarest, et elle avait épousé un haut fonctionnaire roumain, Jean Caramescu, préfet de la Dobroudja du sud. Une grande dame, dans tous les sens du terme. Attachée aux valeurs de sa classe, doublement patriote, épousant ardemment la cause qui, à l'époque, était l'évidence pour les siens – ma grand-mère ne s'exprimait pas autrement, parlant de « la Grande Guerre » où elle avait perdu son fils cadet – celle de la culture latine contre la barbarie teutonne –, elle était néanmoins attentive aux choses et aux gens, liée à cette terre qu'elle aimait avec la même ferveur que ma grand-mère avait « aimé » l'Alsace-Lorraine. D'un courage sans faille, aussi, alliant le sens des devoirs de son rang et un goût certain des plaisirs, mélange de sensibilité à la détresse humaine et d'héroïsme galvanisé, jamais en repos, rêvant de victoires sanglantes, consciente de la généralisation de l'horreur, soignant les blessés en organisant hôpital sur hôpital… C'est parce que, à travers son récit, choses, gens, terre revivent intensément, c'est aussi parce que je crains que ce témoignage ne soit jamais publié, que je veux en donner au moins quelques extraits.

*

Samedi 13-26 août 1916 [1]

Je suis allée tantôt à Calarasi chercher mes parents qui arrivaient de Bucarest avec leurs valises bondées de nouvelles.

Cette traversée du Danube et de la Borcéa est chaque fois pour moi le renouvellement du même plaisir. Le bateau qui fait la navette perpétuelle entre Silistra et

1. Les deux dates correspondent aux deux calendriers, ancien et nouveau style.

Calarasi est de forme très archaïque, avec sa roue tournante au bruissement de cascade. Son pont rond et large permet à la vue de s'étendre au loin et incite au rêve et à la contemplation…

La première phrase prononcée par Père à sa descente du train m'a secouée comme un étincelle électrique : « C'est pour demain. »

Au premier moment, j'ai eu la sensation d'une grande dilatation, la chose désirée et attendue qui arrive enfin. Dans ma tête, un tourbillon de pensées s'est mis en mouvement. La neutralité vaincue et tout ce qui va s'ensuivre. Puis, regardant plus loin, mon cœur s'est serré devant ce grand inconnu qui s'ouvre.

Ce soir, des amis sont venus dîner. Le général Bessarabescu et ses officiers, Michel Bercéanu, l'avocat Mélidon. On a su rire et même dire des folies. On se sentait un peu grisé au bord du précipice. Mais tous ces sentiments étaient actionnés seulement par les nerfs. La grande pensée dominait au fond des cœurs et derrière tous les fronts.

Après le départ des amis, nous sommes restés tard à bavarder sur le balcon. Père nous a raconté sa dernière entrevue avec Ionel Bratianu, entrevue qui a été chaude et cordiale. Le Premier ministre a dit à Père qu'il l'avait cherché ces jours-ci, quand Père était encore ici, pour rédiger avec lui les déclarations de guerre à l'Autriche-Hongrie. Que maintenant c'était chose faite, le sort en était jeté. Bratianu lui a également appris que la convention avec la Russie était signée et que celle-ci avait cédé sur presque tous les points…

Dimanche 14-27 août

À dix heures, il y a eu un grand conseil de Couronne qui a proclamé l'état de siège. À cinq heures, nouveau conseil qui décrète la mobilisation générale et qui annonce que la guerre est déclarée à l'Autriche-Hongrie. Que Dieu nous aide ! et fasse que notre route ne soit pas trop sanglante ni trop douloureuse, qu'au bout nous retrouvions les belles Provinces roumaines, libérées à jamais. Que de sa forme de croissant, notre chère Roumanie devienne un petit pain rond.

À minuit les troupes de la garnison, drapeaux et musique en tête, les notabilités, l'élite des Roumains, les pompiers brandissant leurs torches de résine enflammée, suivis par une foule de badauds et d'enfants ont défilé en manifestant dans les rues. Cette joie de commande m'a paru terriblement fausse. La fanfare tapait sans écho, sur les toits de la ville sombre et sur les coupoles des mosquées. Les cloches de la cathédrale orthodoxe sonnaient plutôt en tocsin et les sirènes des bateaux amarrés dans le port ne faisaient qu'appesantir cette triste note avec leurs lugubres mugissements.

Le bruyant cortège en passant devant nos fenêtres a entonné *La Marseillaise*…

Toute la nuit, des groupes sinistres ont passé en silence devant notre demeure. Des familles entières, ou des hommes seuls, s'en allaient dans le noir, encadrés de soldats, baïonnette au canon. Ce sont les intellectuels bulgares que l'on évacuait sans tambour ni trompette. Quoiqu'ils soient certainement de futurs ennemis, ces ombres n'ont pas été sans m'impressionner fortement. Plusieurs de ces êtres bannis m'étaient bien connus.

Lundi 15-28 août

Dans le courant de la nuit, on nous a communiqué que, dès le premier soir, les troupes roumaines ont franchi victorieusement les Carpathes. Les soldats ont un entrain fou et nos unités marchent sur Brasov et Sibiu. Vive la brave armée roumaine. Nos cœurs sont gonflés d'espoir…

Mardi 16-29 août
Ce matin le passage des Carpathes a été confirmé. Tout le monde est heureux…
Les Bulgares, avec lesquels nous ne sommes pas encore officiellement en guerre, ont bombardé Giurgiu qui a la malchance d'avoir le visage face à l'ennemi. Des moniteurs autrichiens sont également descendus pour canonner le port et le pont de cette petite ville. En revanche, nous avons coulé un moniteur autrichien. Œil pour œil, dent pour dent, doit être maintenant notre devise.
De notre côté, c'est l'enchanteur Balcic qui a écopé. Des avions ennemis ont survolé ce petit port tranquille qui ne faisait de mal à personne. Ils y ont jeté plusieurs bombes meurtrières. Il y aurait onze morts et une quarantaine de blessés parmi les civils, les pêcheurs et les gosses innocents.
Pauvre Balcic, au charme si attirant ! Je voudrais savoir que ses minarets continuent à darder leurs flèches dans son ciel d'un bleu toujours si spécial. J'aime tout de ce coin précieux. Son paysage bien assis à l'orientale dans sa conque de craie. Ses gibbosités originales et les jeux de lumière qui, issus de la mer, passent ensuite sur la petite cité comme une danse de voiles diaprés. J'ai erré souvent dans le toboggan de ses rues et ruelles, où s'accrochent les vieilles maisons turques ou tartares aux toits plats de tuiles génoises.
Dans les petites boutiques, sentant le vieux Turc et le sucre candi, que de choses intéressantes n'ai-je pas dénichées ! J'aime jusqu'à ces grosses carènes noires et

ventrues qui se reposent parfois sur le sable blanc, pareilles à des monstres marins d'une époque révolue…

Mercredi 17-30 août

… Nous sommes partis en inspection et avons sillonné le département dans plusieurs directions.

Le paysage m'a semblé d'une mélancolie inusitée, aujourd'hui. À perte de vue, mes regards s'étendaient sur les collines dénudées où, parfois, un arbre isolé semble attendre un compagnon qui ne viendra jamais. Le vent qui ne rencontrait guère d'obstacle se promenait librement et nous couvrait d'une fine poussière. Dans les villages d'Akandanlar, Alfatlar, Astkioi, habituellement pleins de vie et de gaieté et d'enfants, les maisons semblaient frappées de stupeur, muettes et abandonnées. On se demandait où les habitants avaient disparu. Seules, dans les cours des maisons, quelques vieilles « babas », à têtes rébarbatives, turques ou bulgares, et aux visages ridés comme des noix sèches, traînaient leurs pantoufles.

À Alfatlar, je suis descendue pour causer avec tout un groupe de commères qui filaient de la laine, assises au bord d'un fossé. Sandru, le chauffeur, qui est dobroudjien, parle et comprend tous ces idiomes et me sert d'interprète. Toutes les vieilles se mirent à jacasser en même temps. On se serait cru dans une basse-cour en révolte. Elles piaillaient sur la guerre et les difficultés de l'heure. Déjà !… Sandru traduisait mes paroles d'encouragement, qui du reste n'avaient pas l'air de leur produire grand effet. Au fond, j'étais moi-même peu convaincue de ce que je leur disais, car qu'aurais-je pu leur prédire de bon ?

Vendredi 19 août-1er septembre
Les nouvelles de Transylvanie sont de plus en plus belles…
Malheureusement, de notre côté, il n'en est pas de même. Les événements prennent une tournure inquiétante. Les Bulgares, qui ont délibérément violé hier soir la frontière, attaquent maintenant sur toute sa largeur, appuyés par des troupes allemandes ; des incidents peu encourageants éclatent de tous côtés. Le général Arghirescu, attaqué par des forces supérieures, a dû évacuer Bazargie et se replier sur Cobadin. La ville a été de suite occupée par la cavalerie bulgare. Dans notre département, plusieurs villages sont également envahis, entre autres Akandanlar et Astkhioi. La 9e division de Silistra, commandée par notre grand ami le général Bessarabescu, est loin d'être complète pour faire face à la situation.
… Toute la journée, on a été sans nouvelles des bataillons roumains qui étaient cantonnés à Kurstbune et à Akandanlar. Je pense avec tristesse à ces braves soldats qui défilaient dans les rues de Silistra, il y a trois jours à peine.
Le Bulgare est une race trop cruelle pour que l'on puisse faire confiance à sa chevalerie vis-à-vis de l'ennemi tombé.
Le malheur tombe sur nous bien vite. Les mauvais coups du sort ne trouvent pas encore notre cuirasse prête. Après l'exaltation patriotique des premiers jours, on se heurte durement à la réalité.

. . . .

À la fraîche, je me suis décidée d'aller à mon jardin hors les murs rechercher quelques objets précieux qui garnissent le petit pavillon qui s'y trouve niché. J'ai fait atteler ma voiturette à deux places et quatre roues, qui est d'une stabilité si parfaite, à mes chevaux Sorica et Osman, vieux et sages compagnons de maintes randonnées. Seul ce petit attelage peut arriver à gravir le chemin encaissé qui serpente au flanc de la colline de Medgidi-Tabia, où se trouve accroché ce jardin de verdure que j'ai loué à Pétrof le Bulgare. Au printemps, d'énormes bourrelets d'aubépines bordent le chemin et parfument les alentours. Des touffes d'églantiers lancent très haut vers le ciel leurs thyrses couverts de fleurs d'un rose cerise incandescent rencontré seulement dans cette terre dobroudjienne. Les souples tiges ont des grâces de plumes et, par place, se referment en voûte sur ma tête. Je pénètre dans mon oasis par une petite porte en bois, exécutée d'après mes indications. Au milieu d'un fouillis buissonnant, le Pétrof a bâti une maisonnette qui, avec ses quatre pièces minuscules, collées en carré, sont un vrai trèfle à quatre feuilles. J'ai fait badigeonner chacune de ces feuilles d'une couleur différente. Il y a la rose, la verte, la jaune et la bleue. Selon les heures et la lumière, mon humeur peut se plaire dans l'une ou dans l'autre. Sur les murs, j'ai pendu des étagères combinées avec de vieux fonds de charrettes bulgares, décorées d'une façon poétique et naïve d'animaux et de fleurs. Elles supportent des bibelots trouvés dans les vieilles boutiques du quartier turc. S'y aligne également une collection de ces pots noirs et ventrus qui semblent sortis de la panse d'une bufflesse. Devant cette thébaïde, un grand noyer se détache sur le paysage. Ses branches, longues et basses, posent une douce ombre en chapeau bergère sur les yeux toujours avides de contempler la vue merveilleuse. Elles protègent aussi de leur ombre noire des chaises et des fauteuils de jardin et une petite table, propice aux dînettes et goûters.

Autrefois, sur la pente qui descend vers la ville, s'étageaient des vignobles à crus renommés, et ces fameux ceps d'Afuz-ali dont les grains, énormes et croquants, sont pareils à de grosses perles d'ambre pâle. Mais le phylloxéra est passé par là.

À la place de la nature arrangée par les hommes, celle de Dieu a étendu un immense champ de mélilot blanc au parfum suave, un vrai parfum d'ange ! Au-delà de ce reposant tapis d'un blanc doucement mitigé de vert, s'étend la beauté des beautés.

Au premier plan, un moutonnement d'arbres fruitiers dans tous les tons de vert, plus bas la petite ville, tout entachée d'Orient, avec ses neuf mosquées. Baignée dans sa couleur au kaolin et les hachures de ses jardins encadrant les maisons, elle vous fait penser à une porcelaine persane. Au second plan, le grand fleuve glisse comme un gigantesque serpent brillant et semble vouloir s'agripper très profondément à la terre roumaine en lançant vers l'intérieur d'innombrables bras, qui, en s'élargissant, forment de grands lacs bleutés.

Samedi 20 août-2 septembre

Les attaques bulgares s'intensifient. Par endroits, l'ennemi a pénétré sur vingt kilomètres de profondeur et occupe les villages que nous avons traversés il y a trois jours. Certainement Silistra est le point de mire principal : quand notre vraie ligne de défense sera attaquée, si les Bulgares continuent leur progression sur le même rythme, nous n'aurons plus qu'à plier bagages en vitesse. On se demande si alors les armées ennemies établiront des têtes de pont, pour franchir le fleuve, menacer Calarasi et la capitale, ou si notre beau et puissant Danube tiendra avec notre bon droit et arrêtera l'envahisseur.

Chaque heure nous apporte une pénible nouvelle, l'occupation d'un nouveau village. Je les connais toutes si bien, ces petites agglomérations de ce Durostor, que cela m'affecte davantage. Les unes sont nichées au fond des vallées, d'autres au contraire ont égrené leurs maisonnettes sur les collines où elles semblent accrochées, comme de légères cases dans la verdure. Elles n'ont pas la note accorte et claire de nos villages roumains, égayés de leur blanc badigeonnage et de leurs « cerdacs » fleuris. Ces villages sont le plus souvent du ton ocre de la terre dont ils paraissent avoir surgi. Les communes bulgares sont d'une architecture plus soignée. La forme habituelle de leurs maisons, basses, carrées et trapues comme eux, s'avance en son milieu dans un « cerdac » carré. Mais autour de la demeure, à part quelques exceptions, tout est vide, nu et sans âme. Dans les villages turcs, l'ambiance est plus misérable, mais la fragilité et le guingois des masures sont compensés par des pergolas de vignes et de roses sauvages. Dans leurs jardinets, les femmes turques ont des fleurs à profusion.

. . . .

Avec tristesse, je me reporte en pensée dans tous ces lieux parcourus en auto, en toutes saisons. Je connais leurs printemps comme leurs automnes et même, grâce aux chasses hivernales, leurs aspects sous le manteau de neige m'est familier. Je les imagine maintenant, tout gâchés par la traînée des uniformes bulgares, comme par la bave d'une chenille !

Une autre tragédie est aussi déclenchée par l'ordre que nos troupes et les gendarmes ont reçu, de mettre le feu aux villages et aux récoltes en se retirant, pour faire le vide devant l'ennemi…

Les autorités civiles arrivant de toutes les communes se replient vers nous avec familles, bagages, animaux

et leurs cœurs lourds comme des pierres ! C'est un défilé incessant de charrettes bondées en pyramides. De pauvres meubles, des ballots informes, les traditionnels ustensiles de tout ménage roumain qui se respecte, la « albie » et le « ceaun »…
Ils étaient heureux tous ces fonctionnaires, qui commençaient à prendre racine dans cette province reconquise. Plusieurs s'étaient créé un petit avoir et étaient devenus propriétaires terriens…
De plus en plus, on se rend compte que l'état-major a sous-estimé les forces de l'ennemi qui pressent lourdement sur une ligne appuyée au Danube. Pourtant, la prise de Silistra serait une terrible menace pour Constantza.

. . . .

Ce soir, d'immenses colonnes grises, de tous les points de l'horizon, s'érigent vers le ciel. Je n'ose plus jeter un regard par les fenêtres, mais la nuit venue, les lueurs furieuses des incendies se reflètent jusqu'au fond de ma chambre et dans une sarabande tragique sur la blancheur des murs.
Je n'ai rien d'un Néron et ce feu me brûle le cœur.

Dimanche 21 août-3 septembre
… Je continue à veiller aux préparatifs dans les hôpitaux disséminés dans divers locaux, assez vastes. Avant déjeuner, j'ai fait une grande tournée et j'ai constaté avec plaisir qu'il y avait six cents lits prêts.
… Avec l'aide de la police, j'ai été réquisitionner dans les magasins bulgares ce qui manquait encore dans nos hôpitaux comme ustensiles de ménage, des centaines de mètres de linoléum, etc. Chez les docteurs, déjà évacués, nous avons pris les instruments et tout ce qui pourrait être utile à nos services.

… À la fin de la journée, le général est venu nous proposer, à Père et à moi, un tour en auto jusqu'au village de Babuc, le point le plus avancé du front. Toute notre route a été baignée dans le tragique. Je n'arrivais pas à réaliser comment si peu de jours de guerre avaient pu tout catastropher ainsi. Les communes que nous traversions étaient en feu ou déjà réduites en cendres. Au milieu des pailles brûlantes, quelques bêtes abandonnées, volailles, porcs, erraient lamentablement dans les sentiers enfumés.
Dans tout Babuc, nous n'avons aperçu que deux vieilles femmes qui, avec leurs faces rigides et immobiles au seuil de leur porte, semblaient de vieux dieux lares.
En route, nous avons croisé une patrouille qui a rapporté au général que des paysans bulgares ont pendu à Beibunar un pauvre soldat roumain qui revenait blessé de nos lignes et s'était égaré. Comme représailles, nos soldats sont revenus dans ce village, ont pendu les auteurs du forfait et ont mis ensuite le feu à Beibunar.
… Dans les communes, qui étaient surtout peuplées de paysans bulgares, la population nous regardait passer avec défiance et nous lançait de noirs et hostiles regards. Il ne ferait certes pas bon s'attarder là, quand les leurs arriveront…

Lundi 22 août-4 septembre
… À la suite de plusieurs drames sanglants, on s'est enfin décidé en haut lieu à faire évacuer les Bulgares restés encore dans les villages, mesure que les autorités civiles réclamaient depuis le premier jour. Cette mesure est certainement trop tardive, car beaucoup de ces indésirables ont pris le maquis. Ils y font de l'espionnage et, au besoin, leur vieux sang de « comitadji » qui ne saurait mentir les transforme en vulgaires assassins.

Dans la commune de Staroselo, les Bulgares restés sur place ont employé la ruse suivante. L'infanterie roumaine ayant dû reculer à la suite de luttes très vives, s'était reformée sur une hauteur dominant le village. Le soir, à plusieurs reprises, des cris et des appels désespérés étant montés du fond de la vallée, tour à tour des officiers et des soldats roumains croyant voler au secours de l'un des leurs déboulinèrent la colline en courant. Arrivés en bas, ils étaient massacrés par des Bulgares dissimulés derrière des buissons !
Dire qu'un officier roumain, le lieutenant Chabert, marié à une Bulgare et propriétaire dans cette commune, avait répondu de la fidélité de ses habitants…
Chaque jour, on constate combien le Bulgare est resté le sauvage sans scrupule de jadis. Il ne fait pas partie du monde civilisé et ne devrait pas vivre en Europe. Ses instincts restent toujours ceux de la brute sanguinaire, digne émule de ses alliés et maîtres du jour.

Mardi 23 août-5 septembre
… Le cœur serré, il a fallu se rendre à l'affreuse évidence : Turtucaïa avait succombé !
Ma pensée volant là-bas s'est représenté la ruée des barbares en ville, les massacres inutiles et lâches, la panique des civils, les femmes et les enfants terrorisés. Tous les mauvais instincts de l'être humain, crevant la couche de la civilisation…
… L'ordre de retraite envoyé à la 9e division ayant été mal interprété a provoqué une panique folle, surtout dans les régiments de formation récente, panique qui a gagné les gendarmes et les habitants des communes sises au bord du Danube qui n'étaient pas encore évacuées.
Cet horrible torrent de fuyards déferlait sous nos fenêtres en ameutant sur son passage la ville entière.

Des centaines de charrettes passaient au grand galop, bondées de militaires. D'autres êtres à mines hagardes, des femmes, des enfants pleurant, affolés, galopaient à toutes jambes sur la terre dure, parfois ils se tournaient et regardaient en arrière, le visage terrifié.
... Parmi les fuyards, je voyais des têtes de connaissance, des docteurs, un colonel d'intendance, un avocat, des figures très connues, des gens habituellement sensés, qui passaient devant moi comme des flèches, le visage tendu et les yeux fous.
... Je suis remontée au bureau, parler avec le capitaine du port qui m'a tout de suite calmée en me répondant que l'arrivée des Allemands était une pure invention. Mais que les fuyards s'étant rués comme des insensés sur le pont [de bateaux] plusieurs s'étaient noyés, poussés à l'eau sans ménagement par les nouveaux arrivants. En plus, le pont dansant et craquant sous les piétinements irréguliers de ces centaines de gens ayant perdu toute boussole, on avait cru qu'il allait se rompre. Il avait donc fallu avoir recours à la troupe et installer des mitrailleuses en ligne sur la rive d'en face pour simuler un tir contre ces fuyards et leur faire le contrecoup d'une autre peur...
... En ville, les Bulgares jubilent devant ce déploiement de lâcheté. J'en ai la rage au cœur. Un tailleur de sang bulgare (nationalisé roumain...) avait déjà arboré le drapeau ennemi sur sa porte. Il a été arrêté par la police, ainsi que vingt-sept autres compatriotes, trouvés porteurs d'armes et qui, croyant les leurs très proches, se promenaient en ville, n'attendant qu'une occasion pour massacrer quelques Roumains, un peu avant l'arrivée des troupes de leurs chers Bulgares.
... Entre-temps, le flot des blessés n'a pas cessé de nous envahir. Il n'est plus question de lits ni de confort ; l'escalier, les couloirs, le grenier, les moindres

recoins sont occupés. La cour de la Préfecture est transformée en cour des miracles. On y voit un vaste campement de formes indécises, souvent recroquevillées, qui se sont réunies en tas, autour de petits feux, et qui cherchent à apaiser à cette mince chaleur leurs premiers grelottements de fièvre.
... Les blessés continuent d'arriver et se plaignent du manque de transports pour eux. Il paraît que routes et sentiers qui convergent vers la ville sont remplis de malheureux qui se traînent péniblement. Nous avons essayé d'organiser un service de charrettes qui ferait la navette pour recueillir toutes ces souffrances en marche. Mais tous les véhicules, même les plus hétéroclites, ont été pris d'assaut par les affolés de tantôt.

Jeudi 25 août-7 septembre
... À six heures, je me suis précipitée tout habillée sur mon lit. J'étais vraiment au bout du rouleau... Après un sommeil de deux heures, quelle joie d'apprendre que deux docteurs et un groupe de sanitaires sont revenus de Calarasi pour nous donner un coup d'épaule...
... En entrant dans mes salles, j'ai trouvé partout de nouveaux visages. On a beau évacuer, évacuer, petit à petit tout se remplit de nouveau.
Causant avec plusieurs soldats, un sergent a raconté que, se traînant avec sa jambe blessée vers Silistra, il a dû traverser un village. À la place du secours qu'il espérait, une femme bulgare est sortie de sa maison et, le voyant clopin-clopant, elle a couru chercher une hache pour venir l'achever. Il n'a dû son salut qu'à une patrouille roumaine qui, passant dans les environs et entendant ses cris de dispute avec la mégère, est arrivée à temps pour lui porter secours, non sans qu'il ait eu le bras droit tout tailladé par la sauvage. Comme je

m'étonnais qu'ayant encore son fusil il n'ait pas tiré, le sergent me fit cette magnifique réponse : « Doamna, cela m'aurait été très pénible de tirer sur cette femme, car deux de ses petits enfants étaient accrochés à ses jupes et ils pleuraient ; ils pleuraient… alors j'ai pensé aux miens, restés au village, qui étaient à peu près du même âge, vraiment je crois que je n'aurais pas pu ! » Voilà bien notre race latine, avec son fond d'humanité admirable. Je suis certaine que jamais un boche, avec sa prétentieuse « Kultur », et encore moins un Bulgare, avec son farouche slavisme, n'auraient eu de semblables réactions.

Les blessés qui nous arrivent maintenant sont de plus en plus pâles, poussiéreux et hirsutes. Presque tous sont à jeun depuis deux jours. Ils ont erré à travers champs, faisant de longs détours, pour se soustraire à l'ennemi. Plusieurs arrivent de Turtucaïa à pied et ont dû employer des ruses de fauves pour échapper à d'autres fauves, plus forts et plus cruels.

Il faut se confondre d'admiration devant la résistance des paysans roumains. Leur force, le plus souvent, ne se décèle pas du dehors. La plupart sont de tailles moyennes, plutôt minces parfois, surtout si on les compare au mitocan bulgare qui n'est vraiment pas racé. Une autre qualité, que je commence à admirer chez nos chers soldats, c'est cette résignation à la douleur. Ils ne savent pas bougonner ! Et ils vous remercient pour vos soins avec une politesse qui n'a rien de servile.

Et pourtant, ce qu'il y aurait à dire, s'ils le voulaient ! Sur le manque de respect pour la personne tombée, sur le manque de service pour leur épargner cette pénible route du front à l'hôpital. Sur le manque de ravitaillement…

. . . .

Une fois ma tâche accomplie, je suis allée sur mon balcon, bien délaissé depuis deux jours. C'était la belle heure que j'aime, du coucher de soleil. Le ciel était d'un bleu innocent; de cet azur dans lequel flottent les angelots de Murillo. La ville sommeillait paresseusement, baignée dans les derniers rayons du soleil. Sous mes yeux se déroulait un tapis persan aux chaudes couleurs composé des toits des maisonnettes couvertes de ces tuiles qui patinent si joliment leurs dos voûtés dans les tons lumineux de l'arc rosé… Les fins minarets que je trouve toujours plus émouvants à la chute du jour me montraient de leur doigt dressé vers l'infini ce beau ciel, pour me redonner croyance et espoir, mais la voix du muezzin qui du haut de son petit balcon en bracelet annonçait la cinquième heure s'est tue…

. . . .

Ce n'est qu'à une heure cette nuit que j'ai appris le résultat du conseil militaire. La Roumanie se décidait à porter tous ses efforts pour en finir avec les Bulgares. (Ce n'est pas trop tôt, mais peut-être bien trop tard !) Le préfet a rapporté [de Calarasi] l'ordre d'évacuer le plus vite possible les derniers civils et fonctionnaires roumains, les dernières richesses et provisions de la ville, et l'armée suivra.

… Il est trois heures du matin. Pour la dernière fois, j'écris à mon petit bureau devant lequel je suis tombée assise, les yeux brouillés de larmes. Je veux encore noter ici combien, cœur et âme, je suis consternée de la décision prise de transformer ma petite ville blanche en un monceau de ruines.

Dans ma sphère, j'ai participé à l'amélioration de cette Province, au rétablissement des us et coutumes roumains que l'usurpateur bulgare avait voulu arracher d'ici, malgré la grande ombre de Mircéa Bâtrân qui n'a pas cessé d'y planer. J'ai assisté à tant de nouvelles créations, écoles, routes, églises, et j'ai été partout où la main bienfaisante de la mère Patrie a répandu sa manne.

Roumanie, Bucarest, mai 1995.

Père a repassé le Danube et est rentré chez les Berceanu. Dans quelques heures, nous le suivrons, dès que chacun ici aura terminé son devoir.

*

J'arrête là : ces extraits sont tirés des cinquante-six premières pages, et le journal en compte six cents. Yvonne Blondel suit la retraite des armées roumaines, de l'autre côté du Danube, à Bucarest, puis, la capitale occupée, à Braïla où se sont repliés la cour et l'état-major. Toujours la même inlassable activité. Au contact permanent avec le peuple, les civils désemparés, les soldats en première ligne, les blessés dans les hôpitaux, elle mêle les rencontres mondaines avec les généraux roumains, russes, serbes, français, envoyés du tsar ou de la République – le « petit de Flers » et le duc de Luynes, anciennes relations de salon, détachés auprès de l'état-major et perdus, effarés, dans le grand désordre de l'armée russe et l'épidémie de typhus. Cela jusqu'au retour en France et, en 1918, la victoire. Yvonne Blondel revint en Roumanie et y coula des jours heureux pendant l'entre-deux-guerres avec son mari, quoique, semble-t-il, modestes. Après 1945, leurs biens furent saisis, ils furent expulsés de la petite ferme où ils vivaient près de son cher Danube, et assignés à résidence dans l'extrême nord du pays, à Bourdoujeni, où elle mourut en 1971.

La nièce d'Yvonne Blondel qui m'a communiqué ce journal est une Roumaine, ingénieur aujourd'hui à la retraite, dont la mèrc était belge (elle parle de ce fait un délicieux français bruxellois, mais ne pouvait pour autant, quand je l'ai vue, obtenir de visa de longue durée pour visiter la terre de ses ancêtres maternels et encore moins y résider). Je me souviens de cette soirée où je l'ai rencontrée dans l'appartement d'amis bucarestois. Nous parlions d'histoire dans une chaude pénombre où se détachaient çà et là sur les tapisseries, meubles précieux, icônes, portraits… « Nous avons passé la soirée chez l'Oncle Vania », m'a dit Klavdij en sortant, et j'avais ressenti également cette nostalgie douce-amère très tchekhovienne : nostalgie, ici, de l'histoire, dont nos amis se sentaient à la fois dépositaires et si longtemps dépossédés (l'un œuvrait au musée du Paysan roumain, une autre était spécialiste des Aroumains, valaque elle-même, et il y avait aussi, oui c'est vrai, un docteur barbu et désabusé, sosie de l'Oncle Vania par le physique comme par ses propos).

Lorsqu'elle m'a montré le journal de sa tante, j'ai senti qu'elle n'attendait pas de moi un simple intérêt de lecteur de passage mais une issue à la question qui l'angoissait. Dépositaire de cette mémoire qu'elle ne voulait pas laisser mourir, que pouvait-elle en faire ? Et que deviendra ce texte après elle, quand la langue française serait définitivement oubliée des générations suivantes, là comme ailleurs ?

6

Le pont de l'Amitié

Changement de décor : durant la dernière heure du trajet, le train a descendu, grinçant et majestueux, les pentes de la vallée du Danube. C'était dans ce paysage de toutes les nuances du vert, de soleil clair et d'ombres profondes qu'Yvonne Blondel avait vécu et aimé. Peu de jardins à vrai dire, mais la forêt épaisse était de retour. Puis le ciel s'est voilé d'une taie jaunâtre. Une grande gare de triage vide aux rails rouillés, et nous sommes entrés en gare de Rusé.

La gare de Rusé est un chef-d'œuvre en péril du style stalinien, c'est-à-dire babylonien et kitsch. L'intérieur obscur a l'allure d'une caverne trop longtemps occupée par des nomades. Bucarest n'est pas loin, au-delà du fleuve, et la ligne du chemin de fer fut celle de l'Orient-Express. Renseignements pris, il n'y avait que deux trains par jour pour la capitale roumaine, dans lesquels, je le savais pour être déjà passé par là, un seul wagon – de seconde classe – était accessible aux voyageurs montant ici.

Il était deux heures de l'après-midi. Devant la gare affluaient les voyageurs du train de Bucarest qui devait partir à cinq heures. Patibulaires, ces voyageurs : une horde de gaillards – en majorité des Tziganes, a diagnostiqué Klavdij – qui s'affairaient à débarquer de leurs grosses voitures allemandes rafistolées des monceaux de marchandises dont certaines, ficelées sur les toits, dou-

Bulgarie, 1996.

blaient la taille du véhicule. Une cohue où l'on s'engueulait ferme, se bousculait devant une porte étroite qui annonçait les départs « internationaux » – sans résultat apparent, car celle-ci était hermétiquement close. Une atmosphère qui évoquait pour les âmes sensibles et imaginatives la rixe, le couteau, et en tout cas quelques mauvais quarts d'heure. Klavdij a eu un cri du cœur : « Non, je ne prendrai pas ce train-là. »

Je ne pouvais lui donner tort. En automne 1992, lors de mon premier passage sur le chemin de Bucarest, j'avais pris ce train du soir. De rares ampoules jaunes ne suffisaient pas à éclairer la gare, et il avait fallu, après l'attente devant la même porte, mais cette fois sous la pluie, se faufiler dans la cohue où l'on devinait des Russes, des Ukrainiens, des Roumains, des Tziganes de nationalité indéterminée, et peut-être même des Bulgares. À l'intérieur, la masse confuse était agglutinée autour d'un amoncellement de ballots montant jusqu'aux plafond des salles de transit. Nous avions été incapables de remplir correctement d'incompréhensibles formulaires à demi centenaires, incompréhensibles même pour mon amie bulgare pourtant bien formée à l'incompréhensible par son éducation socialiste, et nous nous étions retrouvés devant une mégère en uniforme qui avait regardé nos sacs avec mépris, haussé les épaules et déchiré nos paperasses en nous indiquant la direction des quais. Mais sur quelle voie se trouvait le train de Bucarest ? Étrangement, personne ne pouvait le dire avec certitude, les gens qui stationnaient là semblaient frappés d'une sorte d'aphasie : tirer d'eux un *« nie poniemaïou »* ukraino-russe, rogue et fatigué, était déjà un exploit. Savaient-ils eux-mêmes où ils allaient, et que faisaient-ils sur les quais, assis par terre, campant sur leurs chargements, à contempler d'un œil atone les trains en partance comme si cela ne les concernait pas ? Il y en avait plusieurs, de ces trains, composés des inamovibles wagons russes en tôle ondulée couleur vert vomi. Sur les flancs de l'un, des panneaux rouillés indiquaient Kiev, sur ceux d'un autre Belgrade – pour autant que l'on pouvait lire les caractères rongés, dans la quasi-obscurité. J'essayai de faire appel à ce qui me restait de sens de l'orientation : le premier train semblait devoir se diriger vers le sud et le deuxième vers le nord, à l'opposé donc de ce qui était écrit. Pour une fois, mon sens de l'orientation ne me trompait pas : il s'avéra que le train marqué Kiev allait à Sofia, et que celui marqué Belgrade allait à Bucarest. Les boulons étaient trop grippés pour que l'on puisse chaque fois changer les pancartes. Peut-être le troisième train, qui affichait Moscou, allait-il *vraiment* à Moscou ? Les wagons russes étaient fermés à clef et, seul signe de vie à l'intérieur, des chants et des bouteilles vides jaillissaient de temps à autre de derrière les rideaux en loques des fenêtres aux vitres jaunies. En queue, un seul wagon, bulgare, pour le trafic local : il était bondé. Un wagon dont on comprenait qu'il avait été choisi pour sa vétusté, au cas où les Roumains seraient tentés de ne pas le restituer. Une fois les portières bouclées, nous attendîmes plusieurs heures debout, compressés dans le couloir. De temps en temps, des policiers désignaient au hasard un colis et son propriétaire et les faisaient redescendre sur le quai. On découvrait des bagages étonnants : ainsi, un jeune homme trimballait-il une pile d'une vingtaine de petits sacs rigides noirs, vides et neufs, du genre de ces vanity cases que les Trois Suisses offrent en prime aux ménagères qui commandent une douzaine de caleçons pour leur mari. Cette marchandise devait faire partie des trafics prohibés car le jeune homme, descendu manu militari, n'eut pas le droit de remonter et assista tristement au départ du train.

C'était un jour de pluie, je portais une casquette à visière de cuir : est-ce pour cela qu'une jeune femme au regard dur me choisit entre tous pour s'agripper à moi dans le couloir et demander en russe si j'étais le contrôleur ? Derrière elle, silencieuses, trois épaisses Ukrainiennes ne lâchaient pas leurs énormes paquets, comme des animaux sauvages veillant sur leur proie. Plus tard, quand, la frontière roumaine franchie, le wagon se fut lentement vidé de ses petits et gros trafiquants locaux, je compris le sens de sa question : le contrôleur roumain, le vrai, libéra un compartiment – en fait il se présenta trois contrôleurs, aux rires un peu contraints. La jeune femme s'enferma avec eux, ses compagnes restant toujours farouchement cramponnées à leurs marchandises. Au temps qu'ils restèrent, il semble qu'elle ne ménagea pas sa peine. Le prix du billet, à l'époque, équivalait à 4 francs.

Entre tant, à force de station immobile dans l'air épais du couloir, j'avais été pris d'un malaise qui m'assaille parfois, spécialement au passage des frontières : vieux souvenirs des contrôles policiers des temps de guerre ou de militantisme ? Le cœur bat trop fort et une sueur glacée m'envahit. C'est ce moment d'attente où l'heure se fige, et avec elle l'esprit et le corps, un moment qu'Alain Resnais et Jorge Semprun ont si bien su rendre dans les premières séquences de *La guerre est finie*. Tout cela a beau être loin, je suis un vrai chien de Pavlov : quelque chose qui ne peut raisonnablement être de la peur, mais qui a l'odeur, le goût de la peur, revient absurdement au rendez-vous. J'ai rêvé de l'exorciser en écrivant un livre qui ne serait qu'une succession de passages policiers et frontaliers. Bref, ce jour-là, les passagers roumains du compartiment voisin me virent pâlir, se poussèrent et me firent asseoir parmi eux. J'ai encore dans la bouche le goût râpeux de l'alcool dont ils me passèrent aussitôt la bouteille avec de doux sourires. Je ne me rappelle pas dans quelle langue ils me dirent : « Ça va mieux, professeur ? »

Cette nuit de décembre 1992, nous avions mis sept heures pour franchir le Danube et la soixantaine de kilomètres qui séparent Rusé de Bucarest. Et là, à minuit, sur le quai d'une gare encore plus obscure je crois, nous avions retrouvé d'autres formes confuses campant sur d'autres tas de ballots : la plupart dormaient.

Oui, Klavdij, voyageur expérimenté et pas fou, avait raison. Mieux valait chercher un autre mode de transport. Les bus étaient-ils plus fréquents ? Il y en avait trois par semaine, appartenant à une ligne turque : nous étions vendredi, le prochain partirait lundi… Le trafic sur le pont de l'Amitié, le deuxième d'Europe par la longueur, semblait maigre. Pourtant trois autres ponts seulement, sur plusieurs centaines de kilomètres de frontière commune, relient la Bulgarie et la Roumanie.

Nous avons pris le trolley pour le centre-ville. La place Svoboda ? Personne ne la connaissait. Pour tout le monde, la place de la Liberté s'appelait encore Lénine.

*

Au bout d'une rue qui partait de la place, le Danube. Vert sombre, vide de navigation. Des chalands ukrainiens noirs, des pousseurs oxydés étaient amarrés le long de la berge où des jeunes gens assis par terre vidaient des bouteilles de bière. Une jolie vedette accostait, pavillon allemand et équipage espagnol, revenant de sa journée de contrôle comme si elle ramenait des touristes : c'était ça, le contrôle de l'embargo sur l'ex-Yougoslavie ? En face, à plus d'un kilomètre, la Roumanie : une masse d'arbres confuse, puis des grues et, en aval, la silhouette sinistre de l'immense complexe industriel de Giurgiu.

Le quartier du port, en contrebas de la grande place, a, dit-on, un charme *Mitteleuropa*. Là, il y eut au début du siècle des banquiers et des agents commerciaux de grandes compagnies, des consulats, des comptoirs et des hôtels particuliers, de larges rues ombragées.

Elias Canetti est né à Rusé, qui s'appelait alors Roustchouk, dans une famille où l'on parlait espagnol et il y a vécu jusqu'à l'âge de sept ans :

> Une ville merveilleuse pour un enfant. Si je me bornais à la situer en Bulgarie, on s'en ferait à coup sûr une idée tout à fait incomplète : des gens d'origine diverse vivaient là et l'on pouvait entendre parler sept à huit langues dans la journée.

On y entendait le bulgare (les Bulgares étaient « le plus souvent venus de la campagne »), le turc, l'espagnol des séfarades, le grec, l'albanais, l'arménien, le rom des Tziganes, à quoi il faut ajouter au moins le russe, l'allemand parlé par les agents commerciaux, et probablement, encore, cette *langue franque* commune à tous les ports des Balkans, des échelles du Levant et des bouches du Danube. À Rusé, aujourd'hui, la population homogène ne parle que le bulgare – y compris les Turcs de la « minorité » quand ils viennent en ville. Et, naturellement, l'anglais, dans l'inévitable hôtel en béton de vingt étages entre fleuve et ville ancienne, faisant autour de lui un vide dont on devinait que, jadis, il avait été rempli par d'autres petites rues ombragées et d'autres demeures cossues, avec leurs balcons à fioritures, leurs treilles, leurs glycines et leurs jardinets.

C'est dans ce quartier sans autre âme que celle du souvenir que j'avais rencontré trois ans auparavant, j'en étais sûr, Maqroll le Gabier, le vagabond des mers du romancier colombien Alvaro Mutis. Dans la salle obscure et déserte du Moon Night Club où nous avions pu nous faire servir des kebabtchés au ketchup en forme de hamburger, un étranger solitaire fumait en silence.

Vareuse, carrure épaisse, corps souple sous le maillot, bonnet de laine sale enfoncé sur le crâne, livre dans une langue inconnue ouvert devant lui. Pas un mot, quelques gestes économes de temps en temps. L'assurance tranquille de qui est toujours de passage, même arrivé au bout du monde. De quel tramp-steamer invisible ce marin avait-il débarqué ? Depuis ce jour en tout cas, je sais que Maqroll le Gabier est noir et probablement abyssin.

Il y eut ici des pierres chargées d'histoire : en 1877, elles subirent les premières le choc de la guerre d'indépendance. Les armées du « tsar libérateur » Alexandre II y assiégèrent les troupes ottomanes et, à leur victoire, les bombardements n'avaient pas plus laissé d'églises que de mosquées. Un monument à la gloire des héros de la Renaissance et de l'indépendance bulgares, un monstrueux œuf d'or dominant le fleuve, commémore l'époque héroïque, ainsi que le petit musée de Baba Tanka : mère exemplaire, elle donna quatre fils à la patrie et disait qu'elle en eût volontiers sacrifié quatre autres si elle les avait eus. On était comme ça, au pays des Haïdouks.

On respire à Rusé les miasmes d'un désastre : les émanations de chlore du complexe roumain d'en face, sans cesse rabattues sur la ville, la poussière et, les jours de pluie, la boue, atteignent ici une densité peu commune. Dans les années quatre-vingt, Rusé était une ville sinistrée que ses habitants fuyaient dès qu'ils en avaient l'occasion. Jusqu'au jour où ceux qui restaient descendirent dans la rue pour protester. C'est pour leur défense que se mobilisèrent les opposants de l'époque dans le mouvement Ecoglasnost, et c'est la jonction de celui-ci avec le mouvement des droits de l'homme, né pour défendre la minorité turque agressée, qui a fait basculer le régime de Jivkov.

*

Claudio Magris, le chantre triestin de la culture européenne, est passé à Rusé vers 1985. Dans son célèbre *Danube*, il écrit :

> Quand on pense au chemin accompli par le pays pendant ces quarante dernières années, à sa prospérité et à la diffusion de l'instruction, il est difficile de ne pas admirer le socialisme qui a présidé à un tel progrès.

En fait de diffusion de l'instruction, le pays doit moins au socialisme qu'à la force de la Renaissance bulgare, de cent ans antérieure : au début du XXe siècle, il était le seul de la région où l'analphabétisme avait été pratiquement éliminé. En fait de prospérité, le socialisme a misé sur l'industrie lourde, pour exporter en Union soviétique, dont il reste aujourd'hui les carcasses, ainsi que sur la centrale de Kozlodujci, modèle Tchernobyl, qui fonctionne avec des raccords en ficelle et terrifie les experts – mais comment s'en passer, quand elle fournit près de la moitié de l'énergie du pays ? Et en fait de socialisme même, celui-ci a viré dans les années quatre-vingt au national-communisme. Glissement classique de l'histoire : le régime, sentant venir la faillite économique et sociale, a cherché comment galvaniser le peuple. Alors il a fait vibrer la fibre patriotique dans ce qu'elle a de plus tripal, glorifiant la grandeur des empires bulgares dans le passé – oh ! les colossaux monuments de bronze aux grands tsars dont la hideur triomphe au centre des villes – et trouvant un bouc émissaire dans le présent : les quelque 800 000 Turcs, presque tous paysans et pauvres, vivant dans le pays. Bulgarisation forcée, changements d'état civil, confiscation des biens des récalcitrants, exode vers la Turquie… À l'époque où Magris descendait doucement le fleuve, des pogroms sanglants avaient lieu dans les villages qui le bordent.

Magris à qui l'on avait fourni une guide charmante et bien stylée se moquait gentiment du nationalisme bulgare et de son exaltation de la grandeur passée. Mais tout ce qui a pu exister, ici, en fait de grandeur, d'idées généreuses et constructives, est venu d'hommes pour qui indépendance et liberté devaient se conjuguer avec fraternité et fédération des peuples balkaniques – les grands révolutionnaires bulgares du XIXe siècle dont on trouve les noms à tous les coins de rues avaient fait leurs classes à l'étranger voisin : ainsi Georges Rakovski, qui se fit connaître à Braïla avant de publier à Belgrade, vers 1860, le *Cygne du Danube* ; ainsi Vasil Levski, pendu à Sofia en 1873, qui fit ses premières armes en Serbie puis à Bucarest ; ainsi du poète Hristo Botev, tué en 1876 après avoir franchi le Danube à la tête des révoltés, qui milita d'abord à Odessa puis en Roumanie et voulait aussi libérer la Bosnie… De même, le héros national macédonien Goce Delčev, mort pour l'idéal d'une République de Macédoine au sein d'une fédération balkanique, qui était né à Kilkis, dans le royaume de Grèce, et avait exercé son métier d'instituteur à Salonique (ottomane) et Sofia (bulgare). La victoire de Pleven, en 1877, qui décida de l'indépendance de la Bulgarie, n'aurait pu être remportée sans l'arrivée décisive des Roumains menés par Carol Ier. Autant en a emporté le fleuve.

Plus tard, ce fut le grand Stambolijski, dont l'assassinat a sonné le glas des espérances d'exorciser les passions nationalistes.

Et, encore, en 1949, le communiste Kostov, Premier ministre de Dimitrov, qui, après avoir mené les négociations pour une fédération balkano-danubienne sous les auspices de Staline lui-même, séduit un temps – mais un temps seulement – par l'idée, fut pendu à Sofia pour déviation titiste. (De tous les accusés des procès staliniens, Kostov fut l'un des seuls qui eut l'héroïsme de revenir à l'audience sur ses « aveux ». Comme les articles de la bonne presse étaient rédigés d'avance, *L'Humanité* n'en titra pas moins le lendemain : « Kostov a confirmé ses crimes », alors que la rétractation inouïe faisait la une de tous les autres journaux.)

Magris n'était ni aveugle ni même myope. Il a d'ailleurs consacré une belle page à l'arrivée, non loin de là, à Lom, des Circassiens chassés de Russie vers 1860, à leurs bateaux chargés de mourants frappés par le typhus, et surtout à l'agent portuaire autrichien qui les prit en charge. Simplement, son regard était ailleurs. Le regard d'un Danubien, et non d'un Balkanique. Il s'intéressait davantage aux traces des empires centraux et de leur culture, omniprésentes sur les rives du fleuve, qu'aux avatars des populations locales.

C'était la troisième fois que je passais à Rusé et je ressentais toujours la même attirance, faite d'une nostalgie difficile à cerner : semblable, peut-être, en plus mélancolique, à celle qui m'avait fait aimer Bitola.

Il est vrai que Rusé n'est plus vraiment balkanique et plus tout à fait *Mitteleuropa*, ou plutôt mêle les deux avec lassitude. Chacun peut donc s'y promener au gré de ses fantasmes. Quelque chose rôde toujours, dans l'air pollué, des vingt mosquées relevées par un voyageur au XVIIIe siècle, des basiliques et des synagogues, quelque chose qui monte du brouillard du fleuve et apporte avec le cri des mouettes des bribes de parlers disparus. Quelque chose qu'il est vain de chercher et qui reste pourtant indéfinissablement présent. De tant de villes traversées j'ai pu ou j'aurais pu évoquer, au risque de me répéter, la vie paisible des populations mêlées d'autrefois : pourquoi, alors, particulièrement à Rusé ? Les quelques lignes de Canetti ne suffisent pas à justifier cet attachement. Il y a cette impression ténue de désastre irrémédiable flottant dans l'atmosphère floconneuse, qui charrie encore des petites parcelles de temps décomposé.

Il n'y avait rien à voir à Rusé : chaque fois, j'ai voulu visiter le petit musée historique, la maison natale de Canetti, aller un soir au théâtre qui porte aujourd'hui le nom de ce dernier, prix Nobel oblige. Chaque fois, tout était fermé, en réparations, abandonné. Pourtant je suis sûr que je reviendrai à Rusé, conduit par cette certitude, dès que j'en suis loin, qu'il y a tout à voir à Rusé.

La place centrale sur la dalle piétonnière offre, autour d'un square central avec fontaines et arbres, un vrai catalogue de l'architecture du siècle dans toute la splendeur de ses médiocrités successives. L'opéra rococo des années dix, les bâtiments genre Caisse d'Épargne des années vingt, l'art stalinien massif et néoclassique de l'immédiate après-guerre, le mode fonctionnel limité à des plaques de ciment sur des structures de métal terne, et le coup de massue de l'ère jivkovienne, décidément très spécifique, qui n'est pas sans évoquer un Chemetov (celui du ministère parisien des Finances, sur la Seine) en plus rustique, avec ses grosses masses de béton très blanc, ses encadrements de fenêtres noirs et une tendance systématique à l'encorbellement : un gros parallélépipède posé sur un cube moins gros et l'écrasant – peut-être pour rappeler les encorbellements des maisons traditionnelles, des demeures-forteresses bulgaro-ottomanes ? L'ensemble crée, comme ailleurs, un espace aseptisé, disjoint du tissu urbain dont les tronçons mutilés s'arrêtent à la périphérie.

La chambre de l'hôtel Donau, sur la place, était spartiate, sans téléphone, mais l'eau coulait, enfin. L'hôtel était, encore une fois, de cette catégorie qui fut construite dans les années soixante avant le grand effort touristique et somptuaire. Le hall était étroit, rendu plus exigu par l'installation d'un comptoir de la compagnie des bus Grup prenant l'essentiel de l'espace et donnant seul des signes de vie réelle, la réception était un placard derrière un guichet grillagé, un seul téléphone était accessible à condition de faire la queue, mais il y avait, étrangement, un portier galonné.

Un nouvel orage menaçait la fin de l'après-midi. Une fanfare en uniforme jouait sur le square, les promeneurs étaient nombreux, quelques marchands de glaces n'avaient guère de chalands. Ici, encore, les jeunes filles devaient considérer le jean comme un symbole démodé de l'alignement sur la ligne occidentale et leur préféraient l'ultra-minijupe noire, les collants noirs et les épais talons noirs. Et ici encore, dans les rues adjacentes, les nouveaux commerces fleurissaient là où je n'avais vu auparavant que des officines grises et de vagues boutiques sombres affichant pour toute denrée comestible des fromages jaunes en plastique couverts d'une poussière semi-séculaire. Il y avait, à mes précédents passages, une grande librairie très bien fournie. Sur la mezzanine se faisaient alors face un important rayon de littérature en bulgare et un autre en russe, et le public y était nombreux. Aujourd'hui la librairie était déserte, les rayons vides, et les tables portaient la même production, mais moins abondante, que les étals des rues. Ces derniers étaient, comme partout, innombrables, à côté des vendeurs de fringues, de cassettes et de cigarettes. Étrange effet de l'économie libérale qui jette dans la rue une partie de la jeunesse à commercer pour quelques sous, tandis que les retraités cumulent deux emplois au noir.

Parmi les vendeurs des rues, il y avait des Russes et des Ukrainiens, offrant une panoplie de bazar, grosses montres, poupées, ambre de la Baltique, alliances apparemment en or… Et là, j'ai trouvé, ô miracle, un jeu de dominos allant jusqu'au double-neuf, dont je rêvais depuis des années de faire cadeau à Julia – égoïstement, bien sûr, pour y jouer avec elle. Je ne rentrerais pas les mains vides.

Je me souvenais aussi de l'existence en centre-ville d'une agence des chemins de fer bulgares. Elle y était toujours, avec ses mêmes deux dames au visage renfrogné sous le même portrait de Siméon, le prétendant au trône. Pas question pour elles de se laisser aller au moindre sourire, mais elles n'en ont pas moins pris notre projet à cœur en nous recommandant le train du matin « plus calme parce qu'un peu plus cher » et ont rédigé avec soin des « billets internationaux » (en français dans le texte), véritables palimpsestes aux multiples surcharges (la valse des prix), pour soixante kilomètres et pour une dizaine de francs. Notre train partait à sept heures, il fallait être sur place deux heures à l'avance.

Nous avons échoué dans une brasserie vide. Nous avons bu notre dernier vin bulgare, blanc cette fois, il était sec et parfumé. La carte annonçait : tranche de poisson – esturgeon *ou* silure du Danube. Klavdij a décidé de faire une entorse à notre sain principe de toujours commander des plats « simples » – kajkaval panné, salade chopska, ou à la rigueur guvetch, yoghourts si la chance nous souriait. Il était fasciné par le mot « esturgeon ». J'ai eu beau lui remontrer que la signification de ce *ou* était claire, rien n'y a fait. La tranche en question s'est révélée si racornie que l'évidence de sa nature de poisson-chat est passée au second plan. Il l'a héroïquement ingurgitée et, pour des tas de raisons, alliant le physique au moral, il fut beaucoup question, dans la suite de notre voyage, des effets de cette cure de phosphore danubien.

Plus tard, sur la table de la chambre, j'ai étalé les dominos de bois noirci.

*

À quatre heures et demie du matin, le portier galonné frappait à notre porte. Dehors la pluie tombait drue. Il nous a accompagnés sous un immense parapluie jusqu'au taxi qu'il avait, de lui-même, commandé. Nous y étions déjà assis quand il nous tendu à chacun un énorme sac en plastique d'où débordait une bouteille de Fanta et où l'on devinait du pain et des œufs durs : « Votre petit déjeuner. » Le temps de fouiller nos poches à la recherche de monnaie, de constater qu'il nous restait à peine de quoi payer le prix de la course et rien pour un pourboire, il était déjà parti, avec la dignité de l'homme qui a fait son devoir. Quant au chauffeur de taxi, arrivé à la gare, il a demandé 50 levas de plus que la somme annoncée, ou mal comprise : nous ne les avions pas ? Il a haussé les épaules : aucune importance. Il nous a souhaité bon voyage d'un air convaincu. Je crois même qu'il a souri.

C'était notre adieu à la Bulgarie. J'ai pensé, je pense toujours à tous les récits de racket et d'arnaques que rapportent les voyageurs. Mais aussi à ce qu'avait écrit John Reed :

> La Bulgarie est le seul pays que je connaisse où l'on peut parler au premier venu dans la rue et en recevoir un accueil amical : lorsqu'un marchand se trompe en vous rendant la monnaie, il vous suit jusqu'à l'hôtel pour vous restituer une pièce de deux centimes.

Y a-t-il deux Bulgarie, celle du passé qu'a vue John Reed et celle de la méfiance et de la délinquance dont on m'a rebattu les oreilles ? Tous comptes faits, en quatre ans, je n'ai eu affaire qu'à la première.

Bulgarie, le Danube, 1996.

Notre traversée, cette fois, avait été essentiellement urbaine. Qui a dit, jadis, que la Bulgarie était un grand jardin ? Souvenirs des longues marches à pied dans le Pirin au cours d'autres voyages… Pas de folklore, toujours l'accueil simple, un peu rugueux. Les chemins de montagne, les forêts et, au bout, les villages et les monastères. Tout cela, cette fois, nous ne l'avions pas connu. En fait partie ce que j'appelle la civilisation de l'âne. Dans le Sud, particulièrement en Macédoine bulgare où, lorsqu'on s'enfonce dans les vallées, on rencontre davantage d'ânes que de voitures. Cette civilisation est un art de vivre qui s'est conservé, là, comme un rameau aberrant, achevé, une bifurcation en cul-de-sac dans la marche forcée au progrès. Les usines sont en ruine, les ânes trottinent toujours. Peut-être s'y mêle-t-il pour moi la nostalgie de l'enfance, de l'âne de mes grands-parents, Ali Baba, à l'époque d'une paix que je croyais sans limites.

En trois ans, j'avais vu les villes bulgares changer. La grisaille s'effacer devant le rouge Coca-Cola – pour en rester à ce cliché ressassé – et tout à l'avenant. En trois ans, j'avais vu les espoirs se figer. Personne ne disait plus : « Puisque nous sommes au cœur de l'Europe et que, demain, nous entrerons dans la Communauté européenne, ce sera la fin de nos problèmes. » Maintenant, c'était la rancœur et l'incompréhension. « "Ils" sont de retour », disait-on. Mais s'« ils » l'étaient, c'était bien qu'on avait voté pour eux. C'étaient les mêmes, ou plutôt les plus malins et les plus cyniques des mêmes. Ils n'étaient d'ailleurs jamais partis. Ils avaient gardé l'argent, les postes de commande, et le débarquement brutal du libéralisme leur avait été utile pour acquérir plus d'argent et plus de postes de commande. Et pour se débarrasser de tous les alibis coûteux du socialisme : vitrine culturelle, protection sociale, maintien artificiel de l'emploi. Il est facile de dire qu'il se forme là une nouvelle classe et que, passée une génération, on verra la société se policer. J'ai l'idée du contraire : cette nouvelle société sauvage pourrait bien être la préfiguration de celle qui, demain, prévaudra dans toute l'Europe.

(Un an après ce voyage de mai 1995, le tableau a viré au plus noir. L'immobilisme intéressé des socialistes – anciens ou néocommunistes, comme on voudra – revenus au gouvernement, leur collusion avec les mafias dénoncée, je l'ai dit, par le président de la République lui-même, ont porté leurs fruits amers : inflation galopante, faillite des banques, augmentation insupportable du coût des services, extension du racket, effondrement du pouvoir d'achat, pulvérisation des retraites, anéantissement des économies familiales… À l'incompréhension d'une population qui a toujours fait preuve dans l'histoire d'une singulière exigence de rigueur ont succédé l'angoisse et l'abattement. Gestes de désespoir, agressions dans la rue, cambriolages des maisons, oui, c'est vrai, la vision de Jean-Claude Guillebaud se révèle finalement juste. Elle avait seulement quelques années d'avance : l'insécurité gangrène maintenant l'ensemble de la société.)

*

Dans notre compartiment sont venues s'installer de fortes femmes bulgares munies de lourdes valises et de paniers. Leurs maris les ont gentiment aidées avant de s'en retourner sur le quai. Elles allaient à un marché de Bucarest-nord. Qu'avaient-elles à vendre ? Oh ! un peu de tout ce qui, fabriqué en Bulgarie, était recherché en Roumanie : des macaronis, des cosmétiques, des cigarettes et… oui, mais chut ! de la vodka. L'époux de l'une était – ou avait été ? – ingénieur. Il fallait vivre. Elles ont glissé un billet de 20 levas au contrôleur bulgare, on était en famille. Puis des soldats sont venus, nous ont fait sortir dans le couloir pour retourner les banquettes, ou plutôt ce qu'il en restait.

Le train a roulé à dix à l'heure sur le pont de l'Amitié. Le jour se levait et, de l'autre côté, dans le brouillard et la pluie, émergeait la terre roumaine, ponctuée de miradors le long de parkings, d'usines, de dépôts qui semblaient morts. Une route défoncée suivait la voie, seules y passaient quelques charrettes. Des campements tziganes semblables à ceux d'il y a cent ans, la forêt danubienne au loin. À la gare de Giurgiu, des petits soldats battaient la semelle de part et d'autre de la voie, en uniformes bleus fripés, armés d'une longue trique et d'un insolite coutelas. Encore cinquante kilomètres et, dans deux ou trois heures, nous serions à Bucarest.

VI

PAYSAGE ROUMAIN APRÈS L'HIVER

Le printemps est venu, les espoirs de l'hiver
sont partis
Et maintenant ce sont les espoirs
du printemps
qui s'en vont
Mais cet automne ça ira bien
Ça ira bien à la fin.
....
Car il vient un temps où ça va bien
Je m'entête cependant à penser
Que ce temps n'est pas encore là.

ILEANA MALANCIOIU
publié dans « L'Alternative », n° 25, 1984.

Bucarest, mai 1995.

1

« La ville de la joie »

« Bucarest est une grande foire de luxe. Nos boyards saignent la nation. » Ainsi s'exprime en 1907 M. Cristea, l'instituteur de Trois Hameaux, dans *Les Chardons du Baragan* de Panaït Istrati. Cette année-là venaient de se clore les festivités du trentième anniversaire du règne de Carol Ier de Hohenzollern, dont le clou était la reconstitution d'un village roumain, un village impossible, « un village que nous ne connaissons pas », disait encore l'instituteur, puisqu'il était un patchwork de maisons représentant tous les styles du pays. Ce village existe toujours, il a été sauvegardé et magnifié par les régimes successifs. 1907 fut aussi l'année de révoltes sanglantes de la paysannerie pour le partage des terres accaparées par la haute société qui avait ses hôtels particuliers à Paris et villégiaturait sur la Riviera : il y eut 11 000 morts et les paysans restèrent sans autre bien que leurs bras. Société de classes s'il en fut, celle du bon roi Carol et de ses héritiers : au recensement de 1922, la population comptait encore 43 % d'analphabètes en « vieille Roumanie », 60 % en Bucovine et 93 % en Bessarabie (mais là c'était, il est vrai, le fait de l'oppression tsariste).

Ce luxe de Bucarest, dont Armène garde la nostalgie, n'a fait que croître jusqu'à la Deuxième Guerre mondiale. Tous les visiteurs en parlent. John Reed, en 1915, en donne une description réjouie. Il venait de passer par l'enfer des fronts serbes et russes, il avait vu le typhus dévaster les villes en guerre, et Bucarest lui faisait l'effet d'un rêve où, à défaut d'éléphants roses, passaient de fringants officiers aux parements de même couleur :

> À l'est, à perte de vue, des toits de tuiles rouges et des façades de pierres blanches, coupés par des masses d'arbres d'un vert éclatant : palais, résidences, hôtels, dans le style français moderne le plus fleuri avec, parfois, un dôme oriental ou le bulbe d'une église orthodoxe roumaine. Ce petit « Paris des Balkans », dont le nom roumain, Bucuresti, signifie littéralement « la ville de la joie », ressemble à une cité de villégiature construite par des Français dans le Midi.
> [...] Une foule dense déborde des trottoirs et fait le va-et-vient entre l'Atheneul, au-delà du Palais royal, et les boulevards : femmes extravagantes, jeunes gens mis comme des poètes français décadents et officiers en uniformes aux teintes pastel, avec beaucoup de brandebourgs dorés, des pompons aux bottes et des capes bleu layette et rose saumon [...] Les innombrables cafés et pâtisseries étalent leurs tables sur les trottoirs et sur la chaussée, et débordent d'hommes à l'allure débauchée et de femmes attifées comme des chorus girls. Dans les cafés en plein air, les orchestres tziganes se déchaînent dans des rythmes sauvages qui les enivrent autant que les boissons fortes ; une centaine de restaurants sont remplis d'une multitude exotique. Les lumières scintillent. Les vitrines des magasins ruissellent de bijoux et d'objets de luxe que les hommes achètent pour leurs maîtresses.

À un mois de distance, Albert Londres, qui sort du même enfer, emploie presque les mêmes termes :

> Bucarest embaume. Quand on passe sous les arbres, c'est un parfum qui vous pénètre et près des femmes, c'est un autre qui vous croise. La rue est joyeuse et chatoyante. Les officiers ont de hauts cols bleu ciel, rose pâle, vert fondant.
> Les dames ont sur leur charmante poitrine moins un corsage qu'une gaze.
> Les voitures avec leurs cochers en robe de velours font un perpétuel carrousel.
> C'est la vie.

Bucarest, la Ville Lumière de l'Europe de l'Est… Temps révolus : pour qui, ces dernières années – celles de Ceausescu et celles qui ont suivi sa chute –, arrivait de nuit en pays roumain, la première impression était celle d'une obscurité oppressante. Dès la frontière, le train s'enfonçait dans un tunnel. La ville même, celle que j'ai découverte en 1992, chichement éclairée, exsudait de toutes ses rues l'atmosphère d'un film de Fritz Lang. Mais peut-être était-ce dû à l'éclipse totale et définitive du Timonier Guide, Danube de la Pensée, Carpate du Communisme ou tout simplement Conducator : l'éclat de Nicolae Ceausescu, Phare lumineux et Étoile polaire pensante, ne devait-il pas suffire à rendre, à lui seul, la nuit roumaine aussi radieuse que le jour ?

Cette fois, nous sommes arrivés vers midi. Et le soir même, j'ai pu constater que si le lacis des rues aux chaussées défoncées n'était guère plus éclairé, il y avait maintenant, dans le centre, des monuments illuminés. C'étaient les banques. Comme si, en fin de compte, ces forteresses à cariatides, surchargées de lourdes ornementations tarabiscotées auprès desquelles le Crédit Lyonnais parisien était un modèle de sobriété classique, ces chambres fortes où s'entassaient jadis l'or des propriétaires terriens et des pétroliers étaient ce que Bucarest avait produit de plus achevé du point de vue architectural. Et comme si le retour à la démocratie était avant tout le retour au fric roi, autre forme de Conducator et de Phare lumineux.

*

À deux reprises, j'étais venu à Bucarest en hiver. À deux reprises, j'y avais éprouvé, même moi le passant privilégié, le mal de vivre. De tous les pays de l'ex-bastion soviétique où j'ai séjourné, c'est là que j'ai rencontré les visages les plus las, usés par une fine couche grise de fatigue accumulée, les corps les plus marqués par une sorte de démission, les vêtements froissés et informes, chez les foules des grandes avenues rectilignes, amalgamées aux arrêts des bus, entassées dans les tramways les plus vieux et les plus rouillés du monde. Usure : même la monnaie était constituée de liasses de billets tellement fripés qu'ils adhéraient entre eux par la crasse pour former dans la poche une bouillie compacte.

À mon premier séjour de 1992, je fus pourtant généreusement logé par celui que j'appellerai ici le grand philosophe. Cette chance, je l'attribuai entre autres au fait que j'avais moi-même prêté mon logement parisien à une petite dizaine de Roumains. Le grand philosophe était jeune (pour un grand philosophe), débordant d'activité dans la vie publique, où il enseignait l'éthique et la morale civique par la parole et par l'exemple. Disciple de Noica, le Heidegger roumain qui réunit dans les années noires un petit groupe de disciples, il était lui-même spécialiste de Heidegger, exégète de la pensée de Cioran. Après l'exécution des Ceausescu, il avait participé au sein du Forum civique à ce que l'on croyait alors le début du renouveau : il avait fondé une maison d'édition qui ouvrait grandes les portes à la pensée libre, installée d'abord au siège des anciennes éditions du Parti – mais vite expulsée par les cliques venues remplacer au grand jour la première équipe hétéroclite du pouvoir où avaient tenté d'œuvrer des gens sincères.

Il habitait un quartier sud de la ville, à la limite du chantier du Centre civique entrepris dans les dernières années du régime. Bucarest est située dans une plaine où elle a pu s'étaler à l'aise : dès que l'on quitte les grandes artères du centre et leurs buildings, c'est un maillage de maisons que leurs propriétaires n'ont pas eu besoin de construire en hauteur, compte tenu de l'espace disponible. Sur des kilomètres carrés de rues tranquilles et souvent plantées d'arbres, sillonnées par les tramways, s'est affirmée dans la première moitié du siècle l'aisance d'une bourgeoisie neuve : comme souvent dans les villes qui se sont développées sur une telle prospérité, les propriétaires tenaient à marquer ostensiblement leur réussite, même sur les façades des demeures les plus modestes, en faisant de celles-ci des petits palais – parfois de vraies « folies ». S'il est un charme de Bucarest, c'est bien celui-là, à condition que le regard ne s'arrête pas au délabrement qui n'a rien de poétique ni de pittoresque. Ces rues suintent aujourd'hui non la misère mais la pauvreté qui nivelle tout, les boutiques-tannières y sont rares, avec leurs habituels produits étrangers au compte-gouttes et à des prix accessibles seulement à des gens comme moi, les marchés à peine fournis en denrées de première nécessité – il y a, bien sûr, en centre-ville, un marché plus florissant et plus cher.

Lors de ce premier contact avec la capitale, je comptais sur mon hôte pour des rencontres, des discussions, que sais-je, et aussi pour les informations pratiques dont on est toujours avide en pareil cas. Cet homme était au cœur des débats intellectuels, des inquiétudes et des espoirs du temps : j'avais tout à apprendre de lui. Et, pour ma part, n'avais-je pas publié dans *L'Alternative* tout ce que, me disait-on alors, la Roumanie comptait d'intellectuels libres, à l'époque où Ceausescu était encensé dans *Le Figaro* et où le communisme roumain était considéré par les gouvernements français successifs comme un modèle de résistance au grand frère soviétique ? N'y avions-nous pas donné une tribune au dissident Paul Goma, à Doina Cornea ou à Ion Vianu, le psychiatre irréductible, à Vasil Paraschiv, le fondateur d'un syndicat libre, et à d'autres ? Les inlassables militants pour les droits de l'homme en Roumanie que sont à Paris Anne Planche et Mihnea Berindei n'y avaient-ils pas, notamment dans un épais numéro spécial illustré du monstrueux rhinocéros de Ionesco, dénoncé les premiers la « systématisation » concentrationnaire des villages roumains et la destruction délirante du centre de la capitale ?

Le fait est que, au cours de ce premier voyage, je ne rencontrai personne de ceux que j'avais ainsi publiés : ils semblaient avoir disparu ou n'avoir jamais existé. Peut-être n'ai-je pas assez insisté. Le seul que je pouvais encore localiser était resté à Paris : j'aurais dû comprendre que si Paul Goma, l'intraitable résistant, l'imprécateur sans concessions, n'était pas rentré au pays, c'était bien que quelque chose clochait chez ces gens-là.

Quelque chose clochait, mais quoi ? En ce qui concerne le grand philosophe, le dialogue tourna court. Par ma faute ? Il avait pris sur son temps pour aller nous chercher à la gare du Nord (c'est l'un des premiers signes déroutants de cette ville, cette arrivée du sud par le nord) et, dans la voiture qui nous emmenait chez lui, il avait tout de suite exprimé ce souhait : « J'aimerais que vous veniez parler de votre métier d'éditeur au personnel de ma maison d'édition. Ce serait passionnant. » Pris de court, j'avais exprimé ma réticence : « Il y a douze ans que je ne suis plus éditeur, les conditions ne sont pas les mêmes, je ne suis pas venu ici pour replonger dans mon passé. » Objection refusée : « Ce qui compte pour nous, c'est que vous nous expliquiez comment, tandis qu'ici nous souffrions sous le totalitarisme, vous, en France, vous pouviez éditer des théoriciens totalitaires comme Che Guevara et Althusser, ou admirer des complices du totalitarisme comme Jean-Paul Sartre. » Gloup ! Il fallait faire front. Après tout, l'occasion de m'informer sur les conditions de l'édition libre dans la nouvelle démocratie était bonne. « D'accord. De votre côté, vous m'expliquerez comment fonctionnent vos éditions. Vous me direz ce que cela signifie, dans la Roumanie nouvelle, de publier Tocqueville et Bernard-Henri Lévy. » Tocqueville, c'était gentil, Bernard-Henri Lévy peut-être un peu plus polémique, mais enfin. Il se renfrogna : « Si vous prenez les choses ainsi, cela perd tout intérêt : ça devient un échange protocolaire… » Les jours suivants, la rencontre prévue se dilua dans des considérations d'emploi du temps : demain sans faute, il m'appellerait pour fixer l'heure du rendez-vous. Le lendemain passait, puis le surlendemain, puis la semaine. Enfin, ce fut pour un vendredi, trois heures, veille de mon départ. Le vendredi matin, je trouvai un mot griffonné : « Cher François, voyez comment je vis : j'avais complètement oublié que la maison d'édition est fermée le vendredi après-midi. » Voilà comment je perdis une occasion, parmi d'autres, de faire publiquement mon autocritique.

Entre-temps, nous profitâmes largement de l'appartement et, en la constante absence du maître des lieux, de sa remarquable bibliothèque, où Heidegger et ses exégètes – parmi eux Jean Beaufret, Henri Birault, Gérard Granel, souvenirs de mon année de khâgne – côtoyaient Marx, Finkielkraut et les Mémoires du roi Michel. C'est ce dernier livre que je choisis de dévorer.

Sur le registre pratique, notre hôte ne connaissait pas

les lignes de métro, nous déconseillait de prendre le bus et le tram, ignorait où s'achetaient les tickets : « C'est une cohue sans nom. Prenez les taxis, ils sont pour rien. » Du coup, nous avons énormément marché à pied. Même tard dans la nuit, les rues obscures et apparemment désertes étaient remarquablement sûres. Le plus difficile était de se nourrir sans rentrer au logis, car, en 1992, il n'y avait aucun restaurant, au sens où nous entendons ce mot : propre, abordable, ou tout simplement visible. Mais en pratiquant la vieille méthode de tous les pays socialistes, c'est-à-dire ne jamais sortir sans un sac vide pour profiter de la moindre occasion rencontrée en cours de journée, on pouvait être sûr de rapporter le soir du pain et quelque chose à manger, acheté parfois dans des endroits étranges – chez un coiffeur ou un cordonnier. La différence avec les autres pays ex-socialistes que j'avais visités à la même époque était là : les signes de la pénurie, de la lassitude, les gestes de la survie quotidienne restaient inchangés.

Notre hôte était pris par ses cours, son travail éditorial, et profondément soucieux, pour le peu qu'il nous en livra, de la tournure que prenait la vie politique, de la résurgence au grand jour du vieil appareil qui s'était fait un temps sous-marin. C'était l'époque où la liquidation des Ceausescu commençait d'apparaître pour ce qu'elle était : derrière la grande représentation d'un opéra sanglant tourné sur le vif en temps réel par des caméras omniprésentes, avec ses morts, ses héros, son prodigieux élan de ferveur populaire, son euphorie de la libération, une révolution de palais ourdie et menée à bien en coulisse.

Ma maladresse n'arrangea pas les choses. Un soir, au début de notre séjour, le grand philosophe évoqua l'atmosphère de suspicion du passé, qui prenait chaque Roumain dans la grande toile d'araignée de la Securitate.

« Un jour, à Heidelberg, j'étais avec mon ami X, et nous nous sommes confié que, sur les deux ou trois cents boursiers du gouvernement roumain à l'étranger, il ne devait pas y en avoir plus de deux qui n'étaient pas des agents de la Securitate… » Moi, perdant une bonne occasion de me taire : « Et forcément, vous en avez conclu que l'un de vous deux était un agent de la Securitate ? » Lui, ulcéré : « Pas du tout ! Nous en avons conclu que nous étions les deux seuls à ne pas l'être. »

Mon retour en 1993 fut marqué, dans un appartement prêté pour 15 dollars la nuit, par une bataille perdue contre les cafards (ce qui n'était rien) et les punaises (ce qui était trop). Nous avions, mon amie bulgare et moi, déjà logé à la dure : mais ce sordide-là, non vraiment ! Il avait quelque chose de blindé. Une ligne Maginot de la crasse. Dans ce genre de circonstances, quand on est deux, on met du temps à avouer à l'autre qu'on est un petit être sensible : ce fut au moment de chercher un verre qui ne fût pas incrusté d'une merde indéfinissable mais définitive, que nous constatâmes notre commune nausée. À ce moment-là, je me suis souvenu du film de Pintilié, *Le Chêne*, quand le héros, à bout de tout, veut faire couler un peu d'eau froide et que le robinet éjacule un flot de matière brune. La quintessence du « socialisme réellement existant ». Cela nous valut une double tristesse : d'abord celle de blesser les deux dames du Forum démocratique qui nous avaient donné amicalement la clef de l'endroit en nous gratifiant des manifestations superlatives habituelles de la politesse roumaine. Quand nous vînmes la rendre en disant la vérité, finis les sourires : le cul des légendaires harpies devait être plus avenant que celui que, pour toute réponse, elles nous présentèrent ostensiblement, à nous, Occidentaux habitués au luxe (elles ne tinrent pas compte, en l'occurrence, de la nationalité bulgare de mon amie, ou alors, allez savoir, ce fut une circonstance aggravante). Du coup nous fûmes privés, une fois encore, du contact avec l'intelligentsia bucarestoise. L'autre tristesse fut celle de déménager en catastrophe dans un hôtel proche gardé par des maîtres-chiens, pour y cohabiter avec l'ignominieuse nouvelle classe et les trafiquants de haut vol de toute provenance, y compris française. Heureusement, il y eut un merveilleux concert symphonique à l'Athénée roumain, pour les adieux d'un chef d'orchestre. Il faisait un froid glacial, la salle était pleine et enthousiaste, l'exécution de symphonies de Beethoven admirable. D'autant plus admirable qu'il fallait, d'évidence, un superbe courage quotidien pour être musicien, répéter, jouer (sans chauffage), vivre et avoir survécu dans des conditions pareilles ou pires. À l'entracte, le manque de lumière nous empêcha de bien contempler la fresque circulaire qui orne l'intérieur de la salle : brossée sous Carol Ier, elle représente la lignée en marche de tous les héros de la patrie, depuis les ancêtres de Michel le Brave jusqu'au roi contemporain. Elle fut masquée par un velours rouge sous le communisme de Gheorghiu-Dej. Ceausescu la rendit aux regards de son peuple au cours d'une séance solennelle du Congrès du Parti qui se tint là, et l'on comprend que, sur cette fresque, il devait logiquement conduire le cortège, tête haute et crâne au vent, pour l'entraîner vers l'avenir radieux.

*

Mais enfin, cette fois, c'étaient des amis, des vrais, qui étaient venus nous attendre, Klavdij et moi, à la gare du Nord.

Gérard Althabe, je l'ai connu au temps où nous pensions, l'un et l'autre, que quelques petits livres pouvaient être un peu plus que des bouteilles lancées à l'océan.

Sociologue, je l'ai vu travailler sur la ZUP de Nantes dans les années soixante-dix, quand le discours sur les « quartiers défavorisés », « l'exclusion », etc., ne faisait pas encore partie de la logomachie politique. Je l'ai vu vivre là dans un F-2 qui n'avait rien à envier à mon appartement de Liouline-II. Althabe, c'était la réflexion toujours en action : il n'avait pas son pareil pour lire la topographie d'un grand ensemble, mettre au jour les stratégies qui avaient présidé à leur construction, les pratiques quotidiennes qu'ils sécrétaient, désigner ceux qu'il appelait les « acteurs sociaux », pointer ceux qui subissaient et ceux qui profitaient, démonter les mécanismes qui produisaient le rejet, les circuits qui l'alimentaient. Passionné de mémoire populaire, c'est grâce à lui que j'avais pu animer des collections comme « La Mémoire du peuple » et « Luttes sociales ». C'est à cause de quelques-uns comme Gérard que je ne regrette pas ces années de travail-là. Et j'ai sous les yeux la mise en garde qu'il adressa à *L'Alternative*, dès la parution du premier numéro :

> Ce ne sont pas les gens qui sont extérieurs au « socialisme réel » qui peuvent faire avancer dans sa connaissance, l'analyse des contradictions qui y travaillent ne peut être faite que par ceux qui y sont plongés… Seuls ses acteurs peuvent nous apprendre quelque chose sur la lutte pour les libertés démocratiques.

Aujourd'hui, Gérard travaillait sur Bucarest depuis plusieurs années. Et Aurora qui l'accompagnait, roumaine, avait vécu les années noires en exerçant le métier de psychologue. Métier exposé : n'avait-elle pas été embarquée de force, dans les dernières années du règne, dans les recherches « scientifiques » sur la parapsychologie, dont l'entourage d'Elena Ceausescu pensait qu'elle pourrait constituer une force neuve au service du marxisme-léninisme et de la grandeur nationale ? (Étranges glissements du scientisme en fin de course : dans le même temps, en Bulgarie, Loudmila Jivkova faisait entreprendre des recherches semblables.)

Grâce à Gérard et à Aurora, nous avions la chance d'avoir un petit appartement au rez-de-chaussée d'un groupe d'immeubles construits dans les années cinquante pour les cadres moyens, notamment soviétiques : des blocs jaunes, fonctionnels, en bordure d'un parc, proches d'une station de métro, des bus et des tramways. En une demi-heure nous pouvions rejoindre la Calea Victoriei, la place de l'université, les palais anciens et nouveaux de la ville haussmannienne, les ruelles animées, presque orientales, qui entourent le Hanul Manuc, ancien han turc transformé en hôtel, dans la cour duquel on pouvait boire, au moins, une bière ou un Coca-Cola.

Facile, aussi, d'aller d'un coup de métro au quartier du Centre civique. On en a tant parlé, de par le monde, de ce produit du délire paranoïaque du dictateur…

On connaît l'histoire : à la fin des années soixante-dix, le pouvoir décide d'un même mouvement de raser les villages roumains pour les « systématiser » – c'est-à-dire regrouper les habitants dans de petits immeubles autour d'un centre civique, d'une maison du peuple et d'une maison de la culture – et de détruire le centre de Bucarest pour y construire la cité de l'avenir. Deux faces d'un même projet pharaonesque : l'idée, sous prétexte d'hygiénisme (l'hygiène étant une condition du bonheur), est d'urbaniser toute la population et par là d'en assurer définitivement le contrôle. Jusqu'alors, celui-ci passait essentiellement par l'entreprise. L'habitat, et donc la cellule familiale, y échappaient trop encore.

Projet délirant. Mais, contrairement au discours admis aujourd'hui, pas absurde – comme l'explique justement

Gérard Althabe dans un entretien publié par le *Journal des anthropologues*. D'abord parce qu'il s'inscrit dans la logique d'un siècle d'urbanisme qui a présidé à la restructuration de la plupart des capitales d'Europe. Ainsi Paris, remodelé par Thiers et par Haussmann, en fonction de visées essentiellement stratégiques : tenir les populations dangereuses sous surveillance. L'insolite est qu'ici ce projet intervient au moment où, ailleurs, le remodelage est achevé : il y a plus de cent ans que le seul aménagement de l'Ile de la Cité à Paris a fait disparaître au profit de la forteresse de la Préfecture, du parvis (véritable glacis défensif), de l'Hôtel-Dieu et du square Notre-Dame, plus de trésors historiques que n'en a contenu Bucarest. Plus près de nous, il y a eu les réalisations également hygiénistes comme le remplacement de petites maisons d'Alès par des HLM, les refontes esthétiques des centres de Bordeaux et de Rouen. Mais on sait maintenant que si les constructivistes des années vingt voulaient jeter les bases d'une société plus harmonieuse, leurs suiveurs ont construit des entrepôts de stockage humain. Bref, la conception urbanistique ceaucescienne a surtout le tort d'avoir eu des décennies de retard.

Ce que je trouve le plus triste, moi, dans le Centre civique, c'est que j'y revois, caricaturées, les plus belles images de mon enfance : Célesteville, la cité des éléphants voulue par le roi Babar. En haut de la colline, flanquant la résidence royale, il y avait d'un côté le palais de l'Industrie et de l'autre celui de la Culture. Les maisons heureuses s'étageaient au-dessous, et, en bas, les éléphants batifolaient dans le fleuve, quand ils ne défilaient pas devant le roi campé sur son cheval de bois, en vantant les joies du travail, comme un jour de 1er Mai à Moscou. La disposition de la Maison du Peuple du Centre civique de Bucarest, au bout des vastes rangées d'immeubles montant du cours bétonné de la petite rivière Dîmbovita où devaient chanter des jets d'eau, n'est guère différente de celle de la maison de Babar. Jean de Brunhoff dessinait ses histoires pour ses enfants au temps du Front populaire : on chantait « Allons au-devant de la vie, allons au-devant du bonheur. » Sa ville était, plus encore que la Cité radieuse de Le Corbusier, l'héritière des rêves de sociétés harmonieuses, de Ledoux à Fourier, sans oublier le familistère de Godin, ce fabricant de poêles qui voulait tant voir ses ouvriers vivre en bonne entente sociale. Faut-il pour autant cracher aujourd'hui sur tout cela, au nom de la mort des utopies et de la bêtise d'un apparatchik parvenu qui se croyait adulé par les masses ?

Le Centre civique n'est pas exactement au centre de Bucarest, mais dans sa partie sud : sur le seul terrain un peu accidenté, où se trouvait un quartier charmant et des jardins. Ont été ainsi détruites les Archives nationales, un grand hôpital, le marché Unirea, une dizaine d'églises anciennes et la synagogue séfarade, le monastère historique de Cotroceni… Destiné à grouper les lieux administratifs et politiques ainsi que l'habitat de la nomenklatura autour de la Maison du Peuple, nom pudiquement donné au palais présidentiel, il coiffe et commande la ville. Celle-ci perd sa structure concentrique, son axe n'est plus la Calea Victoriei, elle se trouve déboussolée par la nouvelle transversale qui fait barrage, ne vient de nulle part et ne mène à rien. Une manière parmi d'autres de faire table rase du passé. Un éminent architecte, Gheorghe Leahu décrit ce qu'il a vécu ces années-là :

> L'accomplissement des indications de Ceausescu est très bien contrôlé. Les représentants du Parti et de la Sécurité s'occupent avec une frénésie hystérique de ce que tout soit conforme aux indications. Des visites courtes, des séances opératives, des ordres, des

> menaces, des coups de téléphone apparaissent au-dessus de l'immense surface de Bucarest. Les valeurs des gens, le patrimoine des institutions sont jetés en vitesse dans les camions. Les habitants se réveillent avec les toitures de leurs maisons arrachées… Les nouveaux immeubles de huit ou dix étages dans lesquels ils sont obligés de déménager sont situés dans la banlieue, leurs murs sont encore humides, ils sont sans chauffage et sans ascenseurs.
>
> Dans cette démence apocalyptique, on jette tout, sans tenir compte de la valeur des choses. Les employés municipaux dévoués au parti communiste, la police et l'armée s'occupent de tout. Quelquefois, le maître absolu de la Roumanie rend visite comme un orage, accompagné de dix ou quinze voitures noires, pour vérifier si on a respecté ses précieuses indications et, d'un seul geste, décide du destin de milliers de personnes. Des milliers d'ouvriers détruisent le cinquième de la Bucarest traditionnelle. Des nuages de poussière de trente à quarante mètres de hauteur couvrent l'horizon de la ville…

À mon premier passage, j'avais fait une remarque sur la poussière qui stagnait dans l'air et retombait en boue avec la pluie sur tout Bucarest. La pollution, comme ailleurs ? Non, me disait-on. C'est la poussière des démolitions qui, après trois ans, n'a pas fini de se dissiper. J'y avais cru. Jusqu'au jour où je lus, dans le journal d'Yvonne Blondel, qu'elle avait noté en 1917 : « Je retrouve avec joie Bucarest, malgré la poussière qui plane sur la ville et que le plus beau soleil ne parvient jamais à dissiper… »

Ce qui frappe, plus encore que le gigantisme (les avenues sont légèrement plus larges que les Champs-Élysées), c'est le côté ringard de l'architecture choisie.

Gigantisme n'est pas grandeur. Le choix du style revient, dit la vulgate bucarestoise, à Ceausescu en personne, qui, pas convaincu par les matériaux et les techniques modernes du béton, du métal et du verre, était séduit par la bonne vieille pierre de taille. Ce serait chez Kim Il Sung qu'il aurait trouvé son modèle. À en juger par ce qui a été abondamment montré de ses « luxueux » appartements privés, les goûts domestiques du dictateur oscillaient entre Bidelmayer et les Galeries Barbès. La traduction, en architecture, ce sont des alignements de façades très blanches, apparemment semblables, mais en réalité très travaillées pour tout ce qui est des corniches, balcons, fenêtres. On y retrouve tous les motifs qui ornent les immeubles de la capitale, amplifiés et magnifiés. Un catalogue exhaustif et créatif de l'art bucarestois. Et c'est là que l'on se rend compte que tout cela ne peut pas être le fait d'un profane, même maniaque, mais d'une équipe de haute valeur constituée en véritable école.

Au bout de l'avenue principale, dont on n'arrive pas à apprécier la distance (en centaines de mètres ? en kilomètres ?), le palais semble, tant ses dimensions sont aberrantes et le rapport des étages entre eux disproportionné, échapper à une appréhension immédiate. L'œil n'accommode pas tout de suite, perd ses repères, et on se demande : « Mais enfin, quelle taille ça a vraiment, cette chose ? »

Laid ou pas, le quartier du Centre civique existe et il faut faire avec. D'ailleurs ses appartements sont désormais recherchés. Ils sont spacieux et agréables. Nous sommes entrés dans plusieurs immeubles, Klavdij et moi, nous avons emprunté les ascenseurs, et nous avons même pris un long bain de soleil sur un toit plat et blanc, prolongé à perte de vue par d'autres toits plats et blancs où fourmillent des souches et des conduits de cheminée en parpaing étrangement artisanaux.

Le vrai problème, c'est que le chantier a précipité le pays dans la faillite. On n'avait jamais vu dans l'histoire, peut-être depuis la fondation de Saint-Pétersbourg, toute l'activité économique d'un peuple mobilisée, détournée, saccagée pour réaliser un projet urbain. Un projet en lui-même monstrueux et archaïque d'inscrire le pouvoir dans la ville. Qui dit projet monstrueux tient par là même la preuve que son auteur était un monstre, puisque c'est lui seul qui l'a conçu, dessiné, surveillé dans ses plus petits détails, terrorisant les architectes par ses interventions, changeant tout d'un coup de canne, imposant chaque jour de nouvelles lubies. En réalité, on est là au cœur d'une question essentielle : la vision qu'ont aujourd'hui du système communiste ceux qui vécurent dedans et, bon gré mal gré, y participèrent. Acteurs et victimes, passifs et actifs ? « La réaction naturelle face au communisme, écrit Gérard Althabe, consiste à le considérer comme un mal métaphysique et par là on l'exclut de l'histoire, on l'exclut de l'analyse en hypostasiant le dictateur. »

Un seul homme, imposant sa volonté par la terreur, serait donc l'auteur du Centre civique ? On ressasse volontiers sa paranoïa : on dit, par exemple, que, vue d'un satellite tournant autour de la terre, la disposition des immeubles aurait dessiné les lettres de son nom. Ou que l'hôpital historique aurait été détruit parce que le chien d'Elena Ceausescu s'y serait fait maltraiter par un chat.

À lire *Bucurestul dispârut* de Gheorghe Leahu, la réalité apparaît plus complexe. Et c'est humain : on imagine mal un rassemblement d'architectes, d'urbanistes, d'ingénieurs, d'entrepreneurs réunis par le pouvoir pour se faire exposer un projet aussi grandiose, avec tous les moyens du pays mis à leur disposition, ne pas réagir avec enthousiasme : une occasion pareille ne se présente qu'une fois dans une vie, voire qu'une fois par siècle. Que cet enthousiasme ait été tempéré chez certains par des réserves idéologiques qui ne pouvaient être formulées sauf à être écartés du chantier, c'est probable. Des personnalités, citées par Gheorghe Leahu ont protesté : l'académicien Grigorei Ionescu, la fille du grand écrivain Barbu Delavrancea, l'académicien Razvan Theodorescu et d'autres professeurs ont fait, écrit-il, « de nombreuses démarches qui auraient pu avoir des répercussions très graves ». Mais, enfin, tout le monde y a finalement œuvré. Et la vérité, c'est que l'idée première d'un remodelage massif de la cité ne vient pas du dictateur, mais lui a été suggérée en 1977, après un tremblement de terre, par l'architecte en chef de Bucarest, Alexandre Busteanu, lors de la visite officielle des décombres. Au départ, il y eut adhésion passionnée des intéressés. À l'arrivée, on retrouve dans la réalisation une cohérence du style, une maîtrise de l'ensemble, une inventivité dans le cadre de canons très élaborés, bref un art qui ne vient pas d'analphabètes en architecture ou de techniciens contraints par eux, réduits au statut de tâcherons. Gheorghe Leahu résume bien l'ambiguïté de la situation :

> Produit de l'intelligence, du talent et parfois de l'humiliation de ceux qui l'ont édifié, le nouveau centre ne peut être contesté. Il existe…
> Il peut nous plaire ou nous affliger. Il contient quand même quelques solutions de valeur comparable à celles de l'architecture contemporaine occidentale, mais il contient aussi cette construction gigantesque et monstrueuse qui l'étouffe en le dominant : la Maison du Peuple.

Gheorghe Leahu se renierait lui-même s'il s'exprimait autrement. Il a été, auparavant, l'auteur des réalisations les plus prestigieuses de la ville moderne. Notamment du grand magasin Unirea, qui fait face au carrefour des nouvelles avenues du Centre civique. Or ce bâtiment, dont les proportions massives excluent toute élégance, dont les niveaux bien dégagés scandés de piliers forment quand même de beaux espaces reliés par des escaliers mécaniques, se présente, pour qui n'est pas prévenu, comme faisant *déjà* partie du Centre civique, alors qu'il le précède d'une dizaine d'années. Et il suffit de se promener dans la ville pour trouver partout d'autres préfigurations.

La responsable en chef finale du chantier, l'architecte Anca Petrescu, n'a jamais, elle, renié son œuvre. On dit qu'elle fait encore visiter la Maison du Peuple avec orgueil. Et qu'elle continue aujourd'hui d'aménager d'autres villes roumaines.

*

La tendance est naturelle : tous les maux de l'Allemagne viendraient de la paranoïa de Hitler, tous ceux de l'Union soviétique de la cruauté machiavélique de Staline, et même les Français crurent avoir exorcisé Vichy en fusillant Laval. Ceausescu n'est ni Hitler ni Staline. Plutôt un petit fonctionnaire doté des pouvoirs d'Ubu par ses pairs, les comtes palotins. Il n'est pas, comme les précédents, le créateur du système qu'il dirige. À son avènement comme secrétaire du Parti, ce système, dont il était lui-même un produit, était déjà en place, les rouages en sont huilés, et le mot « total » – tel qu'il a été employé par Constantin Dumitresco dans *La Cité totale* – prend ici tout son sens. La terreur vécue par le peuple roumain sous le règne de Ceausescu ne s'est pas affichée par l'usage massif des prisons et des camps de la mort – encore que les hôpitaux psychiatriques n'aient pas chômé. Cette terreur-là est derrière lui, elle a produit plus de 150 000 morts, et elle est le fait de ses prédécesseurs.

Lui, quand il apparaît sur le devant de la scène, apparatchik monté en grade, soulève même l'espoir : refusant de participer à l'invasion de la Tchécoslovaquie en 1968, il affirme l'autonomie du pays, jusque-là humilié par la présence russe, et son exploitation du nationalisme le rend un temps populaire.

En 1945, le parti communiste roumain ne comptait que quelques centaines de militants, et ses chefs étaient en Russie. Trois ans plus tard, il en comptait 600 000. Les cadres, les polices du nouveau pouvoir furent souvent ceux des mouvements fascistes qui avaient servi le précédent. La Roumanie a peut-être été le pays où la technique du « fil à la patte » a été menée avec le plus d'efficacité. Tout le monde était tenu : par le chantage à la répression sur la famille, par la certitude que le voisin, l'ami subissait le même chantage et donc que, définitivement, inexorablement, *personne* n'était fiable, tout le monde étant susceptible d'être contraint de faire un rapport sur tout le monde. Dans ces conditions, la première période d'écrasement physique passée, il n'y avait pratiquement plus besoin de prisons. Le pire était cela : un sentiment général de saleté morale qui engluait tout. Un jeune cinéaste né à Paris, Radu Mahaileanu, a traduit cette atmosphère irrespirable en racontant l'histoire d'un écrivain – comme l'était son père – qui finit, après une longue résistance, par craquer pour sortir de prison, convaincu de la vanité de son attitude par la lecture des rapports que tous ses amis faisaient sur lui : désormais, il fera des rapports sur les autres, et comme ceux des autres, ce seront des rapports inutiles, ou plutôt utiles à une seule chose, à le tenir.

Sous Ceausescu, quand les lendemains commencèrent à déchanter, il y eut des explosions de révolte. Celle de l'écrivain Paul Goma, en 1977, qui écrivit une lettre de solidarité aux opposants tchèques persécutés de la Charte 77 et l'envoya ensuite ironiquement à Ceausescu, lui demandant de l'approuver puisqu'il avait désapprouvé l'intervention soviétique de 1968. La réponse fut la prison, puis l'exil. L'explosion, la même année, de 35 000 mineurs de la vallée du Jiu qui, excédés par la misère et les conditions de travail, se mirent en grève. La réponse fut la répression, la vallée déclarée « département interdit », et, après sa « pacification », Ceausescu eut droit au titre de Premier Mineur du Pays.

Des titres de ce genre, il en recevait quotidiennement. Outre ceux que j'ai mentionnés plus haut, citons encore : le Premier Fils du Peuple, le Premier Homme de la Patrie, le Premier Penseur de la Terre.

Quant à Elena Ceausescu, reconnue comme un cerveau scientifique de premier plan, sa promotion au rang d'académicienne n'était pas non plus une lubie mégalomaniaque du couple, elle faisait partie du système : elle permettait d'humilier les authentiques scientifiques en leur faisant sentir la vanité de leurs vrais titres et la précarité de leur position, donc de renforcer leur soumission et, eux aussi, de les « tenir ».

Le poète, jadis surréaliste, ancien président de l'Union des écrivains, Virgil Teodorescu, célébrait ainsi Elena :

Arc tendu pour que la flèche bondisse
Construction transparente de pétales
Effigie de son cœur ardent
Image renversée dans les yeux du Grand Autre.

La mise à mort du couple Ceausescu-Ubu par leurs hommes liges, les comtes palotins, est à l'image du système dans lequel toute une classe a vécu et qui l'a fait vivre. Pendant des années, cette classe profitant du régime, ne serait-ce que de ses miettes, s'est regardée en lui comme dans un miroir. Elle l'a louangé comme le grand dispensateur de la vie. Et le peuple entier était convié, contraint par cette classe, à cette lecture, ce regard, ces louanges. Jusqu'au moment où tout, et la vie elle-même, devenant intenable – le pays ruiné par le délire de la systématisation des villages et du Centre civique, par la volonté d'autarcie qui affamait la population, par l'isolement idéologique après la chute du Mur de Berlin –, ce n'est plus la vie que cette classe a lue dans les yeux du dictateur, mais sa propre mort. Elle a exorcisé cette vision par le procès que l'on sait, paradoxalement mené, parce que public, comme une ordalie mais fait par des juges masqués aux regards du public. Il fallait, pour la survie des autres, brocher un nouveau mensonge sur la grande trame de mensonges qui composaient le système : et donc que ce soient ces deux-là, et eux seuls, qui apparaissent comme les responsables de ce système où chacun se sentait sali par la complicité subie.

*

Bucarest est la ville de la nostalgie. Tout Bucarestois vous dira qu'elle a été, aurait pu être et pourrait être une ville merveilleuse. Tout Bucarestois promène en lui une ville idéale, la sienne, intime, rêvée, sublimée, et quand il parcourt la vraie, c'est la première qu'il entend faire partager au visiteur, lequel ne voit que la seconde. L'auteur d'une *Histoire de la nation roumaine*, Catherine Durandin, parle de « Bucarest la menteuse » : le mot traduit ce rapport de frustration, de déception, d'impuissance que le Bucarestois entretient avec sa ville dégradée – le même rapport que celui que les Roumains entretiennent avec l'histoire de leur pays.

Dès que nous avons dit à une amie de Klavdij que nous souhaitions continuer et finir notre voyage dans le delta du Danube, elle a protesté : « Mais ce n'est pas la vraie Roumanie ! – Pourquoi ? – Oh ! là-bas, les gens sont mélangés, vous n'y trouverez pas les authentiques Roumains. – Où est la vraie Roumanie, alors ? – À l'Ouest, vers Brasov, Cluj, Timisoara… – Vers la Transylvanie ? Mais une grande partie de la population est hongroise… » Nous n'avons pas insisté, cela serait devenu polémique. Cette amie était étrange. Elle avait été liée à Ranka à l'époque de leurs études, et elle était heureuse d'avoir de ses nouvelles, de connaître Klavdij. Elle nous donnait toujours des rendez-vous dans la ville, sur une place ou devant la statue de Michel le Brave, et nous entraînait dans d'interminables visites de lieux consacrés, dont la plus éprouvante fut celle du Village roumain sous une pluie battante. Elle refusait de parler de son travail, d'évoquer le lieu où elle habitait. Nous avons fini par comprendre qu'elle travaillait dans un ministère, qu'elle avait un appartement dans le Centre civique. Était-elle encore marquée par le syndrome des années Ceausescu : l'étranger, pour elle, devait-il toujours être tenu à distance ? Elle était complaisante, nous offrit des livres, mais les questions les plus anodines se perdaient dans le mystère. Au Village roumain, des inscriptions anciennes sur des maisons étaient en caractères cyrilliques : cela voulait-il dire, s'enquit Klavdij, que la langue roumaine s'était jadis écrite ainsi ? Elle ne savait pas. Sur un boulevard passa le maigre défilé d'une manifestation de Tziganes, protestant contre leur discrimination – à vrai dire, il y avait plus de policiers que de manifestants, quelques dizaines entourant leurs chariots. La manifestation avait été annoncée dans la presse. Je lui ai demandé ce que c'était : elle ne savait pas. Mais elle se mettait en quatre pour nous prouver combien Bucarest recelait de splendeurs. Et que seule la folie de Ceausescu l'avait défigurée.

*

On sent, dans une grande part de la littérature roumaine, deux pulsions antagonistes. D'abord un attachement à la terre, qui magnifie les valeurs du terroir, les valeurs telluriques, l'enracinement dans la vie paysanne, berceau, creuset, âme de la nation. Toute l'œuvre du grand poète Lucian Blaga, qui couvre plus de la moitié de ce siècle, chante l'âme du village, les chemins de terre, la vie attachée au rythme des saisons :

> Enfant, pose tes mains sur les genoux.
> En vérité l'éternité est née dans le village.
> Ici la pensée est plus lente
> et plus rare le battement de ton cœur,
> Comme s'il ne battait pas dans ta poitrine
> mais quelque part au plus profond de la terre.
> Ici s'étanche la soif de rédemption
> et si tes pieds sont en sang
> tu peux aller t'asseoir sur une terrasse de glaise… [1]

L'autre pulsion est celle de l'arrachement. La Roumanie, on le sait, est le pays qui a donné le plus grand nombre d'écrivains de langue française. Des écrivains que leur roumanité originelle a conduits à prendre doublement leurs distances avec cette « glaise » matricielle. S'inventant une sœur patrie – que n'a-t-on pas dit sur l'amour des Roumains pour la France ! – pour écrire dans sa langue, et se détachant à la fois de leur terre et du réalisme par la dérision, voire l'autodestruction : Ionesco, bien sûr. Et Cioran, qui écrivait :

1. Traduction de Jean Poncet, extrait de *Lucian Blaga ou le chant des étoiles*, revue *Sud*, nos 115-116.

> Ainsi il m'advint bien avant la trentaine de faire une passion pour mon pays ; une passion désespérée, agressive, sans issue qui me tourmenta pendant des années. Mon pays ! Je voulais à tout prix m'y accrocher – et je n'avais pas à quoi. [...] Je le voulais puissant, démesuré et fou, comme une force méchante, une fatalité qui ferait trembler le monde, et il était petit, modeste, sans aucun attribut qui constitue un destin.
>
> . . . .
>
> Je discutais interminablement le sort d'un pays sans sort : je devins, au sens propre du mot, prophète dans le désert. D'ailleurs je n'étais pas seul à divaguer, ni à souffrir. Il s'en trouvait d'autres qui avaient un *avenir* en vue, auquel, eux ils croyaient, bien que le doute les saisissait parfois sur la légitimité de leur espoir. Nous étions une bande de désespérés au cœur des Balkans. Et nous étions voués à l'échec ; et notre échec est notre seule excuse.
>
> Que notre pays n'*existât* pas, c'était pour nous une certitude ; nous savions qu'il n'avait quelque réalité que pour notre désespoir.
>
> Une espèce de mouvement se constitua vers ce temps-là – qui voulait tout réformer, *même le passé* [1]...

La Roumanie a produit les deux poètes français qui sont allés à l'extrême de la libération absolue de toutes les « glaises », de toutes les gangues terrestres, à commencer par celle du langage, pour rejoindre un monde d'au-delà du chaos, d'au-delà du sens : ce fut, à la fin de la Première Guerre mondiale, Tristan Tzara, avec le mouvement dada. Et à la fin de la Seconde, Isidore Isou avec le lettrisme.

Un Roumain au moins a tenté la fusion – s'exiler,

1. « Mon pays », publié dans *Le Messager européen*, n° 9.

écrire en français, mais dire sa passion pour sa terre : Panaït Istrati fut et mourut le plus malheureux des hommes, lui « le baladin » qui, disait-il, « voulait se donner tout entier à quelqu'un, à quelque chose : à un homme, à une idée ».

*

Pays rêvé, peuple rêvé, histoire rêvée.

La Roumanie n'échappe pas à la malédiction de la région : lorsque, en 1877, les principautés réunies de Valachie et de Moldavie obtiennent des puissances européennes la reconnaissance de leur pleine indépendance et reçoivent en prime un souverain venu de la famille des Hohenzollern, le territoire du nouvel État est amputé des terres qui forment, dans l'esprit de tout Roumain, l'entité nationale : la Transylvanie, que chacun considère comme le vrai cœur du pays, même s'il est peuplé pour 40 % de Hongrois et de germanophones, va à l'Autriche-Hongrie, la Bucovine et la Bessarabie à la Russie, et même le sud de la Dobroudja à la Bulgarie. On a vu, par le journal d'Yvonne Blondel, l'élan sacré qui conduit les Roumains à se ranger aux côtés des Alliés en 1916 pour récupérer les territoires dont ils se jugent spoliés. En 1941, l'alliance avec l'Allemagne est due davantage à la volonté de reconquérir la Bessarabie, envahie par les Soviétiques en 1940 à la faveur du pacte germano-soviétique, qu'aux affinités nazies du Conducator, le général Antonescu, vrai maître du pays. 500 000 soldats roumains sont expédiés dans la campagne de Russie, 150 000 meurent devant Stalingrad, avant la révolution de palais menée par le jeune roi Michel qui, en 1943, opère un retournement au profit des Alliés et permet l'entrée des troupes soviétiques – au moment même, d'ailleurs, où Antonescu (en fait, il y avait deux Antonescu : le maréchal – Ion – et le ministre des Affaires étrangères – Mihai) négociait secrètement avec les Alliés, ce qui rend, rétrospectivement ce « coup d'État » du roi dérisoire et fatal pour son auteur. Aujourd'hui, les Roumains rêvent toujours de la Bessarabie perdue, et ils sont déçus, après le détachement de l'URSS de la République moldave, que celle-ci n'ait pas rallié la mère patrie.

Un peuple qui se veut purement latin, le plus pur même de la latinité moderne, puisque fondé, dit-il, par les légionnaires romains, tout en cohabitant avec des « minorités » nombreuses, dont les Hongrois et les Tziganes, qui forment quelque 20 % de la population. Quant aux 700 000 Juifs dénombrés entre les deux guerres, il n'en reste guère. Contrairement aux Bulgares, ceux-là étaient en majorité ashkénazes, beaucoup avaient fui la Russie : d'abord celle, invivable, des Zones de résidence du temps du tsar, puis celle des bolcheviks. Dès l'origine, ils furent considérés comme un corps étranger dans la roumanité. La première Constitution stipulait qu'ils n'avaient pas droit à la citoyenneté roumaine – le prétexte était, il est vrai, que cette mesure visait les Turcs. Il fallut l'intervention des puissances européennes – et plus encore que celle de la France, celle de Bismarck – pour que, au bout de deux ans, on parvienne à faire supprimer cette ségrégation, mais l'accès de la propriété de la terre est resté interdit aux Juifs roumains.

Aujourd'hui, une version courante est que, durant la Deuxième Guerre mondiale, les Roumains protégèrent « leurs » Juifs. À vrai dire, le roi Michel lui-même, dans ses Mémoires, n'est pas très clair – mais sur quoi le pauvre homme est-il clair ? –, il croit savoir, dit-il, qu'on a fait ce qu'il fallait pour cela. Il est exact que la dictature d'Antonescu ne livra pas de Juifs aux nazis. Les pogroms qui sévirent à l'intérieur du pays furent purement autochtones, et la « solution finale » n'y joua aucun rôle : plusieurs éclatèrent en 1941, conjointement à l'insurrection manquée de la Garde de fer contre Antonescu, lutte pour le pouvoir entre nationalistes et fascistes rivaux. La même année, à Iasi, des déserteurs, se croyant repérés par l'armée, tirèrent des coups de feu, le bruit courut aussitôt parmi les soldats que les Juifs voulaient les assassiner, et toute la population juive fut raflée. Deux trains de marchandises chargés de Juifs furent abandonnés sur une voie de garage : bilan du pogrom, 4 000 morts. En revanche, dans les territoires de Bucovine et de Bessarabie reconquis sur les Soviétiques aux côtés des armées allemandes, et jusqu'à Odessa, fut menée une action systématique d'« évacuation » des Juifs. Ils étaient germanophones, ils étaient indésirables, et si l'Allemagne les réclamait… Sur le tard, en 1943, prévoyant la nécessité de traiter avec les Alliés, les Antonescu s'affolèrent, essayèrent d'inverser le courant, envisagèrent le départ des Juifs du pays en Palestine. Il y eut même une tentative : un cargo, battant pavillon roumain, chargé de Juifs, fut coulé en mer Noire par la marine soviétique. Le chiffre total des victimes juives de la Roumanie du roi Michel est, nonobstant le vague de ses souvenirs, estimé par Raul Hilberg dans *La Destruction des Juifs d'Europe* à 270 000.

On ne trouve aucune trace de cet « épisode » dans l'*Histoire de la nation roumaine* déjà citée. Il est vrai que l'auteur n'y est pas d'une clarté cartésienne. Ainsi, pour expliquer le décalage entre nation rêvée et pays réel, écrit-elle joliment :

> Comment opérer sur le terrain moldo-valaque, aux bouches du Danube, la translation d'un modèle qui, dès 1848, plus de cinquante ans après l'épopée révolutionnaire française, n'est pas univoque… L'espace réduit, le temps qui se donne comme conséquence de temps

inauguraux, définis par ailleurs et par les autres, jouent comme contrepoids handicapant contre la plénitude de l'identité émergente.

Partout et toujours revient en revanche le leitmotiv du caractère exceptionnel de la souffrance roumaine. Une souffrance subie, venue de l'extérieur. Que l'histoire de la Roumanie ait été une suite de luttes sanglantes pour le pouvoir de clans nationalistes contre d'autres ne semblait pas laisser de place au peuple lui-même comme sujet de cette histoire. En 1933, les Gardes de fer de Codreanu assassinent le Premier ministre Duca. En 1938, le roi Carol II élimine les Gardes de fer du pouvoir, crée son propre Front de la Renaissance nationale, Codreanu est assassiné. En 1940, la Roumanie devient un « État national légionnaire » sous la direction du Conducator Antonescu. En 1941, les légionnaires se révoltent contre leur ex-chef et sont à leur tour éliminés physiquement par lui… Mais de toute une avant-guerre évoquée par ailleurs comme fastueuse, la chronique roumaine préfère rappeler les amours néfastes du roi Carol II avec Mme Lupescu – laquelle, comme par hasard, était juive – qui le conduisirent à abdiquer en faveur de son fils Michel. Cioran est lucide quand il écrit du mouvement des Gardes de fer auquel il appartint brièvement :

> Ce fut un mouvement cruel, mélange de préhistoire et de prophétie, de mystique de la prière et du revolver, et que toutes les autorités persécutèrent, et qui cherchait à être persécuté. Car il avait commis la faute inexpiable de concevoir un avenir à ce qui n'en avait pas. Tous les chefs furent décapités, leurs cadavres furent jetés dans la rue : ils eurent, eux, un destin, ce qui dispensait le pays, lui, d'en avoir un. Ils rachetaient leur patrie par leur démence. Car ce furent des martyrs sanguinaires.

> Ils croyaient au meurtre : aussi bien furent-ils tués. Ils emportaient dans leur mort l'avenir qu'ils avaient conçu, en dépit du bon sens, de l'évidence, de « l'histoire ».

Ces lignes, qui concernent les hommes de Codreanu, pourraient servir d'épitaphe au couple Ceausescu.

À cette énorme différence près que ces derniers furent les représentants d'un régime qui s'installa sur les cendres encore chaudes des précédents, mais perdura, lui, plus de quarante ans.

*

Le vrai problème, la vraie tragédie de l'ère Ceausescu ce sont, plus encore que la systématisation des villages et la destruction du centre de Bucarest, les conditions dans lesquelles a vécu le peuple roumain pendant que cela se déroulait, et qui sont à la limite de l'indicible.

Indicible est le mot qui explique que nos amis Roumains, usés par ces années où ils ont constaté que personne ne comprenait leurs souffrances et que bien peu s'y intéressaient, aient gardé un sentiment d'abandon, voire de trahison. Il explique qu'aujourd'hui ils en parlent avec l'amertume et sur le ton fatigué de ceux qui savent que, de toute manière, ils ne seront toujours pas compris. Usure, amertume, fatigue : cela ne s'efface pas en quelques jours ou quelques années.

La population a été doublement victime : et du plan aberrant de remodelage social, et de l'objectif de réduction à zéro de la dette extérieure. Vie économique mise à mal, vie sociale impossible. Plus d'éclairage, plus de chauffage – des familles montaient une tente dans leur appartement glacé – pénurie généralisée, du moindre clou aux denrées élémentaires pour la survie. On crevait de froid, de faim, de saleté et de manque de tout ce qui permet d'exister quotidiennement. Imperturbable, le régime élaborait des plans de diététique et interdisait la contraception – au nom d'un glorieux effort parmi d'autres, l'effort démographique. Une économie de guerre totale après trente-cinq ans de paix et de construction du socialisme. Ceausescu stigmatisait, dans les rassemblements publics, l'obésité qui menaçait les Roumains.

> Beaucoup se sont engraissés plus qu'il n'est nécessaire. *(Applaudissements.)* J'ai constitué une commission d'État et du Parti formée de spécialistes qui, sur la base des normes de l'expérience internationale – mais en tenant compte de la spécificité du peuple roumain –, doit définir ce qu'il est normal qu'un habitant consomme et en quelles quantités il doit le faire. En tenant compte de la structure des aliments ainsi que de la spécificité des activités, il faudra faire en sorte que nous assurions tout ce qui est nécessaire à la santé physique des gens et en même temps agir pour empêcher l'obésité… Nous avons, spécialement chez le citoyen d'âge moyen, de graves phénomènes de maladies dues aux excès alimentaires, y compris aux excès de boisson. Nous désirons réaliser un programme spécifique d'alimentation… Notre peuple est reconnu comme un peuple intelligent et créateur, nous devons sauvegarder cette intelligence et la développer. *(Applaudissements puissants. On scande : « Ceausescu avec le peuple ! »)*
>
> Discours à Braïla, novembre 1981.

En Roumanie, on ne nous dit pas seulement : « Vous ne pouvez pas comprendre. » On en vient à dresser un acte d'accusation pour complicité. Sans jamais se départir d'ailleurs de l'inépuisable politesse roumaine. Ainsi la responsabilité de tous les maux dont ont souffert les Roumains est-elle rejetée sur ces trois coupables, étrangers à l'âme du pays : l'Union soviétique qui a imposé le communisme, les Ceausescu qui étaient des paranoïaques, et la gauche occidentale qui a été complice de l'idéologie totalitaire.

2

Coucher de soleil sur le delta

Dans nos rencontres bucarestoises – et même lors de la douce soirée tchékhovienne chez des amis de Gérard Althabe, dont j'ai déjà parlé –, il arrivait toujours un moment où Sartre, comme le raton laveur, revenait dans la conversation pour tout gâcher. Sartre, pour nos amis roumains comme pour le grand philosophe, était celui qui avait écrit qu'« un anticommuniste est un chien ». Donc celui qui, forcément, les avait traités, eux les victimes du communisme, de chiens. Pour moi, comme pour Gérard, le Sartre de mes vingt ans était celui qui m'avait appris à réfléchir à la liberté, la nôtre et celle des autres : celui que *L'Humanité* traitait de « hyène dactylographe », à l'époque des procès staliniens.

En Roumanie, la période stalinienne de Gheorghiu Dej fut marquée comme ailleurs par les procès et la pendaison, sous les accusations classiques de trahison, des leaders politiques qui avaient servi dans un premier temps à cimenter un front démocratique de façade – tel I. Maniu, fondateur du parti national paysan. Classiquement aussi, les vagues d'épuration finirent par frapper au sein de la direction du parti même. En 1952, Anna Pauker, le Premier ministre, fut éliminée à son tour : elle avait le double tort d'être juive et d'avoir milité avant la guerre dans les pays capitalistes (elle avait été la compagne de Fried, le conseiller occulte du parti communiste français). La grande époque des procès pour hitléro-trotskysme, déviationniste titiste, etc., étant passée, Anna Pauker ne fut pas pendue mais seulement écartée du pouvoir pour « déviationnisme de droite ».

Déviationnistes ou pas, de droite ou pas, il reste que c'est sous la direction d'Anna Pauker et consorts que furent perpétrés les pires crimes du stalinisme. C'étaient eux qui avaient envoyé les prisonniers politiques sur le chantier du canal Danube-mer Noire qui fit des dizaines de milliers de morts, c'étaient eux qui avaient fait passer une partie de l'élite du pays par la prison de Pitesi, dont la mécanique consistait à transformer par la terreur les détenus rescapés des tortures quotidiennes en bourreaux dociles. Cette prison existait déjà sous la dictature précédente, mais ce qu'en fit le régime communiste était sans commune mesure et, disent les Roumains, sans équivalent dans le monde : un vrai « laboratoire », a écrit Virgil Ierunca, de la négation de l'homme. Paul Goma, qui connut en prison, en 1956, des anciens de Pitesi, en a décrit le fonctionnement dans un des livres les plus terrifiants et les plus exemplaires de la littérature concentrationnaire, *Les Chiens de mort* : un Chalamov roumain. L'« expérience » de Pitesi fut arrêtée en 1952, à l'époque de la mise à l'écart d'Anna Pauker. Et comme il fallait en liquider les traces qui devenaient trop visibles à l'extérieur, on organisa le procès des bourreaux : on connaissait la méthode pour leur faire avouer… qu'ils avaient agi sur l'ordre de l'étranger pour discréditer le régime communiste.

*

Le train filait sur l'une des plus grandes lignes droites ferroviaires d'Europe, à travers la plaine du delta. Bucarest était loin derrière nous, et sa fatigue, et son usure. Tout était devenu lent, calme, comme la douceur du par-

Roumanie, Sulina, mai 1995.

ler roumain. Quelque chose de souriant et de mélancolique sur les visages. Aucune gêne, de la simplicité chez tous les gens rencontrés.

Nous avions maintenu le cap vers les bouches du Danube, persistant à préférer aux châteaux de Dracula le bas pays des longues navigations et des vents maritimes qui ont, des siècles durant, accumulé les migrations. Peut-être parce que, nous éloignant désormais des Balkans (on peine un Roumain en qualifiant son pays de balkanique, et, pour Cioran, parler du « cœur des Balkans » était encore, de toute évidence, une manière de rejeter son pays dans le néant ou la sauvagerie), nous sentions que le delta en est la vraie porte et que, là aussi, ont vécu en harmonie des pluralités de cultures qui avaient presque fini par n'en faire qu'une seule.

Immensité des champs, scandés par d'énormes silos. À l'approche de Braïla, c'est la plaine du Baragan, dont Panaït Istrati disait que « le Seigneur l'a octroyée à la Valachie pour que le Roumain puisse rêver à son aise », et dont il a chanté « le grand départ des chardons » emportés par le vent de printemps – ces chardons « qui viennent de Dieu sait où et vont Dieu sait où… ».

Braïla fut ce port cosmopolite sur le bras principal du Danube, à l'intérieur des terres, où tant de gens aux langues différentes vivaient au début du siècle. Sur les pentes du fleuve s'étageaient alors en mosaïque les quartiers grec, juif, arménien, tandis que, sur le plateau, la grande artère était bordée de vrais petits palais. « Au gué de Braïla / Près du Danube large / En bas du port on charge / Des fils d'or et de soie / Et du riche métal… », disait la ballade de Kyra Kyralina, qui inspira Istrati, fils d'une blanchisseuse roumaine et d'un contrebandier grec. Aujourd'hui, ici comme ailleurs, un hôtel international écrase la place principale, créant autour de lui, sinon le vide, du moins l'anonymat et la désuétude. Des

Roumanie, Sulina, mai 1995.

rues en partent, aux maisons qui furent magnifiques, surchargées de motifs, où l'on devine que vivait une bourgeoisie de banquiers, d'armateurs, de propriétaires, de nouveaux industriels. Braïla, ville de vieille culture, mais aussi ville où les idées révolutionnaires trouvaient un terrain fertile dans les quartiers descendant vers le port.

Tous les habitants semblaient avoir leur idée exacte du lieu où se trouvait la maison de Panaït Istrati et voulaient nous renseigner avec gentillesse. « Venez avec nous », nous a dit un couple : il nous a conduits dans un parc romantique surplombant le fleuve jusqu'à un épais bâtiment abandonné qui avait peut-être été une maison de la Culture. Là, surprise, gisaient dans la cour les restes, ruinés comme après le passage des barbares, d'une masure paysanne qui avait dû servir de spécimen ethnologique, avec son puits au balancier cassé. « Voilà ! » a dit l'homme avec tristesse. « Voilà ce qu'ils en ont fait, les Tziganes, de la maison de Panaït Istrati ! Ils ne respectent rien. » Nous avons eu beaucoup de mal à nous arracher au récit des turpitudes tziganes. Mais déjà un professeur nous entraînait vers « la vraie maison d'Istrati ». C'était, non loin de là, une bâtisse des années trente, effectivement musée et naturellement fermée. « Non, a dit une dame, il n'y a pas de maison d'Istrati, mais il y a le lycée… » Connaissait-elle encore des Grecs à Braïla ? « Non, mais il devait bien y en avoir, tenez, voici leur église, c'est un joli monument, n'est-ce pas ? » Après tout, il eût peut-être aimé cette errance à la recherche de son ombre, celui qui écrivait qu'il n'attendait son histoire que des histoires des autres…

D'ailleurs n'était-ce pas en soi un non-sens que de chercher sa maison : lui qui fut le plus migrateur de tous les chardons du Baragan ? *Un chardon déraciné* est le titre qu'a donné Monique Jutrin- Klener à la jolie biographie qu'elle lui a consacrée. Il n'est pas né ici, mais à cinq kilomètres, dans un hameau où il a vécu sa première enfance. Son père passait du tabac entre le Danube et la Dobroudja qui était encore turque : quand il fut abattu par les douaniers lors d'une poursuite sur le fleuve, Panaït n'avait que neuf ans. À sept ans, sa mère, la blanchisseuse, l'avait pris avec elle à Braïla pour l'envoyer à l'école. À dix ans, écrit-il, « je lisais les bons livres quand je fuyais l'école pour aller dans les marécages… Je lisais *Eminescu et les brigands*, cherchant à confronter les récits de l'oncle Anghel avec les livres achetés dans le panier du Juif au marché ». La mère, toujours à la recherche de travail et d'un loyer moins élevé, ne cessait de déménager :

> Faut-il vous dire combien ces changements de quartier étaient pour moi riches en émotions ? Pâques et Noël eux-mêmes ne représentaient pas à mes yeux d'aussi gros événements. Ainsi j'ai connu les quartiers, les *oulitza*, les plus caractéristiques de notre ville : le russe, le juif et le tzigane…

Dès quatorze ans, il fait dix métiers : apprenti chez un boulanger, garçon de taverne, manœuvre aux ateliers mécaniques des docks… Quand il écrit ses premiers vers, il les lit à sa mère en lui disant : « Vois-tu maman ? Ces choses-là, même les rois n'en sont pas capables ! Il faut avoir du talent. » Sa mère l'embrasse follement : « Quel drôle d'enfant j'ai fait, moi : il peut faire des choses que même les rois ne peuvent faire ! »

Pour trouver à Braïla un lieu qui ait eu vraiment un sens dans sa vie, nous aurions plutôt dû penser à la boutique misérable du boulanger albanais Kir Nicolas, où il fit la rencontre qui décida de son avenir : celle de Mikhaïl, vagabond, russe et noble, du même âge que lui, qui ce jour-là lisait un livre en français et avec qui il échangea les premiers mots en grec. C'est avec Mikhaïl qu'il embarqua pour son premier voyage vers l'Orient. C'est avec Mikhaïl encore qu'il se retrouva à Bucarest en 1905 et qu'il participa aux manifestations de solidarité avec la Révolution russe pour protester contre les massacres et l'emprisonnement de Gorki : « Mon baptême révolutionnaire… »

Comme d'autres, il partit pour la France. Un de ses amis a écrit qu'il s'était « enfui de Roumanie pour rester roumain. Il a rempli vingt et un livres français d'histoires roumaines. Chaque histoire est un hymne à l'adresse du paysan roumain ». Et Panaït lui-même expliquait :

> Des élites grelottant sous des chaumières et se nourrissant d'une poignée de maïs s'abreuvent avidement de généreuse pensée. Or, de toutes les nations prodigues de cette pensée, la France nous est la plus connue. Elle nous empoisonne l'adolescence avec ses deux derniers siècles de littérature et de philosophie. Nous y croyons. Nous la prenons au mot. Nous nous emballons. Et nous venons parfois, sous un train ou à pied, lui demander des comptes.

En ce temps-là, on ne reconduisait pas les indésirables à la frontière, mais il arrivait qu'ils meurent de faim et de solitude. Le 3 janvier 1921, on trouve, dans le jardin Albert-Ier de Nice, un homme qui agonise dans une mare de sang. On sauve le suicidé et l'on découvre dans sa poche une lettre adressée à Romain Rolland. Deux ans plus tard, il publie *Kyra Kyralina*, il est qualifié de « Gorki balkanique », c'est le succès, d'autres chefs-d'œuvre suivent. Livres superbes et terribles où il chante, à travers sa terre natale, la misère des hommes de toutes les nations et son espoir en eux.

Les années de gloire sont brèves. Années de production intense, années d'errances ininterrompues, années d'indi-

Roumanie, Sulina, mai 1995.

gnation et d'interventions continuelles face aux terreurs qui sévissent dans son pays comme partout dans les Balkans qu'il connaît maintenant si bien. Un espoir, comme une grande flamme : l'Union soviétique. Il part pour un long voyage avec son ami Nikos Kazantzakis. Il continue seul, des mois durant, descendant vers Odessa, peut-être parce que c'est là que l'on parle grec et qu'il se sent le mieux parmi les anonymes. Ce n'est pas un voyage officiel, c'est un voyage prolétaire comme il les a toujours faits, financé par ses droits d'auteur soviétiques, plus ou moins toléré par les autorités qui voient d'abord d'un bon œil son projet d'écrire un hymne à la gloire du pays des temps nouveaux. Il découvre, lentement, une tout autre réalité. Amère :

> Des espoirs que j'ai nourris toute une vie de misères, il ne reste rien, plus rien, je suis une loque. Seule l'amitié que j'ai connue reste intacte. Quant au monde, avec ou sans moi, il suivra son destin. Et même, je l'emmerde…

Il veut « révéler les injustices du régime ». Non pour le mettre à bas, mais « uniquement pour porter le fer rouge sur des abcès qui couvrent entièrement le corps de la Révolution… J'ai le droit de me tourner vers la tourbe démocratique et de lui crier : racaille ! ». Il commence par écrire des lettres… à la Guépéou. Puis il rédige le récit de son expérience, *Vers l'autre flamme*. On est en 1928, et nul voyageur « retour d'URSS » n'a encore rien écrit d'aussi virulent contre le régime stalinien qui s'installe. Il envoie le manuscrit à son ami, son sauveur, son maître. Romain Rolland répond :

> Ce serait un coup de massue à la Russie entière. Ces pages sont sacrées, elles doivent être conservées dans les archives de la Révolution éternelle, dans son livre

d'Or. Nous vous aimons encore plus et vous vénérons de les avoir écrites. Mais ne les publiez pas.

Lignes à conserver dans le livre d'Or de l'hypocrisie éternelle. Panaït publie. Désormais, il est un paria. Finie « l'amitié qu'il a connue ». Tandis qu'il continue de vitupérer « l'ignoble Occident » et la pourriture des nantis, sa dénonciation de l'Union soviétique lui vaut les insultes de ses anciens amis, communistes comme Barbusse, « compagnons de route » (pour un temps encore) comme Kazantzakis.

> … Et juste en ce moment une grosse lutte se livre dehors à ma fenêtre, sur le balcon, entre *un seul moineau* et des dizaines d'autres, que le premier parvient à chasser, à intimider, pour rester maître d'un tas de pain qu'il ne peut plus manger, ni enterrer. Ah, j'ai tué ma vie à vouloir la justice sur la terre, imbécile !

Il revendique maintenant d'être « l'homme qui n'adhère à rien ». Il veut chercher refuge en Roumanie. Pas à Braïla, mais à Iasi, où un ami fidèle, médecin, peut soigner la tuberculose qui le ronge. Là, pour la bourgeoisie et le pouvoir, il est toujours le dangereux agitateur, toujours du côté de « ceux qu'on affame et qu'on mitraille », suspect de sympathie envers tout ce qui est cosmopolite et donc juif et, pour ce qu'il y a de gauche, il est le traître vendu. Il s'exprime dans la presse roumaine : ses ex-camarades y voient la preuve de son ralliement aux Gardes de fer… Ils l'accusent d'être fasciste et antisémite. Il s'épuise à répondre, lettre après lettre, article après article, dans toutes les directions :

> Je ne crois plus à aucune idée, à aucun parti, à aucun homme. Cette attitude absolue ne signifie pas que je ne

> crois plus à une amélioration possible de l'existence humaine. De mon passage dans le socialisme, je suis resté profondément convaincu que le système capitaliste est absurde, antihumain, antisocial, et que la lutte entre les nations est une diversion qui prolonge son existence néfaste à l'humanité.
> … Je ne suis pas philosémite, comme je ne suis pas philofrançais ou philoturc, parce que je n'ai pas besoin de ce qualificatif pour être un homme civilisé. Il est enfantin de rappeler que le mal de ce pays est engendré par ses gouvernements, et ceux-ci n'ont jamais été formés par des Juifs ou par des Hongrois, mais par des Roumains purs.

Il meurt au printemps 1935. Quelques jours plus tôt, il écrivait :

> Il est là, le merveilleux printemps. Chaque jour, ma chambre est inondée de soleil lavé par la neige. Et déjà, les gamins préparent leurs cerfs-volants de Nerrantsoula…

*

Notre bateau descendait très lentement le fleuve. Ce n'était pas une croisière, les deux ou trois cents passagers avaient une destination bien précise et étaient attendus par une foule à chaque gare fluviale. Des hommes serrés sur les bancs de la plage arrière parlaient fort en renouvelant sans fin leurs bouteilles de bière, des femmes en fichus de couleurs s'entassaient dans les coursives et dans l'entrepont, souvent accroupies sur le sol aux côtés d'amoncellements de valises et de paniers ficelés. Et, partout, on butait sur les bouteilles vides, on piétinait les épluchures noires recrachées des graines de tournesol et de citrouille.

Après Galati et le confluent du Prut qui remonte vers la Moldavie, le fleuve atteint parfois plusieurs kilomètres de large. En face de nous, l'Ukraine. Les hauts arbres masquant le pays, toujours des miradors, puis, soudain, un immense port sans vie apparente, et des dizaines et des dizaines de cargos rouillés, enchaînés en files, proue pointée vers l'amont, qui ne reprendront jamais leur route. À Tulcea, le Danube se sépare en plusieurs bras pour gagner la mer : l'un va vers le nord et Izmaïl, le grand port ukrainien. Notre bateau a pris celui de Sulina qui fut longtemps l'axe le plus fréquenté, avant le percement du grand canal Danube-mer Noire débouchant à Constantza, commencé sous la terreur stalinienne, abandonné, puis repris sous Ceausescu avec des moyens plus modernes et sans prisonniers politiques.

À partir de Tulcea l'estuaire se fait si marécageux qu'il n'y a plus de route, et notre bateau devenait définitivement le seul moyen de transport en commun. De temps à autre, une vedette bricolée filait avec quelques touristes ou des cadres pressés. La chaleur, la bière, le bercement du fleuve ont fait taire les conversations. Des tentacules aquatiques s'enfonçaient dans la végétation. Quelques villages aux maisons basses. Parfois, très rarement, un cargo turc ou ukrainien remontant au ralenti.

Debout sur une sorte de grosse bouée en plein milieu du canal, un homme en combinaison orange régulait à grands gestes la circulation inexistante : un cargo naufragé barrait la plus grande partie du passage. Naufrage mystérieux d'une cargaison non moins (officiellement) mystérieuse qui venait, dit-on, d'Odessa et faisait route pour Belgrade… L'épave était là depuis trois ans, et les travaux de dégagement ne faisaient que commencer.

Vols d'échassiers, hérons immobiles sur la berge, conciliabules de pélicans bavards (enfin supposés tels, car à cette distance…), quelques canots à rames qui tra-

Roumanie, Sulina, mai 1995.

versaient vers une destination inconnue, toujours masquée par les rideaux d'arbres… Cinq heures après avoir quitté Tulcea, le bateau était maintenant presque vide. Dans la réverbération du soleil couchant, eau grise et ciel se confondaient. Se sont dessinés enfin une tour, une grue, quelques immeubles du genre HLM : Sulina, bourgade du bout du fleuve. Et plus loin encore, une ligne sombre : la mer Noire.

« La Commission européenne instituée par le Traité de Paris du 30 mars 1856 pour améliorer la navigabilité des embouchures du Danube a construit ces digues et ce phare achevés en novembre 1870. Les Puissances signataires du traité ayant été représentées successivement par… », suit la liste des noms des mandataires de *« l'Autriche-Hongrie, la France, la Grande-Bretagne, la Prusse et la Confédération d'Allemagne, la Sardaigne et l'Italie, la Turquie »*. Cette plaque apposée sur une maison carrée en pierre grise qui abrite encore la capitainerie du port ne pourrait mieux évoquer le sort des peuples de la région et légitimer leur sentiment d'avoir été constamment dépossédés de leur histoire. On y trouve en effet deux absents. La Russie – elle venait de perdre la guerre de Crimée et donc de dire temporairement adieu à ses visées sur l'au-delà du fleuve – et surtout cette Roumanie qui n'était encore ici, en 1856, que la Valachie : la seule population présente sur ces confins n'a pas eu à participer aux décisions des cours européennes qui l'intéressaient au premier chef…

*

Pendant les trois jours que nous avons vécus à Sulina, seuls sont passés sur le fleuve deux cargos qui ont accosté pour les formalités de douane. Des autorités vaguement galonnées montaient à bord pour en redescendre, quelques heures plus tard, un peu titubantes. Un planton était mis en faction devant la passerelle. Les marins contemplaient mélancoliquement du pont l'unique quai déserté, c'est-à-dire la berge surélevée, les maisons basses, les quelques tavernes fermées, les rues où passaient plus de chiens que d'enfants, les magasins vides, le marché où l'on ne trouvait que quelques blocs de fromage blanc, des pommes de terre rachitiques et ridées de l'automne précédent. Au troisième jour, les rares passants nous saluaient dans la rue comme de vieilles connaissances. Nous étions les seuls clients de l'hôtel moderne dont la chaufferie solaire n'était déjà plus qu'un tas de tuyaux crevés ; nous avions dû refuser trois chambres car il y manquait toujours quelque chose, la moustiquaire, l'eau au robinet ou l'éclairage. Le soir, une boîte de nuit tonitruait en couvrant le chant des grenouilles pour attirer la jeunesse locale, mais où était la jeunesse locale ? Sur les pontons pourris amarrés dans des bras morts où logeaient des Tziganes au milieu des rats crevés ?

Au-delà, s'étendait un no man's land de dunes, de canaux et d'étendues d'eau croupie, de poutrelles et de blocs de béton dont on ne comprenait pas la destination première. Et au-delà, encore, la mer, qui plus que Noire méritait le nom de Morte, tant le battement mécanique de ses vagues huileuses et sombres imitait maladroitement la respiration marine. « *Beach !* » nous ont crié des jeunes filles. Elles ont disparu derrière des ronciers et nous ne les avons pas revues.

Nous avons traversé le cimetière des Lipovènes. Qui sont les Lipovènes ? Une secte de Vieux Croyants persécutés en Russie et venus peupler ce rivage il y a cent ans. Mais encore ? La sage théorie de Klavdij selon laquelle, en voyage, on ne peut prétendre tout savoir et tout

Roumanie, Sulina, mai 1995.

apprendre, qu'il faut laisser leur part d'autonomie et de mystère aux histoires que l'on croise, avait décidément du bon – surtout pour nous, voyageurs à bout de souffle, qui avions l'impression d'être arrivés sur la fin d'un monde.

Des coques de cargos échoués émergeaient des champs qui masquaient les eaux. Le soir tombait, c'était l'heure où la lumière qui s'enfuit exalte la passion photographique de Klavdij. Une proue noire se dressant très haut, nue, lui a fait oublier le temps, l'endroit, tout autre repère que cette forme enfoncée comme un coin géant dans le ciel, solitaire, lyrique, incarnant à la fois la désolation infinie et la pérennité du passage des hommes. Il l'a photographiée longuement, puis a sauté d'une épave échouée en pleine terre à l'autre avec une frénésie qui lui a fait négliger ce que, moi, j'apercevais au loin : au sud, d'une haute tour de radiophare, nous parvenaient de soudains miroitements ; au nord se dessinaient, j'en étais certain, les tourelles et les mâts gris de bateaux de guerre accostés au ras de l'horizon, et il en émanait d'identiques éclairs rapides : il n'y avait pas de doute, nous étions observés, uniques humains sur ce finistère. J'ai fini par repérer la silhouette d'un homme, non, de plusieurs, qui nous suivaient à la jumelle. Pour la première fois, j'ai senti monter une sourde angoisse et j'ai fini par la faire, un tout petit peu, partager à Klavdij, l'arrachant à un sentiment de plénitude dans son travail qu'il avait rarement vécu avec autant d'intensité depuis le début du voyage.

Au bout d'un canal impossible à traverser, c'était enfin la jonction du fleuve et de la mer. En face, très loin, la côte ukrainienne. Du haut d'un mirador, un homme en civil, armé, nous a hélés avant de descendre. D'autres, boueux et hirsutes, sont sortis d'une cabane, se sont approchés, nous ont tendu la main qui ne tenait pas une bouteille de bière : « *Ostarojno ! Granitsa ! Opasnïe !* –

Attention, frontière, dangereux ! » : presque mot pour mot et dans la même langue les paroles que nous avions entendues, il y avait plus d'un mois, au soir de notre arrivée dans le port de Durrës… Étaient-ils gardes frontières, roumains ou ukrainiens, étaient-ils pêcheurs ou contrebandiers, lipovènes ou tziganes ? L'homme à la Kalachnikov a insisté pour nous ramener en barque à Sulina. Nous avons refusé avec l'obstination du désespoir, pour rebrousser chemin vers l'ouest. Longtemps, sans oser nous retourner, nous avons senti leurs regards nous suivre. Peut-être étions-nous arrivés ici aux bords d'une Europe, encore une autre, qui s'affirmait d'emblée, celle-là, abruptement inconnue.

Annexes

1. Remerciements

Si nombreux sont ceux qui m'ont encouragé et aidé au cours des six années de préparation et de réalisation de ce livre qu'à vouloir les remercier tous j'en oublierais, et ce serait injuste. Certains sont cités dans mon récit, et il n'est pas la peine de répéter ici que leur amitié, même d'un jour, me reste précieuse. Et lorsque cette amitié devient un sentiment plus profond encore, ce sentiment est trop intime pour être mêlé à un tel récit – et pourtant, sans lui, le récit n'existerait pas.

De plus, si je voulais être tout à fait juste, il me faudrait équilibrer la balance, mettre le pire en face du meilleur, et mentionner les rebuffades, les inimitiés, les haines même parfois, que j'ai pu également rencontrer : cela irait du ridicule au tragique et ce serait fastidieux, outre que déplacé.

Pour ce qui est du meilleur, je ferai cependant deux exceptions.

La première concerne les paysans roumains anonymes qui m'ont soutenu chaleureusement lors de mon premier passage sur le pont de l'Amitié. Quels que soient les propos forcément sommaires que j'ai tenus dans ces pages sur le peuple roumain, ils m'ont donné de celui-ci, et bien d'autres à leur suite, une image de simplicité fraternelle qui reste indélébile.

La seconde concerne l'unique ambassadeur de France rencontré au cours de ces voyages, M. Jacques Faure, en poste à Tirana en octobre 1993. Le journaliste avec qui je voyageais étant tombé gravement malade, l'ambassadeur est accouru à notre domicile à deux heures du matin accompagné d'un médecin et y est resté presque jusqu'au petit jour : « C'est le devoir d'un ambassadeur de France de porter secours à tout compatriote en difficulté », m'a-t-il dit simplement.

2. Partis pris

Je suis conscient des contradictions de ce récit.

La première est la mienne propre. Je parle, au départ, d'une grande famille des hommes et, à chaque page, je fais appel, en désignant en bloc « les Albanais », « les Grecs », etc., à une psychologie des peuples, une généralisation que ma raison me porte pourtant à détester.

Ensuite, je suis conscient qu'à vouloir toujours parler d'histoire (moi qui, de plus, ne suis pas historien) je tombe à chaque pas dans des simplifications que je dénonce.

« À chaque pas, dit souvent Klavdij, on aurait pu prendre le chemin de gauche mais on a pris celui de droite. Au pas suivant, on aurait pu prendre le chemin de droite, mais on a pris celui de gauche. C'est cela, le voyage : nous avons fait telle rencontre, nous avons vu et il nous est arrivé telle chose sur notre chemin, nous aurions fait d'autres rencontres, nous aurions vu et il nous serait arrivé d'autres choses, si le hasard nous avait fait suivre un chemin différent. » Il en est probablement de mes tentatives de remontée historique comme de notre parcours géographique.

Pour certains lecteurs, je le sais, chacun de mes pas

sera ressenti comme un faux pas. Car à chacun de mes pas j'ai rencontré l'histoire telle qu'elle a été forgée dans la représentation collective qu'en a chaque nation. Prétendre se « promener » innocemment dans le labyrinthe des histoires ainsi forgées et forcément antagonistes est tout sauf innocent.

Le nationalisme se nourrit d'histoire et cette histoire est par nature subjective (au sens où le professeur de Tetovo me parlait de « chiffre subjectif » à propos du nombre des Albanais de Macédoine). Toute tentative de dépasser les certitudes ancrées au plus profond des cœurs et des esprits peut être ressentie comme une offense et une blessure, et l'on me renverra alors à ma propre subjectivité.

D'autant que je ne suis là que de passage, par définition léger, adjectif qui en induit un autre : superficiel. J'aborde avec légèreté des morceaux d'histoire dont des lecteurs se sentent les détenteurs, les propriétaires (c'est même souvent leur seul bien, en tout cas le plus cher, et pour eux il est sacré) : cette histoire est enracinée dans leur terre, gorgée de vies humaines, de sang, des sacrifices, d'événements tragiques, et toute recherche d'un autre sens que celui qu'ils leur donnent est sacrilège.

Pourtant je n'ai pas agi autrement à l'égard de ces pays « étrangers » qu'à l'égard de mon propre pays. Lorsque j'ai écrit *Les Passagers du Roissy-Express*, j'ai rappelé en passant par Drancy que ce camp de départ pour le génocide était un fait essentiellement français, et en passant par Aubervilliers que Pierre Laval qui en fut maire pendant vingt ans fut, à la tête du régime de Vichy, une des expressions – la plus noire, certes – de la France. De même, dans *L'Honneur de Saint-Arnaud*, j'ai voulu rappeler que, dans la France du progrès du XIXe siècle dont la lumière rayonnait sur le monde, il y eut cette conquête de l'Algérie où massacres et « enfumades » perpétuaient la barbarie et préfiguraient les chambres à gaz.

Je refuse donc de porter sur d'autres un regard angélique que je ne porte pas sur mon propre pays. Si je le faisais, ce serait une forme de mépris.

La question la plus pertinente qui me fut posée sur la France est peut-être celle de l'étudiante de Sarajevo me demandant de lui parler des guerres de religion. Nous avons eu nos propres purifications ethniques, religieuses et, n'en déplaise à M. le délégué à la Langue française rencontré à Skopje, linguistiques. Nous, Français du XXe siècle, avons seulement la chance que cela soit derrière nous. Rien ne nous dit que nous n'en avons pas encore une part devant nous, et ce qui se passe ou seulement se dit dans les contrées que j'ai traversées doit nous y faire réfléchir, si l'on s'en tient à mon propos initial qui est que ces contrées sont bien au cœur de notre Europe.

De même, je considère que j'ai le droit de ne pas juger en bloc des peuples et des nations en termes de bien et de mal, parce que je me suis moi-même efforcé de le faire dans mon esprit et, je dirai, dans ma chair, dès mon adolescence – lorsque j'ai décidé une fois pour toutes que je ne confondrai pas le peuple allemand et la nation allemande avec ceux qui ont torturé et assassiné les miens.

De ces voyages, je suis sorti, moi qui aime profondément ma patrie, renforcé dans un sentiment : la haine de tous les nationalismes.

BALKANS, DÉBUT 1995

AUTRICHE
Budapest
Lac Balaton
Danube
Tisa
HONGRIE
Ljubljana
SLOVÉNIE
Zagreb
CROATIE
Save
Belgrade
BOSNIE-
HERZÉGOVINE
Drina
SER
Mer Adriatique
Sarajevo
MONTÉNÉGRO
KO
ALBANIE
ITALIE
Bari
Durrës
Tirana
Lac d'Ohri
Korcë
Gjirokastër
Jannina

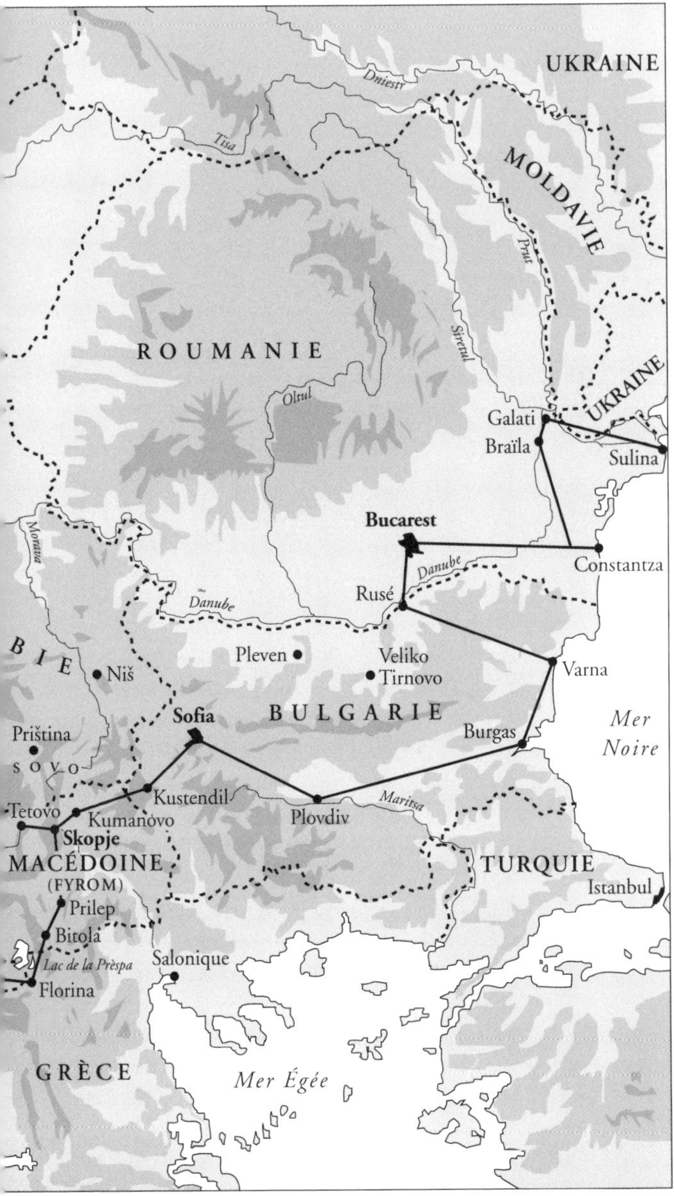

UKRAINE
Dniestr
Tisa
MOLDAVIE
Prut
Siretul
ROUMANIE
Oltul
UKRAINE
Galati
Braïla
Sulina
Bucarest
Constantza
Morava
Danube
Danube
Rusé
Pleven
Veliko
Tirnovo
Varna
BIE
Niš
Sofia
BULGARIE
Mer
Noire
Priština
SOVO
Burgas
Kustendil
Maritsa
Tetovo
Kumanovo
Plovdiv
Skopje
MACÉDOINE
(FYROM)
TURQUIE
Istanbul
Prilep
Bitola
Lac de la Prèspa
Salonique
Florina
GRÈCE
Mer Égée

Post-scriptum, 1999

Ils me l'ont dit, là-bas, et vous l'avez lu : ils vivent au cœur de l'Europe. Leur espoir était que cela leur soit enfin reconnu. Le rendez-vous a été manqué. Ils n'ont pas fini, là-bas, de le payer au prix fort.

Ce livre s'ouvrait sur l'Europe : celle de 1945, qui avait une odeur de mort. Ma génération s'imaginait l'avoir chassée. Il appartient à la génération qui n'a pas connu la guerre de l'avoir ramenée. Rude leçon pour ceux qui croyaient qu'il suffit de psalmodier le « devoir de mémoire » dans les cérémonies officielles.

Quand je suis parti pour le premier des voyages qui devaient déboucher sur ce récit, on pouvait croire, avec la chute du Mur et des régimes du « socialisme réellement existant », à l'Europe retrouvée, dans son intégralité. Aujourd'hui, à l'heure du libéralisme réellement existant, du cœur de l'Europe monte de nouveau l'odeur de mort.

Le lecteur de 1999 l'aura peut-être remarqué : j'ai, au fil de mes voyages successifs, toujours contourné le Kosovo. Il y a, c'est vrai, des explications factuelles. À quatre reprises, j'ai tenté d'y aller. En novembre 1992, de Sofia, je voulais me rendre à Skopje, par Niš et Priština : mais la neige venait de rendre les routes impraticables, l'unique bus ne passait pas, et le seul moyen, le train, représentait un voyage aux multiples changements à travers une Serbie contre laquelle, déjà, l'Union européenne venait de décréter l'embargo : j'ai remis à plus tard. Au printemps 1993, je me suis arrêté à Kumanovo, à la frontière entre la Macédoine et le Kosovo : il fallait un visa que je ne pouvais me procurer sur place. En 1994, j'ai voulu prendre le bus Sofia-Paris : j'aurais au moins traversé le Kosovo, et cette fois le visa n'offrait aucune difficulté. Mais c'est la compagnie de bus bulgare qui a catégoriquement refusé de m'embarquer, car, disait-on, la présence d'un ressortissant de l'Union européenne parmi les passagers lui poserait trop de problèmes lors des contrôles serbes. J'ai encore essayé, de Paris, de me rendre à Priština : cette fois l'ambassade yougoslave m'a d'abord refusé le visa, puis, quand elle me l'a accordé, c'était dans les conditions inacceptables d'un « voyage accompagné ».

Entre-temps, j'avais fait la connaissance de Klavdij qui, lui, connaissait bien le Kosovo. Le récit de ses traversées lugubres d'un pays où la vie semblait comme arrêtée a scandé nos rencontres, puis nos marches. Il était allé voir Ibrahim Rugova, dont les Albanais m'avaient parlé. Cette société parallèle de résistance parallèle que Rugova réussissait à maintenir, nous en discutions, et nous étions à la fois admiratifs et dubitatifs. Combien de temps Rugova tiendrait-il, combien de temps les Albanais accepteraient-ils l'oppression sans passer à l'action armée ? Et surtout : combien de temps encore les gouvernements occidentaux resteraient-ils sourds aux appels de Rugova, lui qui, parlant de « crime annoncé », les avait prévenus en 1994 : *« Il faut prendre des mesures d'urgence. Je demande une protection internationale pour quelques années afin de calmer un peu la situation, installer des institutions démocratiques. Après, on pourrait parler du statut du Kosovo. »*

La guerre, elle a hanté mes voyages, elle hante ce livre. Les guerres du passé, avec la résurgence des obsessions nationalistes que le désespoir et la misère alimentent toujours. La guerre du présent, de ces années-là, Sarajevo. La guerre à venir, que même un simple voyageur sentait rôder. « Je parlais à des Serbes de Kumanovo la macédonienne, à des Albanais du Kosovo yougoslave, et l'interrogation était là, lancinante : est-il possible que "ça" arrive aussi ici ? » C'est arrivé. Au Kosovo.

Je me dis aujourd'hui que si, au-delà des raisons factuelles, je ne suis pas allé au Kosovo, c'est parce que, inconsciemment, je voulais conjurer l'avenir : de toutes mes forces, je refusais de croire à la fatalité. La leçon de Bosnie, justement parce qu'elle était atroce, ne pouvait avoir été tout à fait perdue. L'Europe, je veux dire les dirigeants, les responsables de l'Ouest, comprendrait enfin que la furie génocidaire ne s'arrêterait pas d'elle-même. Ils allaient quand même, ces gens-là, écouter les experts. Des experts mieux informés, mieux placés pour se faire entendre qu'un simple voyageur, et qui savaient bien, eux, que Milosevic et les siens ne renonceraient pas à leur programme. Il ne pouvait y avoir de surprise. Lorsque je lis le dossier *Kosovo* réuni par la revue *Esprit*, je vois que tout est clairement énoncé dès 1989. Alors ?

Depuis mon voyage de 1995, je pense à tous ceux que j'ai rencontrés et aimés. J'ai des nouvelles de certains. Elles sont mauvaises. Pour d'autres, que je n'ai connus qu'un jour, j'imagine leur vie au fil des informations qui nous parviennent. En Albanie, l'effondrement des « banques pyramidales », la forme la plus aberrante du libéralisme sauvage, a ruiné les petits nouveaux riches, et renforcé encore la prolifération maffieuse. En Bulgarie, les « socialistes », c'est-à-dire les héritiers « new look » du régime précédent, ont lâché les postes de commande sur un constat de faillite, les poches pleines et le pays ruiné. En Macédoine, l'afflux, même temporaire, des réfugiés du Kosovo, a avivé le racisme des Macédoniens slaves contre les Macédoniens albanais. Et la guerre du Kosovo a asphyxié les pays limitrophes, achevant de démanteler ce qui pouvait subsister ou défaisant ce qui était en train d'être construit, en matière d'économie régionale – de la Roumanie à la Bosnie.

Le désir, le besoin, l'espoir d'Europe que j'entendais exprimer, là où je passais, pouvaient-ils être satisfaits ? Trop cher ? Je n'en sais rien : ce livre, on l'a vu, n'est pas plus d'un économiste que d'un géopoliticien. Je ne sais que ce que j'ai vu : sur les débris de systèmes sociaux qui étaient haïssables prolifèrent des systèmes de survie aussi ou plus haïssables encore, et durables. Partout, la crise économique nourrit les réseaux maffieux, la guerre renforce ceux-ci. L'Europe aura, c'est vrai, donné finalement beaucoup : d'abord, en financement de plans économiques dont l'argent, pour une grande part, aura engraissé des spéculateurs directement issus de la pourriture des régimes déchus ; ensuite en bombes pour sauver l'ordre mondial, et en fourniture de sacs de farine ou de matériel médical pour permettre aux populations de survivre : était-ce bien cela, inéluctablement, l'ouverture au libéralisme ?

Je veux continuer à penser aux gens que j'ai connus là-bas comme à des individus qui rêvaient de vivre dans une société dont ils seraient considérés comme des citoyens. Comme à des individus héritiers et porteurs d'une histoire, d'une civilisation aussi fécondes que les nôtres. Comme à des individus qui ne voulaient pas, tel l'Albanais qui nous conduisait à la frontière, se borner à constater :« La démocratie, on nous l'a donnée et on nous a dit : Regardez-la. » Non comme à des corps souffrants ne relevant plus que de l'aide humanitaire.

Table

DES MÊMES AUTEURS

François Maspero

Le Sourire du chat
Seuil, 1984
et « Points », n° P503

Le Figuier
Seuil, 1988
et « Points », n° P1160

Les Passagers du Roissy-Express
(photographies d'Anaïk Frantz)
Seuil, 1990
et « Points », n° P1161

L'Honneur de Saint-Arnaud
Plon, 1993
Seuil, 2012
et « Points », n° P17

Le Temps des Italiens
Seuil, 1994
et « Points », n° P186

La Plage noire
Seuil, 1995
et « Points », n° P279

Les Abeilles & la Guêpe
Seuil, 2002
et « Points », n° P1127

Transit & Cie
La Quinzaine littéraire, 2004

Le Vol de la mésange
Seuil, 2006
et « Points », n° P2116

L'Ombre d'une photographe, Gerda Taro
Seuil, 2006

Des saisons au bord de la mer
Seuil, 2009
et « Points », n° P2927

Klavdij Sluban

Transverses
Photographies 1992-2002
Paris Audiovisuel-Maison européenne de la photographie, 2002

Entre parenthèses
Regards sur l'univers carcéral
Actes Sud, « Photo poche », 2005

10 ans de photographies en prison
Œil électrique, 2006

Transsibériades
Actes Sud, 2009

Pur sang
(avec Diana Lui)
Filigranes, 2010

Beirut Mission
Steidl éditions (Allemagne), 2013

RÉALISATION : PAO ÉDITIONS DU SEUIL
LES TIRAGES PHOTOGRAPHIQUES SONT DE PASCAL XICLUNA
IMPRESSION : IME À BAUME-LES-DAMES
DÉPÔT LÉGAL : OCTOBRE 2013. N° 113789
Imprimé en France